读客® 知识小说文库

读小说，学知识

长篇文化悬疑小说

魔术江湖

让一个百年戏法世家传人，带你见识魔术背后的文化传承和江湖内幕

口吞宝剑、大变活人、通天索、缩骨功、三仙归洞、仙人栽豆、脱困术、扇戏……

3 叱咤风云大结局

唐四方 著

上海文艺出版社

图书在版编目（CIP）数据

魔术江湖 . 3, 叱咤风云大结局 / 唐四方著 . -- 上海 : 上海文艺出版社 , 2020
（读客知识小说文库）
ISBN 978-7-5321-7450-8

Ⅰ . ①魔… Ⅱ . ①唐… Ⅲ . ①长篇小说－中国－当代 Ⅳ . ① I247.5

中国版本图书馆 CIP 数据核字 (2020) 第 004781 号

责任编辑：毛静彦
特邀编辑：刘兆兰
封面插画：周　玮
封面设计：吴　琪

魔术江湖.3,叱咤风云大结局
唐四方　著
上海文艺出版社出版、发行
地址：上海绍兴路7号
电子信箱：cslcm@publicl.sta.net.cn
网址：www.slcm.com
新華書店经销　北京中科印刷有限公司
开本 680毫米×990毫米　1/16　20印张　字数 270千字
2020年2月第1版　2020年2月第1次印刷
ISBN 978-7-5321-7450-8/I.5924
定价：48.00元

目录

第一章

大变金钱术

风雨欲来

“八月十五，一人战一行！”

自从罗四两以红巾快手卢的身份在湖天会馆立下这个狂妄至极的宣言之后，京城快手卢重现江湖的消息就传遍了整个国内魔坛。

以一人之力，挑战整个魔术界？从古至今，从来没有人敢这样口出狂言。国内魔术师们都是又惊又怒，他们也没想到竟然有人能目中无人到这般地步，简直是公然挑衅整个魔术界。

魔术和戏法本质上没有区别，戏法师们也会以魔术师自居。虽然这两个行当存在一定程度上的竞争，但都是良性的，罗四两此举却把原来的温情脉脉彻底扒了个干净。魔术界和戏法界的关系顿时紧张起来，双方隐有微词。

这场比试俨然上升到了两个行当的尊严，没有任何人敢怠慢。于是，全国的魔术高手齐齐北上，准备教训这个不知天高地厚的小子。

东北练手门，源自戏法名家胡之杨。

胡之杨以手法成名，人称“一指穿杨”。这人比较特殊，他只练手法，也只会手彩戏法，不会别的。后来胡之杨开宗立派，培养了一批杰出的戏法传人，逐步成立了练手门这个专门研究手法的门派。一个门派建立起来之后，就会有无数分支。练手门里面有一支王家传承，在业内比较出色，这些年也出了不少戏法高手。

“爸。”一个中年男子对着病床上的老者轻轻呼唤。这中年男子便是东北的戏法名家王博国，江湖人称“王一手”。

老者勉力睁开疲惫的双眸，看了中年男人一眼，脸上露出惨然的笑，颤着声音道：“算了。”王一手抿唇不语。

老者笑，笑得可怜，笑得让人心里堵得慌。房间里面那几个年轻一点的小子全都紧紧攥着拳头，气得发抖。

老者躺在床上，望着洁白的天花板，枯瘦的身子微微颤抖。他眸子中露出了凄凉和不忿之色，惨然道：“卢光耀……呵……好一个快手卢……好一个天下第一快手……好……好……好……”连道三声好，老者声音越来越低，眸子也渐渐无光。最后，他露出了一个不甘心的表情，彻底闭上了眼睛。

“爸……”王一手颤声喊了一声，却没有回应。

“爷爷。”

“外公。”

“师爷。”

“师父。”

一时间，各种焦急和慌张的声音响作一团。

王一手伸出微微颤抖的右手，把老人杂乱的头发理了理。他双眸通红，虎目含泪，脸上强行挤出难看的笑容，道：“走好，王怪手。”

王一手缩回手，闭上双眼，脸颊肌肉都在发抖，声音也在发颤，可是在这颤抖的声音里面却蕴藏着滔天的愤怒和万分的不甘：“我知道您怨恨了一辈子，恼怒了一辈子。您这一辈子都不愿意出门，我知道您是怕见人。您拼命训导我们，我知道您是想让我们日后有机会替你找回场子，可您到死都不愿意提及……是我们让您失望了吗？”

王一手猛然睁开眼睛，道："我知道您恨了一辈子，我也知道我比不上巅峰时期的卢光耀，可他的徒弟就一定比得上吗？我不愿意让您把这份恨带到来生，您丢掉的面子，我就算是死也要帮您再找回来。"

王家众人全都紧握拳头，耻辱让他们的斗志燃烧到了极点。

"师爷，"门口跑进来一个半大小子，对着王一手的背影说，"张士清师爷来了。"

王家众人全都诧异地看了过去，就连王一手都赶紧收拾好情绪站了起来。大门口快步进来几个龙行虎步之人，领头的面目精光，头发根根倒竖，正是练手门当代掌门张士清。

张士清快步进来，见着王一手就问："师叔怎么样了？"

王一手摇了摇头。

张士清眉头皱得很紧，叹了一声："唉，师叔有什么遗言吗？"

王家众人都期待地看着张士清。王一手却默然摇头。

张士清盯着王一手，沉声问道："对我还有什么不能说的吗？是卢光耀？"

王一手张了张嘴，却没出声，只能点头。他父亲曾在卢光耀手上受过奇耻大辱，东北许多戏法师都知道，根本瞒不住。

张士清微微颔首，大声喝道："你们王家也属于我们练手门，王家的事就是我们练手门的事情。老爷子丢掉的面子，我们练手门管了！"

江县，罗家。今日罗家科班不曾上课，罗文昌站在罗家大院里忧心忡忡。虽然待在江县这种偏僻的小地方，但他也听到消息了。苗毅军不敢瞒着罗文昌，老老实实把罗四两在京城的诸多疯狂行径全交代了。

今日有雨，是中雨。雨水淅淅沥沥打在院子里面，给初秋的空气添了不少湿润，也带来了些许的寒意。

罗文昌知道，这场秋雨之后，天气就会转寒，作为老年人的他也要注意保暖了。可罗文昌现在根本没有心思去考虑这些。他摸出了许久不抽的香烟，惆怅地抽了起来。

“还抽啊？”方铁口从大厅走出来，夺下罗文昌嘴里的烟，顺手丢到了雨中。

“唉……”罗文昌长叹一声。

方铁口问：“在担心？”

罗文昌苦笑着点点头，惆怅道：“怎么能不担心啊，我也没有想到他居然会这么做，你说……你说他到底是怎么想的啊？”

方铁口皱起眉头，眸子里多了几分幽深：“他的心里一直有一团火，从小就有。这团火曾经被老卢压下来了，却没有消散。老卢死后，他心里这团火又重新燃烧了起来，比之前更加旺盛，把他的性格都烧得变了形。他承受的东西太多了，他心中这团火也是迟早都会发出来的，与其等将来火势大了再发出来，还不如趁现在，至少还能控制。”

罗文昌情绪有些激动：“屁话！他已经疯了，你看不出来吗？他居然敢挑动两个行当的人对战，再加上卢光耀当年惹下的滔天祸事，他现在已经举世皆敌了，谁能救他？就算是戏法罗的名号也救不了他，他心中这团火会把他活活烧死的。”

方铁口轻轻叹了一声，宽慰道：“莫担忧，我相信他有能力平衡这一切。他虽然心中有火，但并不是一个蛮干的人。再说，玄关也不是一门无用的学问。”

罗文昌重重喘着粗气。

方铁口默默地看着秋雨，看了一会儿之后，突然转身走入雨中，不带雨伞不戴斗笠，孤身冒雨前行，很快就消失在带着寒意的秋雨之中。

半晌之后，罗文昌捏了捏紧皱的眉心，拿起电话拨通了一个号码：“喂？”刚一开口，他却觉得难以启齿，神色有些为难。

“哎，我在。”电话那头也传来一声。

罗文昌咬了咬牙，待把目光稍抬一点，看向二楼罗四两卧室的方位，他才终于下定决心：“管夫啊，师父想求你一件事。”

电话那头传来了极为诧异的声音：“怎么了？师父，是发生什么事情了吗？”

罗文昌是出了名的耿直，也是出了名的硬气，一辈子从来都没有求过人，也没有人认为罗文昌会说出求人的话语。所以，他今日这一求，就连他的徒弟都被吓到了。

“唉……”罗文昌叹息一声，“还是四两的事情。”

电话那头顿了一下，才问：“是四两不肯学戏法的事情吗？您……您不是已经有决定了吗？”

罗文昌却道：“不，四两已经学戏法了。”

“什么？”电话那头的人一惊。

罗文昌又道：“他现在的落活儿水平不比巅峰时期的我差多少。”

“什么？”电话那头的人再次一惊。

罗文昌却没有多少喜色，眉头紧皱：“而且，他的手彩比他的落活儿更加厉害，单论手彩，国内怕是没人比得过他。”

“什么？怎么可能？”电话里又一次传来诧异至极的声音。

罗文昌合上眸子，用沉重的声音说道：“因为他是天下第一快手卢光耀的亲传弟子。”

电话那头沉默了，久久未曾传来声音。罗文昌也是面沉似水。半晌，电话那头传来声音：“所以那个红巾蒙面快手卢就是四两？”

“嗯。”罗文昌应了一声。电话那头也开始沉默了。片刻后，罗文昌轻轻一叹，说：“算了，这件事……”

“师父，这件事就交给我吧，虽然有些难办，但我会尽力的。”

罗文昌缓缓点头，说道：“麻烦你了。”

电话那头道：“师父，您千万别这么说。您也别太着急，不会有什么事的。这小子蒙着脸就说明他还是有分寸的，您放心，有我呢。”

罗文昌也知道这件事情挺为难自己徒弟的，毕竟罗四两挑起的是整个魔术界的争端，但是他真的没有别的办法了。他这一生从不求人，唯一肯拉下面子也是为了自己的宝贝孙子，他肯开口请求的人也只有最亲近的徒弟了。

罗文昌知道自己对不住这个徒弟，也对不住当年登门哀求的那一帮人，是罗家伤了他们的心。现在罗文昌求到了徒弟头上，也就是求到了当年那群人头上，只要他们肯援手，四两应该可以全身而退的。所以，尽管羞愧无比，罗文昌还是拨出了这个电话。

“唉……”电话挂断了，罗文昌深深一叹，面带愁色。

然而，电话那头的人却没有罗文昌想象中的为难。他脸上的兴奋之情都快溢出来了，嘴角甚至还勾勒出了笑意，亮着眸子自言自语道：“好狂的小子，好，不愧是戏法罗，更不愧是他的儿子！十几年了，十几年了，我纵横世界的罗家班终于要回来了。”

此时的京大，罗四两的宿舍洋溢着一股激动的气氛。

“哇，半斤，你没去看真是可惜了，你是不知道那个红巾蒙面人有多狂妄啊。”李麻辣两只眼睛放着光，手舞足蹈地比画着。“在下京城快手卢，八月十五在湖天会馆挑战魔术界各大高手，一人战一行。”李麻辣激动地跳着，像个怀春少女一般捂着自己的胸口，陶醉道，“糟了，这是心动的感觉。”

罗四两闻言脸都皱起来了，感觉浑身不自在。

床上的程不酸探出半个身子，问道：“那你不跟我争何青怡了？”

“滚。”李麻辣没好气地骂了一句。

李麻辣问罗四两：“哎，半斤，中秋节我们一起去湖天会馆看吧？我跟你说，他们这种魔术戏法跟我们在电视里面看的不一样。哇，真的太刺激了。就像那个蒙面戏法师，他就酷酷地说一句‘手榜第四，小遁术’，然后咚咚咚抓着那个魔术师的手砸了杯子几下，杯子就凭空消失了，太厉害了，太震撼了。”

程不酸没好气道：“行了，你都说几次了？”李麻辣道：“不管说几次，我都要说。”程不酸撇了撇嘴。

李麻辣又对罗四两说道：“半斤，中秋节一起去吧，魔术社的人也都会去的。我想一定特别精彩，一起吧！你也要多参加集体活动，别老一个人待着，走嘛。”

罗四两摇了摇头，说道："算了，中秋我要回家。"

李麻辣一愣，问道："你回家？"

罗四两点头道："对，我爷爷一个人在家里，我要回去看看他。"

罗四两都这么说了，李麻辣也不好再劝，就道："行吧，是要多陪陪老人家的。哎，半斤，你家在哪儿呢？"

罗四两回道："吴州，小地方。"

李麻辣点了点头，他压根儿没听过这个地方。

躺在床上的程不酸问道："那你们吴州那边有特别厉害的魔术师或者戏法师吗？"

罗四两看他，笑着说："不太清楚。"

程不酸若有所思地点了点头，又盯着罗四两的眼睛看了一会儿。

学校的生活还是很惬意的，也没有什么事情打扰罗四两。京大湖畔，罗四两坐在一处无人的角落，两只手臂均放了一枚小玻璃珠和一块方形橡皮。

罗四两双目微阖，双手平举，稳稳前伸，躺在他手背上的方形橡皮和玻璃弹珠却如同蜗牛一般缓慢爬行着。少顷，罗四两脑门上的汗水已经滴到了身上，橡皮和弹珠也爬行到了手腕处。罗四两双手的骨骼和肌肉都在疯狂而又细微地运动着，推动着橡皮和弹珠不断前行。最终，当罗四两后背的衣服都被汗水打湿的时候，橡皮和弹珠终于到了手腕背面，罗四两也终于露出一丝笑意。然后他稍稍倾斜手背，橡皮没动，弹珠却开始下滑了，但是仅仅下滑了不到两厘米，便停止了下滑的趋势。

现在，罗四两的手背呈现出一种诡异的状态，两颗光滑的玻璃弹珠就像是用胶水粘在了手背上。罗四两却显得尤为吃力，嘴唇都紧紧抿在了一起，身上的衣服也全部湿透，而那两枚小弹珠也在离手腕两厘米处抖动，似乎是想往上爬，却始终不得上去，尽管很努力，却永远只能停在原地。

半晌后，罗四两摊平了手，长长吐出一口气，把弹珠和橡皮都放在手中。然后他擦了擦快流进眼中的汗水，微微摇头，神色遗憾。他离完美境界只差一点了，等那两枚小弹珠能在倾斜角度以蜗牛般的速度慢慢滚上手腕背面，那他的手法就彻底完美了。现在，他离完美只差最后两厘米。罗四两看着手上的弹珠，苦笑。

“罗四两。”

有人在背后叫了一声，罗四两闻声往后看，是何青怡。“是你啊。”他把手上的东西藏好，打了个招呼。

何青怡笑着往前跳了一步，从上边的小路小心走下来，对罗四两道：“你怎么一个人在这下面啊？我都差点没看到你。”

罗四两扭头看她，说：“没什么，我就是在下面待一会儿。”

何青怡看着罗四两，惊讶道：“你干吗了，怎么这么湿啊？”

罗四两道：“锻炼身体啊。”

何青怡一脸古怪：“你这人真有意思，锻炼身体还跑到这种地方来，也不怕掉进湖里。”

罗四两微微低头，羞涩道：“我不太好意思让人看见我锻炼。”

何青怡翻了个白眼：“就知道骗人！你们这些大学生呀，一个个浮夸猥琐。你们真要向那个蒙面快手卢学习，别一天到晚没个正形的。”

罗四两好奇道：“那人很厉害吗？”

何青怡白了他一眼：“你以为都跟你一样啊？你那天没看到他真是可惜了。”

罗四两摇头一笑：“我自然是比不上这样伟岸的人物咯。”

何青怡想了想，又问：“认识这么久，都不知道你家是干啥的？”

罗四两回答道：“普通人家，做点教学工作，你家呢？”

何青怡骄傲道：“革命家庭。”

罗四两和何青怡闲谈之时，浑然不知自己已经成了魔术界无数人关注的中心。

国家杂技团大楼下面，苗毅军带着武清正守在大门口。旁边保安室里的保安连大气都不敢喘，他也不知道苗团到底在等什么样的大人物。

上次有这种待遇的还是上面的大领导过来视察。难不成这回又是大领导？那怎么不见团里别的领导出来迎接啊？

“苗团，这次来的是哪位领导啊？”保安实在忍不住了，开口打听了一句。

苗毅军看了他一眼，说：“不是领导，是我的一个亲戚。”

“哦。”保安点了点头。

少顷，一辆出租车缓缓停在了杂技团门口，车上下来一个身形壮硕、精神抖擞的中年男人。

苗毅军眸子一亮，赶紧带着武清迎上前去。三人见面后，一起往团里走去。保安也立刻站直身体来了一个标准的敬礼，等几人走过之后，才嘟囔道：“又是苗团的亲戚，上次他的那个亲戚就让团里乱成一团了，这回不会又这样吧？”

苗毅军领着那人到了自己办公室，脸上都是笑容，热情道：“师哥你坐！小清，去给你大爷泡杯茶。”

那男人却没好气道：“泡什么泡？”

苗毅军神色尴尬。武清也愣在原地，有些手足无措。

那男人一声冷哼，对武清道：“你，出去。”

“啊？”武清微微一愣，扭头看苗毅军。苗毅军赶紧挥了挥手，让她出去。她点头，尴尬地出了门，关门的时候还往里面看了一眼，看到的是她师父那张比她还要尴尬的脸。

等门关好了，那男人才喝骂道：“苗毅军，你现在是真能耐了啊，这么大的事情都敢瞒着我？你真是好大的胆子啊！”

苗毅军脸色微红，搓着手尴尬道：“不是，师哥，是师父，是……是那个，你知道的。唉，我怎么说不清楚了……”

那男人道：“说不清楚就慢慢说。”

“是。”苗毅军无奈地应一声。对他这个师哥，他真是一点脾气都没有。他苦笑道：“师哥你先坐吧，这么大老远跑来，连口水都没喝呢！你先坐下，听我慢慢给你说。”

这男人就是罗文昌的大弟子高管夫，江湖人称“一席全管”，是当今落活儿使得最好的艺人。

苗毅军和高管夫都是罗文昌的得意弟子，苗毅军的落活儿已经在登堂入室之上，搭上了大成的沿儿。至于高管夫，他的落活儿则是已经彻底大成了，不比巅峰时期的罗文昌差。而且，高管夫还是罗四两父亲当年纵横世界的班底。只可惜，罗四两的父亲英年早逝，不然他们说不定真能把传统戏法推到世人面前，让人人都为之疯狂和惊叹。

高管夫往沙发上一坐，说：“行了，茶就不用倒了，我也不渴，赶紧说事儿。”

苗毅军停下手上的动作，苦笑一声：“好，师哥。其实我知道四两学艺的事情也不久，大概就一个月前吧。四两来京城读大学，师父让我照看一下，才跟我说了这事儿……师哥，你别瞪眼睛……不是我不说，而是那时候他学艺才一年，还不够打基础的，我怕给了你们希望又让你们失望啊，而且师父也说随四两自己选择。”

高管夫顿时就急了：“什么叫随他自己选择？难道还随他不做戏法罗，随他不挑起罗家班吗？”

苗毅军苦笑：“现在最重要的不是这个，是四两已经惹起全行众怒了，这次不管结果如何，事后怕是谁都保不住他了。”

高管夫冷哼一声，傲然道：“放什么狗屁，你们保不下那是你们没本事。我罗家班退行十几年，那群兔崽子恐怕都忘了这国内魔坛是谁说了算的。我倒要看看，哪个不长眼的王八蛋敢动我罗家班的人？”

对擂在即

此时的京城范家聚集了国内魔术界一众名家，气氛压抑到了极点。

范伟正是国内魔术界的名家，在国内很有名气、交游甚广，所以这次的聚会地点就设在了他家。另外，大家也想向范伟正打听一下那个蒙面小子的具体情况，毕竟范伟正曾经跟蒙面小子正面交过手。

此次参加聚会的人不多，但级别甚高，堪称整个魔术界的顶尖力量，当中还有一位魔术界真正的泰山北斗。

那泰山北斗端坐首位，头发花白，垂着眸子并不说话，只用一双有力的右手轻轻敲着座椅扶手。这人叫赵严军，是新中国培养出来的首批魔术师之一，成名已久，也为国效力多年。赵严军人品艺德极好，有年轻魔术师前来求教，他总是不吝惜自己的经验和窍门，一时如此，一生如此。正因如此，国内大多数魔术师都跟他有师生情谊，他也得到了国内魔术界的集体尊敬。

赵严军这些年已经不怎么演出了，而是专注于整理魔术论著、培育下一代魔术师，着重发展魔术事业。大家也没想到，这次的蒙面戏法师风波居然把赵严军都惊动了，让多年不管世事的赵老都重出江湖。

徐彬这会儿正在小心翼翼地给各位大佬上茶。他也是第一次同时见到这么多魔术界的大佬，内心激动不已。尤其是给赵严军上茶的时候，他紧张得连呼吸都屏住了。

等茶水上完之后，范伟正才冲徐彬挥了挥手，道："你先出去吧。"徐彬恭敬应了一声，小心翼翼地出门了。

范伟正低着头，坐在那里不看别人。

还是坐在首位垂着眸子的赵严军最先说话："其他家里的小辈也都出去吧，年轻人有年轻人的玩法，就别跟着我们这些老人凑热闹了，也省得你们无聊。"

话音刚落，其他魔术师也纷纷让自己的徒弟晚辈出去。范伟正抬起头看着赵严军，面露感激之色。

接下来聊的都是范伟正的糗事，要是真让那些小辈在边上听着，估计范伟正以后在小辈面前的威严都会荡然无存了。

等所有小辈都出去了，魔术名家莫一鸣才问："到底怎么回事？"

这莫一鸣可不是普通人物，他是苏州莫家的传人。莫派也是国内有名的魔术门派，三代传承至今，自莫悟奇、莫非仙到莫小仙，有家族也有门派。苏州莫派最擅长的就是脱困术，他们的脱困术汲取了西方魔术和传统戏法里面的精髓，所以莫派魔术师大多数都会变魔术，也会变戏法。莫一鸣就是现在莫派里面顶尖的魔术演员。

“唉……”范伟正长叹一声，脸上带了不少愁容，“哥儿几个，我这次栽了啊。”

所有人都看着范伟正，只见他紧皱眉头，似乎心有余悸。

范伟正把茶杯抱在手里，明明是很烫的杯子，他却浑然不觉，低头看着杯盖，说：“我没想到，他居然可以做到那般程度……只是抓着我的手砸了杯子一下，那杯子竟然就在我的眼皮子底下消失了。

“那杯子是我放的，桌子是我挑的，所有的道具都没有问题，都没有机关。我甚至能感受到我的手压在杯子上的触觉和压力感，甚至感觉是我把杯子压到了桌子里面。所有的触觉都骗不了人，可杯子还是不见了，就在我的手中不见了。

“我输了，输得颜面全无。事后，我一直在想，我甚至在想是不是我的触觉出问题了？是不是我的眼睛出问题了？其实那根本不是杯子，而是他投射过来的幻影……不然我真的无法解释，更无法接受。”

范伟正把抱着茶杯的手松开，看着手心的一片通红，吃痛地虚抓两下，感受着灼热的痛感。这种身体反应再一次提醒他，他的触觉和视觉都没有出现问题，所有的一切都是真实的。

范伟正说罢，现场陷入了寂静。半晌后才有人问：“有录像吗？”范伟正摇头。

那人道：“那就不可能了，不可能有人能做到这般程度。老范又不是新手，那小子如果能在老范面前做到这样，那就不是魔术，而是魔法了。”

一直垂着眸子的赵严军终于睁开眼，目光深沉，声音沉重：“不需怀疑，因为当年的天下第一快手卢光耀比这更强。”

“天下第一快手？”在座众人纷纷愕然，就连范伟正都是一愣。他只知道那蒙面人自称快手卢，但这天下第一快手又是何人，竟然敢号称天下第一？也未免太狂了吧！

现场最擅长钱币魔术的魔术名家郑有谦质疑道：“还有人敢称自己是天下第一快手，这也太狂妄了吧？天下高人有多少啊，他还以为自己天下无敌了？”

赵严军看了他一眼，道：“你可知道，当年你师爷在他面前都不敢放肆？”

郑有谦脸色微微一变：“这是一位老前辈？”

赵严军沉着脸，微微颔首：“他当年叱咤风云的时候，你们都还没出生呢。何况，他这天下第一快手的名号也不是自封的，而是业界公推的。有谦啊，他没有认为自己天下无敌，因为他本身就是天下无敌。”

“怎么可能？”郑有谦大叫一声。

赵严军目光深沉，淡淡道：“没有什么是不可能的。他虽然消失了半个多世纪，可他的威名依然在魔坛流传。他仅凭一人力压戏法界半个多世纪，当年留下的几套传奇手彩至今无人能破，你想说他是浪得虚名吗？”

在场众人脸色纷纷一变。范伟正脸上更是带上了骇然之色，惊问道：“这……这是真的吗？这……怎么可能有这样的奇人。”

赵严军叹息一声，道：“他成名太早，又得罪了整个戏法行，你们不知道也正常。不说你们了，就连我也没有见过他，只是我年长你们一些，听了他不少传闻。一鸣，你应该也知道吧？”

莫一鸣微微颔首，脸上带了几分沉重。苏州莫派自民国时就开始传承了，对卢光耀还是有一定了解的，正因为了解，他们才知道卢光耀的可怕。

赵严军又对范伟正说道：“伟正啊，输给那人的徒弟不算丢人，当年整个戏法行都输给了他一人，就更别说你了。”

范伟正心中稍霁，但脸色依然尴尬：“赵老，可……可那人还是个毛头小伙子啊。输给了这样的小伙子，我还是觉得很丢人。”

赵严军摆了摆手，劝慰道：“不算丢人，当年卢光耀一人力压戏法界的时候，也不过二十岁左右。现在看来，快手卢家族又出了一个惊才绝艳的传人啊，只是他这性子……唉……”赵严军眉头皱得很紧。

郑有谦皱眉道：“原来这小子的来头这么大？不过那人的实力有点言过其实了吧？都好几十年了，传说是真是假，谁也不知道，毕竟也没人真正见过，我觉得以讹传讹的可能性更大。再说那都是半个世纪前的事情了，那时候科学技术是什么水平？大家的见识又是什么水平？里面能做鬼的空间肯定很大。社会在发展，咱们也在进步。咱们魔术界是一代比一代强，放到几十年后的今天，谁敢说一人压一行？不存在的。”

在场众人纷纷颔首。魔术戏法的技法和门子在这几十年里也发生了重大的变革，就拿球弹幻术来说，民国时期能一球化四就不错了，而现在都有人能做到一球化十四了。现在魔坛的整体实力的确比几十年以前强多了。

莫一鸣却对郑有谦说：“你别太轻视他们，他们这一支的传承可不简单。你问问老范就知道了。那人抓着老范的手把几个杯子砸没了，这叫小遁术，在手彩榜排名第四。而那一日，他虚空把硬币拍进几个空玻璃杯中，则是手彩榜排名第一的千手归一。卢光耀一共有五套手彩，霸占了榜单半个世纪之久，他不是你想的那么简单。”

郑有谦撇了撇嘴，说道：“什么榜单不榜单的，我听都没听过。不就是把硬币拍进玻璃杯中么？我也会，我的钱币魔术也不是吹牛的。再说了，老莫，你也别长他人志气，灭自己威风。那帮变戏法的有什么了不起的？那卢光耀能打败变戏法的，不一定能赢我们魔术界啊。”

赵严军不满喝道：“这叫什么话？什么戏法魔术的，戏法跟魔术本来就是一家。”

郑有谦见赵严军生气了，也不敢硬顶，低声嗫嚅道：“又不是我挑事，是他们突然派一个小子来打我们魔术界的脸，是他们先闹事的。”

“就是，赵老，我们可没想搞什么分化，搞分化的是他们变戏法的。我们拿他们当一家人，可他们拿我们当敌人啊。”

范伟正也低着头，咬着牙道：“本就是他们寻事，还……还毁了我……我徒弟的前程和名声，这次更是猖狂地要挑战整个魔术界，这口气我们谁也咽不下。他们都打上门来了，难道我们还笑脸相迎吗？”

莫一鸣皱起眉头，他们莫派没有跟卢光耀结仇，所以他也不想跟这个神秘的蒙面戏法师作对。可人家非要挑战整个魔术界，他们莫派作为国内魔术界的大派，无法后退，所以他也不得不来到这里。

赵严军的神色也有些不好看，一向是老好人的他心中也浮现出了怒气和无奈。

魔术界这边蓄势待发，戏法界各派也纷纷行动起来。看似平静如水的国内魔坛，其实早就已经波诡云谲，而这一切都是罗四两造成的。

八月中秋月明，星稀夜朗天清。

越是临近中秋节，京大魔术社的这群人越是激动得难以自抑。今天可是那个神秘戏法师跟魔术界对决的日子，这么大的热闹，他们怎么会错过？社长莫鼎丰早就开始四处找门路，给魔术社众人争取到了进去观看的机会。

湖天会馆的老板也有着自己的小算盘。他本想免费为这次比赛提供场地和饮食等一应服务，条件是公开比赛，他正好给自己会馆打打广告。罗四两倒是无所谓，魔术界的人却不愿意。所以，当湖天会馆老板提出这个条件时，魔术界那边的代表当场拒绝了。他们坚持这次的比赛是圈内人的小比赛，不公开也不对外宣传，就连到场观看的人都必须是有业内人士介绍的从业者，并且不能带拍摄设备。

湖天会馆老板见人家那么坚决，只好苦笑道：“行吧，那就听你们的，但是你们包会场的钱先交一下吧。”

来的这几个魔术师代表的眼珠子都瞪大了。范伟正当时就问：“不是那小子把地点定在这里的吗？怎么会让我们交？”

湖天会馆老板一摊手：“我哪里知道？他说是你们来交钱的啊。你们不会不想交钱吧？要是不交钱，不如办成公开的比赛，我可以给你们免费提供场地的。”

几个魔术界大佬很快脸都绿了。湖天会馆老板狐疑地看着他们，问道："你们不会真不打算给钱吧？我说，你们要是不包场就给我走远点，我还等着做生意呢。"

大佬们的脸色无比难看，跟他们一起的那些小跟班也面面相觑。

怎么可能不包场？整个魔术界都通知到了，戏法界那边也来了不少人，难道让大家拍拍屁股都回去啊？那个蒙面快手卢身份神秘，谁也不认识他，谁也找不到他。但他们这些人都有头有脸，而且大家听说他们要跟神秘的蒙面快手卢斗艺，都站脚助威来了。结果人家一过来，你跟人家说"不好意思，我们没包场，你们回去吧"，可能吗？他们今天算是开了眼界，终于见识到了什么叫光脚的不怕穿鞋的。

郑有谦怒道："我从未见过如此厚颜无耻之人。"莫一鸣也是苦笑不已，就连魔术界泰斗赵严军都哭笑不得。

范伟正问道："那我们该怎么办？"

湖天会馆的老板靠在柜台上，好整以暇地看着这帮人。

众人神色难看，谁都不想交这个钱，谁都不想吃这个亏，可谁都没办法。最后还是赵严军下的决定："交钱吧。"

众人都看向范伟正。范伟正脸色陡然一白，表情变幻了好几下，这才咬着牙问老板："包场多少钱？"

湖天会馆老板露出灿烂的笑容："不多，就包一个夜场，三万。"

"多少？"范伟正声音都变了，"你哪里是开店的，你抢劫吧？"

湖天会馆的老板却振振有词道："中秋节的价格能一样吗？再说，我们还送酒席呢。"

"我不要酒席行不行？"

"可以，但是价格不变。"

"凭什么呀？"范伟正当时就老大不乐意了。

老板道："因为酒席是送的啊，又不是花钱买的！"

范伟正的脸颊狠狠抽搐了几下，算是被老板的无耻给惊住了。他也不想跟老板争执下去，毕竟这么多同行看着呢，只能打碎牙齿往肚子里咽。他紧紧咬着牙齿，挤出笑容道："好，我给你去取。"说罢，带着徐彬就出去了。

老板笑得绚烂，道："小王，带贵客上楼，好茶好点心伺候着。"

几个魔术界大佬带着满腹怒气上了楼。不多时，范伟正把钱送来了。见到钱，老板笑得更开心了。他拿了一个黄色信封出来，从三万块钱里面数出一万装进去，自言自语道："嘿，那小子还真灵。"

魔术界众人渐渐到场，戏法界也来了不少人。戏法和魔术其实算是一个行当，在江湖上同属彩门，平时有竞争也有合作，彼此之间的关系还算融洽。即使有些曾经结下梁子的，见了面也能笑着打个招呼。

但今日之情形完全不一样。从魔术界到戏法界，一个个都冷着脸，谁也不理谁，尤其是魔术界那帮人，连看都懒得看戏法界众人一眼。除了这些人，台上坐着的大佬们脸色也非常难看。尤其是范伟正，冷着脸一个劲儿地狂吃东西，把旁边人都吓到了。

见到此情形，赵严军的眉头皱得更紧了。

不多时，练手门到了。

练手门当代掌门张士清亲自来到，练手门分支王家的王一手、练手门其他镇场子的高手也全到了。东北练手门的顶尖力量已经倾巢而出，就像张士清说的那样，王怪手王老爷子当年丢掉的面子，他这次会全部帮他找回来。这是练手门掌门的承诺，他说到就会做到。

戏法界众人也是一惊，那些清楚王怪手跟卢光耀恩怨的老人，就更吃惊了，看来这次练手门是要跟快手卢算总账啊。不知内情的魔术界众人，脸色却黑了一片，还以为练手门是过来给蒙面快手卢撑腰的呢。

练手门入座，全都闭目养神，不发一言，也不与人打招呼。

少顷，又有四人前来，苗毅军、武清、高管夫和陶韩。

前面两个一直活跃在京城，认识他们的人还真不少。后面两位对年轻艺人来说还真有些眼生，但是对那些上了年纪的艺人来说，可就不是凡人了。他们可都是当年打遍天下无敌手的罗家班成员。

一个是人称"一席全管"的高管夫，靠着一手精妙的落活儿功夫冠绝江湖。他是戏法罗家的传人，当年的落活儿水平也仅次于惊才绝艳的第三代戏法罗，至于现在，更是当之无愧的落活儿第一人。

另外一个是最擅长九连环的陶韩，人称“陶连环”。戏法行四大基本功：剑、丹、豆、环，里面的“环”指的是九连环。当年罗家班纵横天下，陶韩凭借一手超绝的连环功夫愣是在国外搏出了一个“中国环”的名号，从此中国的连环戏法都有一个独有的名字：Chinese Ring。此名号一出，哪怕是西方魔术里面的连环魔术也都被人称为中国环了。

当年的罗家班今日只来两人，但也足够让众人惊讶了。见这两人进来，现场不少年长的魔术师、戏法师都主动起身致敬。无论魔术界还是戏法界，这待遇到现在为止，也只有当年的罗家班众人才享有。高管夫和陶韩缓缓踱步，抬起头与众人的目光对视。万众瞩目，一如当年。

武清这种小辈自然是心潮澎湃。苗毅军、赵严军、张士清等业内名家也面色复杂，内心感叹非常。

京大魔术社众人也都来到了湖天会馆。除了罗四两，他们全来了。

何青怡到了门口还在问：“罗四两真不来啊？”李麻辣笑得眼睛都看不见了：“他已经回家了。”何青怡无奈地点点头。

于小婷皱着眉头，神色有些狐疑。

莫鼎丰走在最前面，对众人交代道：“等会儿进去之后，不要乱说话，就安安静静坐在一旁。这次机会难得，我可是好不容易才给你们争取来的机会，你们可不能乱来啊，听明白了吗？”众人都点头。

阿夏称赞道：“社长真不愧是……”

“你闭嘴。”莫鼎丰大骂一声。

众人大笑，尔后进去。副社长唐易思面带笑意，抓紧了手上的粗制折扇。新人刘明也一派淡然，轻轻抚摸着自己白皙的手指。

中秋月明，皓月升起，洒下大片银辉。

今夜便是罗四两约战天下的日子。这种似乎只在武侠小说中出现的情形，今夜在现实中上演了。

一红巾蒙面青年从远处披着万千星辉而来，由远及近，恍若神仙中人。他直直而来，脚下踏出一条笔直的线路，整个人如同一杆笔直的标枪。在这一步步的前行之间，他整个人的气势也慢慢累积到了巅峰。

直到近前，他虽蒙面，露在外面的那双眸子还是让湖天会馆的服务员忍不住打了一个激灵。

湖天会馆的老板赶忙迎了出来，见到罗四两这般样子，也忍不住微微颤了一下。但他终究是见过世面的，立刻换上笑容，热情道："哟，您来了啊，您等的客人全都上楼了，就等您了。"罗四两微微颔首。

老板接着道："还有您的那份钱。"

罗四两轻抬右手，淡淡道："给我留着，再给我泡一壶上好的香片儿，我去去便回。"说罢，从老板身边错身而走。

老板看着罗四两的背影，突然想到了电视剧中常出现的那些盖世英雄。电视剧中那些独闯龙潭的英雄是否也是如此？关二爷温酒斩华雄，是否也是这般气势？

二楼，场上众人早就等得心焦。他们没有蒙面快手卢的联系方式，也没有中间人，谁也不确定那小子到底会不会赴约，也不确定他什么时候会到。魔术界的众人这会儿脸色就更难看了，要是蒙面快手卢今晚不赴约，他们就等于平白被耍了一顿，还折了三万块钱。

"那小子到底还来不来了？"有人忍不住大叫一声。

范伟正脸色铁青地冷哼一声。

东北练手门那边众人依旧是闭目养神，除了罗家班的人进场时，他们有过反应，其他时候都是保持着这样的状态。苗毅军和高管夫等人也看着那人，但什么都没说。

魔术大佬郑有谦冷哼一声道："我看那小子是不敢来了吧。虚张声势，实际上是个怂包软蛋。"魔术界众人脸上都露出了轻蔑的表情，不少年轻的魔术演员耐不住性子，开始对戏法界的人冷嘲热讽起来。

近百年来，魔术和戏法的明争不止、暗斗不息，但双方向来是互相监督、互相促进，两派关系这么恶劣，应该还是头一次吧？想到这里，赵严军的脸色更加凝重了。

虽然不知道蒙面快手卢的身份，但快手卢毕竟隶属戏法界，无辜被嘲讽的戏法界众人脸色也甚是难看。见对方越说越过分，戏法界这边也有几个年轻人出声反驳起来，双方言辞激烈，差点吵了起来。

场面一时间混乱得很，学校魔术社那边几人也都面面相觑。

何青怡问莫鼎丰："社长，要是那蒙面人真不来了，那这里所有人是不是都被他耍了？"

这话一出，全场一静，就连那群吵架的人也都安静下来了，所有人都扭头看何青怡，脸色甚是难看。

莫鼎丰脸都绿了，恨不得把何青怡的嘴给堵上。何青怡见状也吐了吐可爱的小舌头。

"好了！"赵严军大喝一声，沉声道，"今日之战是那人提出的，我们应约赴战。我们等到十点，倘若他还不来，那便是他主动认输，这次便是我们不战而胜。不知大家有没有意见？"

"我们没意见，就怕那帮变戏法的不乐意。"

"你……"戏法行众人也把眼珠子瞪起来了。

"不用那么晚，再晚就赶不上地铁了。"一道声音在楼梯处悠悠响起，飘落整座房间。

全场顿时一静。所有人都朝着楼梯口看去，只见一道清瘦的身影缓缓踱步上来，原本嘈杂无比的二楼，在这一刻竟然落针可闻，只剩那人脚踩木质楼梯发出的声音在二楼回荡。

他……来了。

全场所有人神色骤然变冷，罗四两却浑然不觉。他踏上最后一步，上了二楼，抖了抖身上长袍，对着众人拱手道："久等了，各位。"

钱币魔术

罗四两今日穿的竟然是传统的大褂，头上也换上了一顶老式的礼帽，脸上盖着的还是典型的红色方巾。

“哼，装模作样。”郑有谦性子直，此时也毫不留情面。

范伟正神色难堪，又想到了那日的窘迫。徐彬亦是如此，此时屏住呼吸，恨不得就地消失。

戏法界众人、魔术界众人都在打量着这个猖狂的年轻人。东北练手门诸人也都看了过来，掌门张士清目光深沉，王一手则面带愤恨之色。

罗家班元老陶连环问高管夫：“是他吗？”

高管夫也在看罗四两，低声道：“就是。”

一片暗潮汹涌之中，罗四两呵呵一笑，看着说话的郑有谦道：“你又是何人？可敢与我一战？”

罗四两不多讲半句废话，上场竟主动邀战。

郑有谦本来脾气就不好，忍这个狂傲的蒙面小子已经很久了，现在见对方主动邀战，他哪里忍得住，当时便大怒道：“好个猖狂的小子，真是不知天高地厚，看我怎么教训你。”说完拍案就起。

范伟正当时就蒙了，之前商量好的应对方式根本就不是这样的，郑有谦现在突然这么激动地往外冲，又是在搞什么鬼？可还不等范伟正出声阻止，郑有谦就已经从座位上冲到窗边临时设置的擂台了。

赵严军也是暗自无语。他们都知道罗四两是很难对付的高手，所以早已商定了对战方式，没想到郑有谦竟然不按套路出牌。

其实，郑有谦压根儿就不信这个蒙面小子实力那么高。他一直觉得是范伟正失手，又故意夸大那小子的实力，所以被罗四两一激，立马就应战了。

郑有谦跑到场上，看着蒙面的罗四两，轻蔑道：“还蒙着脸，装神弄鬼，今日我就要扒下你的面巾，让大家看看这么大言不惭的小子到底长什么模样。”

罗四两却只是淡淡说道：“就凭你？呵，还差得远。”

郑有谦脸色一黑，怒道：“有什么本事拿到台面上来说，少逞口舌之利。”

罗四两问道：“你想怎么比？”

郑有谦却是一摆手，傲然道：“听闻你年纪还小，我这个做长辈的也省得让人说我欺负你，就让你来选吧。”

这话一出，魔术界很多人都觉得郑有谦高风亮节，对他也升起了几分敬仰。座上几位魔术界大佬却有些忧心，这样也未免太托大了吧？

罗四两却是微微摇头，说：“论身份、论辈分，我可不是你的小辈。拿你最擅长的吧，省得你一会儿输了不服气，别人也会说我以大欺小。”

郑有谦脸色铁青：“我郑有谦纵横魔坛数十年，还从来没见过你这么不知天高地厚的年轻人。”

罗四两听到此言，轻轻笑了起来：“郑有谦？真有钱吗？”

“哼！”郑有谦把头扭到一边去，傲然道，“朋友送的外号罢了，但我最擅长的就是钱币魔术。”

场上众人也笑了。郑有谦最擅长钱币魔术，名字又叫郑有谦，所以他的外号取其谐音，还真就叫“真有钱”，罗四两这次算是歪打正着。

罗四两道：“那就拿出你的看家手艺吧。”

郑有谦斜眼看罗四两，道：“既然你这么不知死活，那就怪不了我了。实话告诉你，论钱币魔术，国内还没有人能超过我，希望你等下不要哭鼻子。”

罗四两却并未多言。

见两人开始比试钱币魔术，魔术界众人都展露了笑颜。戏法界众人的神色就有些难看了，他们都知道，郑有谦的钱币魔术是相当厉害的。

苗毅军和武清也面露紧张。倒是陶连环和高管夫神色如常，眼中还带上了审视之色。

东北练手门一人问张士清："师哥，要是这蒙面小子输了怎么办？"

还不等张士清回答，一旁坐着的王一手突然插嘴："那我就去把姓郑的给赢了。我们跟快手卢的恩怨是我们自己的，但戏法界的面子不能丢，快手卢可以输，戏法界不能输。"

张士清扭头看了王一手一眼，微微颔首，然后继续看场上。

学校魔术社众人也神情激动地看着场上对决的两人。

场上，罗四两对郑有谦伸了伸手，说道："请吧。"

郑有谦从怀中拿出一张五块钱纸币，单手举起，道："钱币魔术，说简单也简单，说难也难，看的是表演者的水平。我拿最基础的给你变，碎钱还原，纸币变换。"

罗四两淡淡看着他，神色不为所动。

郑有谦撸起了右手袖子，露出光洁的手臂，左手背到身后，只用一只手表演。他用两指夹着纸币，摊开手掌给众人示意。然后，郑有谦右手五指灵活地动了起来，单手五指撕碎了这张纸币，片刻之后，这张纸币就已经稀碎地躺在郑有谦手上了。

郑有谦看着罗四两，脸上噙着自信的笑意，右手一扬，钱币碎片漫天飞舞。郑有谦五指张开给罗四两瞧了一眼，然后就立刻并出两指，夹住了一张小小的碎片。也不见他有什么多余的动作，只是轻轻一抖，众人眼前一花，他两指间就多了一张完好无损的五元纸币。

"好。"

魔术界众人纷纷叫好，赵严军也是微微颔首。戏法界众人神色则是有点凝重。郑有谦真不愧是国内最顶尖的钱币魔术演员，他刚刚这一手，功夫着实不浅。

郑有谦夹着纸币，问："碎钱还原，这一手如何？"

罗四两淡然道："不错，还有吗？"

"呵。"郑有谦又是一声轻笑，两指一缩，把五元纸币藏在手里，也没有别的动作，只是手掌握拳再张开，仅仅一瞬间，他手上那张五元纸币已经不见了，取而代之的是十元纸币。

魔术和戏法的原理都是相通的，动作越多，交代越多，能做鬼的地方就越多。真正高手之间的较量，不是看表演有多绚烂、多好看，而是看表演者化繁为简的能力有多大。郑有谦这一手是真见功夫，不愧是国内顶尖的魔术师。

郑有谦一笑，再度合掌，然后再松开，十元纸币变成了五十元；再合上，再张开，五十元变成了一百元。魔术界众人看到这里，纷纷鼓起掌来。

“纸币变换，怎么样？”郑有谦问罗四两。

罗四两还是神色如常，平淡道：“还不错。”

郑有谦把一百元纸币抓在手里，道：“就别吹牛了，你们不是说光说不练是假把式吗？有什么能耐都拿出来吧。”

罗四两微微颔首：“你们魔术有钱币魔术，中国戏法也有大变金钱术，你来了个简单的，我也给你来个简单的，就硬币过木吧。”

所有人都在看罗四两，看他能弄出什么花样来。国内的钱币魔术表演者中，郑有谦可是顶尖的。这人手法再强，还能比郑有谦强？

郑有谦也笑了，道：“行，那我给你弄枚硬币？”

罗四两摇头：“不用那么麻烦，纸币也行。”

郑有谦呵呵道：“那木头总要吧？你不是要变硬币过木吗，大戏法师？”

罗四两还是摇头：“也不用。”

郑有谦有些不耐烦了，没好气道：“那你到底想怎么样？”

罗四两只是道：“我只是希望你能把手抓紧一点。”

“什么？”郑有谦一愣。

罗四两突然一步跨前，来到郑有谦身旁两尺以内，大喝一声：“抓住了。”

郑有谦吓一跳，双手也下意识地抓紧。

罗四两手出如风，并出两指弹在了郑有谦手背之上，大喝道："纸币过掌。"话音落下，两指一翻，手上顿时便多了一张百元大钞。

郑有谦吃痛地松手，不敢置信地翻过手来，只见手上抓着的百元大钞竟然消失不见了。

东北练手门王一手双目圆睁，精光大闪。高管夫和陶连环的眼睛则齐齐一亮，紧盯着台上的蒙面少年。京大魔术社那边，众人仍在震撼当中，唯有于小婷噌地从凳子上站起来，吃惊地看着蒙面人。

全场皆惊，静得落针可闻。

众人的震惊是溢于言表的。那张纸币被郑有谦紧紧抓在手里，这蒙面小子仅仅只是一弹，就把纸币给变出来了。

不管戏法还是魔术，都可以从别人手里把东西变出，但那人通常是表演者请的托儿，再不济也是配合他们演出的观众。可郑有谦绝对不可能配合这蒙面小子啊。而且郑有谦是国内顶尖的魔术师之一，更不是那种好糊弄的观众。尽管如此，这个蒙面小子还是能在一瞬间将郑有谦手中的纸币变走，这也太令人匪夷所思了吧？

苏州莫一鸣目光深沉，轻轻吐字："手彩榜第三，阴阳三转手。"

东北练手门张士清沉声道："这……就是传说中的两尺以内可取万物的阴阳三转手？"

王一手缓缓点头，眼神中充满了恨意。他父亲王怪手当年就惨败在这一招之上，卢光耀也是用这一招对他父亲大肆羞辱，他们王家跟快手卢家的大仇也是那时候才结下的。

场上，郑有谦更是又惊又怒。这一刻，他终于感受到了当初范伟正感受到的压力。

罗四两却只是轻轻一笑，仿佛刚才那般宛若神迹的变换如同喝水吃饭一样简单，道："硬币可过木，纸币也可过掌，这一手如何？"

郑有谦无言以对，一颗豆大的汗珠从他脑门流下。

罗四两接着道："你表演了碎钱还原，也变了钱币变换，你变了两个魔术，那我就还你两个戏法吧。接下来是大变金钱术之金钱飞渡。"

郑有谦一怔。

罗四两两指一塞，把指间那张纸币塞到了郑有谦右手中，嘱咐道：“这次可抓稳了。”

郑有谦下意识地把手抓紧，可他立马就反应过来，脸色顿时涨成猪肝色。他正欲说话，罗四两却根本不给他这个机会，大喝一声：“双手抓紧。”

罗四两的声音中似乎有一种不容抗拒的魔力，抑或是刚刚那般神奇的手法让郑有谦心生怯意，所以下意识地照做了。

“大变金钱术，金钱飞渡。一二三四五，财神来助我。正财赵公明，正气渡财运。”罗四两气势如虹，朗声大喝，“开！”罗四两拍向郑有谦右手，然后猛地一弹郑有谦左手。郑有谦吃痛地张开，左手竟然凭空多了一张百元大钞。

全场又是一惊。

“合上。”罗四两又是一声大喝。郑有谦下意识地合上了。

罗四两再朗声喝道：“文财陶朱公，文气纳钱财，走。”一拍郑有谦左手，然后弹郑有谦右手，大喝：“开！”

郑有谦右手张开，手上又出现一张百元大钞。罗四两气势如虹，半点不停歇：“给我合上。”郑有谦下意识地照做。

“武财关二爷，义气度千秋。给我走。”罗四两一拍郑有谦右手，然后再弹其左手。郑有谦再次张开左手，手上却空无一物。

这小子变失败了？

郑有谦原本就被罗四两的气势所压，在罗四两一气呵成、毫不停歇的动作之下，只能下意识地配合。如今见罗四两出错，郑有谦被打压到了低谷的自信再度燃了起来，兴奋地看着罗四两，激动道：“钱呢？没有，你变失败了，哈哈，你失败了。没有钱，没有。”

场上人有呆愣，有无奈，有叹息，只有郑有谦一人兴奋得忘了形。

“喂，大叔，你摸摸你耳朵。”何青怡忍不住提醒了一声。

郑有谦的身形顿时僵在原地。他的手僵硬着往后伸去，待到耳旁，碰到那个硬物，他浑身一颤，脸色难看到了极点。

罗四两只是淡淡看他，问："这一手……如何？"

郑有谦不敢置信地看着罗四两，嘴里呢喃："不可能，不可能，这是不可能的。"

罗四两却道："没有什么不可能的，早在半个多世纪之前就有人能做到这一手了，那人就是你们看不起的戏法师，亦是你们瞧不起的快手卢。"

最后一句话落下，包括戏法行在内，许多人面色都有些复杂。

郑有谦还是难以置信："可……可我怎么会输？不会的，不会的，你一定有什么机关窍门，不可能的，单凭手法是不可能的。"

罗四两却不再理他了，只是转身看着魔术界众人，目光在赵严军身上停留了片刻。

赵严军叹了一声："回来吧，有谦。"

"不，我没有输。"郑有谦显得有些歇斯底里。

范伟正的神色也复杂至极，他们都是有头有脸的人物，现在败得这么难看，实在让人太难以接受了。见郑有谦如此风度尽失，现场很多上了年纪的魔术师、戏法师都产生了兔死狐悲的心绪。

赵严军面沉似水，声音也有些凝重，再度开口："有谦，回来吧。"

郑有谦低着头，双手紧握成拳，浑身都在颤抖。

罗四两见郑有谦站着不动，反倒笑了："呵，有的人魔术不怎么样，脸皮倒是挺厚的，而且站台的功夫也是一流啊。"

郑有谦脸色煞白，难看至极。在场的魔术界众人亦是神色难堪。

罗四两看着他们，陡然大喝："还有谁说戏法比不上魔术的？"一声气势磅礴的大喝，魔术界众人哑然失声，戏法界众人竟有一股热血沸腾的感觉。

陶连环和高管夫虽然面色淡然，眼底却露出了欣慰的笑意。

京大魔术社的几个年轻人也是神色各异。社长莫鼎丰心中有些复杂，他本应该同仇敌忾的，此时却生不起气来。何青怡看着那个红巾蒙面人的滔天气势，平静的心中就像扔进了一块石头，荡起了阵阵涟漪。她见多了以权压人、以钱压人、仗势欺人，却从来没见过这种凭一人实力就让整个行业向自己低头的。这个人跟她之前所见的，全都不一样。

赵严军神色凝重。眼前这个蒙面小子的实力比他想象的还要厉害，跟传说中的天下第一快手一样可怕，哪怕自己再年轻几十岁都没有把握战胜这个蒙面小子，更不要说现在了。如今，恐怕整个魔术界都没人能在手法上赢他了。

赵严军皱眉看向莫一鸣。莫一鸣感受到了目光，扭头看向赵严军，苦笑着摇头："赵老，我没把握赢他。"

赵严军又将目光看向其他人，其他人却纷纷躲开了他的目光，不敢和他对视。他心中悲凉，难道堂堂的一个魔术界，竟然没有一个人有上场一战的勇气吗？

莫一鸣突然开了口："罢了，赵老，我的确没有赢的把握，但我还是愿意斗上一斗。"赵严军诧异地看了过来。莫一鸣迎着赵严军的目光，露出笑容："有些事，总是需要人做的。我此番应战，不为戏法和魔术之争，因为在我看来戏法和魔术本就没有区别。我只当这是一场艺人之间的艺术交流，无论胜败，有益即可。"

"好。"赵严军激动之下，眼眶竟有些发热。

莫一鸣站起身来，朗声道："苏州莫家莫一鸣，前来讨教快手卢。"说罢，在全场的注视之下，神色自若地朝着场上走去。

通天神索

在罗四两展现了超绝手法之后，在郑有谦惨败颜面全无之后，在魔术界众人哑然无声之时，是苏州莫家莫一鸣站了出来，一如数十年之前一样。

莫家一代如此，世代如此，莫一鸣不负莫家人的名声。全场所有人都对莫一鸣产生了敬意，他此刻的选择并不是所有人都有勇气去做的。正因如此，他才得到了所有人的尊敬，包括罗四两。

莫一鸣走到了中间，对罗四两抱拳："久闻快手卢大名了，您应该是当年天下第一快手卢光耀的传人吧？"

罗四两抱拳回礼，颔首。

莫一鸣露出微笑："失敬了，久闻大名，未尝一见。今日有幸讨教卢家绝学，还望不吝赐教。"

罗四两简单回道："客气了，想比什么，请说吧。"

莫一鸣道："面对您这样的高手，我也不敢托大，我想比绳术。"

"绳术？"

在场好多人都是一愣。现场嘈杂了起来，赵严军也是稍稍错愕。

莫一鸣坦然道："世人都知我莫派擅长脱困术，诚然如此，但我也知道，卢老前辈的脱困术霸占了手榜第二名半个世纪之久，我没有把握能胜。如今甚少有人知道，我莫家最初成名靠的是绳术，我也想用莫家绳术对阵阁下的手榜第五，神仙绳术。"这一解释，大家才明白过来，原来如此。

罗四两也有些感慨："苏州莫悟奇，绳术动山河。半根通天索，欲问天上仙。"

"你……"莫一鸣吃惊不已。

民国时期，作家李寿民看了莫一鸣爷爷莫悟奇的演出之后，当场送了这四句词给他。《聊斋》所记载的古彩戏法《偷桃》中，曾提及可以伸到天上的绳子，那就是通天索。只是，当初没有"通天索"这个名字，直到李寿明写下这首词，之后的武侠小说作家才纷纷将通天索写进小说里面，这个名字也一直传到了现在。

莫悟奇最初以绳术成名，矢志复原《聊斋》记载的通天绳术，只可惜没能成功，所以才会被称作"半根通天索"。莫悟奇也因此大受打击，后来精研国内外的脱困术，终有所得。莫家脱困术彻底成名之后，反倒没人清楚莫家绳术的厉害了。

如今见对方这么清楚这四句赞词，莫一鸣也甚是惊讶。

罗四两心中也有些感慨。莫家跟快手卢家无仇无怨，跟戏法罗家却有世代交情的。早在民国时期，传统戏法逐步没落，当时除了罗四两的太爷爷、第一代戏法罗站出来为中国戏法说话之外，还有很大一批爱国戏法师和魔术师矢志弘扬传统戏法，其中就包括莫派的莫悟奇。当年，许多中国戏法师表演都穿魔术师的表演服，也是莫悟奇第一个提出要穿中国传统服饰表演戏法的，他也是第一代戏法罗的至交好友。

几十年前的民国，无人敢站出来，莫悟奇站出来了；几十年后的今日，无人敢站出来，莫一鸣站出来了。只是几十年后，莫家对战的对象却是自己，罗四两心中顿时感慨万千。

罗四两的第二场对决开始，比的是绳术。

莫一鸣早就知道卢光耀的神仙绳术很厉害。只是，当年的彩门斗艺莫家没有参与，莫一鸣一直觉得如果当年莫家参加斗艺，不一定会让神仙绳术独放异彩。新中国成立之后，莫家也成为了颇负盛名的艺术世家，也没人再计较当年的榜单了，所以才让神仙绳术霸占第五这么多年。只是，莫一鸣的内心终究有些不服气。

莫一鸣问罗四两："如何比？"

罗四两道："你出绳吧。"

莫一鸣也没客气，道了一声"好"，朝后一招手，说："请绳。"

一个年轻小伙赶紧拿着一个皮制盒子上场，交给莫一鸣。莫一鸣当着罗四两的面把皮盒打开，取出一捆绳子。这捆绳子有拇指粗细，外表看上去与平常的麻绳一样，并无特别之处。他把绳子理好了才问罗四两："你要检查一下吗？"

罗四两摇头。

莫一鸣又问："那你的道具呢？"

罗四两道："用你的就可以了。"

莫一鸣神情微微一顿，然后点了点头："好。"

不管戏法师还是魔术师，采用的道具大多都有门子。戏法之中有一门是彩法门，就是专门依仗道具的机关门子来完成戏法表演。其他类别的戏法也会用到机关，只不过机关的重要性没有彩法门这么突出。总而言之，机关门子就是戏法的灵魂。一些精妙魔术的机关，各家都有各家的做法，而且都是不传之秘。现在罗四两居然如此托大，连道具都不准备，也让莫一鸣心中生出了一些怒意，这年轻人未免太狂妄了。

莫一鸣心中有所不满，却并未表露，微微点头之后，对罗四两道："献丑了。"他右手将绳子抖落在地，手上只抓着绳子一头，大喝道："半根通天索，欲问天上仙，今日我莫家莫一鸣再使通天神索，求诸天神佛借力，起。"

莫一鸣把手中绳子的另一端往外一抛，绳子却并未落地，而是立在了当空，之前放置在地上的那一圈绳子依然静静躺着。这一瞬间，仿佛连万有引力都失去了它应有的力量。全场众人的目光都是一亮。

莫一鸣双手已空，又从皮箱里面取出一个传统乐器陶埙。他双手执埙，放于唇边，婉转呜咽的埙声缓缓飘散出来，洒落一地，竟然十分悦耳。谁也不曾想到莫一鸣竟然还有如此精妙的乐器功夫。最奇妙的是那捆绳子，那立在当空的一段竟然伴着莫一鸣婉转的埙声轻轻扭动舞蹈起来，仿佛是在给莫一鸣的埙声伴舞。

场上响起了惊叹声，就连赵严军的眸子都是一亮。所有人都瞪大眼睛看着那捆绳子，试图看透这个魔术的奥秘。

戏法界众人也被惊艳到了，惊叹之余，他们心中皆是一沉。莫家绳术如此厉害，这个蒙面快手卢怕是要输。想到这里，所有人都担忧了起来。包括戏法界那些跟卢光耀有仇的人，也不愿意在此时见到那蒙面小子落败。

武清双手抓紧，紧张问道："他……他能赢吗？"苗毅军沉着脸，摇了摇头。

武清着急不已。戏法罗最强的是落活儿，那是当世无敌的；快手卢最擅长的是手法，那也是当世顶尖的。你比落活儿、手法都行呀，比什么绳术啊？武清头都疼了。

相比于苗毅军师徒的担忧，高管夫和陶连环两人则淡定了许多，只是平静地看着罗四两。

学校魔术社的那群小子都已经呆了。

李麻辣难以置信地问道：“他那捆绳子用的是机器吧，是不是设定好程序再把芯片插进去，外面用遥控器遥控的？”

副社长唐易思看了他一眼，回道：“你没听人家说民国时候就用这个了吗？难道民国时期也有这么高的科技？”

李麻辣神色一滞。

唐易思微微一叹，有些感怀：“科技发展是好事，当年种种不可思议的机关，现在都能用科技轻松做到。是幸事，也是悲哀，各门各户秘而不宣的机关，现在很多都已经变成笑话了。”

李麻辣茫然地看着唐易思，没太懂。

新人刘明则淡淡道：“他们永远不会是笑话。诚然，现在科技日新月异，能做到许多我们之前无法想象的事情，可我们的先祖却是在那种科技荒芜的年代，用自己的奇思妙想和数代人的智慧结晶做到了现在只有科技才能实现的事情，他们已经足够了不起了，值得我们尊敬。”

唐易思看向了刘明。两人对视，目光中各有深意。倒是李麻辣被两人你一言我一语说得更加茫然，愣在了当场。

何青怡却突然惊叫道：“哎，你们看，他像不像是印度那边吹着乐器引蛇起舞的那种表演，像不像？那种叫什么来着？”

程不酸答道：“驯蛇术。”

李麻辣再度扭头，怪叫一声：“还真像啊，他这里面莫不是藏了一条蛇吧？”

魔术社众人都看向他，一时间有些无语。

罗四两静静地看着那段舞动的绳子。这段绳术他知道。这种乐器和绳术的表演形式，正是莫悟奇当年观看了印度驯蛇表演之后得到启发，才在自己的绳术里面发展出来的表演形式，效果极好，也极为卖座。这一段绳术叫作“玉人吹埙，金蛇随舞”。

埙是陶埙，吹的是《伤别离》；蛇是绳术，舞的是伤情。埙声如泣如诉，幽咽动听。金蛇的舞姿虽不优美，却也舞出了伤怀，尤其是其恍若活物的神异表现，更是让人惊叹不已。

随着一曲《伤别离》渐入佳境，金蛇的舞蹈也更是激烈，越升越高，足有一米多余。莫一鸣把《伤别离》最后的凄婉高调猛然奏出，金蛇陡然蹿高，恍若真蛇突起。尔后莫一鸣收声，曲子戛然而止。激烈之时，骤然打断，金蛇亦是软软落下，更添伤情。

“好……”全场静寂几秒之后，响起了轰然叫好声。

莫一鸣结束了通天绳术的表演，全场哗然。没人知道他是怎么表演的，也不知道这里面的门子，但光是表演效果也足够让所有人惊叹了。

《聊斋》里面记载的戏法《偷桃》中，戏法师扔出手上绳索，长绳直上云霄，腾空数十丈，小儿顺着绳索爬上云霄进入天宫偷桃，着实神异。莫一鸣自然无法复原书中所描写的奇幻场景，但这番表演效果也足够震撼，不愧是当年李寿民称赞过的通天索。

“献丑了。”莫一鸣把长绳收好，脸上带着满意的笑容。刚才的表演，他完全发挥了自己的实力，甚至在他的艺术生涯都堪称顶尖。或许是因为对手过于强大，让他超常发挥了吧。

罗四两赞道：“莫家通天索，果然名不虚传。”

莫一鸣举起手中长绳问罗四两：“你没带道具，要借用我的吗？”

罗四两摆手，说：“不了，你确实厉害。经过这么多年的发展，你现在的通天索比当初的莫老爷子还要厉害。”

莫一鸣自谦道：“若是站在巨人的肩膀上，还无法往前看，那就太愧对先人了。”

罗四两颔首，道：“刚才是我托大了，我需要自己准备道具。”

“请便。”莫一鸣很大方。

罗四两转头对着站在楼梯口的老板喊道：“老板，请过来一下。”

湖天会馆的老板都看傻了，旁边几个围观的服务员也看得背后直冒凉气。他们不是没见过魔术和戏法表演，但是像今天这样玄妙诡异的，还真没见过。尤其现在气功热还未散尽，大家脑中对特异功能的印象还没有完全消散呢。

老板这会儿都有些胆战了，他刚刚坑了这帮人好几万块钱。原本以为他们都是冤大头，可现在这帮人却突然展示出这么多特异功能，他不由得心慌起来。

听见有人叫他，他才茫然转头："啊？"待看清是罗四两之后，他才放松许多。这帮人厉害归厉害，但跟他一起分赃的还有一个更厉害的角色啊，六大门派再厉害不也被张无忌一个人干下去了吗？

老板殷勤地走到罗四两身边，半弯着腰，道："是，您吩咐。"

罗四两诧异地看他一眼，待看到老板神情，又看了看那边几个畏畏缩缩的服务员，立刻就明白过来了。他心中好笑，也没说什么，只道："去帮我拿根绳子过来。"

"什么样的绳子？"老板问。

"嗯……"罗四两沉吟。

"我这里有根绳子，不知道适不适合你用。"一旁的陶连环突然站了起来。

罗四两扭头看他，神情微微一滞。

陶连环从随身携带的包里面取出一捆绳子，朗声道："你看看，是否合用。"

全场人都在看陶连环，谁也没想到他会在此时帮这个蒙面小子，可他似乎也没有不帮的理由。一时间，众人神色各异。

"好，多谢。"罗四两神色复杂地往那个熟悉的身影走去。

第二章

单挑魔术行

绳术对决

罗四两从陶连环手上把绳子接过来，看着陶连环那张沧桑的脸庞，他心中微叹，神色也有些复杂。他犹记得当年这位陶叔叔抱着他玩的情形。陶叔叔的连环戏法是世界上最好的，他也最宝贝他的几个连环，连碰都不让外人碰，只有罗四两是个例外。

幼年时，他经常抱着陶叔叔的连环玩，甚至拿陶叔叔演出用的连环放在地上滚铁环，还到处溜达。他父亲气得要揍他，每次都是这位陶叔叔护着他，还说："表演用的连环不也是铁环吗？既然是铁环，为什么不能在地上滚？"这番话也让认识陶连环的人瞠目结舌。

陶连环很宠罗四两，每次从外地回来都会给罗四两带各种玩具和新鲜吃食，罗四两也非常喜爱这位陶叔叔。只是，自从父亲意外去世之后，罗四两把自己封闭起来，不愿意也不敢学戏法，不愿意也不敢接触他父亲的旧识。一次、两次、许多次后，那些人也渐渐不来了，就连陶叔叔都很少来罗家。

或许真的是自己伤了他的心了吧，罗四两想起过去的自己，才觉得自己真的挺浑蛋的。多年之后再见面，他心中也是万千的滋味。

“去吧。”陶连环只是说了一句话。

罗四两点了点头，又看向一旁的高管夫。高管夫没有理会罗四两，只是把脑袋转向一旁，神色自若。罗四两顿了顿，对着他们抱了抱拳，这才往场上走去。高管夫转过目光，看着罗四两的背影，微微一叹。

苗毅军扭头，迟疑道：“师哥……”

“闭嘴。”高管夫毫不留情地出言打断，把苗毅军噎了个够呛。

罗四两走回场中，慢慢抓紧了手上的长绳。这绳子他认识，是他父亲当年常用的道具，绳子一头还绣着一个小小的“罗”字。他父亲所有的道具都有这样的标示。

罗四两父亲最擅长落活儿，但并非只会落活儿。他会的东西很多，绳术也是其中之一。罗四两时常觉得，或许正因为父亲会的东西太多，才能将本来就已是顶尖的罗家落活儿推上另一个无法想象的高峰吧。

现在抓着父亲当年用过的长绳，罗四两心中充满了复杂的感情。当年的他是多么不愿意接触戏法，多么不愿承担家族的使命，多么不愿延续戏法罗的辉煌，可现在，他还是站在了这里，拿起了他父亲的绳索。

见着罗四两执绳的模样，苗毅军、高管夫和陶连环皆是神色恍惚。他们恍然间仿佛看到了当初那个站在舞台上睥睨天下的男人，那个傲视群雄、无人可敌的男人。

罗四两拿着绳子问莫一鸣：“要检查吗？”莫一鸣摇头。

罗四两把绳子理好了，说：“你刚才表演了玉人吹埙，金蛇随舞，表演的是动，那我就来个静的吧。神仙绳术，仙绳腾空！”一声大喝，罗四两右手猛地一抖，绳子迅速朝着前方打去。啪的一声脆响，绳子竟然打直了，可见罗四两刚刚爆发出来的力道有多么迅猛，多么刚直。

但更诡异的一幕出现了，软软的长绳打直了之后竟然不弯曲了，就好像这软软的绳子瞬间变成了一根棍子，可它表面的麻绳纹路却无时无刻不在提醒大家这就是一根普通的绳子。更关键的是，这绳子打直了之后就悬浮在了半空中，不再落下。

现在的情况就是罗四两一手拿着绳子一头，绳子打得笔直悬浮在半空中，就像是罗四两横拿着一根棍子一样。罗四两抚摸着绳子，露出微微笑容，接着松开了右手。绳子笔直横着悬浮在空中，并未落下。

悬浮术！全场哗然。

悬浮术在魔术领域并不算稀罕，魔术里面有，戏法里面也有。人们常说地面是属于人类的，天空是属于神灵的，所以悬浮术也被称为神仙术法。不论国内外，历史上都有不少心术不正之人利用悬浮术装神弄鬼，但现在民智已开、科学昌盛，靠这个装神弄鬼也骗不了多少人了。

戏法、魔术跟那些邪术最大的区别就是：一个坦然承认是假的，是靠机关门子完成的表演；另一个则是把这些现象归功于超自然力量，以此来行骗。但不管如何，悬浮术必然有其门子。

戏法人人会变，看的只是难度高低罢了。

悬浮术一般是支点悬浮、线控悬浮和障眼悬浮三种。一般的人体悬浮都是依靠支点来完成的，支架做得精巧，加上舞台设计巧妙，普通观众一般无法看穿。但是罗四两这个就有些难了，他可是没有准备过的，就连绳子也是借来的，而且就是当空这么一甩，绳子就悬在空中了。四面围观还能做到如此，这就是真能耐了。

绳子悬在空中，众人纷纷惊叹。莫一鸣的脸色却稍稍凝重起来。京大魔术社那边，副社长唐易思则皱着眉头，眯眼看着那根悬浮的绳子。

场上，罗四两落落大方道："刚刚你用陶埙吹了一曲《伤别离》，那我就用仙绳给你弹一首《常回家看看》吧。"

众人惊愕。何青怡直接扑哧一声笑了出来。

"好。"莫一鸣强忍着愤怒应了一声。

罗四两呵呵一笑，用手一弹长绳。笔直悬空的绳子突然抖动起来，就如同拨动的琴弦，震乱了屋内的平静，尔后竟然真的发出了琴声。

一时间，全场震惊且哗然。

神仙绳术是当年彩门的一代奇人何义天所创，他也是罗四两的师爷。这套绳术是集中国传统绳类戏法于一身的绝妙功夫，后来传到了卢光耀手上，卢光耀又根据自己的所学将神仙绳术推上了一个新的台阶，果然在彩门斗艺中大放异彩。

如今，这套绳术传到了罗四两手上。罗四两是神仙绳术的第三代传人，他传承的时间不长，也没来得及对神仙绳术进行发展和完善，但并不代表他不能将神仙绳术发扬光大。

今日，销声匿迹半个世纪之久的神仙绳术将在这里再度展现属于它的荣光，而这个荣光的缔造者，名叫罗四两。

长绳横空，仙人弹琴，此曲只应天上有，人间哪得几回闻？以绳为弦，以屋为板，周遭空间为回响，虚空弹奏，余音袅袅，当真是神仙手段，不愧是神仙绳术。

罗四两以绳为弦，琴声散落一地。

这场绳术表演有四种难解：

第一，长绳缘何笔直不弯？

第二，长绳为何悬空不落？

第三，琴声又是如何传出？绳子总不可能真的变成琴弦吧？

第四，长绳每弹一次都会凌空抖动，证明这的确是绳子，而不是棍子，内部也没有让绳子变得僵直的机关；而且即使绳子抖动了，也不落下，更不暴露机关门子。这到底是怎么做到的？

罗四两玩的这手绳术，着实让现场众人吃了一惊。只是那琴声弹奏的居然是《常回家看看》的调子，让莫一鸣在心惊之余，不免有些哭笑不得。他刚刚来了一个传统古曲《伤别离》，这小子立刻就来一首现代歌曲《常回家看看》，这不是搞笑是什么？

罗四两没有弹奏太久，只弹了一个前奏就停了下来，但也足够让人惊艳了。他停了手，像琴曲艺人那般躬身谢幕，用绅士般的口吻道：“一曲《常回家看看》，希望你们早点回家。”说完，把绳子收起来。

魔术界众人顿觉肝疼，戏法界那边却纷纷笑了出来。何青怡这丫头更是大笑出声，她好像从来都是有些不管不顾的。

一笑过后，现场却陷入了寂静之中。谁赢谁输，这该如何判断啊？

从来都是文无第一，武无第二，戏法行属于半文半武。先前罗四两跟郑有谦对决的那场，罗四两都抓着郑有谦的双手变戏法了，胜负一眼就能看穿，可以归属于武斗。而现在，罗四两跟莫一鸣一人演了一个节目，而且节目还不一样，这就难以下判断了。尤其双方还处在敌对位置，不管判哪个赢，另外一方肯定会不服啊。稍微弄不好，就会闹出戏法界跟魔术界的口水大战来。

罗四两只是站着，神情淡然，一句话都不说，甚至有些期待接下来事情的发展。

赵严军见罗四两如此表现，眉头皱得更紧了。高管夫和陶连环对视一眼，心情也稍稍有些沉重。

沉默片刻，莫一鸣扭头看向赵严军。赵严军对他沉沉点头。莫一鸣颔首，然后对罗四两道："刚刚这一场纯当献艺了，恐怕难分高下。这样吧，我们加赛一场，一根绳上斗艺。听闻神仙绳术号称'无物不可绑，万绳不可缚'，我正想见识一下。"

罗四两扭头看去，只见莫一鸣举起绳子，铿然道："请指教。"

高管夫和陶连环双双看向了莫一鸣，目光中带了许多欣赏之色。

"好，"罗四两沉默了许久，才答应下来，"用你的绳子吧。"

"好。"莫一鸣也应允一声。

他们接下来是用一根绳子进行对决，绳子的选择是很关键的。按照以前江湖斗艺的规矩，一般会选择另外一根绳子，这样对双方都公平。现在罗四两却选择用莫一鸣的绳子，等于主动把优势让给了莫一鸣。

在场众人都是行内人，看得懂这一幕，所以心里也有些奇怪：之前这个蒙面小子还咄咄逼人，怎么到了莫一鸣这儿就这么客气了？

莫一鸣一手拿着绳子一头，然后将另外一头给罗四两："请。"

罗四两接过。

现在是一根绳子，两人一人拿着一头。现场许多年轻人看不懂，但场中的老艺人和一些有传承的艺人却心知肚明，这才是绳术的武斗。当年，卢光耀就是凭借这一手绳术武斗才让神仙绳术夺下手榜第五的。

莫一鸣和罗四两各自执绳，把手举到鼻尖。两人皆是透过绳尖看向对方，目光锐利，气势凛然。

“请。”莫一鸣大喝一声。话音未落，右手猛然一抖，一股子刚猛的力道立刻把绳子打弯。带着巨大爆发力的绳圈立刻朝着罗四两那边打去，绳弯过处，绳子皆尽钢铁般笔直。

巨力袭来，罗四两丝毫不慌。他如法炮制，同样一抖绳子，另外一道带着巨大爆发力的绳圈也朝着莫一鸣袭去，威力丝毫不弱。

两道绳圈在当中相遇，两相冲撞，使得绳子发出剧烈的声响。“啪”的一声，全场皆惊。

罗四两和莫一鸣两人的手都被震得发痛。可这两人丝毫不停歇，分别抓着绳子一头朝着对方靠近，仅仅一瞬，两人便立刻面对面了。然后，两人四手快速动了起来，四手飞扬，如穿花蝴蝶一般，绚烂复杂却有难以言喻的美感。

再细细一看，他们竟是用同一根绳子往对方手上套，试图把对方的双手绑住。这便是绳术的武斗——绳缚术。神仙绳术“无物不可绑，万绳不可缚”的名号也是从这里来的。

两人激烈战斗，惹来全场众人屏气凝神，死死盯着二人的动作。长绳飞扬，两人身形微动，手上的小巧动作却越来越多，也越来也快。

少顷，莫一鸣猛地一拽绳子，绳子迅速回缩。再看罗四两的双手，已经被绳子一圈又一圈捆死了。

“好。”徐彬失声大叫。

赵严军却是神色凝重。

乱战之中，罗四两眯着眼睛看着对面的莫一鸣，看得莫一鸣心中陡然一跳。

罗四两的双手被莫一鸣用绳子一圈圈捆死了，这也让魔术界众人大为振奋。可那些年长一些的魔术师心中却明白，号称“万绳不可缚”的神仙绳术怎么可能这么简单就被人绑住？这个道理，莫一鸣自然也是明白的，所以尽管已经捆住了罗四两，他还是觉得如临大敌。

所有人都在等罗四两接下来的反击，罗四两本人却只是眯着眼睛看着莫一鸣。这种眼神让莫一鸣心中更加没有了底气。

几息过后，眼瞧着绳子越捆越紧，罗四两眼中的戏谑之意却越来越盛，淡淡道："你难道不知道神仙绳术被人称作'万绳不可缚'吗？神仙绳术，开。"

话音落下，罗四两眼中精光暴涨。他手上也没有什么别的动作，只是右手中指钩着一圈绳子，然后双手往外一张，然后便见绳子一圈圈崩散开来，仿佛之前那紧紧的束缚只是一个假象。

莫一鸣脸色大变，连连扯动绳子，可还是阻挡不了崩散的颓势。那崩散开来的绳圈飘散一空，凌乱至极，恐怕最厉害的数学家也难以发现其中的规律。

罗四两眯眼看着空中绳圈，眸子微微一动，抓着绳子一头连连变动几下，空中的绳圈更乱了。罗四两大喝道："神仙绳术，虚空乱捆！"一抖绳头，那一圈圈绳套直接冲着莫一鸣套去。

莫一鸣神色一变，明知情形危急，却不能逃。松开绳子就等于输了，所以他只能沉着应对，拼命挥动自己手上的这一端绳子，试图把绳圈给挡回去。一次，两次，绳子很长，绳圈太多了，如波浪滔滔不绝，最后那一大堆绳圈更是如同海啸般席卷而来，莫一鸣实在无力挥动，只能眼睁睁见那一堆绳圈套在自己身上。

见莫一鸣已经被绳子套住了，罗四两赶紧往后扯动绳子。

莫一鸣亦是动作连连。绳缚术是所有绳术的基础，有捆绑自然就有解绑，他们莫家绳术自然也有很精妙的解绑术。

见莫一鸣开始解绑，全场所有人都屏住了呼吸。罗四两却神色淡然，轻轻说道："结束了。"他抓住绳子另外一端，用力一拉，那看似凌乱无比的绳圈全都动了起来，像是贯注了罗四两本人的意志一般，在莫一鸣身上凌乱而有序地捆着。

说起来是长篇大论，其实也就是几个呼吸的时间罢了。莫一鸣依然在拼命解绑，可是他被这凌乱的绳圈弄得头都大了，根本寻不到规律。

罗四两最后拉紧绳子，所有凌乱的绳圈同时缩紧，把莫一鸣死死捆住了。莫一鸣欲挣扎，却是徒劳。刚刚这番动作让莫一鸣后背湿透，此时的他满头大汗，喘着粗气，神色狼狈。

胜负已分，全场噪声骤起。这一场对决，着实精彩纷呈。在座那些资历老的魔术师都振奋莫名，那些青年魔术师也真正见识到了传统绳术的厉害。唐易思抓紧了手上的折扇，指尖微微颤抖。

“这一招……叫什么？”莫一鸣神色复杂，问罗四两。

罗四两答：“虚空乱捆。”

莫一鸣面容苦涩，道：“好一个乱捆，果然厉害，是我输了。”

“得罪了。”罗四两抱拳之后，去给莫一鸣松绑。

虚空乱捆是神仙绳术里面一个不曾完善的绳缚术，这是罗四两的师爷何义天最先提出来的，他也研究了好久。虚空乱捆，靠的就是空中凌乱的绳圈来捆人，以图乱中取胜，但也有一个很明显的弊端：绳圈打乱了，固然能让对方反应不过来，可表演者自己也会乱，这种干扰是相互的。所以这项表演一般人做不到，何义天研究了好久也没有找到一个合适的解决办法，所以只做了一个残缺的版本。

虚空乱捆传到卢光耀手里后，卢光耀根据自己的所学把神仙绳术发展完善了，可虚空乱捆依然无解，因为它的致命缺陷无法解决。

直到卢光耀遇到了罗四两，罗四两的超忆症正好是虚空乱捆弊端的对症良药。别人分辨不了那凌乱的绳圈，罗四两只需要一眼就可以了。他就是虚空乱捆天然的传人。于是，卢光耀根据罗四两的先天优势，一点点改进和试验虚空乱捆，最终成就了今日大发神威的虚空乱捆。

先前，罗四两是故意被莫一鸣捆住的。要施展虚空乱捆，他需要自己这边有足够的绳子和足够的绳圈。等莫一鸣上套之后，罗四两再解绑，施展虚空乱捆，一举奠定胜局。

莫一鸣面色灰白，回到赵严军身边，说道：“赵老，抱歉，我输了。”范伟正和郑有谦也神色复杂地看着他，有同病相怜之感。

赵严军却道：“一鸣，你不辱莫家威名，你很好。”

扇戏世家

罗四两连胜两场，魔术师们都心生畏惧，害怕输给这个年轻人之后颜面无存。赵严军看了周围两圈，发现所有人都在躲着他的目光，心中也是微凉。

罗四两平静如常，问道："还有人吗？"众多魔术大腕纷纷躲开他的眼神，竟无一人敢与他直视。

罗四两一人便纵横捭阖，睥睨全场，这等一人压一行的气势，谁人可有，谁人敢有？他身后的许多戏法师也握紧了拳头，激动得浑身发抖，恨不得以身代之，恨不得站在台上的人就是他们自己。

少顷，不见有人上台，罗四两便道："若是没人上台，那这次比试我可就要赢了。"

这话一出，场上所有魔术师都心中一沉。真的没人上场了吗？难道他们真的要输了吗？难道他们一整个行业的高手真的被一个蒙面小子给压制住了吗？

徐彬更是扭头焦急地看着，看到平日里那些自视甚高的魔术师此时都偃旗息鼓，他眼睛都红了。

"呵。"罗四两轻蔑一笑。这一笑，仿佛给了那群魔术师一个狠狠的耳光。范伟正和郑有谦都臊红了脸，感到了滔天的耻辱。莫一鸣也重重一叹，眉有忧色。

戏法界那边，高管夫和陶连环对视一眼，叹道："可以出手了，火再大就灭不了了。"陶连环点头，刚准备站起来，变故又发生了。

变故发生在魔术界那边。赵严军和徐彬两人都站了起来，徐彬正在阻止赵严军。

"赵老。"

本来打算上台的赵严军，却被徐彬叫住了。他扭头看向徐彬，面露疑惑。

徐彬脸上带笑，神色轻松了许多："对付这个小小戏法师，何须劳动各位前辈的大驾？有我们这些小辈出马就足够了。"

"嗯？"赵严军一愣。

"徐彬，"范伟正低声怒喝，"快回来。"徐彬却根本没有理会范伟正的低喝。

"你这话是什么意思？"赵严军有些闹不明白了。

徐彬笑着说："赵老，您放心，我已有不败之法。"

赵严军神色疑惑。徐彬也没有多解释，只是冲着吴辉招了招手。吴辉兴奋地点了点头，便快速跑开了。

徐彬下场，走到罗四两面前。他没看罗四两，自顾自地环顾了四周一圈，心中也是略略振奋。他很享受这种万众瞩目的感觉，一想到今日看着他的都是行内的顶尖人物，他就更激动了，甚至有些飘飘然。

见到此景，罗四两眉头皱得更紧了。

徐彬收回目光，稳了稳激动的内心，重新看着罗四两，吐了口气，稳住气息，问："你还记得我吗？"

罗四两看着他，反问："你是谁？"

徐彬一口气噎住，脸色涨红。旁边看热闹的那群人差点笑出声来。

徐彬咬了咬牙，再度把心绪平复下来，道："好，既然你不认识我了，那我今天就重新让你认识认识。"

罗四两不置可否。徐彬接着道："今日你代表戏法界挑战我们整个魔术界，也赢了两场，但是我告诉你，你赢了，并不代表你真的厉害到无敌。我们两位老师落败，也不是真的实力不如你，而是不适应你们的挑战方式罢了。"

罗四两挑了挑眉，静待他的后话。莫一鸣和郑有谦也皱眉，他们都闹不懂这个小伙子到底想做什么。

徐彬朗声道："我徐彬不才，只是魔术界的一个小人物。但我想告诉你的是，我们魔术包罗万象，绝对不是你一个人能穷尽的，你想一个人战胜我们整个魔术界，简直就是痴心妄想。”

罗四两有些不耐烦，道：“有什么屁话就赶紧说吧，就别铺垫了，又不是写作文。”

徐彬话语被打断，恨得牙根都有些痒痒。也不知道为什么，这个蒙面小子每次说话，他都会气到肝疼，所有修养和淡定都会被抛诸脑后。徐彬强行稳住心绪，也不再废话了，盯着罗四两道：“你想跟魔术比是吧？好，我跟你比。我今日要让你见识一下什么才是包罗万象的魔术，我要跟你比群体魔术。”

这话一出，全场都是一愣，就连罗四两都诧异了一下。

但是，大家立刻就明白过来了。场上的蒙面小子只有一个人，怎么可能比群体魔术？而且这蒙面小子之前那么狂妄，得罪了现场不少人，行内现在也没人敢跟他站在一起了啊。这样一来，他几乎是必输无疑。一瞬间，所有人看徐彬的眼神都不一样了。徐彬腰杆又挺直了几分，脸上自得之色怎么都掩盖不住。

赵严军看了看徐彬，又看了看蒙面的罗四两，先是皱了皱眉头，神情有些不愉，尔后也叹了一声，摇了摇头。范伟正也呆呆地看着自己徒弟，没想到这小子居然能想出这样一个歪招。

戏法界众人纷纷暗骂徐彬无耻，居然能想出这样的浑蛋招数。东北练手门众人依旧在闭目养神，不发一言。

“无耻。”武清怒骂一声，就要站起身来。苗毅军一把拉住了她，低声喝道：“不许去。”武清急道：“我要去帮他。”苗毅军瞪着武清，喝道：“不许去。”武清神色焦急，满心悲愤，脚下却不敢有多余的动作。

徐彬笑盈盈地看着罗四两，问道：“怎么，不会群体魔术？呵呵，我就说了魔术的学问很广，包罗万象了。算了，我也不跟你计较，就算平手吧，怎么样？”闻言，魔术界众人的神色缓和了许多。戏法界众人皱了皱眉，也没说什么。

这就是徐彬的聪明之处了。他就是奔着平手来的，这样既不会激起戏法界的不满，又不至于损伤魔术界的颜面，双方都下得了台。

何青怡气得跳脚，愤愤道："真不要脸，我能不能上去帮他？"

副社长唐易思却淡然笑道："又何须你来出手？"

"什么意思？"何青怡扭头看向唐易思，神色惊讶。

社长莫鼎丰心中一惊，赶忙问："小意思，你要干吗？"

唐易思把手上的折扇拿起来，轻抚一下，笑："我们似乎沉寂太久了，以至于现在都没几个人认识我们了，这江南第一扇也蒙尘了呢。"说罢，执扇上场，气度悠然。

唐易思这番出场，所有人都吃了一惊。原本还得意扬扬的徐彬，笑容顿时凝固在脸上，呆呆看着唐易思，失声问道："你上来干吗？"

罗四两也看向了唐易思，目光落在了他手中的折扇上。

一时间，唐易思受到了万众瞩目。众人都傻了眼，纷纷向身边人询问这人的身份，还有人赞叹这人比那个蒙面小子还有气魄。虽说蒙面小子挑战了整个魔术界，可毕竟是蒙着脸的，事后把面巾一摘，谁也不认识他。这年轻人倒好，直接上场，果然是条好汉。

京大魔术社那边，阿夏惊叹道："这种情况都敢上，真不愧是拿过省魔术比赛一等奖的社长组建的魔术社里的副社长。"

莫鼎丰没好气道："你能不能闭嘴？"

何青怡却兴奋道："副社长好样的，他去帮忙了。"

于小婷有些担忧："这种情况上场，他不怕被人记恨吗？"

莫鼎丰沉着脸，道："记恨什么呀？他又不是行内人，那群人能找他什么麻烦？而且他以后又不混魔术圈，所以才无所畏惧啊。"

李麻辣这才了然，激动道："那我也上去凑个热闹好了，这种出风头又没风险的事情，我怎么能放过啊？"

程不酸瞥了他一眼，没好气道："你会魔术还是戏法？你上去表演干瞪眼？"

李麻辣气得回身就要和程不酸掐架。就在这时，一直沉默的新人刘明淡淡道："不管深层原因是什么，这场比试是戏法跟魔术的比试，真不是随便什么人都能去凑数的。”程不酸转过头，认真地看了他一眼。

场上，徐彬见唐易思上来，顿时就有些气急败坏，色厉内荏道：“你是谁，你知道自己在做什么吗？”

唐易思站稳了脚步，把折扇搭在手上，看着徐彬，笑着自问：“我……是谁？”

徐彬看看唐易思，又看看他走出来的地方，等看到莫鼎丰的时候，他的神色才轻松了不少：“原来是京大魔术社的。今天是魔术界跟戏法界的比赛，是我们行内的事情，你只是一个票友，还请不要参与。”

唐易思摇头，自嘲道：“所以，我唐家现在变成票友了吗？”

徐彬一怔，扭头看莫鼎丰，却见莫鼎丰也一脸无辜。徐彬心中烦闷，怒道：“今天是我们两个行当的对决，你一个大学生不是外行人又是什么？你根本就没有资格上来捣乱，给我下去。”

唐易思慢慢挺直了腰，抬头看了看徐彬，又看了看四周，自嘲道：“外行人？呵，我们太久没出来，被人遗忘了吗？”徐彬闻言一愣。

全场的目光都被唐易思吸引了，就连罗四两的目光中也带上了几分好奇之色。莫一鸣沉吟片刻，目光慢慢挪到了唐易思的折扇上。

苗毅军问高管夫：“师哥，这人是谁啊？”

高管夫摇头：“不知道。”

陶连环看了半晌，突然叫道：“不对，你看他手上拿着的扇子。”

与此同时，京大魔术社的众人也猜测纷纷。李麻辣凑近莫鼎丰，问：“哎，社长，副社长还有啥了不起的身份吗？”

闻言，魔术社的几个人都看向了莫鼎丰。莫鼎丰也蒙了，茫然道：“我不知道啊，他也不会魔术啊。他的魔术还是我教的，而且怎么教都学不会。”

李麻辣傻眼了：“啊？那他是怎么当上副社长的？”

莫鼎丰理所当然道：“他来得早啊。”

场上，徐彬死死盯着唐易思的眼睛，喉头发出气急败坏的声音：“你到底是谁？”

唐易思把手上的折扇平举起来，放在胸前，右手拿扇柄，左手在扇子头部虚空一拉。众人只见到他的动作，却看不见他拉着什么，他两手之间除了折扇之外毫无一物。

唐易思却一派淡定，抬起头，目蕴精光，朗声道："江南千丝唐，一丝动万物。千丝唐，一丝唐，唐家唐易思。"

这番话一说，现场好多人都是一脸茫然，只有那些真正了解立子行传承的人才感到大吃一惊。莫一鸣长呼一口气，震惊道："江南千丝唐，一把扇戏惊天下。竟然是千丝唐家的人，他们不是新中国成立后就退出立子行了吗？"赵严军也惊讶地张大了嘴，一脸不敢置信。

"果然，"高管夫眼中精光大作，"江南第一扇，扇风扇雨扇鬼神，千丝唐家竟然还有传人！"

苗毅军更是惊愕："他们不是早就说不再传承家族戏法了吗？"陶连环看了他一眼，道："这你也信？"苗毅军一时无语。

场上，罗四两看着唐易思，心中也微微一惊。他没想到唐易思居然是江南千丝唐家的人。当初卢光耀还说等他学会了鬼马张家的机关术，就带他去学唐家的丝法门戏法，可后来卢光耀意外去世，张、唐两家的求艺之路也未能成行。没想到今天，他居然在这里见到了唐家传人。

万众瞩目之中，唐易思两步走到罗四两身边，轻语道："单义堂唐家唐易思，见过坐馆大爷。"

罗四两眸子微微一抬。

唐易思说罢，抬起折扇指着徐彬，面带笑意，朗声道："唐家唐易思，得罪了。"

戏法分成许多门类，丝法门就是其中之一。只是现在丝法门的戏法传承渐渐少了，活跃在舞台上的也只有鸳鸯棒一种，其他都是很小众的戏法，也不太受观众欢迎。

百年以来，集丝法门戏法之大成的就只有江南千丝唐家。为何称他们为千丝唐？就是指他们家族掌握了成百上千个丝法门戏法。虽说数量有些夸张，但也足以说明唐家在丝法门戏法上的成就和权威了。

民国时期，好多戏法艺人都想拜在唐家门下学习丝法门戏法，那时候的江南唐家可谓是鼎盛至极。新中国成立后，大家都以为唐家会在中华杂技团里占据重要位置，可是唐家整个家族竟然没有一个戏法师主动出来。当时负责杂技事业的领导和行内一些前辈都去唐家询问，最后把唐家人逼急了，唐家老爷子直接拍着桌子说“唐家戏法不再传承”，才把那些人打发走。后来，唐家人也不在立子行里行走了，戏法界的众人还极为惋惜。

几十年过去了，如今已经没有多少人记得当年的千丝唐。现在突然冒出来一个唐易思，让那些知道江南唐家的人大吃一惊。曾经的江南第一扇竟然要重出江湖了？可是唐家当年为什么要退行？现在为什么又毫无征兆地出来？

唐易思的出场引起了轩然大波，而引起这场风波的主角唐易思还拿着扇子指着对面的徐彬。他的意思已经很明确了，以扇指人，意为挑战，但是在场大多数人都不懂，因为这是江湖斗艺的规矩。

徐彬也蒙了一下，心道：得罪？得罪什么？

不等徐彬反应过来，唐易思手中折扇骤然打开，“啪”的一声，清脆入耳。他轻摇扇子，微微而动，众人纷纷愕然。站在对面的徐彬更是丈二和尚摸不着头脑，还以为唐易思是在故弄玄虚呢。

唐易思脸上露出微微笑意，说：“扇戏，扇功，扇风扇雨扇鬼神……”话音落下，只见徐彬裤兜一阵抖动，尔后一串钥匙从他裤兜中凌空飞出来，停在空中如蝴蝶般翩翩起舞。钥匙的撞击声，清脆悦耳。

“哇！”全场惊呼。

罗四两也双目一凝。扇戏他也会，传自卢光耀。卢光耀的扇戏也是在唐家学的。只是今日见了正宗的千丝唐传人，罗四两还是大开眼界，自叹不如。

徐彬也大吃一惊，赶紧用手去抓。唐易思脚下连动，手上的扇子也是在不停地变换姿势，不停摇动着。那个虚空飘浮的钥匙也随着唐易思的舞动连连而动，就像一个俏皮的小精灵在围着徐彬玩闹。可是徐彬完全感受不到玩闹的喜悦。他频频伸手去抓，那个小精灵却灵活极了，频频从他的魔爪下逃生。

徐彬满脸通红，像个孩童一般被人要弄，这对他来说简直是莫大的耻辱。

场上其他人则是惊呼不断。扇戏虽然已经近乎失传了，但是大家都知道它是依靠隐线的拴连来完成表演的。隐线在魔术戏法中的运用还是挺广泛的，但是达到唐易思这般地步的，目前还真没有。他是什么时候把线拴到了徐彬身上，还让徐彬一点都察觉不到的？

赵严军看到这里，也叹为观止，自叹弗如。就连曾经跟随罗家班征战世界的陶连环和高管夫，也被唐易思惊艳到了。陶连环脱口赞道："真不愧是千丝唐家的人，这江南第一扇的名号真是名不虚传啊。"

武清轻咬嘴唇，表情复杂。她也是一个优秀的青年戏法师，在年轻一辈里面算是顶尖的。可是，别说跟罗四两比了，就算是跟唐易思比，她也黯然失色了许多。她在团里面一直跟徐彬并称双子星，现在看徐彬被人像孩童一般戏要，心里也有些挫败，仿佛看到了一道可怕的鸿沟。

武清扭头看向苗毅军，却见苗毅军凝神注视着唐易思，目光很是复杂。良久，苗毅军才说："这个世界上有天才，也有天才之上的天才。而能够走上那个舞台的，只有天才之上的天才。"闻言，武清微微垂下头，心中很不是滋味。

京大魔术社那边，李麻辣咽了咽口水，问道："社长，副社长的魔术真是你教的？"

何青怡补充道："还是……怎么教都学不会的那种？"

莫鼎丰两眼发直，愣在当场，开始怀疑人生。

场上，罗四两也赞叹地看着唐易思。他也能虚空御物，但无法隔着细丝把钥匙驾驭得这么灵巧。徐彬也是一个非常优秀的魔术师，双手也很灵活，要隔着细丝驾驭钥匙，还能不让他抓到，这难度确实很高。江南千丝唐果然厉害！

"啊！"一直被一串钥匙戏要的徐彬有些暴躁地低吼起来。

唐易思这才停下，扇子一扯，钥匙朝他自己飞来。他伸手接住钥匙，把扇子收好，客气道："得罪了，我现在可有参赛的资格？"

"你……"徐彬目眦欲裂，脸色羞红。

唐易思摊开手掌，钥匙静躺其上："我无意结仇，但既然是斗艺，就得有斗艺的规矩。既然站上了这个赛场，留手才是对对手最大的不尊重。"徐彬面色涨红，无言以对。

何青怡在一旁喊道："现在可是多人对多人，你还有什么话说？"

"我……"徐彬一时语塞，自己刚才的信心满满现在竟然变成了一个笑话。

"有，我有话说。"

众人扭头看去，只见观众席上快速冲出一人，是吴辉。

徐彬也愣了一下，不知道吴辉这时候跑过来干什么，难道他还有别的招数？

在众人的注视下，吴辉快速跑到场中心，喘了两口气，忙道："我有话说，我有话说。"

罗四两淡淡道："那你倒是说啊。"

"我……"吴辉刚要说话，却被徐彬打断了。徐彬低喝道："你要干什么？"吴辉丢给他一个宽慰的眼神，说："放心，我心里有数。"

说完，吴辉站直了身子，对罗四两说道："你很强……"

罗四两不耐烦地打断他："你们出来都是同样一段套话吗？有什么话就赶紧说吧。"

吴辉抿嘴，脸上闪过一丝羞怒，也不废话了，直接道："我们现在比的是多人魔术。什么是多人？正所谓三人为众，你们这里才两个人，算什么多人魔术？"

这话一出，全场哑然，魔术界众人更是神色尴尬。徐彬要求比多人魔术已经够不要脸了，这小子竟然当场诡辩起来了。

戏法界那边也议论纷纷，但也没有人直接站出来指责，毕竟此时站出来就无异于和魔术界公然作对。

武清气得双拳紧握，骂道："这个不要脸的家伙，看我回去怎么收拾他。"苗毅军叹息一声，也没劝什么。他还是愿意相信罗四两，相信这孩子能破解当前的危局。

京大魔术社那边，早已忍无可忍的何青怡破口大骂："你还要不要脸了？"她也没收着声音，一副天不怕地不怕的样子。

吴辉面子也挂不住了，喝道："你是谁？有种报上名来。"

本想吓住何青怡，没想到她毫不畏惧，当即骂道："姑奶奶行不更名坐不改姓，何青怡是也！我可不像你这样臭不要脸。"

"好你个小丫头片子……"吴辉大怒。

"好了。"徐彬赶紧劝住吴辉。

吴辉也心知不能跟一个丫头片子多计较，便扭头对罗四两道："该说的我都说了，如果你们人数不够的话，这场比试是进行不了的。"

罗四两看着魔术界众人，轻蔑道："今日，我可算是长见识了。"

对面众人老脸皆红，却无人说话。今日不论如何，他们这些人都要颜面扫地了，连带着魔术界的面子也折了不少。只希望最后能落个平手，算是给他们找最后一块遮羞布吧。

徐彬压下心中的不适，道："既然如此，我们算平手可好？"

罗四两轻蔑一笑。唐易思站在一旁，并不说话。

"我看这样，并不好。"人群中突然响起了一道不和谐的声音。

众人纷纷看去，只见京大魔术社那边又走出来一道瘦削的身影。这人就是进社不久，一直没有什么存在感的刘明。

快手刘家

"他上去干吗？"莫鼎丰傻乎乎地问道。

李麻辣揣测着："难道他也跟副社长一样有了不起的来历？"

莫鼎丰道："不能吧。面试的时候他说不会魔术，我还说等他进社以后亲自教他呢。”

李麻辣讶异道：“又是你教？”莫鼎丰嘴角抽搐几下，索性闭了嘴。他突然感觉今天晚上有点邪性，他的嘴跟开过光似的。

刘明缓步走到台上。他身材很瘦，样貌平平无奇，一双手却白皙修长，青筋隐隐外露。

“你又是谁？”吴辉失声惊问。都到这个地步了，怎么还有人敢上来捣乱？

罗四两有些错愕地看着刘明。唐易思反倒没有那么惊讶，看着刘明，目光流露出赞赏之意：这小子，终于憋不住了！

刘明却一派淡定，抱拳朝着四周行礼，尔后收回双手，看了蒙面的罗四两一眼，朗声道：“华北，快手刘，刘明。”

“快手刘”三字一出，全场皆惊。罗四两也诧异地看着刘明，之前居然不知道刘明有这么大的来历。

“竟然是快手刘？”莫一鸣甚是讶异。

赵严军也错愕道：“快手刘居然还有传人？”

戏法界那边，高管夫皱眉道：“当年老快手刘下放牛棚之后就病死了，少刘也去了西北农村当知青，后来就没了消息。几十年间，一直没见刘家人出来过，大家都以为快手刘家没后了，没想到他们不仅有后，还把手艺传承下来了。”

陶连环也惊叹道：“百年之前，快手刘和快手卢是华北立子行手彩界的双子星，两人可没少斗艺。这两支的手法传承，我们之前都以为断绝了，没想到今天都出现了，还出现在同一个舞台上，真是热闹。”

武清问：“陶叔，快手刘跟快手卢有仇吗？”

陶连环解释道：“有仇倒算不上，但是他们都以‘快手’为号，能不相互竞争吗？只是快手卢以做堂会为主，是给王公贵族和洋人们表演的；快手刘则在江湖卖艺，跟那些普通艺人一样。至于两人的实力，那还真不好说。我只听闻他们一直在争斗，大概也一直没有分出高下吧，后来快手卢家族没落，两者也就没再斗了。再后来，卢光耀横空出世，又跟整个立子行结了仇，所以后来写戏法艺人的书里只见华北快手刘，从不提同为双子星的快手卢，你不知道也算正常。”

场上，吴辉看着刘明，心中警兆大升：“你上来干吗？”徐彬的心脏更是扑通扑通跳个不停。

刘明相貌很普通，平时在学校魔术社也很容易被忽视，可如今他站在当场，噙着淡淡笑容，竟然生出一种胸怀丘壑、掌控全场的感觉，甚至隐隐有些霸道凌人。场下的魔术社众人都呆了，但是对行内人来说，快手刘传人有这种气质和气势才是正常的，毕竟他们也不是普通人。

刘明没有理会吴辉的询问，微微一笑，转身对着蒙面的罗四两抱了抱拳，说道：“华北第四代快手刘，见过快手卢。”

罗四两也抱拳：“客气。”

刘明道：“想当初我们两家先祖并称华北手彩界的两双快手，他们也曾相互比斗，但实力相差不远，一直难分高下。后来快手卢前辈去世，少卢爷当家，卢家不复当年盛况，我们也没有再去挑战的心思。直到第三代快手卢卢光耀前辈横空出世，甚至被行内人尊为天下第一快手，名号俨然要压在我们快手刘头上了。只是，当年那场大战我们刘家并未参与。我祖父一直想跟卢先生一较高下，可惜卢先生销声匿迹数十载，我祖父只能抱憾而终，连我父亲也一直引以为憾。没有我们快手刘的参与，你们快手卢凭什么称自己是天下第一快手？”他心中隐隐有些激动。当初被唐易思游说加入魔术社的时候，他才得知罗四两与快手卢的渊源。自那之后，他一直期待着今日这一战。

罗四两闻言，皱起了眉。徐彬和吴辉则是大喜过望。他们原本以为这个家伙是来给蒙面小子站场子的，可现在听这话里的意思，他们之间好像早有旧怨啊。

场下众人也纷纷讶异。何青怡呆呆道：“他什么意思？”

莫鼎丰一脑子糨糊，下意识回道：“我不知道啊。”

罗四两微微皱眉之后，面色恢复如常，问：“那你想如何？”

刘明再度抱拳，看着罗四两的眼睛，认真道：“向你挑战。一场迟了半个世纪的挑战，一场快手刘和快手卢的宿命之战，一场证明谁才是天下第一快手的挑战，荣誉之战，快手之战。”

“好。”吴辉突然大叫一声，兴奋之色溢于言表。徐彬也露出了笑意，神色轻松了不少。

罗四两依旧淡然，低头沉吟了一会儿，笑道：“答应你的挑战倒没什么问题，但是我这儿还有对手没解决呢。”

“这个简单，我帮你解决就是了。”说着，刘明转身面向徐彬和吴辉，抱拳道，“立子行快手刘刘明，请指教。”徐彬和吴辉直接蒙了。

“你……你……你怎么帮他了？”吴辉连完整话都不会说了。

“今日是立子行与魔术界的争斗，我快手刘虽然久未在江湖上行走，但我们还是立子行中人，自然责无旁贷。”

吴辉顿时哑口无言。徐彬面色阴鸷，低声恶狠狠问道：“你们真的要跟整个魔术界作对吗？”

刘明呵呵一笑：“快手卢都不怕，我们快手刘又有何惧？”

徐彬有些气急败坏，急吼道：“你说你是快手刘你就是快手刘吗？你有什么证据？你又凭什么参赛？”

“那就得罪了。”刘明冷冷道。随后，他从裤子中掏出一颗玻璃弹珠，放在手上，喝道：“接我一弹。”话音刚落，他手一甩，弹珠如子弹一般猛然飞出，朝着徐彬飞去。

徐彬大惊，想躲闪，又想接住，可还没等他想清楚，小弹珠就砸在了他的胸前。“砰”的一声闷响过后，是一声惨呼。而那枚小弹珠撞到徐彬胸前口袋之后，竟然还反弹了回去，正好被刘明接到。仅仅这一手，就可见他刚刚有多快，又有多用力。

徐彬疼得满面涨红，捂着胸口缓缓蹲在地上，胸口袋子之中掉出来好几样东西，都是传呼机的碎片。原来刚刚那枚弹珠打在了传呼机上，直接把传呼机给打碎了。也幸好传呼机给他挡了一下，不然他现在恐怕得躺在地上了。

刘明有些失望地把弹珠收起来，摇头道：“你太慢了。”

全场顿时哗然，惊呼连连。罗四两扭头看向刘明，虽说刚刚对方只弹了一个弹珠，但已经足以证明，这人绝不简单。

再看场上，吴辉已经把倒在地上的徐彬扶了起来。看着地上的传呼机碎片，吴辉不禁打了个冷战，这玩意儿要是打在人身上，那还了得？

徐彬已经缓过来不少，又是羞愤，又是恼恨。他自从学魔术至今，一直顺风顺水，还从未受过如此奇耻大辱。吴辉也低着头不敢说话。

罗四两这才看向两人，问道："人够了吗？"

吴辉跟徐彬更是难堪至极。

"如果不够的话，我也可以来帮忙。"又是一道声音传出来。学校魔术社再走出一人，是于小婷。

众人木然地看着她。只有莫鼎丰，两眼瞪大，跟见了鬼一样。李麻辣扭头，面无表情地问莫鼎丰："社长，于师姐的魔术也是你教的？"

何青怡追问道："也是怎么教都不会的那种吗？"

莫鼎丰脸色一阵白一阵红，恨不得把这两人直接丢出湖天会馆。

另一边，于小婷落落大方地走到场中间。她出身江湖，本就有一股子潇洒劲儿，现在一身女装，更显出别样的风情，一如杨家女将中的穆桂英。

罗四两稍稍沉吟。他知道于小婷应该已经认出他来了，毕竟蒙面能瞒陌生人，却瞒不了熟人。

于小婷抱拳，朗声道："津门于家，于小婷，见过诸位。"

全场沉默。津门于家是哪个传承？之前已经出现两个有传承的世家传人，所以那些年轻演员这会儿都在暗自琢磨。

在场的立子行前辈也在低头思索。苗毅军问高管夫："师哥，这津门于家是什么传承，我怎么没听说啊？"

高管夫想了一想，若有所思道："我也没听过，可能是更加古老的传承吧。我们彩门传承数千年了，传承很多，也断了很多，谁知道哪个犄角旮旯里还藏着一支很厉害的传承啊。"苗毅军觉得很有道理，暗自点头，把"津门于家"几个字牢牢记在心里。

于小婷看着对面的徐彬和吴辉，笑眯眯道："按照你们的规矩，我是不是也需要展示一下，证明我是立子行的传人？"徐彬和吴辉齐齐打了个寒战。

于小婷又是嘻嘻一笑，扭头对罗四两道："你好，快手卢。"

罗四两只是微微颔首。于小婷也不在意，又对刘明和唐易思道："真没想到你们居然有这么大的来头，小意思，你可瞒得我们好苦。"

刘明和唐易思亦是莞尔。唐易思笑道："我也没想到，你居然是于家后人。"

于小婷收了嬉笑，道："于家是立子行中人，以后都会是。"津门贼王已下贼船，但她作为贼王世家的传人，一定会把家族绝活儿"苏秦背剑"传下去，以立子行绝活儿的名义一代代传下去。

唐易思看着她，挑了挑眉。罗四两则是深深地看着于小婷，目光微沉。他知道，她终于找到了自己要走的路，于家也不会是之前那个于家了。如果说之前的九龙堂会是于家的退行之举，那么今日于小婷的所作所为，便是于家的新生了。

"好了！"赵严军沉声喝了一句，徐徐站起来，瞬间吸引了所有人的目光。他站起身，纵然老气横秋，也有刚直不屈的风骨。他看着场上几人，怒道："好，好啊，果然是英雄出少年。"场上几人都是不语。

赵严军尽力挺直已经微微佝偻的背，松散的花白眉毛微微颤抖着，一双虎目却炯炯有神。他盯着蒙着面的罗四两高声喝道："我，赵严军，原华北杂技团魔术队演员。十八岁学艺，二十岁登台，至今已有四十余载。我，赵严军，一生演出无数，一生教授学生无数。我，赵严军，仰无愧于天，俯无愧于地。我，赵严军，白发苍苍，但廉颇老矣，尚能食饭。我，赵严军，应战！"最后两个字几乎是吼出来的。

"赵老，不可啊！"众人皆是惊呼。

赵严军现在年纪大了，身体反应速度早已不在巅峰，根本不可能是这个蒙面小子的对手。而且，赵严军一直是魔术界的一面旗帜，如果连他都输了，那他们整个行当可就真的一败涂地了。加上赵严军人缘甚好，不管是谁，都不愿见他一把年纪还要颜面扫地。

所有人都在拦赵严军，就连莫一鸣都站了起来，却被赵严军一言喝住："输了，并不丢人。如果连比的勇气都没有，那才丢人。"一言既出，在场的魔术界众人纷纷面红耳赤，不敢说话。

戏法界那边也很震惊，众人面面相觑，一时无言。赵严军出了名的愿意提携后辈，不管是学戏法的还是学魔术的，他都愿意帮忙，所以得到了所有人的敬重。

高管夫有些忧心地叹道："这下真的是越闹越大了。"

场上，罗四两却摇了摇头："我不想跟你比。"

赵严军道："你看不上我这个糟老头子？"

罗四两顿了顿，道："并非如此。赵老先生的威名，小子也早有耳闻，只是赵老年纪过高，实在不宜下场争斗，我也不愿意胜之不武。还有，您早就功成名就了，真的不必再蹚这浑水。"

赵严军鼻头重重一哼，怒道："难为你还知道我这个糟老头子的名字。我跟你比试，不是为了名，也不是为了利，而是我看不惯你，看不惯你的所作所为。当时我听闻魔术界出了一个少年英才，把范伟正都赢了，还高兴得很，觉得中国魔术总算后继有人了。结果呢，你看看你都干了些什么？我与你比试，只是想告诉你什么才是艺人，什么才是魔术，什么才是堂堂正正。"赵严军的话语已经很委婉了，并没有把罗四两的企图直接说出来。

罗四两默然了好一会儿，才说："好，我答应你。"

赵严军颔首："我年事已高，身体状态也不在巅峰了，需要一点时间调整。十日之后，我们在此地再比一次，可好？"

"好。"罗四两应道。

赵严军又面向魔术界众人，道："诸位，我和这蒙面少年约好十日后再战，请大家给我们一个调整的时间，我们需要一场公平的比试。接下来，请诸位给我赵严军一个面子，不要再向他挑战了，可好？"

魔术界本来就没人敢上，赵严军这番话一出，反倒成了大家给他面子，不再挑战，这无疑是给了魔术界一个台阶下。魔术界众人都松了一口气，神色也轻松了不少。

赵严军也吐出了一口气，看了一眼无动于衷的罗四两，眉头更皱了几分，重重地坐了下来。

“唉，赵老，你这又是何苦呢？”莫一鸣苦笑。赵严军紧绷着脸，沉声道：“有些事情总要有人做。”莫一鸣默然。

一场混乱因为赵严军的邀战而偃旗息鼓。唐易思和于小婷都露出了笑容。刘明则看向罗四两。他是真想跟罗四两一较高下的，这是属于快手卢和快手刘的宿命之战，延续至今已经近百年了。可这一看，刘明才发现罗四两的神色并不轻松，仿佛在静候一场大战。

果然，戏法界再起波澜。

“既然你们的比斗已经停了，那该我们来算算账了吧。快手卢，还记得我们王家吗？”等候已久的王一手终于站了起来。

魔术界众人都一脸疑惑，戏法界怎么还起内讧了？

罗四两神色不变，似乎早就预料到了这一幕，盯着王一手的眼睛道：“未曾请教？”

王一手看着他，道：“在下王博国，朋友给个面子，叫我王一手。家父江湖人称王怪手，这个名号，你们快手卢一脉应该不陌生吧？”

罗四两轻笑起来：“我当是谁呢，原来是王废手的儿子啊。怎么，你的手法有你老子的废吗？”

全场顿时一惊。

群斗抢彩

王家也是立子行鼎鼎有名的家族，王怪手也是一代名家，现在居然被这蒙面小子如此羞辱。这小子真是胆大，不仅对魔术界的人狠，对戏法界的人也这么狠。

王一手更是怒不可遏："你竟敢如此欺辱我父亲？"

罗四两驳斥道："那又如何？你怎么不说你老爹当年是怎么奚落少卢爷的？许你奚落，就不许我欺辱吗？你有什么不满，直接过来就是，我师父能把你老子打成废手，我一样可以。"

王一手自是怒不可遏，可他终究已经过了年少气盛的时候，尚存理智，没有贸然冲上去。

张士清也站了起来，沉声道："你这小子未免也太无礼了，王老先生再怎么说也是前辈，你难道一点尊重都没有吗？"

罗四两反问道："你又是谁？"

张士清冷声答道："在下东北练手门，张士清。"

东北练手门一直都有传承，这些年发展得也不错，与现场这些人早已熟识。王一手和张士清相继出声，众人一看，这才发现练手门的高手几乎倾巢而出了，不免都吃了一惊。

赵严军本已轻松的神色，又凝重了几分。莫一鸣也摇头叹息，这蒙面少年虽然技艺出众，但行径也太过嚣张了，非要给自己惹出这么多祸端来，这又是何必呢？

高管夫、苗毅军等人也皱起眉，看来他们担心的事情还是发生了。

罗四两看着张士清，冷笑一声："原来是练手门当代门主，我不尊重王废手，是因为我有不尊重的理由。快手卢家一没招他，二没惹他，他却对少卢爷几番羞辱，让快手卢家声名扫地。难道只许他羞辱别人，不许别人羞辱他吗？"张士清顿时无言，无奈地看了王一手一眼。

当年卢家没落之后，立子行的很多人都对卢家大肆羞辱。人性复杂，人心幽暗，卢家曾经那么高高在上，一朝堕落神坛，总有些人想去踩上一脚。当初作恶的也不只王怪手一人，而是整个行业。

罗四两一言堵住了张士清和王一手，可卢光耀当年得罪的并非只有王家。见张士清和王一手沉默，又有一人站起身来喝道："那我呢？我老父当年可没欺辱你们卢家吧？"

罗四两问："你又是何人？"

那人道："高平林，我父高升学，江湖人称高高儿。"

罗四两轻蔑一笑，质问道："你父亲是没有欺辱卢家，可你们又为何要羞辱单义堂，为何要说单义堂是汉奸？"

高平林怒道："单义堂本来就是汉奸，这是公认之事，还要你来狡辩吗？"

罗四两神色骤然变冷。一直噙着笑意的唐易思也眼神凌厉地看向那人。于小婷听到这里，也惊讶地张大了嘴。罗四两曾经骗过她很多次，但是此时此刻，她终于得知了罗四两的真实身份。

"单义堂"三个字从罗四两口中质问而出的时候，京大魔术社那边，何青怡也有些疑惑地抬起了头，脑中闪过熟悉之感。她眯起了大眼睛，仔细回忆自己什么时候听说过这三个字。

场下一片安静，武清不由得悄悄问道："师父，单义堂是什么？"

"这……"苗毅军有些不知道怎么回答。高管夫却道："一个伟大的帮派，一群伟大的人。"苗毅军和武清齐齐一怔。

场上，罗四两也不想再跟他们争论。若是争论就能有结果的话，几十年前就能做到了，何必等到现在？他冷冷道："废话少说，不管是羞辱过卢家的，还是骂过单义堂的，我们比的是斗艺，你们既然敢站上这个斗艺场，就要有承担后果的实力，没胆量的家伙就不必站上来了！"

这话惹得那群人又是一片大怒。罗四两更是轻蔑，嘲讽道："别怪我看不起你们，一个个技艺不怎么样，偏偏只会窝里横。输了斗艺就要死要活，还怪别人不留情面，就你们这群家伙，要别人留什么情面？"

"好个猖狂的小子！"有人气愤道。

罗四两站立当场，胸中积攒了十几年的负面情绪全都爆发出来，两只眼睛变得通红，一如当年疯狂的卢光耀。他吼道："我今日就站在这台上，谁想一雪前耻，尽管站上来。没有把握的便一起上，我又有何惧？"

说罢，罗四两猩红着双眼对旁边几人说道："你们下去吧。"几人都是一怔。罗四两又道："这是我与他们的恩怨，与你们无关。"于小婷和刘明深深地看了罗四两一眼，径直下了台。

唐易思也转过身，留下一句："要帮忙就出个声，唐家是沉寂了，可不代表我唐家是缩头乌龟。千丝唐家，无惧天下。"罗四两闻言，微微颔首。

场上很快只剩下罗四两一人。戏法界那边许多人蠢蠢欲动，真正下场的却一个都没有。毕竟罗四两之前已经展露了身手，如果没有十足的把握，下场不就是找死吗？

罗四两眼中带了几分戏谑之色，淡淡道："别让我瞧不起你们。"

矢志报仇的王一手此时也有些迟疑。他知道，他的手法远远比不上眼前这个蒙面小子，可是让他这样退去，他又心有不甘。一想到他的老父亲临终前还眼含热泪，不让他们报仇，他就心如刀割。身为人子，不能为父报仇，让老父带着遗憾和不甘入黄泉，王一手觉得自己不配为人子。想到这里，他双眼通红，正要起身，却被张士清抓住了。

王一手红着眼睛看向张士清，却见张士清目光坚定，示意他冷静。心怀悲愤的王一手坐在座位上，暗自压抑心中的怒气。

张士清缓缓起身，看向了罗四两。罗四两坦然而立，与他对视。

张士清沉声道："当年黄镇的彩门斗艺，卢光耀一人力压全行，不仅夺得彩物，还对与他比试的诸位前辈大肆羞辱。我们今日来的人，都是他那日结下的仇。你想为快手卢平事，我们想为先辈找回颜面，洗刷昔日的耻辱，两者实在冲突，所以必有一战。当年卢光耀用抢彩打了所有人的脸，今日你敢用抢彩为快手卢平事吗？"

魔术界在场之人中，知道黄镇彩门斗艺的不多，此时不由得纳闷不已。戏法界这边却清楚，张士清这是明知单挑不行，要改成群战了。

罗四两面色平静。他曾经问过师父卢光耀，当年在斗艺场上与各门各派的高手抢彩，以一人之力压下整个行业的人的时候，手法境界已经到了什么地步。他师父总是笑而不语，所以他直到现在都不知道当年师父到底有多强。而今日，这群人又向他提出了抢彩的挑战，一如半个世纪前那样，以一人之力对战整个行当。只是罗四两不知道，今日他面临的排场跟几十年前比起来，到底哪个更大一些。

学艺四五载，罗四两知道自己的手法已然站在了业界之巅，他也很想看看，自己的极限到底在哪里。想到这里，罗四两眼中迸发出战意，看着张士清道：“有何不敢？想挑战我的，尽管下场就是。别的不敢说，论到手法，我快手卢一脉绝不弱于人。”

“好。”张士清也大喝一声。

王一手第一个走下场去。在张士清的示意下，身旁几位练手门高手纷纷起身下场。他们一直垂着的眸子此时精光大作，如睡狮睁眸。这群人往下走去，如群虎下山，气势汹汹，让人望而生畏。跟卢光耀有旧仇，又畏惧罗四两威势的那群人，现在胆子也大了起来，一个个鼓起勇气走下场去，包括那位高平林。

原本就不大的空地瞬间拥挤起来。魔术界众人这才明白，原来所谓的抢彩，居然是一群人围殴一个。徐彬和吴辉这两个小子把嘴巴都张大了，和这个比起来，之前他们玩的只是小场面而已。

眼见场面局势不妙，武清急道：“师父，怎么办啊？”

“师哥。”苗毅军也紧张地扭头看向高管夫。

高管夫抬起手，道：“怕什么，不就是打一架？多大点事儿。”

京大魔术社那边，最先沉不住气的还是何青怡。此时她一脸愤愤不平，骂道：“他们怎么可以一起上来，太不要脸了，太无耻了。”

唐易思却心潮澎湃，眼中光芒骤闪，说：“这才是真正的斗艺。”

刘明也是下意识握拳，艳羡道：“恨不得以身代之。”

场上，一众高手都虎视眈眈地看着罗四两，他们的目标只有一个，那就是这个蒙面快手卢。

面对立子行各派高手的围攻，罗四两不仅没有害怕，反而还兴奋了起来，双眼中的猩红之色越来越盛，浑身毛孔都舒展开来。

张士清站在台中心，从怀中摸出五颗胶皮球，看着场上众人道：“我这里有五颗胶皮球，抢彩时间三分钟。快手卢，你只要能抢得三颗，就算赢，如何？”

“怎么可以这样？场上都差不多二十个人了，一人都分不到一个，你凭什么要他拿到三颗？”何青怡为罗四两鸣不平。

张士清却毫不理会，再问罗四两：“可否？”

“好，放马过来就是。”

罗四两这副豪气干云的模样，气得何青怡嘟起了嘴。

在场所有人都屏气凝神，把心提到了嗓子眼。张士清露出微笑，伸手一扬，五枚胶皮球飞散开来。罗四两却丝毫未动，只是微微眯起了眼睛。转瞬之间，胶皮球落入人群，众人纷纷争抢。几乎一瞬，胶皮球已然消失不见。

若是在往日的抢彩，现在早就开始混战了。可今日不同，在场所有人的目标只有罗四两一人，他们只要防着罗四两就可以了。所以，小球消失之后，这些人立刻围着罗四两转了起来，企图混淆罗四两的视线。

场外那些担心罗四两的人则是焦急不已。罗四两是一人对阵一群啊，还要抢到三颗球，这太难了。更关键的是，他怎么可以错过开场？球扔下来的时候，他居然动也不动，到底想干吗？

张士清也紧紧盯着罗四两。从罗四两的眼神中，他没有看出丝毫慌乱，心中不由得微微一沉。

时间一分一秒过去，转眼就是十几秒钟了，大家都等得好焦急。好多人认为罗四两已经被眼前的阵势吓住了，毕竟谁能完成这么难的考验啊。魔术界众人的脸色忽明忽暗，他们怎么就没想出这种群战的法子啊？不然他们也能赢了。

千人千意，不尽相同。

就在此时，罗四两突然动了，一把抓过眼前一人。那人没有防备，一个趔趄冲向了罗四两。罗四两顺势往外一推，手收回来，只是一晃眼，那人身上的衣服就被罗四两扒下来了。

于小婷见到此景，脸颊不禁微微红了一下。

罗四两抓着衣服，往身旁另外一人脸上一打。那人吓一跳，赶紧头往后仰。罗四两趁机一个跨步上前，把衣服贴在那人胯部，一掌拍了上去，大喝道："球来。"伸手一翻，手上顿时多了一枚胶皮球。

罗四两只出一招，瞬间便抢来一球。张士清脸色微微一变："阴阳三转手。"

全场众人也看呆了。罗四两动作不歇，手上拿球，双掌一拍。只听"啪"的一声，小球顿时消失得无影无踪。

手榜第四，小遁术。

张士清心中微微一沉。他知道这枚小球算是没了，被小遁术变走的东西，还从来没有被别人找回来过。

而现在，时间只过了半分钟。

那五枚小球落下，罗四两看似身形未动，其实并没有闲着。他的眼睛一直在观察。场上这么多人，手上动作那么多，但依然瞒不过罗四两的眼睛。五枚小球一落下，罗四两就知道是谁拿走了、藏在了哪里，事后，不管他们如何变换身形，都无法混淆罗四两的视线。

当年卢光耀就说过，在立子行的斗艺上，罗四两的超忆症会发挥出让所有人意想不到的效果。今日，罗四两便将这优势发挥得淋漓尽致。

一球在手，罗四两气势磅礴，面对成群的对手，浑然不惧，甚至还燃起了无穷的斗志。这一刻他终于体会到了他师父当年的感觉，那是一种凌压全行的痛快感，这感觉太让人着迷了。

"哈哈哈……"罗四两仰天长啸，双目闪着兴奋的火焰，大声喝道，"来吧，纵使全行高手围攻于我，我又有何惧？我说了一人战一行，你们以为我说的只是魔术行吗？"一言落地，全场色变。

赵严军脸色也变了，寒声道："他心中的暴虐释放出来了。"

高管夫眼神陡然一凝，沉声道："他的负面情绪已经占领他的神智了。"

苗毅军、武清等人也纷纷皱眉，面露担忧之色。

场上，王一手不忿罗四两的猖狂，怒声道："好个猖狂的小子，我手上就有一枚球，你有本事就过来拿吧。"说着，一晃左手，小球顿时出现在他的指尖。

罗四两冷笑："找死！"

王一手冷哼一声："有胆就自己来拿。"

罗四两直扑王一手而去。王一手身形连连变动，身形怪异，先如老猴搔痒，又换成灵猴献桃，后又变成老牛顶食，怪异至极。这就是当年王一手父亲王怪手名号的由来，突出的就是一个"怪"字。

随着王一手的连连动作，那枚小球就在他身上不断变动，出现在他的手上、指尖、肘部，甚至还出现在他的肩膀上。神奇至极，视觉效果也甚佳。

练手门一众高手围着王一手而站，张开了大网，等着罗四两主动来投。罗四两直冲大网而去。渔网确实是能抓住鱼，可真正的大鱼却能将渔网挣个粉碎。何况罗四两不是大鱼，而是一头巨鳄。

罗四两手上拿着刚扒下来的衣服，冲进人群之中，挥手一打，就朝着练手门一位高手脸上打去。那人下意识往后撤步，但罗四两手上的衣服已经落在了他的肩上，伸手一拉，那人身上的衣服也不见了。

那人大惊，赶紧出手去夺，罗四两一扬，衣服飞天。那人脑袋上抬，伸手要夺衣服。罗四两趁机在他腰间轻拂几下，手上顿时多了许多东西。罗四两看了一眼，不屑道："什么乱七八糟的都有，为老不尊，一把年纪了还拿套。"那人顿时羞得无地自容。

罗四两冷哼一声，连连甩动手上衣服，甩衣成绳，使出了神仙绳术，直接捆住了那老不正经的双手。阴阳三转手加神仙绳术，竟有如此威力。罗四两连连出手，瞬间扒衣，尔后甩衣成绳，立刻绑人，没多久就绑了好几个人。

练手门高手纷纷退开，大惊失色。

"别退，别让他各个击破，一起上，控制住他。"张士清喝道。

练手门高手纷纷前扑，打算来个乱中取胜。一时间，罗四两眼前满是手影，冲着他全身扑来。都是立子行高人，技艺哪有凡俗？在场观战众人纷纷色变，谁能抵挡这般威势？

罗四两却一点儿不怕。尽管他们人多，但他早发现这些人的动手规律了，不等他们伸出手，就已经做出了预判。所以罗四两每每料敌机先，总是在他们必经之处等着他们。漫天手影纷飞，却只听得噼噼啪啪一阵乱响，练手门高手纷纷把手缩了回去。再看他们手上都布满了一个个小红点，全是罗四两戳的。

如疯如魔

江湖斗艺，比的是技艺高低，所以只分高下，不可伤人，这是最严厉的行规。所以罗四两也只是拦下他们，并未伤他们半分。拦下众人的攻势之后，罗四两再度向前，扑到了王一手身边。

王一手丝毫不惧，身上的怪异动作慢慢变得简洁起来，最后竟有浑然如一的感觉，而那枚小球的变化则是更诡异了。他父亲王怪手是将简单的动作变得怪异复杂，由简到繁，所以得此名；而他是由繁到简，万般归一，方是一手，这其中难度何止上涨一倍！

罗四两并出双指，朝着王一手手肘夹去。他这一夹有讲究，叫作指夹术，是老荣行的手法。

卢光耀的手法传承来自两个体系：一个是立子行的手法，擅长神出鬼没的变化；另一个是老荣行的手法，擅长藏、携、裹、带、窃、取。

在老荣行，指夹术算是最基础的了，但是也很吃功夫。普通的小绺儿学两三个月就可以做活儿了，当然也很容易被抓到——运气好的被送到老柴那边去，吃了官司，也脏了盘，在这个地方也就待不下去了；运气不好的说不定手指都会被人砸折了。而那些经年老荣使起这一手来，可就相当厉害了，一双巧手可夹万物。

这里面也有一个衡量的标准。现在的人们洗衣服都喜欢用肥皂，肥皂越用越小，最后只剩下硬币大小的薄薄一片，叫肥皂头。把一片肥皂头扔进一盆清水里，然后用两根手指夹出来，就是指夹术。肥皂头本来就又薄又小，形状也很圆润，遇水就变得更滑了，仅用两根手指夹出来可不容易。当然了，这只是入门。

真正的高手是在沸水中夹肥皂头而不伤手，水一开，肥皂头马上开始融化，水也会变浑，肥皂头的体积也会立刻缩小，所以一定要在水彻底变浑之前把肥皂头夹出来，而且速度要快，不然肯定会被烫伤。至于那些贼王，一般都是蒙眼捞，顶尖高手能连捞四五个。

指夹术讲究的就是快准狠。罗四两就是一个顶尖高手，他并指如刀直戳王一手肘部，犀利锋锐破空而来。

王一手也不是凡俗。王家的手法在练手门里面也是顶尖的，尤其是王一手把他父亲由简到繁的“怪手”再反推回来，实现了由繁到简的“一手”，手法有这般造诣和成就，也足够让他成为一代宗师了。

眼瞧着罗四两指夹而近，王一手在须臾之刻上抬手肘，回缩脖颈，如灵猴逃险，躲过了罗四两这迅疾一戳。罗四两一击落空，但去势未停，直接上戳。王一手却是直接肘部下压，企图用肘击挡开罗四两的一夹。一个是手肘，一个是两根手指，胜负显而易见。

罗四两的手法是很高超，可他练的是技术活儿，又不是硬气功，双指怎么可能比得过肘击？王一手此举也不是为了打伤罗四两，而是想逼罗四两收手。

可罗四两又怎会如他所愿？他稍稍改了前进方向，戳到了王一手腋下。他的手速比王一手更快，自然更具优势。

一戳之后，王一手吃痛后撤，肘击也收了回去。就在此时，罗四两双指从王一手的腋下出发，顺着他的手肘往外一捋，待到拿出来的时候，指尖赫然多了一枚胶皮球。

王一手藏于肘部的小球被罗四两取出来了。见此，王一手立刻色变，顾不上疼痛，赶紧扑过来抢夺。旁边的练手门高手也纷纷靠近，他们可不想让罗四两夺得此球。

站在看台上的张士清也神色沉重，罗四两的实力还是超过了他的估计，王一手根本拦不住他，也不知道他们练手门的高手一起出手能不能把球夺回来。

罗四两见众人来抢，浑然不惧，大声呼喝："姓王的，你老子不是号称王怪手吗？我今日就让你看看什么叫作怪，什么叫真正的化简为繁。"说着，他后退两步，小球在手中上下抛动。

有一练手门高手闯来，伸手就抓。可罗四两速度比他快多了，还不等他的手伸过来，罗四两就抓住了小球，然后欺身上前，手握小球砸到了那人胸前。接着罗四两拿开手掌，手上已经空空无物。那人吃惊地在胸间摸索，急于找出小球。

"找什么呢？这儿呢！"罗四两大喝一声，左手在那人耳朵旁一摘，又把小球变出来了。那人脸色通红。

"再来。"罗四两抓着小球直接往那人脸上按去，那人躲闪不及，直接被按了个严严实实，一时间更是羞愧难当。

不等那人做出反应，罗四两立刻撤手，手上再度无物。然后，他伸手捏住那人嘴巴，从那人嘴中取出了小球，冷笑道："你倒真会藏！"

"再来，再来，再来，在这儿，在这儿，在这儿。"罗四两毫不停歇，在那人身上连连变换。那人虽说也是高手，可根本防不住罗四两。

罗四两用的是月下传丹的技巧。月下传丹人人会变，却在罗四两手上变出了新花样。见情况不妙，练手门快速赶来支援。罗四两大笑两声，闯进人群之中。那枚小球在他身上若隐若现，忽进忽出，他本人更是在人群中左突右支，小球在其他人身上变换连连，一时间漫天手影。

尽管对方人多势众，可他们完全不是罗四两的对手，被罗四两像戏弄小孩子一般戏耍。全场震惊，陷入了凝滞般的沉默。大家都知道这个蒙面小子厉害得很，但谁也没想到他居然这般厉害。

罗四两畅快至极，心中压抑许久的负面情绪也在这一刻全都迸发出来了，猩红着眼睛盯着王一手，几乎是丧失了理智，吼道："许你欺辱快手卢，就不许快手卢欺你吗？哪有这般不讲道理？我师父曾经欺辱过你父亲，今日我就让你尝尝你老子当年的感受。"

"要坏了。"连高管夫都忍不住惊呼一声，神色凝重无比。

陶连环亦是眸子瞪大，连呼吸都下意识地屏住了。

魔术界那边，赵严军神色严峻，下意识地想站起来，可起身都一半了，却又突然想起了什么，赶紧在兜里抓了一下，眸子微微颤动。

其他人也神色各异，有震惊，有畏惧，有紧张，有惶恐。

现在的罗四两跟几十年前的卢光耀太像了，虽然在场这些人没有亲历过当年的大战，但是他们都听说过。虽然听到跟见到是两回事，但现在他们见到罗四两这般模样，几乎一瞬间就能确定，数十年前的卢光耀就是如此。正因为知道这一点，他们才会如此惊惧。

当年的彩门斗艺上，卢光耀赢了全行的人，却把斗艺场上各门各派的高手扒光了羞辱，把彩门得罪了个干干净净。所以，本来可以一举恢复家族荣光的卢光耀，反而将快手卢推到了整个行业的对立面。

现在的罗四两也是如此，他的理智已经被负面情绪淹没了，还扬言要让王一手尝尝他老子当年的待遇，他难道真的想像卢光耀一样变成全行公敌吗？这样不仅快手卢再也无法翻身，就连戏法罗的名誉都会遭到前所未有的打击。

可这一切的理智计较，对于此刻已经疯魔的罗四两来说没有半点意义。现在的他只想狠狠羞辱眼前这个家伙，以发泄他胸中的暴虐。

罗四两抓着小球，朝着王一手扑去，喝道："你不是想要小球吗？来，我给你。"说罢，抓着小球就朝王一手胸前扔去。

王一手想抓，可小球速度太快了，他根本抓不住。他想躲，可他的反应速度也远远比不上小球的运行速度，只能眼睁睁看着这枚小球砸在了自己的胸上。

"好快。"刘明沉声呼了一句。

小球撞击之后，马上反弹出来。王一手顾不得疼痛，伸手就抓！

罗四两比他更快，一个跨步上前，双指一夹，立刻带走了小球。他躲过了王一手的抢夺，直接绕到了王一手背面，再度掷球，砸在了王一手的背部。小球弹回，他再次抓住，如此反复之下，小球在以各种姿势各种方位投掷而出，不停砸在王一手身上。

王一手原本以为凭自己的手法，至少能跟眼前的蒙面小子抗衡一下，毕竟他也称得上是一代宗师。可真正面对面了，他却发现对方就像是一座高山，而他只是一只蜗牛，根本不可能翻越。这一刻，王一手突然明白了他父亲临死前的选择了。他父亲不让他们报仇，也不要他们去找回场子，不是他父亲没了胆子，而是他父亲知道快手卢的恐怖，知道他们这些后辈不可能是对方的对手，就算去了，也是自取其辱。他自己已经屈辱一辈子了，真的不忍心自己的后人也承受这样的凌辱。

可惜，现在后悔也来不及了。小球砸在身上很疼。幸好胶皮球比较软，如果是先前的玻璃球，王一手估计现在都没法站在这里了。

罗四两完全是压着他打。江湖斗艺，最忌伤人。罗四两用的是小球，可以说还是在斗艺，所以其实打了个擦边球。江湖斗艺本来就不会那么温和。王一手胆寒了，他浑身的剧痛无时无刻不在提醒他眼前这人的可怕和对方的不留情面。

王一手已经心生退意，可罗四两根本不给他退去的机会。

这次，罗四两没有再投掷小球了，而是抓着小球贴到王一手身边，手抓球按在了他身上，再抬手，手中无物。罗四两冷笑两声："好哇，居然把我的小球变走了，果然厉害，让我看看你把它变哪儿了？该不会藏在衣服里面吧？"话音未落，罗四两猛推王一手，然后右手一扬。众人只觉眼前一花，王一手外套已然不见。

王一手大惊失色。高管夫、陶连环等人也死死地盯着罗四两，目光凝重而沉痛。赵严军也面色铁青，紧紧抓着自己的裤兜。

"没有。"罗四两抖落衣服，再度向前。

王一手想躲，可他已然没有了斗志，怎么可能躲得过罗四两的快手？所以他刚一转身，贴身穿着的背心就被罗四两变走了。

王一手心中产生了无限的惶恐，因为他知道接下来要发生什么。

要一个男人脱掉上衣，很简单，天气炎热就好了；让一个男人脱了裤子，也很简单，给他一个美女就行了；可要让一个男人在大庭广众下脱裤子，那可太难了。这种耻辱是终生难忘，也是绝不可消除的。卢光耀曾经就将这份耻辱赋予数十人，而今日，罗四两则要将这份耻辱赋予王一手。

“不，不……”王一手惊慌起来，赶紧朝旁人呼救。

“不好。”张士清陡然色变，猛地站起。

“糟了。”高管夫站起身来，欲上台阻止。

可哪里来得及？罗四两浑然不管边上的人，只是眼神冰冷地伸出右手，朝王一手探去。

就在此时，赵严军突然站起，大吼了一句：“你是人，不是野兽，你要控制你自己！”

就是这样一句寻常的话语，却让陷入疯狂的罗四两瞬间冷静下来，伸向王一手的手也停在了半空。

罗四两脑海中突然浮现出了一幅画面：当年他被毒蛇标挟持后刺瞎了对方的双眼，因为超忆症的原因，始终无法忘却恐惧，吓得浑身发抖。正是在那时，卢光耀抓着他的肩膀喊了这样一句话，他才渐渐冷静下来。自那之后，他才开始跟着卢光耀学习戏法。

那日，卢光耀用了这样一句话，让陷入恐惧的罗四两脱离泥沼。

今日，赵严军用了同样一句话，让陷入疯魔的罗四两恢复理智。

罗四两怔怔站在原地，双目失神。

全场鸦雀无声，陷入了诡异的静谧。所有人看向罗四两的目光中都带上了一丝恐惧。江湖斗艺，不怕实力强的，只怕不守规矩的。

王一手惊恐地看着罗四两。这一刻，他体会到了父亲当年的恐惧，也明白了什么叫绝望和无能为力。见这个魔王停了手，王一手想逃，可他浑身无力，根本无力挣扎。还是练手门一人试探性地靠过去两步，见罗四两的确像是丢了魂，才偷偷把王一手拽走。

罗四两失魂落魄，围着他的那群人却没有一个敢上前。一时间，他的身边出现了一个真空地带。

许久之后，一声悠悠叹息响起，罗四两眼中满是悲凉，一滴清冷的泪水顺着眼角缓缓滑落。他直起身子，痛苦地合上了眸子。

看到罗四两这样的眼神，于小婷和何青怡两人心中齐齐一痛，突然有些心疼面前这个男人了。

见到此景，赵严军也大松了一口气。

“唉……”又是一声叹息，罗四两闭上的眼睛缓缓睁开，双眸依然通红，里面藏的疯狂还在蠢蠢欲动，只是被理智勉强压住了而已。

罗四两稍稍皱眉，缓缓朝面前一人走去，伸出手：“拿来。”

那人脸上顿时一红，尴尬地看了看四周。旁边的人也面面相觑，没人敢说话。片刻后，那人咬着牙，把小球掏出来放在了罗四两手上。

罗四两把手握好，再摊开，手上出现了三枚小球。三分钟内抢到三枚小球，任务完成了，罗四两扭头看向台上的张士清。

张士清脸色急剧变幻了几下，最终沉着脸道：“好，你赢了。”

罗四两扭头，盯着场上众人，粗声粗气道：“愿赌服输，诸位与快手卢的恩怨，从此一笔勾销，不得再算旧怨。可好？”

谁敢说不好啊？众人沉默之后，稀稀落落地开始点头。

罗四两接着道：“至于单义堂之事，我会向你们证明他们不是汉奸，到那时，你们再来给单义堂道歉。”众人皆不语。罗四两也没指望他们答复，微微抬着头，道：“还有谁不服的，尽管上来。”

全场无人应答。这一次，罗四两真正做到了一人压一行。

“呵……”罗四两轻笑一声，看向了赵严军，却见赵严军也眯着眼睛看向自己。

斗艺结束了。戏法界和魔术界都是气势汹汹而来，灰溜溜而走。

所有人离开之后，只剩罗四两和赵严军留在最后。

“你不觉得你很卑鄙吗？”在罗四两将要出门的时候，赵严军对着他的背影喊了一句。

罗四两的气息非常不稳，他在努力压制自己的负面情绪，可攒了十几年的负面情绪实在太厉害了，他根本压制不住。一面是佛，一面是魔，或许下一刻他就会变成一个失去理智的魔头。

“要你管？”罗四两头都没回，语气也相当不客气。

赵严军道：“我决不允许你挑拨戏法界和魔术界的关系，更不允许你毁了中国魔坛。”

罗四两冷笑：“就凭你？本来我还想给你留几分颜面，是你自己找上门来的。你以为你能赢我？你以为你赢了我，我就挑拨不了他们了？嫌隙是你们造成的，不是我。而且，你也赢不了我。等你输得颜面无存的时候，你再看看魔术界会不会疯狂。我告诉你，你不是在救他们，而是在帮我。”说罢之后，直接出门。

赵严军用深沉的眼神看着他的背影，良久，叹息一声，独自离去。

罗四两出门之后，裹上了一件带帽子的厚大衣，快步行走，如同一头发怒的公牛一般横冲直撞，一连撞倒了好几个人。

有脾气不好的张嘴就骂：“怎么走路的？没长眼睛啊？”罗四两停下来用猩红的双眸看过去，那人满腔的脾气顿时噎了回去，退到一边，把路让了出来。罗四两不理那人，继续往前冲撞而去。那人看着罗四两的背影，一阵后怕，摸出根烟来，点了几次都没点着。

罗四两一路冲撞，来到了一个小旅馆，闯了进去，粗声低吼道：“给我开间房，快，要有浴缸的。”

前台服务员也被罗四两这模样吓到了，赶紧给他开了房、拿了钥匙。罗四两接过钥匙，又一路闯上了楼，打开房门，拧开水龙头。已经是中秋冷天，罗四两却灌了一浴缸的冷水，把自己整个人埋了进去，连头也完全浸到冷水中。

冰冷刺骨的寒水不断刺激着罗四两的肌肤，寒气从他的毛孔往身体里钻，平息着他已经沸腾起来的血液。寒气也在往他的脑袋里钻，平息他那疯狂的思维。

罗四两紧闭双眼，整个人蜷缩成一团，倒在了冷水中。他的脑海里回放着十几年来的负面记忆，大脑几乎要炸裂开来。他的心也被这负面情绪一波波侵袭着，几乎让他整个心都碎裂开来。

“哐！”罗四两一拳锤在浴缸上，冷水轰然晃动，流了一地。“啊——”罗四两仰天狂吼，状若疯狂。

与此同时，京西的赵家宅院也一片混乱。

“您疯了吧，是不是我怎么说您都不听了？您就算不为您的身体考虑，也要为我们这些小辈考虑吧？您这么做，让我们怎么办？”

“砰！”大门轰然打开，冲出来一个气呼呼的人。

莫一鸣刚到赵家，就见到了这样一幕，当时就是一愣，对冲出来的那人问道：“哎，嘉林，怎么……”话没问完，那人就怒气冲冲从莫一鸣身边而过，看都没看他一眼。

莫一鸣纳闷不已，刚出来的那人叫赵嘉林，是赵严军的亲儿子。

怎么回事？怎么发这么大的火？莫一鸣带着疑惑敲门。门虚掩着，他敲了半天也没人应，只能自己推门进去。

客厅没开灯，光线很暗，只有窗户的薄纱窗帘透出朦胧的光。客厅中间的阴暗处瘫坐着一个人。莫一鸣使劲看了一眼，才发现是赵严军，大吃一惊，赶紧上前蹲下询问：“怎么了？赵老，这是怎么了？”

赵严军垂头不答，只是喘着粗气。

莫一鸣扶着赵严军的肩膀，试图扶他起来，却发现赵严军浑身瘫软，根本用不上力气。莫一鸣心中更是吃惊，明明前几天赵老的身体还是很健硕的，怎么现在就变成这样了？他紧张地问道：“赵老，您是不是病了？我送您去医院吧。”

赵严军缓缓抬起头，脸上全是汗水，身上也被汗水浸湿了，嘴唇发白，眼睛却闪着异常兴奋的光芒。他的声音已经变得嘶哑，勉力道：“没事，我很好，呵呵……再没有比现在更好的了，我仿佛回到了年轻的时候。”

莫一鸣心中猛地一沉。

第三章

对战赵严军

艺人无畏

数日之后，罗四两和赵严军的斗艺开始了，依旧在湖天会馆二楼。

赵严军是魔术界的泰山北斗，退休也好几年了，现在突然出山为魔术界而战，本来是一个劲爆的消息，可这个消息被捂得死死的，外界的人都不知道。所以，今日来的观众还是上次那群人。

罗四两环顾一周，发现没有一张生面孔，不由得眯起了眼睛。

今日罗四两仍旧是戴着帽子、红巾蒙面，跟上次的打扮没有半点分别。这次他来得早，站在二楼窗户边上候着，也不说话。上来的人都有些畏惧地看了看他，也不敢打招呼，纷纷从他身边绕过。

高管夫、陶连环、苗毅军和武清一行人也来了，他们看了看罗四两的背影，没有上前说话。戏法界上次跟罗四两大战一场的那些人都没来，只有练手门当代门主张士清来了。魔术界的郑有谦、范伟正、徐彬等人也来了，他们是罗四两的手下败将，但此时也顾不得羞，还是过来给赵严军助威了。

幸好今天这场斗艺的消息没有传出去，不然肯定会引起轩然大波，小小的湖天会馆怕是要被人掀翻。

除了社长莫鼎丰之外，京大魔术社的众人也来了，还是坐在原来的地方。于小婷经过罗四两身旁时，眼神有些复杂。何青怡也睁着好奇的眼睛看着红巾蒙面的罗四两，兴致盎然。

斗艺的时间还是在晚上，依旧是包下了湖天会馆一整层楼，老板蹲在墙角骂街。一直到外面华灯初上，街道路边的路灯都亮了起来，赵严军才姗姗来迟。

会馆之内，灯光幽暗，木质楼梯的拐角处传来两种脚步声，一种沉重有力，一种蹒跚挪移。二楼很安静，因为有罗四两这个魔神在，谁都不敢说话，所以此刻两道脚步声不断回荡在这不大的二楼空间内，让人听了心中一凛。

所有人都把目光集中在楼梯口。两道身影缓缓上来,在楼梯的灯光照射下被拉得很长。魔术界众人全都起身迎接。戏法界也有不少人站了起来，可又觉得有些不妥，一时间站在原地，手足无措。

罗四两也转身，看着楼梯口。

楼梯两人，终于上来。众人一看，却是齐齐大吃一惊。

因为今日前来参战的赵严军，竟然是被莫一鸣搀扶上来的。因为搀扶着人，莫一鸣脚步变得沉重；赵严军的脚步却是虚浮得厉害，脸上也泛着不正常的潮红色。

哗然声骤起，众人面面相觑，纷纷错愕道：“赵老这是怎么了？前几天不是还好好的吗？”

“他都这样了，还怎么比试啊？”

高管夫的眼神有些凝重，紧紧盯着赵严军那泛着不正常潮红的脸，沉声道：“好像有些不对。”陶连环也沉重地点了点头。

练手门张士清皱着眉头，右手暗暗抓紧。

窗边的罗四两，看了看脚步蹒跚的赵严军，又看了看搀扶着他的神色凝重的莫一鸣，眼神冰冷，没什么感情。

两人缓缓走到场子中间。赵严军微微垂着头，谁也没看。

“拿把椅子来。”莫一鸣对着魔术界众人说道。马上有人拿着一把椅子跑过来，小心翼翼地交给莫一鸣，还忧心不已地看了赵严军一眼。

莫一鸣把椅子放好，搀着赵严军过去。他没有让赵严军坐在椅子上，而是把赵严军搀到了椅子后面，让赵严军两手放在椅背之上，撑着椅背站立。等把赵严军安顿好了，莫一鸣才深深地看了罗四两一眼，转身回到看台上。

场上就剩罗四两和赵严军两人。罗四两靠窗站立，目视全场。赵严军站在场中央，手扶椅背，深垂其首，呼吸粗重，如破风箱鼓荡轰鸣。

见到此景，众人心中更是沉重。

见到赵严军这般迟暮模样，有些人竟嘤嘤啜泣起来。当年堪称魔术界领军人物的赵严军，现在连站都站不稳了。就是这样，他还要为整个魔术界出头，要为魔术界尽最后一份力。

魔术界悲戚一片，戏法界众人也是心中发酸，有说不出的滋味。

罗四两和赵严军就这样对峙着，屋内落针可闻。赵严军如破风箱般粗重的呼吸声在屋内回响着，让人越听，心中越是发慌。

就这样过了一刻钟，现场众人都心中发慌的时候，扶着椅子的赵严军才缓缓地抬起了头。他的脖子仿佛很僵硬，每一次上抬都会有不自然的感觉。

直到赵严军缓慢且艰难地把脖颈抬起来，众人这才彻底看清楚他的面貌，只见他脸上不正常的潮红色已经不见了，取而代之的是惨白之色，还有满脸的冷汗涔涔。他浑身微微颤着，脚下仍然虚浮无力，一双眼睛却亮得吓人，仿佛燃着火。

“呵……呵……呵……”赵严军盯着罗四两，喉头发出如两个破铁片摩擦一般的嘶哑声音。他笑着，刺耳的笑声挤进别人耳朵，让人听了打从心底觉得不自在。

“为今日，我……准备很久了……”赵严军对罗四两如是说道。他的声音明明已经嘶哑得不行，可谁都能感觉到他话中的疯狂之意。

罗四两心中也沉了沉，眼睛眯了起来，露出慎重之意。

赵严军盯着罗四两，用嘶哑中带着疯狂的声音继续道："今日，不为分个高下，我只想告诉你什么才是艺人，什么才是责任。"

听到责任两个字，罗四两的目光陡然锐利了一下。

赵严军说："来吧，我若赢了，也不要你多做什么事情，只需你说一声抱歉即可。"

罗四两不为所动，反问道："若是你输了呢？"

还不等赵严军回答，两旁之人皆群情激愤。

"无耻小人，赵老都这样了，你还要乘人之危吗？"

"赵老毕竟是前辈，你真要这样欺辱他吗？"

不仅是魔术界那边，就连戏法界众人都觉得于心不忍。

赵严军抬了抬手，抓着椅子扶手，说："既然是斗艺，总有个输赢比较，赢了有说法，输了自然也有计较。你说吧，我输了当如何？"

罗四两冷眼瞅他，说："你若输了，以后不许再插手两个行当之间的任何事情。"

"好。"赵严军答应下来。

罗四两看着他，问道："你都这样了，还怎么比？"

"这就不需要你操心了。"赵严军喉头发出低吼，死死盯着罗四两，两只手慢慢松开椅背。他的双脚微微发颤，整个人也有些摇摇欲坠，用尽了全身力气才勉强稳住了自己的身形。

仅仅只是站稳身子，赵严军仿佛就已经用尽了浑身的力气。他喘着粗气，头上滴着豆大的汗水，眼中闪耀的却是不甘的光芒。

众人都不忍观看。

赵严军把气息稍稍喘匀，双手用力握拳，脖颈上的青筋渐渐浮现出来，一张脸越来越红，红得甚至能滴出血来。片刻之后，他的呼吸虽然还是很粗重，却沉稳了许多，有一种磅礴的感觉。

不到两分钟时间，赵严军竟然直起了身子，如钢枪一样笔直。他盯着罗四两的眼睛，满脸挂着汗珠，眼睛燃着熊熊战意。他伸出手擦了一把满脸的汗水，肩膀耸动一圈，发出噼噼啪啪一阵脆响。

全场顿时一惊，就连罗四两的眸子都陡然一凝。

赵严军并未停歇。他扭动腰身，晃动臂膀，扭动胯部，活动着浑身的关节。现场只听得一阵噼里啪啦的关节响声，仿佛一具尘封已久、锈迹斑斑的机器再度运行了起来，虽久未驱动，但威力仍在。

一阵关节响声过去，赵严军吐出一口长长的浊气，双目射出两道神光，如同一尊魔神一样站立当场。他端详着自己的双手，如破铁片的声音也缓和了下来："这些年来，很多人都疑惑我为什么在鼎盛时候退出了魔术界。其实不是我实力不行了，而是我不能再变魔术了。"

"但是，"赵严军看着罗四两的眸子，"我……一直在巅峰……"

众人纷纷骇然。罗四两也顿感压力，如临大敌。

赵严军晃了晃自己的脖子，对着罗四两说道："来吧，快手卢。"数息之间，他已经恢复到了巅峰。

巅峰时期的赵严军究竟有多强，或许很难给出一个准确的判断，但所有人都知道，他很强。立子行属于半文半武的行当，经常有国内国外的交流演出，赵严军也经历了无数，从来没有输过。他是魔术界的泰山北斗，这份荣誉不仅是因为他的人品，更是因为他的实力。

看台上的苗毅军吃惊道："这……他，他这是？"

高管夫神色凝重："用药了。"

苗毅军难以置信道："可……可什么样的药能让他变成这样啊？"

高管夫缓缓摇头，说道："这种药不是一天两天就能产生效果的，要达到这样的效果，应该需要很长一段时间的服用和训练才能完成。"

"很长？那是多长？"

高管夫有些不确定："可能……至少要一个月吧。"

苗毅军惊道："一个月？怎么可能？他们上次约战到现在才过了十天啊！"

高管夫也有些疑惑："可能跟我了解的有些出入吧，我对这个也了解不多。"

苗毅军缓缓点头，又问："那赵老这次之后……"

高管夫微微摇头。见状，苗毅军神色也黯然了不少。

在场所有人中，莫一鸣是最感慨的，因为他是最清楚赵严军身体状态的人。

体育比赛中，有些运动员为了激发身体潜力，会违规服用兴奋剂一类的药物。这种行为一直为人不齿，一经发现也会严厉惩处，但类似的药物其实很多。赵严军用的药也跟这个类似，其作用是激发身体剩余的潜能。只是他年纪大了，身体机能下降，反应速度也更差，所以需要更长时间服药和适应。当然了，这种药对身体的损伤也很大。

赵严军身体状态虽然不在巅峰了，魔术表演水平却不比一般的魔术师差。即便是跟顶尖的魔术演员对战，他凭借老到的经验，也能过上几手，甚至不落下风。但是，为了迎战罗四两，赵严军却强行压榨自身的潜力。此战过后，他恐怕再也不能表演魔术了，甚至连培养新演员的教学工作都很难参与了。

对于一个普通人来说，这不算什么；对于一个垂垂老矣的魔术艺人来说，也不算什么；可是对于把魔术爱到了骨子里面，为了魔术事业甘愿奋斗一生的赵严军来说，这种打击之大，可想而知。正因如此，在场所有人心中都酸楚得厉害，好多人都眼中含泪。

"来吧，"赵严军在怀中掏出一枚胶皮球，摊开手掌，平举手臂，看着罗四两说道，"一分钟，抢彩定胜负。"

罗四两眉头紧皱，久久未动。

"来吧，别让我看不起你。"

在赵严军的再次催促下，罗四两眸中的猩红之色又浮现了出来。

赵严军大声道："愣着干什么？你一个小伙子难道还怕我一个老头子不成？要是不敢过来，认输便是。"

"是你自找的。"罗四两咬牙道。他抬起头，眼中布满了血丝，怒吼一声，一个跨步冲向赵严军。

赵严军神色不变，身形也没有动弹半分，就连平举着的手都没有晃动半点，整个人仿佛变成了雕塑。

罗四两右手并出双指，用指夹术对付赵严军。

看台上的张士清神色微微一变。上次王一手就输在了这个蒙面小子的指夹术上，这套指夹术确实太厉害了。全场众人的心也都悬了起来，为赵严军提着一口气。

两人离得很近，罗四两瞬息之间就到了赵严军身旁，一双快手直夹赵严军手上小球。赵严军却好似被固定住了一般，哪怕罗四两已经逼近，也不见他动上分毫。

一直到罗四两的双指逼近，赵严军才突然动了起来。他的动作也不复杂，只是原本摊开的手抓住球，翻了个面，手心朝下。这根本拦不住罗四两。罗四两稍稍改变移动轨迹，双指直接捅向了赵严军掌心。

全场众人心中一沉。

赵严军却盯着罗四两，露出了微微笑意。他右手快速松开，手掌早就空无一物了，尔后手掌上扬，从罗四两手背迅速捋到他的手臂。

一息时间，罗四两指夹术第一次失利。

两败俱伤

魔术和戏法人人会变，看的只是水平高低罢了。而高手和低手的区别就在于，高手动作简练，没有任何多余的动作；普通演员则不断交代，动作连连。

动作越多，能做鬼的空间也越大。刚刚赵严军仅仅一翻手就把小球变没了，这份能力着实不俗。更关键的是，他是在罗四两眼皮子底下把小球变走的，还躲过了罗四两的一记指夹术。

罗四两心中也很惊讶。根据师父卢光耀对戏法水平的划分，自己已是在大成的境界，甚至逼近完美了。赵严军在这把年纪居然还能躲过自己的指夹术，恐怕巅峰时期的他，手法也摸到了完美的边缘。

场上，赵严军的右手顺着罗四两的手臂往上捋，到了肩部才轻轻一拍，手上顿时多了一枚小球。

“在这儿呢。”赵严军喝了一声。

“球弹幻术？球弹幻术还能这么玩？”魔术界众人纷纷惊讶不已。

外行看热闹，内行看门道。能把小球玩到这个地步的，国内魔术界非常罕见。更关键的是，赵严军面对这个可怕的蒙面小子，居然丝毫不落下风，甚至占了上风，大大振奋了整个魔术界的士气。

罗四两往前跨步，肩膀塞到了赵严军的腋下，卡住了他的手臂回缩之路。尔后，罗四两左手并出双指，如挠痒痒般从脑后伸了过去，目标直指赵严军手臂。

“苏秦背剑？”于小婷吃了一惊。这是他们津门于家的看家本事，什么时候被这个小子学会的？

赵严军眸子也陡然一凝，松散的虎眉剧烈颤抖了一下。他知道自己绝对拦不住罗四两这一记苏秦背剑，于是手臂上扬，直接把小球往高空抛去。小球离身，赵严军也赶紧撤了身子，脱离了罗四两的卡制，连退数步，伸手抓住了即将落下的小球，手上再度一晃，小球不见。

接连几次失手，让罗四两的情绪越发不稳，眼中血丝越来越多，几乎已经充斥了整个眼球。

赵严军喝骂道：“你看看你现在这样子，跟野兽何异？你早该赢我的，只是你连自己的情绪都控制不住，如何控制你的肉体？”

“你别逼我……”罗四两大声怒吼，状若疯狂。

赵严军呵呵一笑，嘲讽道：“逼你又如何？你现在这样子哪里还有人样？你是在给你师父长脸吗？狗屁，你这是丢尽了快手卢的脸面。”

“是你逼我的……”罗四两喉头发出低吼，浑身肌肉都颤抖了起来，竟似筛糠。片刻后，他骤然一停，浑身肌肉突然松弛。与此同时，他抬起双眸，盯死了赵严军。

“不好，他的负面情绪彻底爆发了。”高管夫大惊失色。

“来！”赵严军狂吼一声，浑然不惧。

“嗷——”罗四两不似人地大吼一声，跟发了疯的野兽一样朝着赵严军冲过去，手上一扬，顿时多了一块方巾。

赵严军如临大敌，连连跺了好几次脚，把自己全身的精气神都调动到了巅峰。他知道自己接下来要面对的是戏法界的传奇手法。阴阳三转手，二尺以内，三转之下，可取任何一物。而且，他知道，现在的自己并不是真正的巅峰，只是药物逼迫下的假状态。若是罗四两正常发挥，他早就落败了，只是现在，那恐怖的负面情绪已经深深影响了罗四两的状态，实力也大打折扣。

围观众人纷纷胆寒。

大敌当前，赵严军没有藏小球，反而把小球变出来，放在了右手掌心。他知道，面对阴阳三转手的时候，任何藏匿都是无效的，最好的方式就是正面应对。

罗四两冲到赵严军身边，一抖手中方巾，布浪翻滚，直接盖住赵严军的右手。赵严军也没有躲闪，任凭方巾盖住右手。

罗四两状若疯狂，握拳往下砸，大声狂吼："球来！"

赵严军神色不变，两只手都紧握成拳，大喝："小球飞渡。"被盖住的只有拿着球的右手，左手是暴露在外面的。众人只见他双手微微晃了一下，接着，握拳的左手打开，原本在右手的小球变到了左手之上。

此时，罗四两的拳头也落了下来，砸在赵严军空空如也的右掌上。

拳拳到肉。赵严军顿时感觉右手臂全部发麻了，心中也甚是惊讶。此时的罗四两真是一头疯狂的野兽。斗艺不可伤人，这是江湖规矩，他却完全不管不顾，根本控制不住自己。

罗四两一转之下，不能功成，大吼一声："再来，球来！"如疯如魔，又是一拳砸向赵严军空空如也的右手。赵严军脸色骤变，不敢再接，赶忙收起了手上小球。拳头砸下，赵严军躲了开来。

阴阳三转手，第二击再度落空。

全场人都看得紧张无比。阴阳三转手，三转之下，能窃万物，从未失手。现在已经两击落空了，难道今日这个神话要被打破？

两击落空，让本就疯狂的罗四两变得更加狂躁。他抓住盖着赵严军右手的方巾一角，伸手一转，方巾在赵严军的面前凌空旋转起来。罗四两并出两指，戳向方巾，嘴里气势如虹大喝道："球来！"一夹一转，两指戳到了赵严军胸脯之上。

剧痛传来，赵严军脸色一白，眼前直冒金星。但更让他焦急的是，他身上的小球不见了。

罗四两摊开了自己的手，右手上赫然躺着一枚胶皮球。

赵严军焦急地大喝一声，强忍着剧痛，赶紧伸手冲了过去，欲夺罗四两手上小球。罗四两却眼神冰冷，不退反进，抬手抓住了赵严军的右手，顺势一折，使其无法动弹。

罗四两看了一眼时间，冰冷的声音不带任何感情，道："再动，我断了你的手。"

无声的叹息在众人心头响起。赵严军还是落败了。尽管他拼尽了一切，可还是败了。这个恐怖的年轻人，真的如此不可战胜吗？

苗毅军苦笑："没想到连赵老也拦不住他……"

"不对。"高管夫惊叫一声。

所有人立刻把目光转回场上，只见场上不只是罗四两状若疯狂，就连赵严军的眼中都突然充斥着疯狂之色。

就在所有人都觉得赵严军无力回天的时候，异变发生了。只听得"咔"的一声脆响，赵严军的关节朝着反方向夸张地扭曲起来。

所有人心中大震，这一声脆响仿佛惊雷响在了所有人的脑海里面，不仅脑子被震得嗡嗡响，心灵深处也受到了震撼。

罗四两也蓦然一顿。就是这一顿的时间，赵严军快速反折自己的关节，扭身回来，另一只手在罗四两手上一拂，夺走了他手上的小球。

一击得手，赵严军欲要后退。可此举惹怒了疯狂状态下的罗四两，就算赵严军拧断自己的关节，他也不管不顾，一副要卡死对方的模样。

赵严军顿时痛呼出声。罗四两仍未停止，一把掐住了赵严军的喉咙："老家伙，你找死！"

"住手，快放开赵老。"

“住手，这是斗艺，你想杀人不成？”

围观众人纷纷惊叫。

赵严军脸色惨白，又被罗四两掐得气息不畅，满面通红，眼中的疯狂之色逐渐褪了下去，喉头勉强发出低声：“你……输了。”

这话彻底把罗四两惹怒了，他右手陡然用力：“你想死，我就成全你……”

“住手！”高管夫大叫一声，直接跳到场上。

陶连环、唐易思、刘明也飞奔下去，欲要阻止。

赵严军眼前一片昏黑袭来，他强撑着，用力咬向了自己舌头，用仅存的力量把满嘴的鲜血喷了罗四两一脸。

炽热的鲜血瞬间糊满了罗四两的双眼，浓烈的血腥味让罗四两灵台骤然一清，掐着赵严军脖子的手也松了几分。

趁这个空当，一直沉默不言的赵严军大吼道：“你看看你自己在干什么？你对得起你爷爷吗？你对得起你师父吗？你对得起你死去的父母吗？你对得起那些关心你的人吗？”

罗四两被吼得脑子一蒙，低下头却看见了自己掐着赵严军脖子的右手，看见了自己死死卡着对方关节的左手。他喃喃着：“这……怎么可能……是我……”

疯狂过后是无尽的虚弱。罗四两把自己攒积多年的负面情绪爆发了出来，好不容易清醒了一点，却看见想要杀人的自己。强烈的理智和疯狂对冲，再加上身体无尽的疲倦，他眼前猛然一黑，晕倒在了地上。

见到罗四两晕倒，赵严军也露出了笑容。心中一松，赵严军也体力不支，晕倒在了擂台之上。

全场一静。两秒钟过后，范伟正惊恐大喊：“他是个杀人魔头，他打断了赵老的手臂，还要杀赵老，不要放走这个杀人犯。”

徐彬也大喊：“大家快围上去，不要让这个疯子跑掉。”

一时间，群情激愤。疯狂之下必是疯狂。今日疯狂的不只是罗四两和赵严军，还有这么多围观的魔术师。

“打死他。”

“打死这个杀人犯。”

“打死他，打死这个疯子。”

众人竟然想要杀死罗四两。人在丧失理智的情况下，什么事情都做得出来，看看罗四两就知道了。此时，众怒之下，所有人都往擂台上冲去，罗四两危在旦夕。

“我看谁敢？”唐易思大喝一声，手上古朴的折扇抖开，一个扬手甩扇，一柄飞刀闪出。唐易思倒悬腰身，手转扇圈，那把飞刀也悬在空中甩了一个漂亮的圆圈，逼退了围过来的众人。接着，唐易思扇指地面，飞旋的飞刀直接插到了地面之上：“过此刀者，死！”

唐易思盯着众人，面露狠色。众人亦是心中一慑。

“我们这么多人，还怕他？一起上。”徐彬在一旁鼓噪。正是群情激愤之时，众人也被愤怒冲昏了心智，立刻又扑了上去。

“找死。”唐易思怒喝一声，手上折扇连连变换，一连三把飞刀从他身上飞了出来。他手摇折扇，如翩然起舞，飞刀盘旋四周，愣是给他和罗四两围出来一个安全的区域。

唐家扇戏，扇风扇雨扇鬼神，扇戏御剑，逼得众人后退不止。

徐彬看了焦急，大叫道：“拿东西砸他。”说罢，率先拎起旁边观众坐的凳子朝着唐易思扔了过去。

唐易思顿时心中一紧。他的扇戏御剑是戏法，又不是传说中的神仙法术。人家要是真不要命地冲上来，他怎么可能拦得住？眼见凳子砸过来，他咬了咬牙，闪身躲过了这一砸。

众人一看唐易思无法反击，只能闪躲，精神一振，纷纷抄起身边的凳子丢上台去。

一瞬间，唐易思被砸来的凳子淹没了。他闭上双眼，准备硬扛。他没法躲，躲了凳子就会砸到晕倒在地的罗四两和赵严军；他也没法撤，他一撤，罗四两必死无疑。

便是此时，一道黑幕飞来，遮住了唐易思的双眼。

“卧单回托。”一道呼喝声过后，高管夫手持卧单，原地旋转数次，唐易思面前飞来的一堆凳子竟然全都不见了。

“卧单回托，一席全管高管夫。”莫一鸣心中震惊。

高管夫立定身躯，一个旋转过后，手上一抖卧单，那些消失的凳子从卧单底下飞了出来，砸在了围观的魔术师身上，顿时惨叫声一片。

这就是当今落活儿第一人的威势，这就是当年威震世界的罗家班。高管夫站定，卧单在手，无人可敌：“谁还敢再来？”

众人心中发怵，一片默然。

莫一鸣松了口气，大喊：“别打了，别打了，赵老还在里面。”

范伟正道：“我们就是要进去救赵老！大家别怕，你们忘了赵老对你们的恩惠了吗？你们忘了前面那个王八蛋想杀赵老了吗？大家冲啊，救赵老。”

眼见范伟正再次鼓噪起来，莫一鸣真恨不得直接给他一巴掌。

“聒噪。”高管夫怒斥一声，一抖卧单，盖住原先扔在地上的那个凳子，一卷一抖，凳子直接奔着范伟正而去。范伟正来不及闪躲，凳子砸在身上，发出一声痛呼。

徐彬大喊：“你们看见了没有，他们还在伤人。今天不把他们拿下，他们以后肯定不会放过我们的，快上。”

范伟正的受伤助长了众人的愤怒，大家又一拥而上了。这一次，唐易思和高管夫顿觉压力巨大。

徐彬想了个妙招，从旁边搬了一个八仙桌盖在了自己身上，顶着八仙桌去扛唐易思的飞刀。

咄的一声，飞刀扎在了桌子之上。唐易思再动折扇，发现飞刀扎得有点深，一时间拔不出来了。

扇戏是丝法门戏法，用不易观察到的隐线完成种种变化，飞刀也是如此。唐家扇戏厉害就厉害在灵活上，但力度上确有不足。

其他人有样学样，纷纷用桌子拦下了唐易思的飞刀，一拥而上。

救援的人也赶紧过来了。陶连环看似双手空空，一拍双手，手上顿时多了一个铁环，看准面前一人，铁环就从那人头上罩了下去，把那人双手都圈在了里面。还不等那人反应过来，陶连环手上又多了一个铁环，对着旁边另外一人又是一套，把那人也套住了。然后他一推两人，两人相撞，神奇的事情发生了——套在两人身上的铁环竟然碰到了一起，铁环夹铁环，扣住了，两人怎么都挣脱不开。

这是传统戏法九连环，只是陶连环把这套戏法运用到了绑人上面。

陶连环又如法炮制，连续绑了几人，把他们都捆在了一块，就跟串葫芦似的。高管夫、唐易思和苗毅军等人也连连出手挡着来人，不让他们靠近。可人太多了，也太乱了，这几个人根本阻挡不住。

这时，一个纤细的人影在混乱的人群中如鱼儿一般灵活穿梭，是于小婷。她在这种混乱的环境，反而显得更加如鱼得水。几番轮转之后，她寻到了想找的人，扑过去甩手就是一个巴掌。

啪的一声，巴掌打在了徐彬脸上。徐彬蒙了半晌，待反应过来，不由得大怒。可他哪里是于小婷的对手？不等他挥拳，于小婷抬腿就是一个膝撞，直接把徐彬打成了弯弓的对虾。然后，她抓着徐彬的头发，右手摸到了徐彬的喉咙。

“不想让这个王八蛋死的，都给我住手！”于小婷娇声大喝。

众人霎时一静，再看到这边，于小婷已经把徐彬挟持住了。

“小彬……”范伟正紧张大喊，“你放开他。”

于小婷面露冷笑：“你们不是说我们是杀人犯吗？要不要我宰一个人给你瞧瞧？”

真遇上狠角色，这些热血上头的人反倒被吓住了。徐彬更是吓得两腿发抖，脸色发白，站都快站不稳了。双方的争斗这才停下来。

唐易思来了一句：“原来这样就可以，还是你们女人够狠啊。”说罢，一抖折扇，一点寒芒飞出，直奔范伟正喉咙。

“啊！”范伟正惊恐一叫。

“别动，敢动就死。”

眼见飞刀停在了自己喉咙前，范伟正咽咽口水，愣是没敢再动。

陶连环收拾了东西，走到了高管夫身边，护住了倒在地上的罗四两和赵严军。

“如果还不够的话，再加上我呗。”刘明也走到了中央，甩手就是三道寒光，咚咚咚地扎在了柱子上，是三支飞镖。

刘明淡淡道：“我快手刘祖上是走镖的，最擅长镖法和快拳，所以我们的手法讲的就是一个‘快’字。你们再敢乱来，别怪我不客气。”

何青怡也焦急道：“对嘛，有话好好说，不行交给警察处理。你们这一拥而上是想干吗？想杀人吗？两个人都躺在地上，你们也不说叫个救护车，你们都在干些什么啊？”

李麻辣也站到了中间，似乎觉得自己手上没个家伙什儿，又从地上捡了个凳子当武器。

程不酸手扶着腰，走了过来，慢吞吞道：“行了，都让开吧。该治病治病，该报警报警，别动私刑。老爷子都还躺在中间，你们就这样扑上来动手，是想救人还是想杀人啊？”

唐易思抬头，面露喜色。当初找程不酸加入魔术社时，颇费了一番口舌。后来程不酸答应入社，但被程家家主严令不可随意暴露江湖身份，没想到这家伙此时会站出来。

“你又是谁？”人群中有人问。

程不酸指了指自己：“我呀，无名小卒，算你们半个同行。祖上会点驯兽，会耍狗熊，江湖上给面子，送了个外号，叫狗熊程。要不我把家里几头狗熊带出来跟你们聊聊？我家就在这隔壁。不让人过去，总得让狗熊过去吧？”众人闻言，面色一僵。

狗熊程家也是彩门曾经赫赫有名的家族，最擅长驯兽，尤其擅长驯狗熊，还喜欢表演狗熊打架。清末民初，北京天桥曾经有流氓团伙敲诈程家，后来程家人带着十几头狗熊和其他野兽半夜去端了那伙流氓的老窝。人不怕人，可人还能不怕野兽吗？

旁边这些人都被吓住了，真要是狗熊来了，他们可不敢不跑。

“带上人，走。”趁众人被吓住，高管夫低喝一声。

刘明扛上罗四两就往外走去。其他人不敢懈怠，逼视着这群人，等罗四两出去了之后，才放开了被挟持的两人。

莫一鸣赶紧扑过来，一边叫救护车，一边扶起倒在地上的赵严军。

沉睡不醒

京西医院，赵严军正躺在病床上挂盐水。老爷子昏迷了一天才慢慢清醒过来，可精神还是非常萎靡。他手上的关节已经做了手术，只是年纪大了，以后恢复起来也很困难，怕是再也不能变魔术了。

赵严军刚过花甲，便彻底进入了养老期。他心绪复杂，在医院里也没有怎么休息，更多时候都是仰头看着天花板，怔怔出神。想来医院看他的人很多，都被赵严军的儿子拦住了，理由是病人需要多休息。

被拦住的这些人里面，却不包括莫一鸣。

“唉。”莫一鸣叹了一声，双眼通红。眼看当年意气风发的赵严军现在变成了这般模样，莫一鸣心里就跟针扎一样难受。

“没事，别叹气了，我又没死。”赵严军自嘲了一句。

莫一鸣看着赵严军那倦怠的脸庞，心疼道：“是，您会好的，只是您的牺牲太大了。”

赵严军躺在病床上，微微摇头：“不算大，能把那小子拉回来，能不让国内魔坛分裂，这就值了。一鸣，这次的事情都没传出去吧？”

莫一鸣道：“没，都捂着呢。戏法界那边，也有老苗捂着，暂时传不出去。那些人都丢了脸面，也不会有人往外传。”

“尤其……”莫一鸣叹了一声，“唉……这帮人后来做的事情确实过了，幸好没酿成什么事故。”

赵严军的眉头也皱紧了。

莫一鸣又道：“哦，对了，这件事还有别人来打招呼了。”

“什么？”

莫一鸣压着声音道："上面有大领导对我们在现场的所有人发出了警告，不得向任何人泄露比赛的任何细节。从明天开始，我们所有去过现场的人都要接受封闭式培训，包括湖天会馆的老板和服务员……"

赵严军想了想，疲惫地说："国家也不希望出什么乱子，我们这样私下比试斗艺，其实是不合规矩的。"

莫一鸣点了点头，心中虽然还有疑惑，也没有追问。顿了一顿，莫一鸣又是一声叹息，道："就是苦了您啊。"

"不算什么，"赵严军摇头，"那孩子怎么样了？"

"老苗说还没醒过来。"

赵严军闻言，皱着眉头，不知道在想什么。忽然，一阵"丁零零"的声音传来，放在病床边上的电话响了。

赵严军道："一鸣，帮我拿一下手机。"

莫一鸣赶紧把手机拿了起来，看了上面的来电显示，发现只有一串电话号码，没有人名。莫一鸣有些疑惑，还是把手机递给了赵严军。

赵严军看了一眼电话号码，眸子微微一凝，伸手挂断了电话，说："不认识，可能是打错了吧。一鸣，你要是有事就先去忙吧，我想休息一会儿。"

"那我把床给您放下来？"莫一鸣道。

"没事，我靠会儿就行。"

莫一鸣点点头，站起身来，看了一眼紧紧抓着手机的赵严军，心中疑惑更甚。但是他也没有多问，起身出了门。

等莫一鸣出了门，赵严军才重新睁开眸子，拿起手机回拨刚才的号码。"嘟……嘟……嘟……"响了几声，电话那头有人接了。

"喂？"赵严军轻轻唤了一声。

电话那头传来长长的叹息："唉……你这又是何苦呢？"

赵严军苦笑一声，自嘲说："我不也是想赢么？能赢快手卢，说出来我也是挣了很大面子，这世上有几人能做到啊。"

电话那头沉默了一会儿，郑重道："谢谢你了。"

赵严军脸上的笑意渐渐收敛起来，复杂地笑了笑，说：“真不用。卢爷对我有恩，没有他，也就没有今日的赵严军，所以于情于理，我都该这么做。如果用我一个糟老头子，能给中国魔坛换一个未来，这是一笔再划算不过的买卖了。中国魔坛可以没有赵严军，不能没有戏法罗，更何况他还是快手卢。只是，四两现在都还没醒，真的没问题吗？”

电话那头道：“这是他必须经历的一关。当初老卢教他把负面情绪上锁，可是治标不治本，而且这种做法的后遗症比之前更恶劣，只是老卢没办法。老卢的时间太短了，他必须在尽可能少的时间教会这孩子更多的东西。这种做法的后遗症现在就显现出来了，只能趁此机会，尽早戳破这个压力球。堵不如疏啊，这孩子迟早要过这一关，不然早晚得废掉。行了，这事儿你别操心了，一切有我。”

赵严军回了一声：“好。”

电话那头沉默了一会儿，才响起悠悠之声：“谢谢你，抱歉。”

赵严军笑了，眼中闪着光：“不用致歉，一切都是我心甘情愿，我只希望他能真正扛起属于他的责任。戏法罗传承的不仅仅是家族名号，更是整个行业的兴衰荣辱。我希望能看到戏法罗再度征战世界的那一天，能看到中国的魔术和戏法再度光耀世界，那样……便值了。”

与此同时的苗家，众人围着还在昏迷的罗四两，愁眉不展。

苗毅军急得团团转：“这四两怎么还不醒过来啊？这都两天了，他不会有什么事吧？他要是出点什么事情，我要怎么跟师父交代啊？”

高管夫紧皱着眉头：“他没伤没痛，身体也没有任何毛病，他的病在心里，现在是他自己不想醒来，是他自己在排斥自己。其实他一直有厌世的情绪，这一次……唉……”

何青怡也在苗家，这会儿她也知道罗四两就是红巾蒙面人了，经历过最初的震惊和迷茫之后，她很快就接受了这一事实。看到众人的焦急，她道：“要不我给他找一个好点的医生吧？我知道中央保健局的医疗组里面有几个很好的神经科和心理科医生。”

这话一出，旁边几人都诧异地看着何青怡。中央保健局的医疗组，用古代的话来说就是御医，没想到这个小姑娘还有能力找到这样的人。

众人都看高管夫，这里能做主的是他。高管夫紧皱眉头，顿了一顿之后，才说："再等等，中午还不醒的话，那就要麻烦姑娘你了。"

何青怡道："不必客气，我先出去打个电话，跟家里人通个气，让他们联系一下医生帮帮忙。"

高管夫点头道："好，多谢。"

何青怡笑了笑，出去打电话了。房间里面，其他人依旧面带愁容。

唐易思道："四两这是什么毛病啊，怎么突然就变得那么吓人了？他之前掐着赵老头脖子的时候，我是真的看出来他有杀人的心思了。"

高管夫道："现在不是讨论这个的时候，当务之急是想办法把四两弄醒。"

唐易思挠着头，为难道："他这病，医生都说没法子，我们能怎么办啊？他这是心病，要是他自己不想走出来，谁能帮得了他啊？"

于小婷也叹了一声，担心地看着躺在床上的罗四两，道："医生让我们在他耳边多说说话，看能不能唤醒他，这些天我们什么都说了，可他就是没反应。"

刘明道："是不是还没找到那个能刺激到他的点儿，所以他给不了我们反应？"这话一出，众人陷入了思索。

陶连环道："这两天我们什么话都说过了，还有什么不够刺激他的？"

苗毅军道："要不我去问问师父？"

高管夫闻言，用看傻子的眼神看着他，看得苗毅军尴尬地摸了摸自己的鼻子。

程不酸也摇了摇头："看到这个老是骗人的家伙躺在床上，我还真有点说不出滋味来。"

"老是骗人……"于小婷抬头看程不酸，心中一动，赶紧走到床边，在罗四两耳旁轻轻说了一句话，然后紧张地看着罗四两。

几人看了过来，此时，神奇的事情发生了。罗四两猛地睁开眼睛，整个人立刻从床上坐了起来，霍然转头盯着房间里面几人。众人紧张得连呼吸都停住了。罗四两却仿佛松了一口气一般，又晕了过去。

苗毅军急道："怎么又晕过去了？"

高管夫沉声道："快去叫医生！"武清赶紧跑了出去。

于小婷看到这一幕，也有些手足无措了起来。

这时，何青怡打完电话进来了："我跟我爷爷说过了，爷爷说他帮我们去找医生……怎……怎么了？"她也看出房间里面气氛有些不对。

李麻辣解释："刚刚于师姐在半斤耳朵边上说了句话，半斤就突然起来了，可还没说一句话呢，又晕过去了。"

何青怡一愣，问于小婷："你跟他说什么了？"

"我……我……"于小婷竟一时说不出话来。

高管夫摆摆手道："这应该是好事，至少四两醒过来了。他这种情况最怕的就是一睡不醒，现在醒了一次，反而没事了。"

几人闻言，都点了点头。没一会儿，医生也过来了，检查一番之后也说了同样的话，众人这才放下心来。就是何青怡看于小婷的眼神有些怪怪的，连于小婷自己都莫名其妙地有些心虚。

此时，罗四两正在做一场噩梦。他梦到了父亲和母亲正抱着他嬉戏，母亲温柔地看着他，时不时摸摸他的小脑袋，而他总是被逗得咯咯笑个不停。他父亲在旁边拿着个小布娃娃敲他的脑袋，他的母亲气得要打他父亲，他自己却恍若未觉，一直在笑。

罗四两还听见了他父亲和他母亲聊天。

"四两这孩子真爱笑。"

"爱笑不是好事吗？我就喜欢我儿子爱笑。"

"是啊，真希望他这一辈子都这么开开心心的。"

"来，儿子，再给妈妈笑一个。"

"咯咯咯咯……"又是一阵笑声。

即便是在梦中，罗四两也觉得心头温暖，阳光明媚。可突然画风一转，阳光不见了，温暖不见了，陪在他身边的父母也不是那种宠溺的模样，画面变得可怕起来。他的父亲从高处摔下，一直在惨叫，让罗四两心肝颤抖。他的母亲则被一辆汽车撞得高高飞起，摔飞到他面前。

罗四两害怕得想叫，可根本叫不出声音来。他想跑，可后面就是厚厚的墙壁，根本退无可退，逃无可逃，只能眼睁睁地看着父母死在自己面前。罗四两闭上眼睛，父母的惨状却又出现在他的心头。他被无尽的黑暗和恐惧包围着，感受到一阵阵的绝望。

此时，一道光照射进来，罗四两如同抓住了救命稻草，顺着光线往上爬，逃离这个可怕的地方。等他好不容易爬出来了，却看到师父卢光耀正被一头巨蟒缠身，整个人被勒得死死的，脸都憋紫了。

“四两，快救我。”卢光耀朝罗四两呼救。

罗四两想往前跑，刚一动脚就整个人摔在了地上，回头一看，他的两只脚被他的父母抱住了，父母正满脸鲜血朝着他笑……

“啊！”罗四两惊恐地号叫。

不知道过了多久，也不知道这样的画面重复了多少遍，总之最后罗四两自己都麻木了。他感觉自己的视力越来越差，看什么东西都很模糊，看不清自己的父母，也看不清卢光耀，什么都看不清楚。他的全世界都是模糊的，这种模糊越来越深，慢慢地，他也看不见这些让他恐惧的场景了。再后来他的视线越来越暗，什么都看不见了。这反倒让罗四两好好地松了一口气。

又不知道过了多久，无尽的黑暗里破开了一道光明，光明越来越强盛，驱散了所有的黑暗。罗四两四处观察，他看不到自己的父母，也看不到师父卢光耀了。罗四两终于笑了，笑着笑着又哭了，哭着哭着又笑了。最后，他……醒了。

“醒了醒了，师哥，快来，四两醒了。”苗毅军忙不迭叫道。众人赶紧围过来。

罗四两费力地睁开眼睛，感觉自己好虚弱，好累，好无力，嘴里也渴得厉害，连声音都沙哑了。他看了看眼前围着的几人，低声说：“我这是在哪儿？你们……又是谁？”

儿人都是一愣。苗毅军道：“这傻孩子，睡糊涂了吧？你在我家，我是你苗叔啊。”

罗四两却茫然地说：“我不认识你……”

苗毅军愣住了。高管夫皱眉问道：“你不认识我们了吗？”

李麻辣道：“半斤，你连我们也不认识了吗？我们可一起睡了好几个月呢。”

罗四两眉头皱得很紧，看了看眼前几人，心中警惕：“你们是……谁……为什么把我带到这里来……”几人都傻了。

“于……于小婷……”罗四两看见于小婷，竟然叫出了她的名字。

于小婷也愣住了。其他人都诧异地看着于小婷，目光中带着询问。何青怡的目光也有些奇怪，看着于小婷，心里突然觉得挺不是滋味。

罗四两挣扎着从床上起来：“于小婷……快带我……走……”于小婷一时也搞不清是什么状况，赶紧上前扶住了罗四两。

罗四两虚弱地喘息，挣扎着下床，道：“我……我要走……我要去湘西……”刚刚下床，却觉得天旋地转，又一次晕倒在了地上。

“哎……哎……”于小婷赶紧扶住了罗四两。

几人叹息，又把罗四两抬到了床上。苗毅军面色沉重，跑出去找医生了。

李麻辣道：“半斤这什么毛病？怎么不认人啊？于师姐，他怎么就认识你一个人？你们俩到底有什么过去啊？”于小婷被问得哑口无言，脸都红了。

程不酸也问：“于师姐，你昨天到底跟半斤说了什么啊？我们都叫不醒他，就你可以，而且他现在也只认你一个人。”于小婷脸更红了。

刘明道：“罗四两刚刚说要去湘西，他去湘西干什么？”

唐易思沉吟片刻，道：“他想去找鬼马张……”

程不酸吃了一惊：“是那个已经隐退多年的机关世家鬼马张家？他们居然在湘西？”狗熊程家虽然早已不在江湖行走，但对于这个神秘的家族，依旧有所耳闻。

高管夫怀疑地看着唐易思："难道他们也是……"

唐易思缓缓点头。

李麻辣嚷嚷道："你们打的什么哑谜啊？我怎么完全听不懂？"

"是单义堂？"何青怡试探着问道。

唐易思点点头。

刘明道："跟我们说说吧，当年到底是怎么回事？为什么好好的一个单义堂一夜之间变成了人人喊打的汉奸组织？为什么一个汉奸组织，又会被鬼子灭了满门？"这话一出，何青怡和李麻辣等行外人都瞪大了眼睛，仿佛听到了什么了不得的事情。

唐易思叹了一声，说道："这是一个很久之前的故事了。"

斜日西垂，罗四两终于再度醒了过来。这段时间里，其他人也终于知道了单义堂的故事，知道了快手卢家族的往事，也终于知道罗四两身上背负的是什么，终于明白他们这群人苦苦追求的是什么。于小婷和何青怡突然开始心疼起罗四两。这一刻，她们也终于理解了罗四两疯狂的举动。

罗四两再次醒来时，已经认得人了，让大家都松了一口气。吃了一点东西之后，他的体力也恢复了不少，虽然依旧有点虚弱，但看着没什么大碍了。

李麻辣坐到罗四两床头，开心道："你可差点吓死我了，我还真以为你睡成傻子了。不过你没变成傻子也挺让我失望的，毕竟在你面前我们都跟傻子似的。你平时不看书也不学习，可考试总能拿第一，尤其外语，比人家英语专业考完专八的人都厉害，都不知道你怎么学的。"李麻辣叽叽歪歪的，跟个话痨似的。

大家见罗四两情况转好，也放心了，随着李麻辣叽叽歪歪。

李麻辣接着道："病好了就早点回去上课啊，周一就是老曹的课，曹魔王的课估计也就你敢逃，谁让你近代史学得好呢。"

罗四两露出微笑，问道："曹魔王是谁？"

李麻辣一怔：“曹建国啊，近代史老师啊，他这外号还是你给起的呢，你忘了？”

罗四两摇了摇昏昏沉沉的脑袋，说：“不记得了，我脑袋疼得厉害，浑身没力气。”

李麻辣道：“也是，你都昏迷了好几天了，没吃没喝的，难怪没什么力气，你先休息吧。”

“好。”罗四两点了点头。

其他人见状，也都出去了。何青怡还有些话想说，可是见大家都出去了，她也只能把话憋在心里。

已经是晚上了，大家见罗四两没什么大碍，也都各自回去了。

高管夫拿出了手机，拨了一个电话出去，跟电话那头说了一下情况。电话那头道：“知道了，四两没什么异常情况吧？”

高管夫道：“异常情况倒没有，就是脑子还有点不清楚，连周一上课的老师名字都忘了。”

“你说什么？”电话那头声音陡然高了几分。

高管夫疑惑道：“怎么了？”

电话那头急忙问道：“你是说，他忘了上课老师的名字？”

高管夫答道：“对啊，他昏睡了好几天，这会儿脑子怕是还不清楚呢。”电话那头陷入了沉默。

过了一会儿，高管夫试探着问道：“怎么了？”电话那头道：“出了点意外，不知道是好还是坏。”

“什么意思？我可告诉你，四两要是出点什么事，我跟你没完。”

“放心吧，我对他比你更上心。我的计划对他只有好处没有坏处，哪怕是现在，也依然如此，就是他的戏法天赋可能不如原来了。”

“什么？”高管夫心中一惊，“那戏法罗怎么办？那罗家班怎么办？那他父亲怎么办？”

电话那头顿了顿，才说：“这世上本就没有十全十美的事情，这次能保住这孩子的命就不错了，但愿从今往后，他能不再承担那么大的痛苦和黑暗。”

高管夫的脸绷得紧紧的，问：“那接下来怎么办？”

电话那头悠悠叹道：“按照原定计划，去湘西找鬼马张。至于最后结果如何，只能听天由命了。”高管夫闻言，重重地叹了一口气。

与此同时，唐易思也接到了来自家里的电话。在唐家和高管夫的安排下，罗四两和唐易思即将一起前往湘西。

其实这也是好事，罗四两这段时间惹出来的事情太多了，心灵也扭曲得厉害，出去走走也挺好。

刘明本想等罗四两和赵严军的对战结束后，和罗四两正式对决，但还是没能交上手。最近这段时间，罗四两一天到晚都在发呆，根本没有心思管手法，有些时候拿个东西都能因为愣神而掉在地上。这对一个顶级的手法大师来说，太不应该了。看到罗四两现在这个状态，刘明也下不了手，只能过段日子再跟他决战了。

与刘明、于小婷、程不酸几人告别之后，罗四两和唐易思踏上了去往湘西的火车。

再赴湘西

王府井旁边有一条胡同，叫作富强胡同。这条胡同不长，也就几百米，里面坐落着一些四合院。这些四合院从门脸儿上看很寻常，但大门永远是关着的，胡同里面也没有闲聊的大爷大妈，非常安静。

这样的胡同，外地游客过来指定是瞧一眼就过去了，可当地人却知道，这条胡同不一般。因为这可是达官贵人的居住地，里面住过两任总理呢，是京城贵气最足的胡同之一。别看胡同安安静静的，里面的安保级别可是半点不低。

何青怡自己坐了地铁，气呼呼地来到这边，熟门熟路地拐进了富强胡同，门口的保卫也没人拦她。

何青怡到了一栋四合院门口，在门锁上刷了自己的指纹。大门打开了，她走进去，屋里的用人伸手接过她身上的东西，打着招呼："小姐回来了啊。"

何青怡点了点头，问："我爷爷呢？"

"老爷子在后院喝茶呢。"

何青怡道："好。孙叔，帮我把包拿到房间去吧，我先去找爷爷。"

"是。"孙叔应声离开。

何青怡往后院走去。后院种了不少树，恰逢金秋时节，果树上挂了不少果子，淡雅的果香飘满了整个院子。院子角落搭了一个小棚，藤椅藤桌摆在棚下，棚上爬满了藤蔓。树荫下清凉，藤蔓下清净，再来一壶香茗，别有几分清新淡雅的味道。

一位须发皆白的老人就坐在藤椅之上，手边放着一壶上好的大红袍，捧着一本书慢慢地读着。

"爷爷。"何青怡甜甜地叫了一声。

老人闻声看去，顺手摘下了自己的老花镜。待看见是何青怡，老人展露笑颜，说："青青回来了啊。"

"对啊，放假了，回来瞧瞧您。"何青怡笑着说。

"好，"老人笑呵呵地放下了手中的书，"来，过来坐。"

何青怡走过去，在一张藤编的小椅子上坐了下来。

老人问道："接下来可有好几天假，是打算待在家里，还是打算出去玩两天啊？"

何青怡讨好道："爷爷，我当然是待在家里陪您啦，我可不像那几个家伙，一放假连人都找不见了。"

老人呵呵笑着，眼神却露出几分意味深长，说："丫头，难为你有这份孝心。不过，怕也不仅是有孝心这么简单吧。"

何青怡嗔道："爷爷，您真是厉害，不过还是要谢谢您帮我……帮我的朋友把事情给捂下来。"

老人摇摇头："倒也不纯粹是帮他吧，国家要顾全大局，他们这样乱搞本就犯了忌讳，敲打一番也是在情理之中，若是都有样学样，那得乱成什么样子？”

何青怡点头，道：“爷爷，我还想让您帮我一个忙。”

“什么忙？”

何青怡沉吟了一会儿之后，问道：“您知道单义堂的事情吗？”

老人眯起了眼睛，思索道：“单义堂……好像很熟悉的样子……”

数百里之外，开往湘西的火车仍在慢吞吞地行进。

现在正是国庆假期，火车上都是人，罗四两和唐易思也没抢到卧铺票，两人全是硬座，不过比那些坐在过道上的人强多了。

火车的绿皮硬座椅子很硬、很直，两排的人又是面对面对着，中间的距离小到脚都伸不直。这样坐下来，一两个小时还行，时间一长，谁也受不了，更别说好几十个小时了。坐也坐不好，睡就更加不能睡了，等于是生生熬过几十个小时。从北京到湖南，这绿皮火车要开一天一夜，着实是一段让人崩溃的旅程。幸亏罗四两和唐易思两个人年轻，不然还真不一定扛得住。

夜已经深了，车厢里面也没人说话，大家都在休息，只是火车运行的时候噪音很大，弄得车厢里面也很响。

罗四两缩在椅子上，问：“你们跟鬼马张家熟吗？”

唐易思道：“同是单义堂中人，几个家族的人都是有来往的。”

罗四两扭头看他，皱眉问：“你们私底下一直在联系？“

唐易思苦笑一下，双手抚摸手上折扇，有些惆怅地说：“其实我们的来往很少，而且是比较隐蔽的。”

罗四两神色一怔，问：“因为单义堂？”

唐易思点头，自嘲道：“对啊，毕竟我们祖上都是汉奸啊。”

罗四两心中陡然一沉。唐易思轻叹一声，说：“我们还算好的，毕竟家大业大，家里也有人，日子都能过。只是当年那些普通艺人的后人……他们才是顶着汉奸之后的名头生活的，日子过得很不如意，也常遭人白眼，小孩子甚至都不敢抬起头上学。我们知道单义堂不是，可他们不知道，外界的那些人更不知道。其实他们本该是英雄的后人……”听闻这话，罗四两心中觉得挺不是滋味。

唐易思扭头看罗四两，他说：“四两，其实我早就知道你了，卢爷当年收你的时候就都跟我们通过气。我们唐家一直在等你过去，千丝唐家的戏法也一直在等着你。只要你来，我们肯定倾囊相授。四两，你真的是我们这些还在苦苦坚守的人最后的希望了。”

罗四两看着唐易思。

“你有没有想过，为什么你、快手刘、狗熊程会那么巧，同时加入魔术社？这些年，我们用了很多方法去寻找江湖上对单义堂还存有善意的家族，就是为了形成一股最强大的力量。我们一直在等你，等你带领我们这些家族，带领单义堂仅剩的好汉们，为当初屈死的人讨个公道。唐易思内心有些激荡，眼眶都微微发红了，“我们不是没有别的出路，以我们掌握的手艺，只要肯出来，一定能在魔术江湖中博得一席之地。我们迟迟不肯出来，不为别的，是因为那些受了污名屈死的人还在看着我们。四两，为了那些死去的，也为了那些还活着的……”

罗四两扭头望向窗外，窗外漆黑。车厢里面开着灯，罗四两在窗户里面只能看见自己。他发现自己的眼睛亮得有些吓人，不由得低声呢喃：“为了那些死去的，为了那些活着的……”

津门于家，于小婷也回到了家中。

自从于家退行之后，于保国便彻底放开了手脚，大刀阔斧地做起了生意。这两年于家的生意做得风生水起，于家也算是彻底改邪归正了。

“爸。”于小婷叫了一声。

“婷婷回来了，饿了吧？快把东西放一下，一会儿爸带你去吃大餐。”于保国呵呵笑着，笑得像一尊弥勒佛。大师兄徐小刀也出来了，对着于小婷微微笑了笑。一旁的于小飞不满道：“爸，你真偏心，只有小婷回来你才会带她去吃大餐，我就从来没这待遇。”

于保国冷哼一声，道："有能耐你也考个京大啊，你要能考上，我天天带你去吃。婷婷考上这么好的学校，那是给咱家挣了大脸了，哪像你，一天到晚就知道胡闹。"于小飞不满地撇了撇嘴。

于小婷却兴致不高，对于保国说道："爸，我想知道罗四两和卢光耀的事情，还有……单义堂的事情……"

于保国和徐小刀齐齐一怔，于小飞则是有些纳闷。

京城的胡同深处，何青怡也在催促："爷爷，找到没？您不是说在哪里看到过单义堂吗？"

何老爷子看着面前一大堆陈旧的笔记，发起了愁。

湘西凤凰，大文人沈从文的故乡。好多人都以为沈从文写的边城，就是在描写他的故乡凤凰城，其实这是误解。但这个误解，反而造就了凤凰这个边陲古城的热闹景象。如今，凤凰的旅游业还没有完全发展起来，但也足够热闹了。国庆假期，这里也来了不少外地游客。当地的餐饮业、住宿业也都渐渐发展了起来，旅游业正在带动当地经济的发展。

鬼马张家就隐居在这里。说来好笑，当年鬼马张家的先祖选择隐居在这里，主要是看中了这里足够偏僻，没人会寻到这里来。现在倒好，这里都要变成旅游胜地了。不过时代变了，鬼马张家隐不隐居其实已经不重要，若不是因为单义堂的事情，他们大可以出山了。

罗四两和唐易思两人在县城里面坐了汽车往凤凰赶去。鬼马张家并不是住在古城那一块，而是住在偏远的山脚下。对于专门研究机关道具的鬼马张家来说，住得偏僻一点没什么坏处。

罗四两和唐易思到了凤凰古城，还向当地居民好好打听了一番，才知道张家的住址。朝着张家赶去的路上，罗四两心绪有些复杂。隔了一年多，他还是来到了这里，可是只有他一个人了。

张家是一个大院，围墙做得很高，在外面是很难看得见里面的。张家的大门是传统的两扇木门，木门上做了门环，钉了不少铜钉子，看起来倒也算是寻常。

两人来到了张家门前，唐易思说道：“我来这儿之前，已经提前给他们通过电话，打过招呼了。”

“哦。”罗四两稍稍应了一声。

唐易思看向罗四两，笑着问道：“你就不好奇为什么他们知道你来，还把门关着么？”

“无非是这门上有机关，对入门者是个小小的考验。”

唐易思顿时兴致大减，挥了挥手，没好气道：“什么事情都瞒不过你，真是扫兴、无趣。”

罗四两看着唐易思道：“看你这样，想必当初没少吃亏吧？”

唐易思脸一红，没好气地喝道：“哪有这种事？你少胡说八道。”

罗四两摇头笑笑。

“喂，你还要不要脸了？这就开始装失忆了啊，唐大少爷。”

清脆的声音从上方传来，罗四两和唐易思闻声抬头，只见门边围墙上探出一个小脑袋，是一个十八九岁的姑娘，脸上带着狡黠的笑意。

唐易思一见她，脸色微微一变，竟然有些窘迫起来。

那姑娘继续调笑道：“大少爷，又哑巴了啊？”

唐易思把头别到一边去，嘴硬道：“姑娘家家的不学好，趴什么墙头，一点都不体面。”

那姑娘讥讽道：“哟，这么快就上升到人身攻击了？堂堂唐家大少爷居然这么没品，要不我把你那次的闯门经历给这位大哥说道说道？”

唐易思脸红了，道：“行，你要说就说吧，反正也没外人。”

罗四两一本正经道：“那可不一定，我可不能保证我的嘴巴是严实的。”唐易思霍然转头，目瞪口呆地看着罗四两。

“哈哈哈……”墙头上传来银铃般的笑声。

“你……”唐易思颤着手指着罗四两，“有本事你上啊。”

罗四两反问：“很难吗？”

唐易思不悦道：“你试试就知道，不知道门子，你以为你弄得开？你要是肯求求我，我保不齐还能告诉你。”

墙头上的那姑娘却道："唐大少爷，你可别说指教不指教的，这门上的机关我们重新换过的，你要是拿你原先那一套来操作，丢的脸肯定比上次要大得多。"

唐易思脸色微微一变，看了看朴实无华的大门，问那姑娘："这次的机关是谁设计的？"

姑娘笑道："当然是我呀。"

罗四两闻言，扭头看向那姑娘，却见那姑娘一脸笑容地看着自己。

唐易思脸色沉重了一点，对罗四两说道："四两，你可千万别小瞧她。她叫张蓉蓉，虽然是个女孩子，在机关彩法这一块却是天赋极好。她是鬼马张家最有天赋的年轻小辈，已经被确定为下一代的鬼马张了。四两，你可要千万小心啊。"

罗四两颔了颔首，抱拳问墙上女孩："在下罗四两，幸会。"

张蓉蓉把两只手搭在墙上，脑袋靠在自己手臂上，歪着头对罗四两说道："先别幸会，想进门的话，还得把门开了才行。"

"好。"罗四两点头，直接上前，伸手抓住门环。

唐易思见罗四两如此莽撞，当时便惊叫道："小心。"墙上的张蓉蓉的脸色也微微变化，没想到罗四两会如此托大。

罗四两却还是不管不顾，直接摸上了门环。他的手刚刚触碰门环，门上的大号铜钉中陡然射出一物。

"完了。"唐易思心中哀叹。张蓉蓉也露出了失望之色。

罗四两还是泰然自若，伸出双指一夹，射出的那枚小球便稳稳落在罗四两指尖。这是一枚小小的胶皮球，对方并不想伤人，只是想让人狼狈一些罢了。

唐易思目瞪口呆："还能这样？"张蓉蓉也甚是讶异。

罗四两稍稍一抖手，指尖小球便已不见，淡淡说道："破解机关的技巧有许多，对我来说，这怕是慢了许多。"也亏得是罗四两这两天精神状态好了许多，要是前些天那副拿杯子都能掉在地上的样子，可接不住这些玩意儿。

话音落下，罗四两出手连连，在门上不断戳动。这扇大门顿时化作凶猛的巨兽，不停射出各样物品，一时间乱箭穿空，各种攻击仿佛要把罗四两淹没了一般。

唐易思和张蓉蓉都愣在了当场。他们想过罗四两有可能破解这个机关，也想过罗四两可能会被弄得灰头土脸，但是怎么也没想到，罗四两居然会用这么野蛮的方式把机关给破了。

罗四两也有些哭笑不得。这扇门里面射出来的东西实在是太千奇百怪了，居然连烂苹果核都有，还有陈醋、面粉之类的，纯粹是恶心人。罗四两也服了这个机关设计师的大脑了，这都怎么想出来的？

唐易思也不禁咽了咽口水，心中有些惴惴。刚刚要是破解机关的人是他，只怕一个不慎就要狼狈不堪了。这种攻击伤不到人，但是对于一向看重形象的唐大少爷来说，宁愿受伤，也不愿承受这种羞辱。

张蓉蓉真的惊讶了。她是机关的设计师，自然清楚这些机关的威力了。别看她装的都是一些鸡零狗碎的东西，但是这些东西射出来的速度可是半点不慢的。而且这些东西是一起射出来的，就算手法再快，也不能同时拦下这么多东西吧？可眼前这个人却面带微笑，闲庭信步之间就把这些东西轻易拦下了，她的精心准备根本没有派上用场。

“好强。”这是她唯一的一个念头。她不是没有见过手法高超的人，但是像眼前这个人这般的，她还真是闻所未闻，见所未见。

张蓉蓉轻轻哼了一下。这扇门上可不仅只有弹射机关，还有些凸起的刀锋之物。只是她没有伤人的心思，所以把那一部分机关给关了。不过话说过来，就算用上了那些机关，就真的能伤到眼前这个男人吗？张蓉蓉心中一点底气都没有。

罗四两把手上的东西扔掉，对张蓉蓉说：“久闻鬼马张家祖上是宫内大匠，最擅机关制作，今日一看，果然厉害。”

张蓉蓉冷哼一声：“哼，你别得意，你不要以为你能接住这些暗器，就能把门打开了。我告诉你，这个锁可不是好开的。你要是进不来，就在门口乖乖等着吧。”

罗四两道："那我要是进来了，怎么说？"

张蓉蓉反问道："你想怎么样？"

"我希望鬼马张的技艺可以对我倾囊相授。"

张蓉蓉答应得很痛快："好啊，我亲自教你。可你要是进不来又怎么说？"

罗四两却道："进不来你就帮我把门开开呗，还能怎么样？"

就连唐易思都被罗四两的厚颜无耻惊呆了。张蓉蓉骂道："你要不要脸啊？"

罗四两问道："那张姑娘说，我要是进不来怎么办？"

张蓉蓉想了想，说："进不来的话，你就把你的手法功夫教我。"

罗四两答应得也很痛快："没问题。"

张蓉蓉又道："哎，我们可要规定个期限啊，别你开个两个月，害得我们家两个月都不能开门。"

罗四两道："那请给个时间吧。"

"一个小时吧，一个小时还不行，那就没戏了。"

罗四两竖了一根食指。张蓉蓉一愣："你嫌少了？"

罗四两摇头："不，一刻钟就够了。"

张蓉蓉面色微微一沉："你好大的口气啊。"

"口气来源于实力。"

张蓉蓉不服气道："那你请吧，可别吹牛。"

罗四两只是笑了笑，然后看向这扇大门，伸出双手抓着门上的铜钉移动起来。这些铜钉都是可以移动的，门的内部就有一个卡槽机关，等铜钉挪到合适的地方，卡槽都正确了，大门自然也就开了。

张蓉蓉见罗四两开始移动铜钉，只是呵呵一笑。道理大家都懂，但是要把铜钉挪到正确的地方可不简单。这门上左右各有十二颗铜钉，排列组合的方式太多了，要是不懂内部构造，试到明天都不一定能解开。

唐易思也好整以暇地看着罗四两，脸上带着坏笑。他可不认为罗四两这么简简单单就能解开张家的机关，否则的话，真当鬼马张的外号是讨饭讨来的啊？

尽管围观两人都不看好，罗四两却显得自信十足。他用身子侧对着门，两只手挪动铜钉，侧耳听着，眼睛却是在看着墙上的姑娘。

罗四两匀速挪动铜钉，手指感触铜钉每一分的变化，耳朵倾听铜钉发出的每一分声响，眼睛则盯着那姑娘神情每一分的变化。少顷，罗四两眉头挑了挑，回头看向了大门，心中确定了许多。

唐易思若有所思地看了看罗四两，又看了看墙上的张蓉蓉，最后看向了大门。唐易思是知道罗四两得到了方铁口传承的人，方家的传承确实厉害，他估摸着罗四两肯定是从张蓉蓉的神色变化中得到了什么信息，不禁暗叹，罗四两这回取了巧，这一关怕是要被他给混过去了。

唐易思是这么想的，可罗四两接下来的动作却让他闹不懂了。他以为罗四两会继续看着张蓉蓉，根据张蓉蓉的神色反应来推断出每一个铜钉的正确位置。可罗四两居然不看张蓉蓉了，而是扭头盯上了门，手上也动作连连，不再缓缓试探，而是快速滑动铜钉。

唐易思和张蓉蓉双双呆住，看着罗四两的动作，心中纷纷升起了一股震惊。但是很快，罗四两自己也呆了，原本信心十足快速挪动的手，突然停了下来。他的脸色瞬间茫然起来，双手抓着铜钉迟迟不动，就这样定在了原地。

唐易思和张蓉蓉也看不懂了。唐易思问道："四两，你怎么了？"

罗四两如梦初醒，茫然回头："我突然记不住它滑动的轨迹和每一处细微的变化了。"

唐易思笑了："这怎么可能记得住啊？"

墙上的张蓉蓉也笑道："你不会打算就这样破解这道门吧？"

"我怎么会记不住？"罗四两一副失魂落魄的样子。他凝神回忆过去，却发现自己的大脑一片空白。他……什么都不记得了，哪怕是曾经最让他恐惧的画面。

第四章

学艺鬼马张

百变鸳鸯壶

张家，两个中年男人并排站着，一个是当代鬼马张，张蓉蓉的亲生父亲；站在他身旁的是他的胞弟张瑞安，也是彩门的一位机关大师。

鬼马张神色严肃，眉心之处因为经常皱着，出现了两道很深的皱纹，一看就是一个不苟言笑的人。

张瑞安问鬼马张："大哥，这小子在搞什么鬼？"

鬼马张摇头："看不懂。"顿了顿，他脸上肃然的神色不变，缓缓道："当初卢爷说他寻到了一个天才少年，是将来为单义堂正名的希望，我还保留着些许怀疑。"

"那现在呢？"张瑞安追问一句。

鬼马张道："看不懂，这小子奇奇怪怪的。性子怎么这么跳脱？哪里有卢爷说的那样？"

张瑞安看了一眼大哥的脸色，突然道："他可是那个人的儿子，那个人刚来的时候也是这个样子啊。"

鬼马张的脸骤然沉了下来，瞪了弟弟一眼，站起来喝道："蓉蓉，不许胡闹，马上给我下来。”

趴在墙上的张蓉蓉害怕地缩了缩肩膀，吐了吐舌头，然后下来打开门，道：“赶紧进来吧。”

门外的罗四两还有些失神。见状，唐易思安慰他道：“没事，我上次也没解开这机关，你学段时间就会了。”

罗四两微微颔首，道：“走吧，我们进去。”

进门之后，鬼马张先呵斥张蓉蓉：“一天到晚，就知道瞎胡闹。”张蓉蓉吐了吐舌头，站在了父亲身后。

罗四两来到鬼马张和张瑞安面前，稳了稳心神，抱拳行礼：“卢光耀弟子罗四两，见过二位前辈。”虽是罗家人，罗四两报的却是卢光耀这边的身份。

鬼马张和张瑞安也不敢怠慢，虽说罗四两年纪小，可他是单义堂第三代坐馆大爷，只要他们还认可单义堂，就绝不能忽视罗四两的地位。

张瑞安抱了抱拳，说道：“张家老二，张瑞安。”罗四两再抱拳：“原来是张二爷，失敬。”张瑞安含笑，微微颔首。

鬼马张看了看罗四两，才缓缓抱拳，沉声道：“张家，张瑞祥。”

罗四两道：“原来是当代鬼马张，小子失敬了。”

鬼马张伸手道：“请。”然后引着罗四两二人进入大堂。

几人分宾主坐好后，鬼马张率先开口：“你的来意，我早就知晓。为了给单义堂正名，张家定然不吝啬自家本事。但张家绝学不传庸人，你若是天资不够，便趁早打消这个念头，不必费工夫了。”

当年卢光耀带罗四两过来的时候，还嘱咐罗四两偷偷摸摸多学点东西回来，省得张家藏一手。可现在罗四两看出来了，他们没想藏私，而是生怕自己学不会。

几十年来，他们也希望单义堂能早日平反，可希望越大，失望就越大。那套戏法确实太难了，当年的单义堂聚齐了整个彩门最强的人，才创出那套戏法，而今日，再也不会有那样的环境和那样一群人了。鬼马张知道，这是一个不可能完成的奇迹，罗四两必须有超绝的天赋才行。

谁知，罗四两听了鬼马张的要求之后，只说了一个字：“好。”

鬼马张打量了他片刻，站起身，伸出手道：“后院有请。”

罗四两也不废话，起身跟了上去。在场都是果断利落之人，从进屋到现在，连屁股都没坐热，马上就要上真格的了，一点都不拖泥带水。

后院，一个精壮男子正守在那里，见到几人过来，抱拳行了一礼。

张瑞安笑着对罗四两说道：“小罗爷，这是犬子，张志峰。”

张志峰对着罗四两微微笑了一下，抱拳行礼。罗四两同样回礼。

见几人都打招呼认识过了，鬼马张便对罗四两说道：“小罗爷，接下来的两天，志峰会教你制作我们张家彩门机关里面的一个经典彩物，百变鸳鸯壶。你有两天时间，两天后我们再来此处，你若是能把此物制作、组装起来，便通过了测试，可以系统地学习我们张家戏法了。”

罗四两听了，神色倒是没有什么变化，只是微微点头。

唐易思却听得脸色微微一变，僵笑道：“张爷，两天的时间也未免太短了吧，这可是百变鸳鸯壶啊。”没人理他。

唐易思急了，看着张志峰问道：“张志峰，你老实说，你当初用了多久才学会这个的？”张志峰不答。

唐易思又问张蓉蓉：“张蓉蓉，你不是张家百年难得一见的天才吗？你当初用了多久？肯定也不只两天吧？”张蓉蓉也不答。

“够了！如果他不比我们厉害，凭什么修复那套戏法？”鬼马张瞥了瞥唐易思，又看了看罗四两，“不是我们对他要求高，而是他必须做到我们做不到的事情。”这话一出，唐易思便愣住了。

罗四两轻轻吐出了一口气，道：“没事，来吧。”

全场再度默然。少顷，鬼马张对张志峰喝道：“志峰，给小罗爷演示百变鸳鸯壶的制作程序。”

张志峰点了点头。他的话很少，一看就知道是那种醉心于研究的痴狂人物。他伸手在桌子上端起一个小小的茶壶，展示给罗四两看。

罗四两把目光集中到茶壶之上。这茶壶样貌寻常，铜皮，通身深棕色，茶壶上方有一个壶环，看起来就是家家户户都有的普通茶壶。

张蓉蓉突然道："阿爹，二叔，让我来给小罗爷演示吧，志峰嘴笨，怕是说不清楚。"

鬼马张只是站着，不置可否。张瑞安瞥了鬼马张一眼，嘴角露笑，对张蓉蓉道："行，去吧。"张蓉蓉展露笑颜，上前替换了张志峰。

鬼马张用余光瞥了瞥张瑞安，张瑞安却扭过脑袋，假装没看见。

张蓉蓉把茶壶端在手上，对罗四两说道："这是我们张家的百变鸳鸯壶。以茶壶酒壶做戏法道具，并不少见，但我张家之物却繁复很多。寻常的茶壶能倒出两三样不同的酒水或是饮料，就算不错的了。可我张家却不一样。你别看这茶壶只是小小一物，里面却可倒出百样饮品，比寻常彩壶强了数十倍，所以才得名百变鸳鸯壶。"罗四两点头。

唐易思也在一旁叹服地颔首。忽然之间，张瑞安和鬼马张都扭过头看着他。唐易思顿时尴尬起来，可他愣是装作没看见，还是盯着张蓉蓉。只是，张蓉蓉这会儿也不解释了，也盯上了唐易思。

唐易思这回真没辙了，摸了摸鼻子，干笑道："那什么，要不我先去收拾一下？"

鬼马张淡淡道："志峰，带客人去休息。"

"请。"张志峰站在唐易思身旁，闷闷道。

唐易思愤懑地看了几人一眼，跟随张志峰离去。

等唐易思走了之后，张瑞安也问鬼马张："大哥，要不我们也去歇着？这里可是要讲好半天的。"

鬼马张像根竹竿一样杵在原地，说："我不累。"

张瑞安没好气道："那你在这儿杵着吧，我先走了。"

鬼马张继续黑着脸站在现场。一时间，气氛稍稍有些尴尬，鬼马张却似乎毫未察觉，依旧像擎天铁柱一样杵在那里。

张蓉蓉只能忍着别扭往下说："正因如此，所以这壶内的设计非常精细和繁复。所以，我接下来讲述的所有制作手法你都要听仔细，还要记住了，不然你两天时间是不可能学会的。清楚了吗？"

罗四两微微颔首："听清楚了。"

“好。”张蓉蓉应一声，就开始为罗四两讲解起来。可听了半晌，罗四两却面露茫然之色，最后竟有些分神。

张蓉蓉见状停了下来，问道：“怎么了？有哪里不懂吗？”

罗四两还是一副魂游天外的样子。鬼马张见到罗四两这般模样，忍不住重重哼了一声。

罗四两紧皱眉头，顿了顿，才说：“抱歉，我想先去休息一下。”

鬼马张听到这话，一甩手，生气地走了。张蓉蓉无奈地叹了一声，带着罗四两去了客房。

京城何家的书斋里，何青怡和何老爷子已经翻了好几天书了。

“哎呀。”何老爷子坐在太师椅上，重重出了一口气。他把老花眼镜摘下，又喝了一口茶水，然后捏着眉心缓解眼部的不适。

何青怡还在翻那些老旧的笔记，扭头问道：“爷爷，你累了吗？”

何老爷子点点头，叹了一声：“累了，老咯，是老咯，以前打仗的时候我可以好几天不睡觉，现在不行了，年纪大了。”

“那爷爷你先休息一下吧，我继续找。”

何老爷子点点头，闭上眼睛开始养神。

何青怡继续仔细看笔记。这都是很多年前的笔记，很多字迹都模糊了，没办法快速搜索，只能一点点认真看过去。可这里的资料太多了，一摞一摞堆满了半屋子。半晌之后，何青怡放下手上的笔记，又拿起一份泛黄的旧报纸。看到这堆积如山的资料，何青怡也有些气馁，问：“爷爷，你确定是在这里面见到过单义堂几个字吗？”

何老爷子道：“对，我是看过，就在你太爷的遗物里面。但是具体在哪儿我给忘了，只能慢慢找了。”

何青怡皱眉道：“爷爷，您也不知道收拾收拾，什么资料都不舍得扔。现在这么多东西，怎么这么乱呀？”

何老爷子呵斥道：“这叫什么话？这都是你太爷留下的东西，怎么可以随便扔了？你给我轻着点，别给弄坏了，不然我不给你找了。”

何青怡无奈了："那能不能找两个人帮忙啊？"

何老爷子没好气道："你说呢？这都是你太爷留下的东西，可能有什么随手记下来的机密，能让别人随便看吗？再说了，外人没轻没重的，把东西弄坏了怎么办？"

何青怡无语了。何老爷子冷哼一声："你找不找？你不找，我就把东西收了啊，我还懒得陪你了。"

"好好好，好爷爷，我找还不行吗？"何青怡挤出满脸笑容，继续翻着资料。她算明白了，太爷留下来的东西，爷爷是一点都不舍得扔的，什么玩意儿都给留下了。单装太爷的遗物，就专门用了一个大仓库，还是按照放文物的标准配置的。还能说什么？只能是慢慢翻呗。

何青怡知道单义堂对罗四两很重要，所以不管什么蛛丝马迹，她都一定要帮他找到的。

过了许久，何老爷子却是不行了，捶捶老腰，站了起来，疲惫地说道："丫头，你先找着吧，我下去躺会儿。"

"那我扶您过去吧。"何青怡赶紧从地上站起来。可能是坐在地上太久了，猛地一站起来，她的大脑有些缺氧，身子也打了个踉跄，一不小心就把旁边一摞资料给撞到了。

"哎哟喂！"何老爷子大惊失色，"丫头，你怎么这么不小心？快捡起来，别给我弄坏咯。"何青怡不敢怠慢，赶紧蹲下来收拾。就在此时，她似乎看到了什么，疑惑地"咦"了一声。

噩梦重演

晚上，罗四两又做了同样的梦，梦见了往日的温馨，梦见了他父母凄惨的模样，还梦见了卢光耀被巨蟒缠身也不忘喊着让他为单义堂翻案。罗四两很害怕，害怕得想吼出来，张开了嘴却一点声音都发不出来。无限的恐惧一直萦绕在他心头，一遍又一遍，让他几乎崩溃。

从噩梦中醒来之后，罗四两却只是坐在床上发呆。昨晚梦到的恐怖画面，他都不记得了，唯独记着那种恐惧而绝望的情绪。

“四两，走，吃早饭去。”唐易思过来叫罗四两。

“哦。”罗四两有些失神地应了一声。

唐易思道：“快洗把脸过去吧。”

罗四两站在脸盆前，看着水盆里面倒映着的自己的脸，怔怔出神。

“四两。”唐易思端着一大碗粥，又过来叫他了。

“哦，马上。”罗四两回过神来，用冷水泼向自己的脸庞，面部受冷水一激，脑子都清醒了不少。洗漱之后，罗四两去了张家饭厅吃饭。

鬼马张见到罗四两这副魂不守舍的模样，气就不打一处来，连饭都不吃了，扔下筷子就走了。

张蓉蓉面露尴尬之色，对罗四两道：“你想吃什么？我给你拿。”罗四两道：“都可以。”张蓉蓉站起了身。

张瑞安看了看罗四两，也皱着眉头，没有说话。

唐易思也终于瞧出不对来了，问罗四两：“四两，你怎么了？”

罗四两摇头：“没什么……”

唐易思道：“是不是没休息好，还是那日的对决留下的后遗症？”

罗四两望了望门外，有些失神地说：“我只是丢了一些东西，一些曾经困扰我的东西，一些曾经差点逼死我的东西，一些曾经让我无比愤恨的东西。可……真等丢了之后，我却……”

张蓉蓉端着碗筷出来，听到这话愣住了。

早饭过后，张蓉蓉继续教导罗四两学习装配百变鸳鸯壶。罗四两依旧是魂不守舍，什么都记不住，什么都听不懂。张蓉蓉教得也有些气馁，鬼马张更生气了，对罗四两也失望极了。

京城那边，何青怡仍在翻看一本污损的破旧笔记，笔记上写了单义堂三个字。但是因为笔记被打湿过，许多文字都已经看不清楚了。

何青怡仔细看着，依稀辨认出几个文字，低声念道：“情况紧急……失败……成……全都仰仗单义堂了，但愿……但愿什么呀？后面还用笔画了好多次，这都什么乱七八糟的？”她翻过好几页污损的，最后才看清一行字：“哈哈，何义天真乃奇人也。”其余的又看不清了。

“爷爷，太爷留下的笔记怎么这么模糊啊？你不是说你都好好保护的吗？”何青怡有些埋怨。好不容易才找到了有关单义堂的材料，结果什么都看不清楚，这让她很是气馁。

何老爷子没好气道：“这能怪我吗？在我手上肯定没有污损，这是拿过来就是这样的。”

“是吗？”何青怡老大不乐意了。

何老爷子伸手道：“你拿给我看看。”

何青怡把笔记本交给了何老爷子。何老爷子翻看了几下，点头道：“这个我有印象，这不是你太爷的，这是你太叔爷的。”

何青怡一愣：“我太叔爷？”

何老爷子颔首，道：“是啊，这应该是你太叔爷当年的工作记录，你太叔爷以前是情报机构领导，所以需要记录一些笔记，这可能就是其中一部分吧，只是污损得太严重了，看不出具体写了什么。”

“情报机构领导？就是那种地下的情报工作者吗？”

何老爷子解释道：“不完全吧，你太叔爷的工作范围更广一些，以前还有一个代号的。”

何青怡好奇问道：“叫什么啊？”

何老爷子指着笔记本上一朵褪色的红枫叶说道：“红叶先生。”

夜晚，鬼马张站在张家灵堂前。

张瑞安进来了，先给祖先敬奉了香火，然后对鬼马张道：“大哥，烦着呢？”鬼马张不想理他。张瑞安又道：“罗四两让你失望了？”

鬼马张冷冷出声：“废话。”

张瑞安道：“我也觉得奇怪，这孩子的样子怎么跟丢了魂似的？就这副样子，哪里有当初卢爷说的那般风采，不会是得什么病了吧？”

鬼马张眉头皱得紧紧的："他得什么病我不管，但就他表现出来的这副样子，他能做到我们都做不到的事情吗？"

张瑞安苦笑："可他毕竟是那个人的儿子，我不相信那个人的儿子会这样平庸。"顿了一顿，张瑞安又道："大哥，你打算怎么办？"

鬼马张道："还能怎么办？跟原先说的一样，学不会百变鸳鸯壶，就让他给我滚蛋。"

张瑞安又道："那他父亲留下的遗物呢？"

"还给他吧。"

张瑞安看了看他大哥，说道："当初那个人把这东西交给我们张家，是用来还张家传艺之情的，还说这上面记载了青空凌云戏法的秘密，看懂了能让我们张家的机关术更上一层楼。"

鬼马张皱紧了眉头，说："我张家机关术还需要他完善？"

张瑞安闻言，怪异地看了鬼马张一眼。鬼马张一拂手，不悦道："哼，再说了，他那套破戏法，我还没有兴趣研究呢。"

张瑞安却道："大哥，不是没兴趣，怕是研究不会吧，你都研究这么多年了，也没有研究出个结果来。"鬼马张脸都黑了。张瑞安毫无察觉，还在问："哥，你说他给咱们的东西不会是假的吧？"

鬼马张嘴角狠狠抽搐了几下。一想到研究这么多年的东西有可能是假的，他真的受不了，冷声道："应该不会。"

"那可说不好，他骗你又不是一回两回了。"张瑞安再道，"当年他不是说不跟你抢小芬的吗？哦，对了，他是没抢，是小芬死活非要跟着他的。"

鬼马张一张黑脸瞬间转成黑红色，拿着一个小册子扔在张瑞安身上，怒吼道："滚！"

张瑞安接过册子，见大哥发火了，一缩脖子赶紧跑了，一边跑一边嘟囔："至于吗？小心眼儿，这么多年都不忘。要不是有这茬子事，你会发愤图强成为鬼马张？"

鬼马张胸膛还在剧烈起伏，显然是被气了个够呛。

张瑞安出去之后找到了罗四两，直接把小册子交给了他。

罗四两先是惊愕："你们怎么会有我父亲的东西？"

张瑞安悠悠一叹："你父亲曾经来过张家学艺。"

"什么？"尽管罗四两心中早有疑惑，可是听到这个消息的时候，还是吃了一惊。他迅速想到了另外一个问题，想到了另外一种可能，赶忙问道："可……可张家机关术不是不外传的吗？"

张瑞安解释道："因为他是卢爷带来的，他是卢爷选中的单义堂接班人。"

"什么？"罗四两大吃一惊，顿时心乱如麻。

张瑞安叹了一声，说："没有我们单义堂相助，你父亲凭什么能超越你爷爷那么多？他凭什么能冠压全行？"

不知从什么时候开始，父亲这个词在罗四两心中变得既沉重又神圣，还有一些排斥。罗四两有超忆症，能记得许多东西，但唯独记不清父母，只有在梦中才能见到。不知道是真的记不清，还是不敢记清。

至于卢光耀，那是曾经给他带来过温暖的人，也是把他从无边无际的寒冷中拉出来的人。只是，罗四两怎么也没想到卢光耀居然跟他父亲扯上了关系，也没想到他父亲居然是师父曾经选定的单义堂接班人。

罗四两突然不知道该说什么好了。现在回头想想，自己被卢光耀找上，是因为巧合，还是因为故意？卢光耀究竟是偶然来到江县，还是特意过来寻他的？罗四两不得而知。

罗四两有些哭笑不得。他和他父亲两代人都跟单义堂牵扯那么深，他爷爷却毫不知情。若不是因为那个骗子周德善，卢光耀恐怕也不会露面吧。可他露面了，也没有告诉爷爷实情，或许是想抹掉父亲跟单义堂的牵扯吧。毕竟父亲是立子行的英雄，单义堂却是人人唾弃的对象。

罗四两坐在了房子屋顶，望着外面农田怔怔出神。他现在才知道，父亲当时出国，除了弘扬中国戏法之外，也是在为单义堂找一条出路。他想兼收并蓄，看看能否借鉴国外的魔术，复原出那套戏法。只是可惜，他父亲英年早逝，一切都没有了。

罗四两在屋顶上坐了好一会儿，风吹拂着他的脸，吹得他眼睛都干了，也吹得他思绪都乱了。过了好久，屋顶爬上来一个人，是张蓉蓉。

张蓉蓉今天穿着一身干练的练功服，脚下蹬着一双千层底布鞋，敏捷地翻上屋顶，往前两步就坐在了罗四两身旁，望着前方，捋了捋额头上有些凌乱的刘海儿。风吹来了，张蓉蓉刚刚整理好的刘海儿又被吹散了，她无奈地笑了一下，索性不再管它。

清风吹在屋顶的两个人身上，张蓉蓉身上的清香也被秋风吹进了罗四两的鼻子里面，扰得罗四两思绪更加纷乱了。

“哎，你钻来屋顶上干吗啊？”张蓉蓉问了一声。

罗四两看着前方，回道：“上来吹吹风。”

张蓉蓉嗤笑一声，又问：“你是不是觉得很难接受啊？”

罗四两低着脑袋，露出复杂的笑容。

“不说你了，就连我都吃了一惊。这么多年了，我阿爹跟二叔居然什么都没说，瞒得太紧了。”张蓉蓉叹服地说，“我听说了，你阿爹真的很厉害，我们百变鸳鸯壶的最快组装速度就是你阿爹做到的。”

罗四两轻轻叹息一声，有说不出的复杂情绪。

张蓉蓉看了看罗四两手上拿着的册子，道：“这是你阿爹留下的遗物，翻开看看吧。”罗四两手上抓着册子，却迟迟没有翻开。

张蓉蓉诧异，又问：“你是不敢翻开吗？”

罗四两闻言，手指扣着册子，骨节泛出白色。

张蓉蓉自顾自道：“我很早就知道你了，也知道你很厉害，可你表现出来的模样和我知道的不一样。但我知道，你心里有不愿意面对的事情。就像这个册子，你没有勇气翻开，也是因为你没有勇气面对过去，无法跟过去的自己和解。其实，一直在较劲的只有你自己。”

罗四两沉默了。张蓉蓉看了罗四两一眼，起身离开了。

罗四两又独自一人坐在房顶上，怔怔地看着手上的册子。夜晚的风很凉，吹得他浑身起了鸡皮疙瘩。良久之后，他才苦笑一声，伸手搭在了册子上，轻轻翻开一页。这一页翻开，仿佛用完了他全部的力气。

册子扉页上写着一句话，罗四两一眼就认出来了，这是他父亲的笔迹："欲向苍穹问天高，粉身碎骨亦不悔。"

是夜，罗四两又梦到了那个恐怖的画面。

只是今晚，梦中的罗四两没有害怕得大叫，而是茫然地站在了原地。他看着父母逗弄他的温馨画面，看见父亲从高空坠落的可怕样子，看见母亲被汽车撞飞的凄惨模样，看见卢光耀被巨蟒缠身的痛苦表情。

同样的画面一遍遍地回放，梦中的罗四两却像个看客一样看着。"欲向苍穹问天高，粉身碎骨亦不悔。"他低声念叨这句话。眼前的画面一幕幕重复，他嘴里的话语也一遍遍重复。

最后，眼前的画面突然迟滞起来，所有的画面都慢慢暂停下来。

罗四两主动朝着画面中的他们走去，先是走到自己父亲面前，看着自己父亲的脸庞，低声道："对不起，爸爸。"

接着，他又走到母亲身边，依偎在母亲怀里，轻声说道："对不起，妈妈。"

然后，他走到卢光耀身边，低声说道："对不起，师父。"

最后他来到自己身边，看着恐惧的、无助的自己，还有躺在摇篮里牙牙学语的自己，突然笑了，笑着笑着又哭了，道："对不起……罗四两……"说完这句话之后，眼前所有的画面彻底粉碎。

罗四两流着泪从梦中醒来，经此一梦，他终于跟自己和解了。

机关戏法

翌日清早，唐易思走进罗四两的房间："四两，吃……欸，你醒了？"

罗四两露出微笑："是啊，醒了。"

唐易思瞧了瞧罗四两："精神头不错啊，看来恢复得差不多了，走啦，吃早饭去。"

“好啊。”罗四两爽快地应了一声，和唐易思一起去了张家饭堂。

“张爷，早。张二爷，早。张小姐，早，志峰，早。”

罗四两主动给众人打招呼，几人却都是一愣。

张蓉蓉呆愣道：“早……你……你想吃点什么？”

罗四两回答：“都行。”

张蓉蓉起身：“那我去给你拿。”

罗四两点点头：“多谢。”然后又对鬼马张道：“张爷，饭后我想学一下百变鸳鸯壶。”鬼马张看了罗四两两眼，点头道：“好。”

饭后，几人来到了后院，还是张蓉蓉给罗四两讲解。

张蓉蓉尽量把每个步骤和安装手法都讲得细致全面。罗四两一直没有什么反应，就是静静看着。张蓉蓉中途询问了罗四两好多次，罗四两每次都让张蓉蓉继续讲她的就好，几次下来，张蓉蓉也就丧失了继续询问罗四两的兴趣了，只能尽量讲得仔细一点，认真一点。

鬼马张皱着眉头看着罗四两，神色中有些疑惑。

三人连午饭都没有吃，一直讲解到了下午三点多。张蓉蓉用了五个多小时，才勉强把百变鸳鸯壶的组装步骤讲解完成。她大出一口气，擦了擦额头上的汗水，又灌了好大一口水，然后问罗四两：“记住多少了？”罗四两皱眉思索片刻，然后摇了摇头。

见到此景，张蓉蓉心里骤然一沉。鬼马张的脸色也不由得黑了许多，心中有压不住的怒火。

“哎，讲完了啊，要不先吃点东西吧？”张瑞安走了过来，叫几人先去吃饭。

张蓉蓉立马道：“那先吃饭吧，我真的饿了，吃饭去吧，阿爹。”

鬼马张不为所动，淡淡道：“要去就自己去，我在这里看着他组装，也不差这么点工夫。”

张蓉蓉面容一僵，正欲劝说。鬼马张却率先开口，对罗四两冷淡说道：“开始吧。”

罗四两点了点头，走到了桌子前面。

张蓉蓉求助地看着张瑞安。张瑞安却扭开了脑袋，根本不与张蓉蓉的目光接触。张蓉蓉气得牙痒痒，她二叔总是这么无赖。

罗四两面前的桌子上摆着一大堆零件。鬼马张没有让罗四两自己锻造零件，只考他的组装能力，毕竟百变鸳鸯壶的组装已经足够复杂了。

彩法门的戏法跟别的行当不一样，除了努力之外，还需要更多的天赋。不然就算再努力，再拼命，顶多能成为一个优秀的机关高手，却不可能成为一个机关大师，因为机关大师要求的是要有足够的创造力。

鬼马张现在考验的只是组装能力，不是创造能力，这已经够给罗四两面子了。如果罗四两连这个都做不好，那他真的失望了。

罗四两看了一眼桌上摆放的各种东西，选了一根铁丝，两手扭动，几个眨眼的时间，就折出来了一朵栩栩如生的兰花状铁环。

张瑞安微微讶异："六瓣兰花扣，折得不错啊。"

这兰花扣一共有六朵花瓣，之后，每一朵花瓣都会装一根管子，通过手法和机关的振动，让管子相互连接，产生许多种变化。所以，兰花扣是组装百变鸳鸯壶的基础，看似简单，实则对手法要求很高。

罗四两能完成这个兰花扣，在场几人觉得没什么好奇怪的，毕竟他是卢光耀的徒弟。只是他们也有些疑惑，罗四两打得这么熟练和精准，完全不像初学者，难道之前就有学过？鬼马张皱眉沉思。

罗四两打好兰花扣，拿起了特制的空心软管开始组装。看到这里，在场三人齐齐一愣，但是谁都没有说什么。罗四两动作很快，不断连接，少顷，手上就多了一摊线圈机关。

张瑞安看得纳闷，低声道："这是什么啊？七星兰花林吗？不对啊，怎么还有万线林也弄进来了？完全乱了吧。"

"呃……"张蓉蓉刚想出声提醒，被鬼马张一个凌厉的眼神瞪过来，愣是把嘴边上的话咽了下去。

"看好了。"罗四两淡淡出声，双手启动，手上动作快如闪电。材料在对面几人面前晃来晃去，都快带出残影了。

对面三人立刻把眼睛瞪大，紧紧盯着罗四两的动作。他们看得真切，罗四两的组装方式跟他们教的不一样。原本张家几人还以为罗四两记混了，开始胡乱组装，可现在看来并不是这么回事。他的组装极有章法和逻辑，并不是在乱来，这就让张家几人心中打起鼓了。张家几代人用了数百年时间研究出来的组装手法，就被人这样破了？

“他比那个人厉害。”鬼马张吐出一口气，身上都起了鸡皮疙瘩。

昨天还跟丢了魂一样的人，今天怎么突然变得这么厉害了？鬼马张和张瑞安对视一眼，都怀疑到了昨晚给的那个小册子。上面不会真记载了什么秘密吧？两人心里同时一震。

半晌过后，罗四两已经把内部构造组装完毕，开始连接外壶了。

鬼马张出声打断道：“先等一下。”罗四两闻声，停下手中动作。

张家三人立刻上前，拿起罗四两组装好的内部构造仔细观瞧起来。鬼马张还用手拨弄，又把罗四两组装好的拆开来观瞧。罗四两就在一旁看着，什么话都没有说。张家三人却越看越心惊，脸上都带了些惊疑不定之色。张瑞安扭头，难以置信地问道：“这是你装的？”

罗四两顿时无语。这不废话吗？你都站这儿看半天了。

话一出口，张瑞安也觉得不对，改口道：“你是第一次装百变鸳鸯壶？”

罗四两点点头，说：“第一次。”

鬼马张补充道：“家里人有没有教过你？”

“没有。”罗四两说。

张瑞安微微颔首，又摇了摇头，不解道：“可你怎么能在看了一遍的情况下，把百变鸳鸯壶组装起来？不仅如此，你还创新了组装方式，比原来的方式更加简单，也更加合理，这……这是不可能的事情啊。”

鬼马张沉着脸，道：“百变鸳鸯壶是我们张家人用了数百年时间才不断发展完善到今天这样一个地步的。你只看了一遍，怎么可能抵得上我们张家几代人数百年的努力？”

张蓉蓉也好奇地看着罗四两，心想：难道他之前都是在故意藏拙？

“不可能啊。”鬼马张依旧喃喃。罗四两却道：“你们不是一直在寻找这样的不可能吗？”对面三人齐齐一怔。

现在已经是傍晚了，饭堂里的唐易思盯着满桌饭菜咽口水。他饿了，他想吃饭，可是张瑞安的儿子张志峰一直冷冷盯着他，让他不好意思动手。唐易思忍了半晌，见还是没人过来，摸着饥肠辘辘的肚子，对张志峰说道：“大哥，他们什么时候过来？咱们什么时候开饭啊？”

张志峰面无表情道：“不知道，等着吧。”

“我等着可以，但是饭菜等不了啊，你看看，都快凉了。”

张志峰木然回道：“可以加热。”

唐易思一声哀叹。他跟这个榆木脑袋是说不清楚了，没办法，只能流着口水继续熬着了。

外面的天色渐渐暗了下去，饭桌上的饭菜也仅剩下最后一点余温。一直到唐易思饿得快没有知觉的时候，那边终于好了。

“哈哈哈……不错，果真不错。”房外传来了张瑞安爽朗的笑声。

唐易思抬头往房门外面看去，只见几道人影缓缓走来。

张瑞安笑容满面，嘴巴都快咧到耳朵根后面去了。鬼马张也神色振奋，黑脸上罕见地出现了兴奋之色。

“志峰，开饭吧，”张瑞安大手一挥，“去把家里酿的酒拿来。”

“您要喝酒？”张志峰微微一愣。他老爹是张家的制作大师，最擅长锻造制作，所以双手也非常宝贵，很少喝酒。可今日，他居然主动说要喝酒了。

张瑞安笑着说：“今天高兴，稍微喝一点，自家酿的米酒，度数很低，不会有什么影响的，快去吧。”

“哎。”张志峰应了一声，匆匆跑开了。

“来，请坐。”鬼马张招呼罗四两坐下。

罗四两道谢之后，坐在了唐易思身边。等罗四两坐下之后，唐易思立刻开始抱怨诉苦：“大哥，你们可回来了，要是再不回来，我都要饿死在这里了。”

罗四两没好气道：“你不是吃过午饭了吗？我们这些人忙一天了，

一点东西没吃，也没叫什么，你好意思吗？”

唐易思委屈道：“那能一样吗？你们都徜徉在知识的海洋里，有精神食粮当然不觉得饿啊，我没什么事情干，只能想着吃了。”

鬼马张黑着脸，冷哼一下：“明天你跟着我吧。”

唐易思闻言大喜，对鬼马张感谢道：“多谢张叔叔。”他又扭头对罗四两道：“哎，四两，咱们可以一起学了。”

罗四两摇摇头，说：“我不跟你一起学，我跟张姑娘学。”

“啊？”唐易思当时就是一愣。

这时，张蓉蓉一个森寒的眼神看过来。唐易思顿时打了个哆嗦，女魔头惹不起！

张志峰很快就把酒坛子搬来了，给每人都倒了一点。自家酿的米酒，稍稍有点酒味，主要是以甜为主。

“来，举杯。”鬼马张不善言辞，不会说什么场面话，更不会说什么祝酒词了。他只是举杯，对罗四两说道：“一切拜托了。”

罗四两点点头，郑重道：“您放心，我必定竭尽全力。”刚刚他已经用实力证明了他的天分，无论是机关设计还是机关制造。

鬼马张是机关大师，张瑞安是制造大师，两人都有自己的侧重点。下一代的张蓉蓉和张志峰两兄妹，也同样如此。罗四两却几乎是一个全能王，就跟祖师爷附体似的，让张家人在震惊之余也多了许多惊喜。

接下来的事情就很简单了。罗四两跟着张蓉蓉学习张家的彩法门戏法。张家机关让罗四两大开眼界，也让他脑子里面多了许多新的想法。罗四两的表现也让张家人很惊讶。不管什么东西，他看一遍就会了，稍微想一会儿，就能提出更好的方案，把机关的完善程度再往上推一推。

这段时间，整个张家都处于热火朝天的状态中，每个人都雄心勃勃，埋头苦学。

京城，何青怡在屋里来回走动，着急地问爷爷：“爷爷，博物馆的专家不是说今天就能把笔记本上的文字修复出来吗？怎么还不来啊？”

何老爷子头疼道：“丫头，现在才早上九点，你就不能等等吗？”

何青怡还是焦急难耐。

何老爷子见状，也起了疑心，问道：“你到底哪个朋友跟单义堂有关系，让你这么上心啊？是你谈的对象吗？”

何青怡脸红了，正手足无措的时候，外面一人拿着资料过来了。

罗四两在湘西待了一段时间，几乎掌握了张家所有的机关戏法。

鬼马张原以为罗四两就算再天才，也需要两三年才能到达这个地步，可现在，罗四两不仅学会了他们的机关戏法，还帮他们把机关给完善了。张家人情没送出去，反倒还欠了人家人情。鬼马张很头疼。

唐易思就头疼加肉疼了，因为鬼马张一肚子气没地方撒，全出在他身上了。可他也没有办法，张家的机关戏法是行内最好的，多少人想学都学不到。要知道，戏法艺人把机关门子看得比命还重要，多少人连亲儿子都舍不得传，更别说外人了。很多人非得临死前，才舍得把机关门子给说出来。正是因为立子行内敝帚自珍的习惯，许多优秀的戏法都没能传承下来。几千年里，太多优秀的戏法湮灭了，很可惜。

现在唐易思有这个机会跟着张家学戏法，还是鬼马张亲自教学，简直是八辈子都修不来的福气，要是他受不了想逃走，估计要被唐家老爷子吊起来打了。但是唐易思心里也不服气，这份罪也不能他一个人受啊。于是，他拉着罗四两，说是要给罗四两传授唐家丝法门的戏法。原本罗四两下一个要去的地方就是唐家，丝法门的戏法也是他需要学的。现在唐易思主动提出，学习计划就提前了。

张蓉蓉当然不同意了，毕竟罗四两还在学习张家戏法，哪有时间去学别的东西，这不是捣乱吗？

罗四两倒觉得并无不可。别看唐易思那副吊儿郎当的样子，本事也是半点都不弱的，不然唐家的扇子能传到他手上吗？上次罗四两在湖天会馆跟魔术界众人斗艺的时候，唐易思也露了一手，同样惊艳全场。

唐易思这次是冲着出气来的，所以教罗四两的戏法都是最难学的，而且一次性教很多，时时刻刻准备挑刺儿骂人。但罗四两的天赋远远超出他的想象，反倒是他自己欲哭无泪。唐易思再一次被打击了，只能继续忍受鬼马张的折磨，还有张蓉蓉的嘲讽。

日子就这样一天天过去，罗四两的学习速度太快了，没多久就把张家的机关术全都捋了一遍。直到有一天，鬼马张把罗四两和张蓉蓉叫到了跟前。

鬼马张沉默了一会儿，说："四两，我们张家的本事，你也学得差不多了。"罗四两默默点头。

张蓉蓉神色不禁微微一变。罗四两学完了张家戏法，就代表着他要离开湘西了。一想到这里，张蓉蓉的心就没由来地慌乱起来，牙齿也轻轻咬住了嘴唇。

鬼马张继续道："你是个天才，我终于明白为什么卢爷最终会选择你，因为你真的有这个资格。努力吧，单义堂的污名能不能洗刷，就看你的了。我们这些活着的，还有那些死去的，都在看着你。"

罗四两什么都没说，只是用力点了一下头。

鬼马张缓了缓，把内心的复杂情绪都排出去，接着道："四两，张家机关术不得随意外传，我希望你能记住这一点。"

"您放心，行有行规，我心里有数的。"

鬼马张再度颔首："你也不必觉得对我们张家有什么亏欠。你虽然学了张家机关术，但也完善了我们的技法，说起来我们还要感谢你。"

罗四两摇了摇头，又摆了摆手。

张瑞安看了看鬼马张，心中有些诧异，他大哥话一向很少，今天难得一次性说这么多。

京城的胡同深处，读完复原后的文字，何老爷子和何青怡都甚是吃惊。他们也没想到这个被血渍染红的小本子居然还藏着这样的秘辛。

这本子不是什么机密物件，是何青怡太叔爷的私人物品，类似于日记本，但也不完全是。这个本子也不是他记录工作的，而是随手记录的支零片碎的感想和话语。可就在这支零片碎的话语里面，何青怡和何老爷子却发现了一个巨大的秘密。

何老爷子有些惊疑不定。何青怡则是骇然，喃喃自语道："原来他说的是真的，原来是这样，竟然是这样，那后来又怎么样了……"想着想着，她忽然轻呼了一声"不行"，站起身就往外面跑去。

"丫头，你去哪儿？"何老爷子在后面喊道。

何青怡没理他，一个人跑了出去，坐车直冲学校，找到了于小婷。

于小婷被何青怡的慌乱弄得心里一紧，正欲询问，就听何青怡上气不接下气地说："小婷，我知道单义堂出事的真相了……"

"什么？"于小婷顿时一惊。

不久之后，湘西的某扇房门被"砰砰砰"地急速敲响，接着迅速传来唐易思焦急的声音："四两你在吗？我有急事跟你说。"

单义堂秘辛

"什么？"

"竟有此事？"

听完唐易思的一席话，张家众人都有些惊疑不定，罗四两也紧紧皱着眉头。

唐易思叹了一口气，看着罗四两说："事情就是这个事情了，何青怡也没有把话说清楚，非要见到你才肯把所有事情说出来。但是看她那言之凿凿的样子，又不像是在胡说。"

罗四两沉吟了一会儿，沉声说："我看得出来，何青怡的言行举止和气质，无一不说明她的出身很高贵，这次她怕是真的查到了什么。"

唐易思问道："四两，你是说……何青怡真的找到点东西了？"

罗四两颔首沉声道："恐怕不止一点，她应该是发现了什么了不得的事情，不然不会这么想尽办法找我。"

在场众人心中都微微一惊。

罗四两扭头对鬼马张道："我要回去。"

鬼马张皱眉，迟疑道："你回去是可以，但……你的身份呢？"

罗四两道："没事，我的身份没几个人知道，而且何青怡会帮我保密的，您放心，我有数。"鬼马张点点头。

"我也要去。"张蓉蓉突然出声。

"蓉蓉，别胡闹。"鬼马张顿时眉头大皱，沉声道。

唐易思也道："是啊，我们是去办事的，又不是去玩的。"

张蓉蓉对着唐易思怒道："你这样的货色都能去，我凭什么不能去？"

唐易思气得够呛："什么叫我这样的货色？我差哪儿了？我……"

张蓉蓉挑衅问道："所以你是想跟我比比咯？"

唐易思脸都绿了。张家祖上是给皇家设计墓葬的，他们的机关术可不只是戏法机关，还有很多攻击性的机关。当年，张家也是单义堂的一大战略武器。唐易思为什么这么怕张蓉蓉？就是因为这个。

鬼马张见状，呵斥道："蓉蓉。"

罗四两顿了一顿，对鬼马张说："张爷，这次估计是有大事，所以我希望单义堂还在的各家各户都能有人在，到时候遇上事也好有个商量应对。唐家是唐易思，张家最好也出个人吧。"

张蓉蓉闻言，骄傲地看了一眼罗四两，然后期待地看着她老爹。

鬼马张沉声道："那可以让志峰去。"

罗四两答应道："行啊，志峰愿意去就最好。"

张志峰直接拒绝："我不去。"

张瑞安也劝道："大哥，你就让蓉蓉去吧，年轻人多出去见见世面也是好的，你也不想蓉蓉一辈子都待在这里吧？"

鬼马张眉头皱得更紧了，深深地拧成了一个川字。张蓉蓉希冀地看着她老爹，心脏都快跳出来了。

少顷，鬼马张长叹一声，摇了摇头，有些无奈地说："随便你们，想去就去吧，大了，我也管不了了。”再摇摇头，踱步到后院。

张蓉蓉顿觉心里难受，看着鬼马张的背影，久久不愿意挪开眼睛。

翌日，罗四两、张蓉蓉、唐易思一行三人离开凤凰，前往县城。分别之时，鬼马张一直没有露面，张蓉蓉是带着泪水上车的。

张瑞安送走他们之后，回到鬼马张房里，有些不解地说道：“大哥，你这又是何必呢？蓉蓉都要走了，你也不出去看一眼，当年那点恩怨真的那么重要吗？蓉蓉是哭着上车的，你知道她有多难过吗？”

鬼马张坐在光线阴暗处，沉默良久，才哑着声音说：“我不送她，不是因为当年的破事。我知道她会难过，但我更怕她看到我难过。”

张瑞安一怔，再看他大哥，才发现他两眼已经通红。

京城。沉默。死一样的沉默。

过了良久，何青怡才继续道：“事情就是这个事情了，我在本子上看到的就只有这些了，至于更多的细节，我就不知道了。”说罢，目光复杂地看着罗四两。

罗四两沉默着。张蓉蓉也眉头紧缩，面沉似水。

唐易思则是满脸不可置信。他根本无法接受这样的结果，也根本无法接受这样的真相，嘴里一直念叨着：“不可能，不可能……怎么会这样？不可能是这样。”

“这不可能！”唐易思咆哮一声，脖子上的青筋都鼓动起来了，红着眼睛吼道，“我们单义堂用几百条人命，换来的就是一个无用的笑话吗？我们背负了半个多世纪的污名，到后来就只是变成了一个无用的笑话？那我们这些年的坚持，又是为什么？我们这些人受了几十年的辱骂，又是为什么？那么多条人命，那么多的屈辱，到底是为了什么，到底是为什么？”

“哈哈哈……”唐易思吼着，又笑了。他苍凉地笑着，疯狂地笑着，两行热泪从眼角滑落，落在地上却溅不起半点泪花。

何青怡心中也难受得厉害。见到唐易思如此疯狂的模样，她心里也有说不出的滋味，说：“虽然结果是这样的，可他们还是英雄，他们不是汉奸，他们是英雄。”

“那不一样！”唐易思狂吼一声，“这根本不是英雄，这不是我们要的英雄。那么多条人命换来的，怎么可以是毫无用处的东西？怎么可以？他们是什么，就是被利用的工具吗？你知道我们这些年都是怎么过的吗？你知道我们这几代人都是怎么过的吗？你知道吗……怎么可以，他们怎么可以不是英雄？他们怎么可以毫无用处……”

唐易思状若癫狂，何青怡却无言以对。

罗四两坐在椅子上，抓着椅子扶手的双手显得异常苍白，骨节高高凸起。他用了很大力气，才撑着扶手站了起来。此时的他面无表情，语气也很平静，跟疯狂的唐易思形成了鲜明的对比。他低沉着声音道：“我先走了。”说罢之后，罗四两没看任何人，转身就往门外走去。可是，开门的时候，他却忽然踉跄了一下，险些摔倒。他勉强稳住了自己的身体，顿了一顿，继续往前走，只是稍显狼狈。

何青怡看着罗四两的背影，想要再说点什么，却还是把话咽下去了。张蓉蓉也站起了身，什么都没有说，追着罗四两便出了门。

到了门外，罗四两看着外面的车水马龙，又看了看朦胧不清的太阳，只觉脑子有点晕，脚步又多了几分踉跄。他想笑，却笑不出来；想哭，也哭不出来。一时间，他只觉心乱如麻，难受得厉害。

就在这时，罗四两感觉身边多了一个人，扭头看去，是张蓉蓉，他不由得苦涩一笑。

张蓉蓉笑得比他还苦。他们刚才都听到了一个同样的消息，一个足以改变单义堂命运的消息，一个足以让他们崩溃的消息。罗四两终于知道，为什么这么多年单义堂一直不能被平反了，原因竟然是如此荒诞。这一刻，他心中的疑惑都解开了。

为什么红叶先生和王三保没有把单义堂的功绩说出来？为什么让单义堂蒙冤这么多年？原因很简单，因为他们死了。他们刚把消息带回去，就遭受了敌人的伏击，死在了战场之上。那本染血的笔记本就是红叶先生贴身放着的遗物。他们根本不知道单义堂的遭遇，因为在那之前，他们已经死了。

这么多年，罗四两心中一直疑惑，哪怕红叶先生和王三保都死了，难道就没有别人知道单义堂的功绩了吗？难道他们的上司、同僚都在保密范围之内吗？难道单义堂用了好几百条人命换来的情报，都不足以被他们重视吗？但现在，罗四两终于明白了。

红叶先生就是何青怡的太叔爷。当年何家有两个兄弟，老大和老二都早早地参了军，老大后来历经抗日战争、解放战争，立下了无数战功，才有了今日的何家。老二红叶先生却一直供职于国民党的情报部门。没错，他根本就不是共产党的地下情报人员，当初是为了保密需要，才故意欺骗单义堂的。可怜单义堂一众爱国的好汉就这样傻乎乎地相信了，并为之拼尽了一切。最后，情报是偷出来了，单义堂也被满门抄斩了。

为什么没人知道他们是英雄？因为他们拿命换出来的情报根本没有半点价值，而是一封普通的家书。

这个任务从一开始就是错的，可怜单义堂数百位好汉，为了一个笑话而付出了性命。他们到死都畅快地笑着，他们觉得自己为国而死，死得其所，可他们却不知道，他们的死亡根本就是一个笑话。

为什么没人知道单义堂的功绩？知道内情的人死了，偷出来的情报也没有半点价值，谁会注意这些？不会有的。

为什么卢光耀和方铁口想尽了办法，却始终找不到半点相关记录？因为他们找错了方向，这件事情根本不是地下党经手的，怎么可能会有相关记录？又如何帮他们正名？

可怜单义堂数百老少爷们儿，被人利用至斯，到死都还高喊着“死得其所”。

可怜卢光耀和方铁口，奔波了大半生，苦熬了大半生，甚至费尽心思复原那套传奇戏法，希望引起人们的关注，希望重查单义堂事件，为单义堂正名。可他们不知道，哪怕复原了那套戏法，单义堂的污名还是洗刷不了。

可怜单义堂后人，背负汉奸后人污名这么多年，受尽了歧视和屈辱，到头来竟然是这样一种结果。

秋天了。北方的秋已经很带寒意了，但秋寒不如人心寒。罗四两现在一颗心都寒透了，独自坐在房间里面，茫然出神。这里是苗毅军的房子，罗四两一行三人也来到了这里。

苗毅军知道单义堂的事情，内心也被狠狠地震撼了。事实上，尽管高管夫一直说单义堂是一群英雄，苗毅军也一直不太相信。数十年来，整个彩门都把单义堂钉在了耻辱柱上，只有单义堂残余下来的那些家族一直坚信单义堂是为国而死。可是现在他们才知道，单义堂其实是别人手下的一颗棋子，一颗可以随意欺骗、随意丢弃的棋子。

事情的真相已经揭开，单义堂的后人们也陆续知道了这个真相，这一夜多少人未眠啊，多少人的心寒了一片。

江县。方铁口站在清冷的院子里，星辉洒落满地。夜间的秋风吹来，很冷，方铁口身上已经起了一层鸡皮疙瘩了，他却浑然不觉，如同一尊雕像立在院落中，只有永恒亘古的悲凉。往日里，方铁口的双眸总是闪耀着智慧，现在他眼中却光芒全失，只余下一片死灰。

罗文昌披着衣服站在方铁口身后，长长一叹。

良久之后，如同雕塑一般的方铁口终于动了。他眸子微微动了动，声音沙哑："好一个红叶先生，好一个王三保，好哇……好哇……"

湘西张家的机关锻造室，锅炉烧得火热，煤炭燃得猩红。

鬼马张脱了上衣，抡着铁锤大力敲击铁块，发出“当当”的巨响。别看他年纪已经有些大了，一身的腱子肉却比大部分年轻人强得多。

对面的张瑞安用钳子夹住铁块，不断翻动，好让铁块铸成他们想要的形状。张志峰则在一旁掌控炉子的温度。

“当……当……当……”鬼马张双眼冰寒，手上的力气也越来越大，最后几乎到了疯狂的地步。

张瑞安都没有时间翻动铁块了，因为鬼马张的动作太快了。其实张瑞安知道，他大哥并不是想锻造什么东西，而是在发泄，发泄他内心的苦闷。

就这样过了半晌，鬼马张的汗水流了满身，力气也终于全部耗完了。再抡锤的时候，他手上已全然无力，铁锤掉落在了地上，他的身形也跟着晃动了一下。

鬼马张手在颤抖，气喘如牛，汗水糊得他眼睛都睁不开，脚步踉跄地走出锻造室。

张瑞安和张志峰看着鬼马张踉跄的背影，说不出话来。

江南之地，千丝唐家。

梧桐树下，落叶随风。

一老者在树下舞动折扇。折扇舞动，六把飞刀围着老者凌空转动，忽左忽右，御空飞行，一如神话小说中描写的剑仙。

这便是江南千丝唐家的丝法门绝学，六剑归一。

舞了一阵之后，老者一挥折扇，六把凌空飞行的飞刀，急速向前。只听得“突突突”一阵响声，六把飞刀全都扎在了梧桐树上，排成了整齐的一列。

“唉……”老者深深一叹，扔掉了手上折扇，脸上全是苦涩。

津门于家，于小婷匆匆赶回了家里，面露思索，沉默不言。

晚餐时候，几人都在吃饭，于小婷突然说道：“爸，我有件事情想问您一下。”

于保国端着碗筷，回道：“什么事情？”

“您知道红叶先生吗？”

于保国思索了一下，问道：“这人是干吗的？”

“这人是民国时期国民党情报机构的一个官员，我太爷跟他打过交道吗？”

于保国回道：“你太爷交际广阔，朋友遍布五湖四海，什么人都有。至于这个红叶先生，我倒没有听说过，也不知道他们有没有来往。怎么了？”

于小婷摇头：“没什么。”然后扒拉着碗里的饭。

她看到了何青怡悄悄给她的东西，那上面除了单义堂的事情，还在角落重重写下了“于黑”两个字，可是前没头、后没尾，两人都弄不懂。所以何青怡没有跟罗四两说这件事情，而是让她回来向父亲询问。

虽然没得到想要的答案，但能把自己太爷的名字跟单义堂的秘辛放在一起，于小婷不相信这是巧合。

何青怡回到家已经是晚上了，可何家还是灯火通明。

何家有议事资格的人都回来了，何青怡刚进家门，也被请到了家里的大厅。她进门之后，发现家里长辈都沉着脸分坐两旁，何老爷子坐在正中，神色沉重得厉害。

“爷爷，大伯，三叔，爸，大哥。”何青怡一一问好，何家嫡系最重要的成员都到了。

“坐吧，丫头。”何老爷子对何青怡说道。

何青怡心情很沉重，脸上一点笑容都没有，反而充满了悲伤的神色。她也没心思找地方坐，就在门边找了个空地方靠墙站着了。

现场的气氛依然压抑，谁都没有说话。只有何青怡大伯的儿子，何家年轻一辈里的老大何君安一直往何青怡这边看。

过了半晌，还是何老爷子先开的口。何老爷子声音已经有些疲惫了，说道：“丫头，本来你不能参与家里的议事，但这件事跟你有很大关系，而且我们的观点也不一样，所以我们才叫你过来，问问你的意见。”

何青怡顿了一顿，反问：“是单义堂的事吗？”

“是。”何老爷子简短回答一句。

何青怡眉毛当时就拧起来了，不满地问道："你们还有什么不一致的？单义堂的污名现在只有我们能洗刷掉，我们是唯一的知情者。他们是英雄，不是汉奸，他们都已经背负半个世纪的污名了，你们还有什么好犹豫的？"

何青怡的三叔摇了摇头，道："话也不能这么说，帮他们洗刷污名对我们来说真的不难，单义堂当然可以由汉奸变成英雄，可我们呢？"

何青怡神情一滞："什么意思？"其他人面色也更加沉重。

三叔也叹了一声："丫头啊，你要知道是谁害得单义堂变成这样的，是你太叔爷啊。我们家跟你太叔爷不是嫡系，但他也是何家人。换句话说，是我们何家把单义堂害得这么惨的。"

何青怡面色顿白。三叔无奈地接着说："单义堂的案子翻不得，不然我们何家就要被人戳一辈子脊梁骨了。"

何青怡咬咬唇，盯着三叔道："三叔，杀单义堂的是鬼子，不是我们，太叔爷当初也是被骗的，那个计划从一开始就错了，他没有害单义堂的意思啊。"

三叔却道："可他还是害了单义堂啊，没有他，单义堂不会如此。他还隐藏了自己的身份，害得单义堂这么多年都无法翻案。就这些，别人就能用口水把我们淹没了。"

何青怡死死盯着三叔，问道："可他们是英雄，难道让他们永远被人当作汉奸吗？还有他们的后人，你们也打算让他们永远做汉奸后人吗？"三叔不答，只是缓缓摇头。

何青怡的眸子已经渐渐涌上眼泪，她一个一个看过眼前这些人，不敢置信地问道："你……你……你们，你们，你们为什么要这么冷血？三叔，你不是从小就教我不能说谎的吗？"三叔话语一噎。

何青怡已经带上了哭腔，泪水也模糊了眼睛。她看着大哥问道："大哥，你是我们这一辈里面最大的，我们从小就以你为榜样，你可是最正直的人啊。"大哥也沉默了。

何青怡泪眼婆娑地看着大伯，颤声喊道："大伯。"大伯微微摇头。何青怡再看她父亲，她父亲也只是深深一叹。最终，何青怡只能把目光落在了何老爷子身上，却见爷爷的眉头锁得很紧。

何青怡终于死心了，眼泪决堤而出，愤怒地吼道："骗子，骗子，你们都是一群骗子。什么英雄，什么信仰，什么正直，什么正义，全是狗屁，你们一直以来教我们的都是狗屁，骗子，一群骗子，我恨你们！"说罢，哭着冲了出去。

大厅里面再度陷入了安静，可何青怡刚刚愤怒的吼声却还在回荡，这声音不响在耳旁，却回荡在心里。无疑，刚刚何青怡的话语真的刺激到了这些人。

过了许久，何老爷子才问："脸红吗？"在座几人神色都不自然。

何老爷子又问一声："脸红吗？"还是没人回答。

何老爷子问第三次："脸红吗？"几人都低着头。

最后，老爷子用力拍着自己的脸，瞪着眼睛喝道："可我这张老脸红了。"他拿着拐杖用力戳地面，一边戳一边痛心疾首道："都怎么了？你们这些人都怎么了？我们何家这些人都怎么了？"

何老爷子红着眼睛看着眼前这几人，嘶哑着声音说："是富贵日子过久了吗？是你们脑袋上的这张脸金贵了吗？是天天山珍海味把你们吃得脑满肠肥，把你们的良心也盖住了吗？"

三叔道："可这本来就不关我们的事，是二爷爷做的事情，跟我们有什么关系？"

"畜生。"何老爷子怒骂一声，手上的拐杖朝着三叔砸了过去，"我二叔，你二爷，不管他做了什么，他也是我们何家人。他做错了，那就是我们何家做错了。他的债，必须我们给他还。我一直是怎么教你们的？英雄，不可以被辱没，更不可以因为我们何家而受辱。"

三叔也怒了，针锋相对道："可何家的名声呢，你真的一点都不管了吗？家里孩子的前途呢？君安的工作正是紧要时候，你真的忍心把他给毁了吗？"

何老爷子颤着唇，也陷入了沉默。

罗四两站在苗家阳台上，怅然看着夜晚星空。张蓉蓉悄然走上来，站在了罗四两身边："很心烦吗？"

罗四两摇了摇头："就是觉得挺失落的。"

张蓉蓉顿了一顿，却问："你觉得他们知道真相会后悔吗？"

罗四两怔住，良久，才叹息道："也许他们本来就知道真相，只是知道了还愿意拼命去做。"

张蓉蓉也怔住了："那我们怎么办？"

"不管结果如何，单义堂身上的污名一定要洗刷掉，为了那些活着的，更为了那些死去的。"

"好。"张蓉蓉重重应了一声。

罗四两从怀中摸出了一枚橡皮和一颗弹珠，放在了手背之上。手背斜着，内部肌肉疯狂蠕动。两样东西逆势上行，艰难爬动。

张蓉蓉看得一呆。

一步一步，小球和橡皮来到了手腕两厘米处，稍稍迟滞了一下。尔后，罗四两紧咬牙关，手背肌肉筋骨一阵疯狂耸动。直到罗四两额头渗出汗珠，小球和橡皮才彻底到达手腕处，他的手法彻底臻至完美。

罗四两脸上露出了满意的笑容："要对那些死去的人有所交代。"

张蓉蓉用力点头："可那套戏法呢？"

罗四两道："我已经知晓其中门子了。"张蓉蓉露出惊喜之色。

翌日，戏法界几大世家联名，向整个中国魔坛发了一则邀请，邀请他们在立冬之日到京城见证一场戏法奇迹，一场用几百条人命铺就的戏法传说，一场用半个世纪的污名垫脚的戏法神话。

冬日源始，偷天换日。

消息既出，魔坛震惊。

第五章

洗冤单义堂

群雄会聚

是夜，津门于家。于小婷偷偷从床上起来，来到了一楼。一楼的书房还亮着灯，她父亲于保国和她师哥徐小刀在书房里面。她没有出声，悄悄躲在门外。

于保国一根又一根抽着烟，很快，书房里面就烟雾弥漫了。

徐小刀问道："师父，怎么了？难道师妹说的事情真的跟咱们家有关系？"

于保国点点头，沉声道："原本我以为这些事互不相干，听到小婷说的前因后果，我才突然意识到，有些事情的真相连我都不知道。"

徐小刀问道："师父，到底是怎么回事？"

于保国深深吸了一口烟，然后慢慢吐出，道："1949年以后，九大贼王世家死的死、残的残，唯独我于家算是落了个善终，你知道是为什么吗？"

徐小刀摇头。

"就是因为我们曾经立下过大功，所以才没有被清算。"

“啊？”徐小刀吃了一惊。

门口的于小婷更是惊讶。

于保国吸着烟，把当年那一段没人知晓的秘辛缓缓道来。

冬日源始，偷天换日。单义堂众，是忠是奸？

这一日终究还是来了。魔坛之中，无论戏法还是魔术，两门之中的各家传承都齐聚京城，见证抑或是质疑这场戏法奇迹。

单义堂是什么角色？那是立子行的耻辱，是出了名的汉奸组织，是整个立子行最不愿意提起的往事。现在居然有人说单义堂不是汉奸，还是戏法界几大百年世家共同发声，所以整个魔坛都震惊了。各门各派纷纷商讨，并派出了人手来京城一探究竟。

除了魔坛中人，单义堂的后人也都会聚京城。单义堂除了彩门之外，汇聚了江湖八门，尽管早就死的死、逃的逃、伤的伤，实力也百不存一，可残余点滴仍旧惊人。

今日是单义堂的大日子。

罗四两站在湖天会馆三楼眺望远方，目光怅然。在他身后，一直跟随他的彩门众人也目光沉沉地看着他。

二楼，魔坛中人和单义堂帮众已经剑拔弩张到了极点。今天虽说是单义堂雪耻的大日子，但魔坛中人却始终看单义堂众人不顺眼，单义堂众人也瞧不惯对方，两帮人冷嘲热讽，都快打起来了。

魔坛那边有人冷嘲热讽：“都是些什么人啊？要是没人提单义堂，我们都给忘了，自己还非要跳出来，脑子有病啊。”

另外一人接茬道：“你懂什么，人家是革命英雄，那当然得出来一下了，接受我们的敬仰和膜拜呀。”

“单义堂真不愧是单义堂，真不愧是能在鬼子的府邸来去自如的角色，没这份厚脸皮怕是做不到吧。”

“哈哈……你可别胡说，人家可是抗战英雄。”

对方嘲讽连连，单义堂众人皆怒目而视。

单义堂何许人也？单义堂曾经的班底可是江湖八门，金皮彩挂评团调柳。时至今日，八门早就残缺不全，但是能聚到京城来的，必然是有强大传承的。所以面对这份羞辱，他们岂能忍？

“你说什么？”有一老者冷冷质问。

那人还浑不怕死，继续道：“怎么，我说得不对吗？你还想打我吗？我怕你这把老骨头都没走到我面前就摔死咯。”

老者怒而拍桌，声音炸响。全场所有人都吓一跳。桌子上的那杯茶水仿佛受不了这么大的力量，反弹起来。接下来，诡异的一幕出现了。那杯子原本是往上飞的，却在没有借助任何外力的情况下突兀地往前，一路直飞，飞到了那个喋喋不休的人面前，悬空而立。

全场一惊。老者冷冷喝道：“口吐脏言，洗洗你这张臭嘴吧。”说罢一声冷哼，悬空的茶杯突然一抖，滚烫的茶水倒了那人满脸，一阵惨号声响起。老者这才一抖手，茶杯徐徐飞回，落在了桌子上。

见到这一幕，练手门门主张士清瞪大了眼睛，一脸不敢置信：“江南千丝唐家？”

没错，这人便是江南千丝唐家当代家主，也是唐易思的亲生父亲。唐易思是他最小的一个儿子，也是最有天赋的一个。

苗毅军也看呆了，问高管夫：“师哥，丝法门戏法还能这么用？”

高管夫缓缓点头，道：“你不知道当年的单义堂是有多强。若说彩门底蕴足有十分，那显露在岸上的只有三分罢了。”

有些不明就里的人看不惯了，站起来大声斥责道：“喂，你在搞什么？哪有你这样羞辱人的啊？”

唐家主虎目一瞪，伸手就要抓扇子。见到此景，知晓内情的张士清和高管夫，立刻打了一个哆嗦。

单义堂当年的生存环境很恶劣，需要与各方势力斗争，这就不是几个江湖艺人就能搞定的，必须得有一定的自保能力。所以，单义堂内部当年显赫的家族，都是有攻击力的。

唐家人最擅长丝法门戏法，尤擅扇戏，扇子一动，接下来就是要见真招了。所以张士清和高管夫都吓一跳，这老爷子脾气是真大，一言不合就要动手了。

高管夫刚要劝。还不等他开口，一位慈眉善目的中年人站了起来，笑呵呵拦住了唐家主："大家莫要生气，莫要生气，有话好好说嘛。"

那位站起来打抱不平的哥们儿很是气愤："谁没好好说话？是他一言不合就动手的。"浑然没有在鬼门关混过一圈的觉悟。

当初罗四两不过在卢光耀手上学了一点残缺版本的扇戏，都能在学校门口御剑吓走几个小流氓。现在人家扇戏的正主都坐在这儿，真要动手，那这哥们儿可就有的瞧了。

那慈眉善目的中年胖子朝着那哥们儿走去，呵呵笑道："莫生气嘛。消消火，消消火，来，把这个吃了，不生气哈。"说罢，掐着那哥们儿的下巴，往对方嘴里塞了一个东西，然后往他喉咙一拍。

仅仅一瞬，那哥们儿就把东西吞到了肚子里，都没尝出是什么味道。中年胖子这才松开对方下巴，在他嘴上一拍，帮对方把嘴巴合上。

那哥们儿用力咳了几下，眼泪都快出来了，他愤怒且惊恐地看着中年胖子，质问道："你给我吃的是什么？"

中年胖子看了他一眼，眼神变得有点阴森："五步蛇的毒液。"

那哥们儿心里狠狠颤了几下，颤声道："你……你敢杀人？"

中年胖子反问道："那你还敢讽刺我单义堂呢。"

单义堂众人皆泛起冷笑。他们憋屈了足足半个世纪，也被人曲解太久了，今天是单义堂翻身的日子，他们又怎么能容忍自己再憋屈？

前面被烫伤的那人，看着这个为自己打抱不平的哥们儿，惊呼道："哥，你嘴唇都发黑了。"

"什么？"那人更慌了，只觉得眼前一阵阵发黑，都快站不住了。

魔坛那边人也慌了，就连高管夫都有些色变。为了这一点点小事就敢杀人？单义堂也太胆大妄为了吧。

鬼马张也从湘西来到了京城，此时不由得对中年胖子道："孙胖子，就别吓唬他了，一会儿还有正事办。"

这孙胖子便是当年单义堂皮堂大爷孙无药的嫡孙。他们孙家最擅用药，真药、假药、恶药、邪药，什么都能来。当年孙无药经常去日军司令部，早就用暗药弄坏了他们长官的身体，所以单义堂灭门之后，那个日军长官也没撑几年就病死了。

孙胖子冷冷一笑："不给他点教训，他还以为我单义堂好欺负。"

那被喂了药丸的哥们儿听了这话，希冀地看着孙胖子。孙胖子看了看他，道："但是呢，蛇毒是真的。"

那哥们儿瞬间瘫倒在地上，差点晕了过去。

在魔坛中人的怒视之下，孙胖子摊了摊手，反问道："你们能不能学点医学常识啊？蛇毒只在血液里面传播，到了胃里就没事了。我刚瞧了，那小子嘴里没破皮，不会中毒的。"

那哥们儿都带了哭腔："我嘴巴都发黑了，还说我不是中毒？"

孙胖子大笑，举起右手："那是我拍你嘴巴的时候给你涂的。"

那哥们儿一看，孙胖子手上果然有黑色印记。他心中稍安，又问道："那……那我眼前怎么一阵阵发晕发黑？"

孙胖子笑得更大声了："哈哈，那是被吓的。"

这么一来，魔坛中那些蠢蠢欲动的年轻人终于老实了，没人再敢胡说八道了。众人重新换上了慎重的目光，打量着在场的单义堂众人。

三楼，驻足远眺的罗四两终于转过身，目光扫过后面那群人。看到方铁口的时候，方铁口冲他微微摇了摇头。

罗四两目光稍显凝重，眸底藏着深深的失望之色，沉声道："就别让大家久等了，我们下去吧。"说罢，戴上帽子，把小辫子藏在了帽子里面，然后拿出红巾蒙上了自己的脸，最后换上了一身青色大褂。

罗四两捋了捋袖口，目视前方，大步下了楼。其他人都跟在后面。

二楼的气氛本就有些凝滞，这群人一来，气氛就更加僵化了。

罗四两站在台上，目光扫过魔坛中人。凡是被罗四两扫视过的人，心中都不由得颤了颤。红巾蒙面小子的凶名，他们可是如雷贯耳啊。这人虽说不伤人不杀人，却能让人颜面扫地，完全不管不顾。

罗四两嘴角扯起一抹笑意，刚欲说话，却听得楼梯传来缓慢的脚步声。酒楼老板在一楼喊：“有客到。”

罗四两眉头一皱，还有谁？其他人也是一愣，纷纷看向了楼梯口。

少顷，楼梯口缓缓走上一位老者。老者面容方正，脸上满是正气，笑呵呵拱手：“不好意思，来晚了，诸位。”

全场寂静，鸦雀无声，落针可闻。几秒钟过后，全场哗然。

“老……老罗爷。”

“天哪，老罗爷终于回京城了。”

“戏法罗回来了，戏法罗回来了。”

戏法罗在魔坛就是一个神话，多少人都是听着这个神话长大的，不管是戏法界还是魔术界，对戏法罗的推崇都是无与伦比的。就连单义堂众人都纷纷站起，目视这位长者。

台上的罗四两则是脑子一蒙，愣在当场。

一旁的方铁口脸上露出一抹微笑，目光深邃，望向了罗文昌。

“呵呵。”罗文昌再度笑了两声，拱了拱手，走上前来。

“老罗爷。”这是戏法界的称呼。

“罗老师。”这是魔术界的称呼。

众人纷纷问好。之前两个被教训的哥们儿，本来委屈地缩在一旁，此时总算找到靠山了。罗文昌素来为人中正，在这种情况下，肯定会为他们说话的。

被喂蛇毒的哥们儿立刻哭喊道：“老罗爷，老罗爷为我做主啊，他们欺人太甚啊……”

此时罗文昌已经走到场中，径自去了单义堂那一侧。他刚寻了一条椅子，还没坐好就听到这番哭喊，回头诧异道：“你说什么？”

那哥们儿的嗓子就像是突然被人掐住一样，话到一半戛然而止，脑子也顿时蒙了，傻傻地看着罗文昌。不说他了，对面魔坛中人也全都蒙了，闹不清这是怎么回事。

方铁口却淡定如常，脸上笑意更甚。

罗四两见到此景，眼眶却有些发热。

苗毅军和高管夫同时站起来，恭恭敬敬地喊了一声："师父。"

罗文昌微微颔首，略带威严说道："坐。"

"是。"两人齐声答应。

武清也起身甜甜地喊道："师爷好。"

对女孩子，罗文昌的脸色也没有丝毫改变，依旧严肃古板，微微颔首，说："坐。"

"谢师爷。"武清谢过之后，坐了下来。

魔坛中人心中苦涩，但没人敢说话。

台上，罗四两顿了顿，调整了心情，问道："还有人要来吗？"

"还有我。"还真有人应答。

楼下传来虚弱之声，一道虚弱的身影蹒跚而来，正是那日以自残唤醒罗四两的赵严军。

青空凌云

赵严军一进来，许多人都起身致敬。这段时间，赵严军一直在养伤，身体也没完全恢复，现在是被莫一鸣搀扶着进来的。他脸色有些苍白，脚步也很是虚浮，但脸上始终挂着笑容。

看到赵严军，罗四两的心里就像是被人狠狠揪了一把，难受得厉害。这位老爷子为他付出了很多，他心中满是羞愧。

罗文昌和方铁口看着赵严军，心中五味杂陈。赵严军对罗文昌、方铁口点头致敬后，落座在魔坛那一侧，让魔坛中人多少松了口气。

罗四两在台上驻足一会儿，压下了内心的起伏，才沉沉开口："今日，我托业内许多前辈帮我组了这样一个局，在此先行谢过。我与在座的诸位都不是第一次打交道了，客套的话语也不必再重复了。"

这话说得在场许多人都神色不自然，但也没人敢站起来反驳罗四两，毕竟没人愿意招惹这个疯子。

罗四两顿了一顿，语调中多了许多悲伤："今日请大家过来，是想跟大家说一个故事，一个自不量力的故事，一个傻乎乎撞南墙的故事，一个屈辱了几代人的故事。"

在座众人都知道罗四两说的是单义堂。魔坛中人纷纷皱起了眉头，单义堂的人却个个面容萧瑟。

罗四两微微一叹，看着魔坛众人："我知道，在你们的眼里、心里，单义堂是汉奸组织，是一群爱慕虚荣、贪生怕死之辈。可是鬼子刚刚占领北平的那几年，单义堂中可曾有人屈服过？为何多年之后，他们才突然向鬼子献媚？"

在场众人纷纷一怔。这件事情过去半个多世纪了，经历过那个时代的人都已经老得不成样子，现在的中青年一辈也只是道听途说，谁又能知道这么具体的细节？只是，魔坛在场的几位硕果仅存的老前辈却陷入了沉思。其实从内心深处而言，他们又何尝没有过这样的疑惑？

"唉……"赵严军深深一叹，眸子中满是深沉。

罗四两道："单义堂从来都是以忠义立帮，断然不会做卖国求荣的事，当年之事，实则另有隐情。那年……"

罗四两用平静的声音把这件事情娓娓道来，这件事情所有的前因后果，所有的经历，所有的努力，所有的付出，所有的蹉跎。

方铁口目光幽深，嘴角挂着苦涩的笑容。

罗文昌和赵严军虽然知道单义堂的事儿，对其中的内情，他们却不甚明了。此时听完罗四两的讲述，他们也陷入了深深的震撼之中。

但陷入震撼的又何止他们二人？除却单义堂众人之外，所有人都震撼了。除了震撼之外，还有浓浓的不敢置信。他们并不相信这个故事是真实的，只是畏惧罗四两的威势，没人敢直接反驳罢了。

罗四两自然看出他们不信，直接发问："怎么，你们不信？"

魔坛中人纷纷撇嘴。一位须发皆白的老者慢悠悠说道："你说的未免也太牵强了吧？这般忍辱负重，这般委曲求全，最后又被人骗得团团转，导致卢光耀寻了半个世纪也寻不到真相……虽说能讲通，可都是你的一面之词啊。还有你说的那个戏法，这怎么可能实现？最精妙的厅堂幻术怕也不能吧？小傅，你们傅家最擅长厅堂幻术，你说说。”

这老者跟单义堂打过交道，也是从民国时期一直活到现在的老艺人，资历和辈分都很高，所以最先开口说出了自己的质疑。

被他点到名字的是西南傅家当代家主傅腾龙，傅腾龙在行内也是老前辈，只有在这种元老级别的前辈面前，才会被唤作小傅。

傅腾龙跟罗家的关系不错，跟罗四两的父亲还是同辈人，很有交情。罗四两用来听相声的那个进口随身听，就是傅腾龙送给他的。傅家极为擅长表演厅堂幻术，民国时期，傅家上代家主傅天正曾在一位川蜀军阀家中表演过高超的厅堂幻术。

被点到名字的傅腾龙顿了一顿，思索一下才道：“这个还真不好说。按台上这位小兄弟的描述，这个戏法的确有些超出我们的认知了。但是当年的单义堂人才济济，这也不是完全没可能，也许他们真的完成了这个奇迹。”

老者没好气地冷哼一声：“说了跟没说一样。”傅腾龙顿觉尴尬，只能苦笑一声。得，这老头子他惹不起。

“这么说，你是不信了？”唐家主声音骤然变冷。

老者脾气也不好，针锋相对道：“怎么，不许有质疑？还是说你单义堂今日想以武力压得我们这些人不得不信服你们？”

“你……”唐家主怒瞪双眼。罗四两抬手压了压，然后道：“唐前辈，少安勿躁。”唐家主这才沉着脸，不再发作。

唐易思也是苦笑不止，他老爹虽然一大把年纪，却性烈如火，谁也劝不住，谁的面子也不给。今天他能给罗四两一点面子，都是看在罗四两是单义堂第三代坐馆大爷的分上了。

劝下了唐家主之后，罗四两才扭头对那老者说道：“您是说，这套戏法不可能实现？”

老者道："那是自然。那是什么地方？是鬼子的宪兵队司令部，守卫多么森严？你也说了，那钥匙是老鬼子贴身携带的，情报又锁在重重守卫的保险箱内。你口中的那些人，在舞台上演一个戏法，就能把东西偷了？这哪里是戏法？明明是法术啊。再说，都过了半个世纪了，谁也不知道具体情况，你可别弄一大堆牵强附会的巧合啊。"

其他人也纷纷看向罗四两。罗四两却只是淡淡答道："没什么不可能的，你们不能理解，不代表就不存在。"

"那你倒是告诉我，人在这里表演戏法，怎么又跑到别的房间偷东西，他会分身术吗？"老者大声质疑。

罗四两伸手一抖，布浪翻滚，右手顿时出现一块黑色卧单。卧单在手，罗四两气势陡增，肃然而立。

罗文昌双目一凝。

罗四两大声回道："难道你以为我们没有分身术的本事吗？"

"嗯？"老者疑惑地皱眉。

"瞧好了。"罗四两大喝一声，抓着卧单一角，用力旋转。卧单在空中转动起来，挡住了罗四两的身形。卧单旋转几圈，数秒之后便已落地。再看罗四两，已然不见。

众人一怔。老者也是神情一愣。

"现在，你信了吗？"一道声音在老者身后幽幽响起，老者顿觉脊背发寒。

全场皆惊。罗文昌更是惊得直接站了起来，连嘴巴都合不上了。

"什么？"高管夫惊呼一声。

"怎么会是青空凌云？"苗毅军更是跟见了鬼一样。

其实对很多人来说，青空凌云并不是一个陌生的名词，毕竟罗四两的父亲叱咤彩门江湖，也就是十几年前的事情。许多人都没有忘记那个热血沸腾的年代，以及那些如神如魔的人。

青空凌云是罗四两父亲的代表作品，也是中国戏法的巅峰之作，罗四两的父亲曾经凭借这套戏法，压得全世界的魔术师不敢抬头。可惜他英年早逝，也带走了这套传奇戏法，戏法罗家最辉煌的传承就此断绝，这曾是多少人心中的痛啊。

罗文昌也惋惜不止，可现在，他又亲眼见证这套戏法了。别人认不出，他能认不出吗？这套戏法叫作青空凌云，是在半空中表演的，但这种独特的移动方式，却曾经被国外魔术界称之为罗氏移动。外国人起名都没什么美感，但是很直接。

有些熟悉戏法罗的人，则是惊疑不定地看着罗四两。鬼马张也惊讶地张大了嘴，喃喃说道："难道那浑蛋没骗我，本子里真的记载了这套戏法？"言毕，鬼马张扭头看张蓉蓉。张蓉蓉把头扭开，装作没看见。

先前质疑罗四两的那位老者，此时转过头，震惊地看着罗四两。

傅腾龙也惊疑不定。他跟罗四两的父亲太熟了，怎么会认不出这套典型的罗氏移动？

魔坛许多人都第一时间把目光集中在罗四两的脚下。所有的戏法、魔术都是假的，变活人的戏法都有机关。在众人的团团围绕下突然变到人群中，肯定是走暗道的，不然不可能变到这里。

可是一看之后，许多人都愣了一下。时间，时间太短了，短短几秒钟时间，从台上跑到人群中，走地道根本来不及。而且这是酒店二楼，是地面，又没有搭建舞台，根本不具备做地下通道的条件啊。

那他是怎么做到的？所有人都蒙了。

"你……"老者指着罗四两，话语竟噎在了喉头。

罗四两盯着老者，语气平淡，重复一句："现在，你信了吗？"

"我……"老者震撼莫名，竟说不出话来。

单义堂众人也是大为振奋，大有扬眉吐气之感。

"还有谁不信？"罗四两的语气照样平淡，却压得全场鸦雀无声。

半晌后，才有人低声弱弱问道："刚刚这套动作，我怎么看着像当年少罗爷的青空凌云啊。"这话一出，场上又嘈杂起来，许多人把目光投向了罗文昌。

罗四两顿了一顿，出声道："戏法贵在传承，当年少罗爷也得到了我们单义堂的一些传承，才创出了青空凌云这套戏法。”

一言既出，全场哗然。谁也不曾想到原来罗家跟单义堂还有这么深的瓜葛，这消息把坐在一旁的罗文昌都惊到了。一惊之后，罗文昌又暗自嘀咕了起来，神色有些恍然大悟。

鬼马张看了看罗四两，苦笑不已。罗四两的父亲曾在单义堂学艺，这在单义堂内部不算秘密，但是卢光耀为了保护罗四两的父亲，一直没让他拜师。后来，罗四两的父亲出事了，单义堂就更不会提这件事情了。只是鬼马张没有想到，罗四两今日竟然会当众说出这件事情。

罗四两看着哗然的现场，神色丝毫不乱，只是淡淡说道：“少罗爷高义，为了帮单义堂正名努力数十载，若没有少罗爷的努力，我们断然无法重现当年集整个彩门之力才做到的惊天戏法，偷天换日。”

这话说得全场人都一愣一愣的，不只是魔坛中人，就连单义堂帮众都有些发怔。但知道罗四两真正身份的人，又不禁犯起了嘀咕，难道罗四两是故意往他父亲脸上贴金？

就连方铁口心中也有这样的疑惑，青空凌云跟偷天换日有什么关系？如果真的能复原偷天换日，那罗四两的老爹当年不就干了吗，又何必等这么多年？

青空凌云就是复原偷天换日的核心，没错。当年罗四两的父亲在接受单义堂的传承后，在戏法罗家的技艺传承基础上，创出了青空凌云。

所有人都认为这只是一套伟大的戏法，可是没人意识到这套戏法竟然是复原偷天换日的关键，就连卢光耀和罗四两的父亲本人都没有意识到。一直到罗四两的父亲意外去世，都没有人能发现这一点。

罗四两也是在鬼马张家拿到了父亲留下的笔记，才隐隐意识到这一点。笔记里面自然不可能记载青空凌云的真正门子，但是里面的表现形式却是真的。罗四两的父亲无法意识到青空凌云的价值，罗四两却可以，因为罗四两才是真正得到了单义堂完整传承的人。

青空凌云是已经失传的戏法，没有人知道门子是什么，鬼马张送给罗四两的那个笔记上也没有记载，可罗四两知道。他一直都知道，只是潜意识一直在压制着他，让他不敢往这边想罢了。直到罗四两在湘西与幼年的自己达成了和解，可以坦然面对自己不堪的过去之后，他才想起了所有事情。

超忆症是一种病，一直说不清是与生俱来的病，还是突然出现的病。但就罗四两来说，他的超忆症是与生俱来的。他记得幼年的所有事情，但是他的幼年太美好了，美好得让他不敢去回忆，那曾经的记忆都被他深深埋葬在心底。

直到他跟自己和解之后，他才敢坦然地面对自己的过去。他看到了幼年的自己，还有他的父母，自然还有他父亲在他面前制作和研究青空凌云的场景。戏法师的门子向来都是不外传的绝密，罗四两的父亲会瞒着任何人，可又怎么会瞒着一个还在牙牙学语的孩子啊？

罗四两满目怅然，轻轻一叹，淡淡道："现在……我可以向你们表演偷天换日了吗？"

何家之争

魔坛盛会正在上演，何家的争执却还未停歇。

"胡闹，你简直是胡闹，我绝不同意。"何家老大怒声斥责，痛骂几声之后，拂袖而去。

房间里就剩下何君安、何青怡兄妹二人。何君安负手站在窗边，目光沉沉，脸上带着复杂的笑，有些无奈，有些遗憾，又有些释怀。

"哥。"何青怡轻轻唤了一声。何君安背对着何青怡，摇了摇头。何青怡咬了咬唇，神情亦是复杂得很。

"哥，我……"何青怡要说话，何君安打断了她。他淡淡说道："这一切都是我自己的选择，与你无关，你不必有什么心理负担。"

何青怡皱着眉头，神色纠结："可是你正好面临升迁，这件事情……"

何君安摇了摇头，转过身看着何青怡，微微笑了笑：“前途固然重要，内心的正直却更加要紧啊！你不是说了吗，我是家里小辈里面最正直的一个，我怎么能让你失望呢？”

“哥……”何青怡喊了一声，眼泪迅速在眼眶里面聚集。

何君安笑着说：“别哭，我们何家人堂堂正正，没有哭的理由。英雄不可以被埋没，更不可以受屈辱，该是我们何家的责任，就该我们去做。何家人，堂堂正正，不能亏心。”

何青怡拼命点头，眼泪更是止不住地流下来。

大厅里面，何家第二代的三兄弟都在游说何老爷子，何老爷子却坐在当间岿然不动。半晌后，他们也说得口干舌燥。

何老爷子眸子里面全是失望之色，看着自己的三个儿子，问：“说完了吗？”

老三性子急，接着说：“爸……”

何老爷子却突然打断：“别叫我爸，我嫌脏。”

老三的话愣是被堵在了喉咙里面，老大和老二的神色也很难看。

何老爷子自嘲地笑了一声，满心都是失望。他面容愁苦，仿佛瞬间老了许多，低沉着声音缓缓说：“我有三个儿子，我一直都是别人羡慕的对象，你们也很努力，我也一直以你们为骄傲。”

突然听见老父亲说这样的话，何家三兄弟同时愣了一下。

何老爷子眸子渐渐红了起来，看着三个儿子说道：“你们一直都是我的骄傲，我对你们很满意。你们也很争气，让我在那些老伙计面前很有面子。真的，从小到大都是如此。可是……可是……我怎么也没想到你们现在会变成这样……”

何家三兄弟顿时有些不知所措，甚至面红耳赤。

何老爷子锥心泣血道：“你们怎么会变成这样？你们为什么要变成这样？你们怎么可以变成这样？你们是我的骄傲啊，你们从来都是最优秀、最正直的，怎么变了啊？”说罢，老泪纵横。

何家三兄弟见父亲如此模样，心中都难受得厉害，一时间竟然也不知道说什么好。

“爸，您……您别这样说……”何家老三劝慰道。

老二也不知道该说什么好，面露为难之色。

“爸！”老大也大声叫了一声。

何老爷子却捂住了自己的头，颤声说：“老大、老二，论到做父亲，你们都比我成功。”

何家三兄弟顿时怔住。过了良久，老大才疲惫地挥挥手，说：“罢了，是我不争气。爸，我都听您的，莫生气了。”

老三急了，忙喊道：“大哥，君安可是你亲儿子啊。”

老大摇了摇头，苦笑一下，然后便走了。

老二也叹息一声，离开了。

老三见两位哥哥都走了，目光复杂地看看自家老爷子，摇了摇头，用力一跺脚，叹了一声，然后也走了出去。

偌大的一个厅堂就剩下何老爷子一个人。何老爷子长长一叹，面容愁苦。

湖天会馆的二楼寂静无声，所有人都看傻了眼。

台上站着的并不只罗四两一个人，还有国内南派手彩魔术名家周德亮。既然罗四两说，当年单义堂是为了偷情报才跟鬼子接触的，要证明这件事情是真的，自然要亲自验证一番。

于是，周德亮就自告奋勇了。他上场的时候，魔坛中人还挺兴奋，露出了看好戏的神色，毕竟周德亮也不是什么省油的灯。只有那些戏法界的老人捂住了脸，这是真有不怕死的，台上站着的是快手卢卢光耀的亲传弟子，去招惹人家，这不是找死吗?

幸好，罗四两今天没有结仇的心思，纯粹是冲着技艺较量来的。几番较量下来，周德亮面色通红。

罗四两只是淡淡问道：“如何？”

周德亮只能竖了竖大拇指，红着脸说道：“手法方面，我是不得不服你，你的确厉害。但是这也并不能证明你就真的能窃取钥匙，因为当年你们也不一定有能靠近鬼子司令的机会啊！”

罗四两问：“那你打算如何？”

周德亮梗着脖子道：“如果你离着我有段距离，还能做到如此，那我就服你。”

这话一出，单义堂众人纷纷皱眉，罗文昌、高管夫等人也露出了担忧的表情，只有张蓉蓉显得信心十足。

“行，便用此物吧，你自己放好。”罗四两伸手虚空一抓，手上顿时多了一支翻盖手机。

“我的天！”周德亮神色一变，这是他的手机啊，再低头看去，皮带上的手机套里，他的手机竟然不见了。周德亮脸红得更加厉害，赶紧伸手去抓，却抓了一个空，再看罗四两手上，早已无物。

罗四两冷哼一声，淡淡道：“在你口袋里，自己拿好。”

周德亮一摸口袋，脸红得发紫，赶紧灰溜溜地往台下走。

自打周德亮出道以来，还从来没有吃过这么大的亏，他现在知道了罗四两的厉害，也已经后悔了，可是来不及了。现在骑虎难下，他只能继续往下走。他把手机抓在手上往台下走去，往前走了两步，回头看了看罗四两，发现离对方大概也就一米远的样子。他觉得有点不保险，又往前走了两步，现在离着罗四两有两米多，他放心了许多。

周德亮瞧瞧四周的人，脸颊也不禁有些发红，但还是稳了稳心神，对罗四两说道：“我就站在这里，你若有本事，就隔空从我身上把这个手机拿走。”说完，把手机藏到了衣服里面，与罗四两正面相对。

全场都在看罗四两。

在这房间里的，全都是行内人士。不管魔术还是戏法，外行人看起来是很神奇，可是内行人看起来，其实也大致差不多。不管多么精妙的戏法，他们总能看穿一点。所以，在他们看来，隔着两米从一个魔术名家的怀里把手机拿出来，简直就是不可能完成的事情。

“来吧。”周德亮又催促了一声。

罗四两藏在面巾下的嘴唇悄悄勾起："你真的准备好了吗？"

周德亮点点头："来呀。"

"看好了。"罗四两两手一扬，双掌相碰。只听"轰"的一声，他的双掌陡然燃起了烈火，全场众人立刻瞪大了眼睛。

"传统戏法，火中取物？"立子行的人心中暗惊。

火中取物其实算不得太玄妙的戏法，无非是机关障眼法罢了。但是像罗四两这样用双手燃火的，他们还是第一次见。难道他想靠着火中取物把周德亮身上的东西偷出来？可这根本是不可能的啊，火中取物的门子都是事先把东西藏在自己身上，或者藏在助手身上，依靠助手完成表演。戏法师也是人，不可能突破空间的限制去取东西的。

没人认为罗四两能成功，就像没人相信单义堂能完成那套根本不可能完成的戏法，因为这是人力所不能达到的奇迹。

然而，奇迹出现了。

火焰缓缓落下，罗四两双手再往旁边一打，火焰纷飞。接着，他双手回收，火焰渐渐散去，白皙的手掌上静静躺着一支黑色手机。

"什么？"

全场惊起，就连罗文昌都露出了不可思议的神色。病着的赵严军也让人赶紧把他搀扶起来，仔细观瞧。

周德亮更是眼珠子都快瞪出来了，嘴里连话都说不出来。

罗四两问："现在相信了吗？"

"这……这……这……"周德亮都不知道说什么好了。旁边有人赶紧提醒："快看看你怀里手机还在不在。"周德亮这才反应过来，赶紧摸向怀里，这一摸，却愣住了。

所有人都死死盯着周德亮，只见周德亮面容古怪至极，然后缓缓从怀里面拿出了一只手机。

这叫什么事情？全场人都傻了。

周德亮差点没笑出声来，亏得他前面还提心吊胆的，现在搞的居然是这么一出。他当即笑道："我说大戏法师，你这水平可有点吓人了啊，居然还能变出手机来，厉害啊。”

其他人也都神色古怪地看着罗四两，罗四两却显得非常淡定，只是平摊着手托着手机，问：“你手上的手机是你自己的吗？”

周德亮的笑容顿时僵在脸上，然后赶紧低头，尔后惊呼一声：“不对，这不是我的。”他霍然抬头盯着罗四两手上的那支手机，脸顿时就红了，争辩道：“你这可不算啊，说好了是隔空取物，你肯定是前面把我手机拿在你手上的时候就给换了，你这样可不能算。”

罗四两反问：“不算吗?”

周德亮大声道：“那肯定的。”

“那这样呢？”罗四两指尖抓着周德亮的手机，轻轻晃了几下。

“什么？”周德亮没懂。

张蓉蓉在一旁插嘴道：“你看你手机。”

周德亮再次低头，这一看他头皮的寒毛都竖起来了，神情更是跟见了鬼一样。刚刚那支手机，他一直紧紧抓在自己手上。他离罗四两足有两米多，可人家竟然在短短几秒钟时间里就把他抓在手上的手机换走了。这简直是不可能完成的神迹啊。

全场皆惊，一时寂静无言。

戏法其实就是障眼法，所有的戏法都是假的，都是有迹可寻的。可罗四两表演出来的就跟神迹一样，这哪里是戏法啊？场上许多人都把怀疑的目光盯向了周德亮，甚至有人出声问：“老周，你不会是那蒙面小子的托儿吧？”

周德亮的脸红得更加厉害了，连话都不会说了。毕竟人家刚刚是直接当着他面变的，是隔着两米多把他手上的东西变走了。

戏法界一直有仙术传闻，无论是《偷桃》所用的通天索，还是纪晓岚记载的《遁鱼》中所用的厅堂幻术，都可以称作传说中的仙术，亦真亦假，莫衷一是。周德亮就觉得自己遇见仙术了，不然完全没法解释。

众人看看周德亮那反应，就知道他根本不是托儿了。有人问台上的罗四两：“你……你……你是怎么做到的？”

罗四两却只是淡淡回答道："这个问题，你更应该去问当年那群为国捐躯的傻瓜艺人。"

全场人都沉默了。没人相信单义堂是忠义组织，因为他们所说的那个戏法太超脱他们的认知了，可今日罗四两却硬生生地把超脱他们认知的戏法搬到了他们面前，由不得他们不信。

罗四两看了看全场众人，然后问："还有什么疑问吗？"

何家，何老爷子在大厅独坐了很久。他一直引以为傲的三个儿子都离开了他，虽说最终他们决定听他的话，可何老爷子还是感觉很失落，有一种深深的孤独感。

何老爷子是从战争年代走过来的人，这些年一直以军人的身份要求自己，所以身体一直都很硬朗，可是今日他感觉到了深深的疲惫，仿佛一下子用完了所有的力气。

何青怡和她大哥何君安来到大厅的时候，见到爷爷变成如此模样，两人的眼眶瞬间就红了。

"爷爷……"何青怡颤声喊了一句。

何老爷子缓缓转头，面容憔悴不堪，见到是孙子孙女，面容才多了几分神色。他挤了一点笑容出来，哑着声音说："丫头，别哭，咱们没错，咱们没错，咱不亏心。"

何青怡拼命点头，眼泪却怎么都止不住。

其实，只有何青怡自己才清楚她在这些天里承担了多么大的压力。坚持正义从来都是一件艰难的事情，主持正义更是一件难上加难的事情。尤其是何青怡，她是要跟整个家族作对，作为一个女孩子，这些日子，她听到的流言蜚语冷嘲热讽太多太多了。换作其他女孩子，恐怕早就崩溃了，因为向她扎刀子的人都是她最亲近的人。最能伤害一个人的，往往不是敌人，而是自己最在乎的人。

连一家之主的何老爷子要帮单义堂翻案都这么艰难，都要承受这么多的压力，就更不要说只是一个小辈的何青怡了。

何青怡自己都不知道自己这些天是怎么坚持下来的。现在听见爷爷这般说，她真的忍不住了，眼泪怎么都停不下来，越哭越厉害，就像要把这些天的委屈全都哭出来。

何老爷子也心疼不已。明明他们做的是正确的事，为什么这么难？

何老爷子心中凄凉，儿子们原本的正直之心不知道什么时候被名利腐蚀得一干二净了，幸好孙子孙女还能保持着一颗纯净的赤子之心。这样，至少何家的魂还能保住，何家就还有希望。

过了许久，房间里面三个人的情绪才渐渐平复下来。何老爷子擦了擦何青怡脸上的泪，说："丫头，扶我起来。走，我们去湖天会馆，去告诉所有人真相。"

何青怡赶紧擦了擦脸上的泪水，和大哥何君安一起把老爷子扶了起来，祖孙三人慢慢往外走去。逆光的背影被拉得很长，透出难以言说的坚定。

何家三兄弟看着此景，也只能无奈摇头。

何家老大看着两个弟弟，问："我们是不是都活成了自己曾经最讨厌的样子？"

何家老三神情一怔，平时话最多的他，此刻竟然说不出话来。倒是何家老二自嘲一笑，说："谁又不是呢？"

何家祖孙三人缓缓走到门口，何青怡和何君安小心地搀扶着何老爷子，刚刚打开大门，走出没两步，就看到有一个身影软软地倒了下来。

"小婷？"何青怡吃了一惊，赶紧上前扶起了于小婷。她发现于小婷脸色苍白，一身浓重的汗味，急声问："你怎么了？你的手……这是绳子勒的，你被谁绑的？天哪，你是刚被人绑架逃出来的吗？"

于小婷喘着粗气，看着何青怡道："水……给我点水……"

何老爷子马上吩咐人："快去拿点水，再去拿块热毛巾，然后把高医生请过来。"下人立马去办了。

何青怡还是紧张至极，忙问道："小婷，你怎么了？你别吓我。"

于小婷苍白的脸上露出些许笑容，勉强对何老爷子说道："我找到真相了，我知道了笔记上留下的‘于黑’两个字是什么意思了，我可以……可以证明当年单义堂是给……给国家做了重大贡献的……他们是英雄，是真正的英雄。”

往事之谜

“还有什么疑问吗？”

湖天会馆二楼，罗四两看着沉默的众人，又问了一遍。全场寂静无声，无人应答。

唐易思说：“其实偷天换日这套戏法的核心主要有两个。一个是把钥匙偷出来，不让人发觉；另外一个就是悄无声息潜入房中，把东西偷走。刚刚我们演示了第一部分，大家还有什么疑惑吗？”

众人皆不答。疑惑？还能有什么疑惑？他们都快不能理解了，还有个什么鬼的疑惑。

唐易思看了看众人，又说：“既然大家没有疑惑，那便是认可了我们第一部分的证明。下面，我们就可以开始第二部分的证明了。”

第二部分？这还用证明吗？刚刚开场之时，蒙面小子那神鬼莫测的移动戏法，早就把在场所有人都震住了。这第二部分的考验，恐怕也难不住他。难道单义堂的案子今天真的要平反？在场众人心中都是一震。

单义堂后人更是情难自抑，就连鬼马张和唐老爷子这种久经风雨的人都不禁心潮澎湃起来。压在他们头上半个多世纪的屈辱和冤屈，就要在今天被洗刷掉了。单义堂众人眼眶不禁有些发热。

唐老爷子声音都有些发颤，说：“快，快把剩下的戏法表演完。”

罗四两微微颔首。

魔坛中却有不少人想到了另外一件事情：倘若单义堂真的不是汉奸，而是英雄，那么眼前这些人可就都变成了英雄的后人。他们为了国家忍辱负重了半个多世纪，国家势必要补偿他们。有了国家的支持，再加上这些人恐怖的实力和手段，那国内魔坛的格局可就要变天了。

魔坛几个门派的掌门人都纷纷互相看了一眼，彼此眼中的深意不言而喻，就连周德亮的脸色都有些明暗不定。

方铁口看着眼前这群人，脸上露出了嘲讽的笑。

有人皱眉对罗四两说道："我们刚才也见识到了你遁人的戏法，的确有些厉害，但若是仅仅如此，恐怕也有些不足吧。"

罗四两闻言看去，见是一个模样清秀的青年人。

其他人也纷纷看向那人。那人脸皮薄，见这么多人看着，脸顿时就红了。

罗四两问："你是哪位？"

那青年人更加有些不知所措了，心中也不由暗自后悔：那么多高手都折在这个可怕的小子身上了，自己还这么不知死活地发问，这不是找死吗？

罗四两自然看出了他的窘迫，出声宽慰道："没事，我别无他意。今日是证明的日子，在场的任何人都可以提出质疑，我也欢迎大家质疑。我询问你的来历，只是想证明你是否是行内人，并且我希望每个人都能对自己的言行负责，只要问心无愧，又怕什么？"

这话听得许多老前辈心惊肉跳的，单义堂众人脸上也浮现出古怪的笑容。东北练手门门主张士清暗自啐了一声，还对自己的言行负责，这不是明摆着让大家小心点提问吗？

可惜那小伙子心思单纯，只听懂了后面半句的意思，壮了壮胆子说："好，我只是一个无名小卒，广东谢玉泉。"

罗四两问："广东谢家民国时期出了三个极其有名的戏法师，江湖人称谢氏三雄，你跟他们是什么关系？"

谢玉泉道："正是我的先辈。"

罗四两只是微微点点头，没有多说话。

谢玉泉继续道："那我就说一下自己的浅见陋识。刚刚您也说了，单义堂的戏法师们是在鬼子司令部演出，鬼子司令部里面防卫森严，存放秘密的地方肯定会重兵把守。当年的情况，我们谁也不知道，只是，就算能把自己变出去，恐怕也很难躲开外面鬼子的搜查吧。”

罗四两不置可否，道：“你想说什么？”

谢玉泉解释道：“我不是抬杠啊，既然大家都不知道当年的情况究竟如何，也许你们能躲过鬼子耳目，也许不能。但若是你能直接把自己遁入藏物的房间，那我们就都说不出质疑的话来了。”

这话一出，全场人神色都精彩了不少。傅家家主傅腾龙也不禁皱起了眉头，他们傅家也是玩厅堂幻术的好手，他的父亲更是此中行家。饶是如此，他也觉得这等遁人之术太难了。

单义堂众人也纷纷色变。魔坛众人却有些兴奋，这谢家少爷算是给对方出了一个超大的难题了，怎么可能有人能完成这样的遁人之术？

如果安装了密道，也许能让人偷偷溜过去；或者是在表演途中暗自离开，偷偷进入房间里面完成戏法的变化。但这些办法在鬼子司令部里面都没办法实现。如果这些手段都能做到，那也就没必要费力偷什么情报了，直接去拿多好。

在场许多魔坛前辈的神色都很凝重，尤其是罗文昌。技艺越是高超的人，越能明白这其中的难度。先前见罗四两用出了罗氏移动，他还激动到眼含热泪，罗家最强的绝学终于没有彻底失传。但是他也明白，靠罗家的戏法是不可能完成这样的挑战的，这是不可能完成的奇迹。

谢玉泉看了看周围人的神色，也有些悻悻然，感觉自己好像是提出了一个不可能完成的任务，但是转头想想，想让人绝对信服，这才是唯一的途径。

唐老爷子脾气暴躁，最先忍不住，指着谢玉泉的鼻子喝骂道：“还敢说你不是来捣乱的，这叫什么戏法？这是仙术吧？你要不要把吕祖请出来，看看他老人家会不会变？”

谢玉泉脸色也不好看，争辩道：“我知道这是一个很难完成的奇迹，可你们的偷天换日本来就是一个奇迹呀。”

谢玉泉话音刚落，旁边有人立刻帮腔道：“对呀，你们不是要让我们心服口服吗？你们不是说你们的戏法就是奇迹吗？你们要是连这个都做不到，还好意思说自己是什么奇迹？大家说对吧？”魔坛众人纷纷鼓捣起哄。

“你……”唐老爷子大怒。

鬼马张也皱眉不悦道：“这等戏法，恐怕就连纪昀所记载的遁鱼之术都难以企及，要知道那遁鱼之术可是厅堂幻术里面顶尖的戏法了，至今也没人能复原出来。你要我们做一个完全超越遁鱼之术的厅堂幻术，不觉得是强人所难吗？”

“你们可以不表演呀，直接说来不了就行了呗。”对方立刻有人回应道。

单义堂众人胸中皆怒火燃烧。方铁口却一直看着罗四两的神色。

魔坛众人见把单义堂给制住了，许多人都松了一口气。

“你们莫不是真以为我变不了吧？”罗四两冷淡的声音在偌大的厅堂内回荡着。

这话一出，所有人都诧异地看着罗四两。不要说魔坛众人了，就连单义堂那边都蒙了。这样的戏法简直堪比仙术了，怎么可能是凡人能做到的？对方明显就是在强人所难，这怎么可以答应啊？

“不可。”鬼马张最先劝阻。

“莫要受他们的激将法。”唐老爷子也赶紧劝阻。

魔坛那边的人却兴奋极了，赶紧抓住这个话茬，立刻出声道：“好，那我们就拭目以待了。”

“没错，若是你真的能做到这一点，我们断然不再有丝毫质疑。”

唐老爷子怒目圆睁：“你……你们无耻至极。”

唐易思也紧张地看着罗四两，就连他这种跟罗四两走得很近的人，心里都没有底。张蓉蓉也是眉头紧蹙，她不相信世上真的有人能变出这样的戏法，可她相信罗四两。

罗四两道：“老爷子少安勿躁，我不会做无法做到之事。”

尽管罗四两这般说了，唐老爷子心中依然没有丝毫底气。

魔坛众人大为振奋，赶紧催促罗四两开始表演。赵严军让莫一鸣把他搀扶起来，极为紧张地看着罗四两，眼睛瞪得很大。连老成持重的罗文昌也紧张地盯着自己孙子，心跳得飞快。

罗四两淡淡一笑，伸手抓了一块卧单出来。

罗文昌看得心都提起来了，用卧单了，那便是落活儿里面的戏法。罗家的绝学就包括了卧单遁人，这也是立子行内顶尖的遁人之术。罗四两的父亲便是以此为基础创出了罗氏移动，完全超越了之前的卧单遁人。现在罗文昌又见自己孙子拿出了卧单，不禁在想，难道自己孙子的遁人戏法也是以罗家绝学为基础的？罗文昌心中也没底。

再反观罗四两，虽说他现在蒙着面，只露出了一双眸子，可这眸子里透出来的光彩却让所有人都暗自吃惊。罗四两睥睨全场，冷声言道："我今日便让你们这群在岸上瞧风景的人好好看看我们单义堂的风采，请罗家卧单。"

全场人心中一震。

罗四两双手抖开卧单，布浪翻滚之下，卧单中心那个金线绣的罗字如翻云踏浪一般，罗家的戏法之魂在这一刻复活了。

苗毅军、高管夫等人同时惊得站起。他们仿佛又看到了那个热血澎湃的年代，那些激情热血的人，那个如神如魔的罗家班，那个旗帜飘扬的岁月。

罗文昌更是红了眼眶，过去十几年了，罗家的卧单再一次飞扬在了舞台之上，这一次，它必将比以往更辉煌。

场上，罗四两大喝一声："遁人术！"卧单往身上一裹，纵身一跃。片刻后，卧单软软落地，舞台之上早就没人了。

罗家绝学，卧单遁人。

众人心中一震，立刻都把头抬起，看着半空中的那块卧单。只见人影一闪，罗四两凭空出现在半空之中，众人再惊。

这是罗家已经失传的本事，少罗爷纵横世界的绝学，罗氏移动。

半空中的罗四两伸手抓着卧单，往身上一扯，整个人顿时缩进了卧单之中。再一瞬之后，卧单落地，人却不见了。

饭店一楼厨房，湖天会馆的大厨正在问老板："老板，我们什么时候可以开火炒菜？楼上客人到底什么时候吃饭啊？"

老板烦躁道："我怎么知道？都是一群什么人呀，都赖上我了，我真不想让他们来，当初真不应该贪那么点钱。"

"你好像对我们很不满啊？"

一道清冷的声音在老板背后响起。老板吓得直接蹦起来，惊恐地扭头看去，这一看，不由得脊背发寒。大厨也是一脸不敢置信，不断揉着眼睛。

"你你你……"老板都结巴了。

罗四两也没理他，朗声对楼上喊道："别找了，我在楼下厨房。"

"咚咚咚"的脚步声响起，楼上立刻跑下来几个戏法师，都震惊地看着罗四两。周德亮更是吃惊："你……你是怎么做到的？"

罗四两淡然道："戏法有来必然有回，怎么来的不重要，且看我怎么回去。"

闻言，对面几个戏法师都惊呆了。这过来他们都还没搞懂，然后就要回去了？戏法界都说宁变十回出，不变一次回，这回去可比出来难十倍啊。

罗四两没有藏着声音，不仅是面前这几个人，就连楼上的人也都听见了，此时都面面相觑。

罗四两再抖出一张卧单，大喝一声："唐易思，准备了。"他把那卧单往身上一裹，再度跃起。还是如原先那般，卧单软软掉地，人却已经不见了。

"我的妈呀。"饭店老板和大厨齐齐叫了一声。

周德亮和那几个戏法师倒是没有惊讶，赶紧往楼上跑。

唐易思早就把罗家卧单收拾起来了，听到罗四两的招呼之后，再次把手上的卧单扔到空中。

所有人立刻抬头看。一瞬间，上空人影闪过，罗四两的身影从卧单之上闪了一下。下一瞬，只听到舞台上“咚”的一声响，所有人扭头回看，只见罗四两站在了舞台上，手上还抓着一块卧单。

罗四两看着全场人，出声问道：“你们谁还有疑问？”

全场无人敢答。不管戏法看起来多么玄奥奇妙，终归是有其缘由和秘密的，这种缘由和秘密在戏法行内被称作门子。门子是戏法的核心，也是戏法师最宝贵的秘密。

无论是戏法还是魔术，从诞生的那一天起，就在不断的设局和解密之中前行。而那些广被传颂的奇妙戏法，至今都无人能解开其中谜团。《聊斋》中的通天索是如此，纪晓岚记载的遁鱼术也是如此。曾经，少罗爷的罗氏移动也是如此；现在，罗四两表演的偷天换日更是如此。

神原本也是人，只因他做到了人做不到的事情，所以成了神。戏法也是一样，所有的戏法都是戏法，只因为做到了其他人做不到的，所以就成了传说中的仙术。

罗四两今日所表演的戏法，真的堪比仙术。场内全都是魔术界、戏法行一等一的高手，可依旧被震撼得话都说不出来。

鬼马张在震撼之余，还产生了无穷的悔恨。傻子都看得出来，罗四两最后变的遁人术是以少罗爷的罗氏移动为基础的，少罗爷当时可是把记载了青空凌云的笔记送给了他啊，可怜那本笔记在他们张家待了十几年，他愣是没发现其中奥秘。

罗文昌更是饱含热泪。曾几何时，他因为罗四两不肯学习戏法，而宁愿断绝戏法罗名号的传承，那种痛苦和自责又岂是外人能理解的？可是现在，看着自己孙子竟然优秀到了这般地步，罗文昌心中更是有说不出来的滋味。自己的孙子是这般优秀，在他手上，百年罗家的荣耀肯定更胜往昔。一切都值了，罗文昌心中甚慰。

罗四两看着台下众人，亦是心中唏嘘。他双目往上看，眼前浮现的是卢光耀那张又干又瘦的脸庞，他嘴唇轻动：“师父，我终究是做到了。”声音哽咽，表情似哭似笑。

单义堂众人也是心潮起伏得厉害，半个多世纪的坚持，今天终于有了结果。他们终于等到了，他们可算是等到了。

“可是，就算你们弄出了这个戏法，也不能说明单义堂窃取情报去了。情报呢？证人呢？证据呢？单一个戏法说明不了什么问题吧？”此时，一道极不和谐的声音出现了。

全场人都看了过去，发现说话的是周德亮。周德亮也被这突然的万众瞩目吓了一跳，尤其是单义堂那边凌厉的眼神，更是让他心中发慌。

唐老爷子怒道：“要我们表演的是你们，要我们完成不能完成的戏法的也是你们，说只要我们表演出来就无话可说的也是你们，现在要反悔抵赖的还是你们。怎么，当我们单义堂好欺负不成？”

鬼马张也大怒道：“多年不动手，你们这群缩头乌龟恐怕早就忘了什么叫作单义堂了。”魔坛那边许多人都神色微变，可是没人说话。

罗四两也皱起了眉，这一道戏法的确说明不了本质问题。他看着魔坛众人的神色，眼中多了几分冷意。

单义堂这边自然也是怒不可遏，连把对方生吞活剥的心思都有了。就连罗文昌都看不下去了，出声道：“他们都把戏法复原出来了，你们为何还是不肯相信？”

众人见罗文昌都说话了，也不敢怠慢。毕竟单义堂已经不是几十年前的单义堂了，罗家却还是那个传奇的戏法罗。

周德亮马上道：“罗老，不是这样的。我们之前是说只要能表演遁人戏法，就对这套戏法没有丝毫怀疑，现在我们也不对这套戏法心存怀疑了啊？可是，单义堂当年的确创出这套戏法了吗？还是现在才创造的？我们谁也不知道。退一万步来讲，哪怕单义堂当初真的创出了这套戏法，可是他们真的用这套戏法去窃取情报了吗？这二者之间没有必然的联系啊。若是没有相关的证据，我们恐怕真的很难相信。”

罗文昌顿时哑口无言了，单义堂众人一时间也没有办法反驳。

周德亮还问站在一旁的谢家后人谢玉泉：“谢家少爷，你说呢？”

谢玉泉面色有些不好看，皱了皱眉说：“我没什么好说的，但若是论到证据，的确还是差了一点。”

周德亮立马来精神了，说：“那就是了，戏法我们是信服了，可是窃取情报，证据呢？有证人吗？”

罗四两冷眼瞅他，正欲说话。此时，楼下突然响起一道声音，一道苍老而又坚定的声音：“老头子我可以作证。”

津门贼王

包括罗四两在内，全场所有人往楼梯口望去。

何家老爷子在何青怡和何君安的搀扶下，缓缓登上了台阶。于小婷一个人跟在后面，头发散乱，神情狼狈，始终低着头，不敢看人。

众人见上楼来的人是何老爷子，心中纷纷一惊。何老爷子可不是什么普通人，这可是经常上新闻联播的人物啊，只是这些年退了下来，才慢慢淡出大众视野。他们都没想到，何老爷子这种大人物竟然会来到这里，而且听他话里的意思，是要给单义堂做证？

赵严军惊疑不定地看着何老爷子，心思急转，可愣是理不出任何头绪来。

单义堂的人也有些诧异地看着何老爷子。方铁口微微皱起了眉头，眼中蕴含着不一样的光彩。

全场所有人都站起来迎接何老爷子，心都悬了起来。场上只有罗文昌往前走了两步，问道：“老哥哥，您怎么过来了？”

何老爷子见是罗文昌，羞愧地摇头道：“文昌，老哥哥惭愧啊。”

罗文昌叹了一声，扭头看着台上的罗四两，心中有些不是滋味。

场上人见罗文昌跟何老爷子这般攀谈，心中也很是震惊。当初少罗爷遇难，罗文昌带着小孙子隐匿江县，罗家就剩这一老一少，老的年迈不堪，少的不学无术，多少人想踩着戏法罗的名号上位。若不是有苗毅军和高管夫这两个爱徒撑着场面，恐怕早就有人找上门砸场子去了，威名赫赫的罗家也许会沦落到跟快手卢家一样的境遇。当年的黄家父子其实并不是特例。

只是他们现在才看明白，戏法罗不愧是戏法罗。老罗爷为国奋战多年，人脉真不是他们能比的，今日一看，那些曾经起过歪心思的人，不禁吓出了一身冷汗。

何老爷子往前两步，走到了罗四两面前，挣脱开孙子孙女的搀扶，看着罗四两的眼睛，慢慢挺直了腰板，一字一句道："老头子我来了。"然后他慢慢转身，看着单义堂的人，提高了音量，一字一句道："我何家人来了。"最后，他冲着所有人，红着眼睛，大声喊道："我何家人给单义堂的英雄们证明来了。"

全场震惊。单义堂的人也愣在了当场，罗四两只跟他们说了今天要表演偷天换日，没有跟他们说过何家在这件事情里面所扮演的角色。罗四两心中也复杂得说不出话来。

何老爷子叹了一声。短短几日，他苍老得厉害，此刻面容中却透着坦然。他沉声道："先听老头子说一个不精彩的小故事吧。"

何君安去一旁给何老爷子拿椅子，想让老人家坐着说。何老爷子却摇头，拄着拐杖，把腰杆挺得笔直。他站着，沉声慢慢说道："民国时期，山东有户姓何的普通人家，家里是开粮油店的，有两兄弟，日子过得还不错。哥儿俩也很争气，在那个年代就上了私塾，满肚子墨水，有了一番出息。

"时值国难，哥俩纷纷奔赴战场，以靖国难。经过种种，老大入了我们党的队伍，老二入了国民党，后来去了军统的情报机构。1940年左右，老二得知了一个消息，有一个秘密情报就在京城鬼子的宪兵司令部里，便想去盗取。可他们不愿牺牲军统的力量，便在军统成员王三保的引荐下，求了当年江湖上最大的奇人帮派单义堂。"

听到这里，全场人都惊住了。

何老爷子抓紧了手上的拐杖，重重吐出一口气，调整了一下情绪，接着说："单义堂诸君都是忠义汉子，听到能为国效命，无不应允。可是老二心中仍有顾虑，便隐瞒了自己的来头，只称自己是我党的地下情报人员。”

“所以……”何老爷子扭头看单义堂的人，“你们找了那么多人都调查不到真相，是因为你们一开始就被骗了，他根本就不是我们共产党的人。”鬼马张、唐家老爷子和单义堂一众人，心肝都在颤抖。

“那为何单义堂会蒙冤至此啊？”赵严军的声音也颤抖了。

何老爷子仰起头，眼眶含着泪，说：“那是因为，单义堂不惜骂名，牺牲了几百条性命才偷出来的情报，只是一封家书，没有任何价值。这个任务从一开始就是错的。何家老二离开之后不久，也遭遇了敌人的伏击，死在了半道上，遗体和遗物被运回了家里。一个根本没有任何价值的任务，当事人又死了，还有谁会上心？新中国成立后，有可能知情的人都逃离了大陆，更不会有人知道这件事情。所以单义堂才会蒙冤至此，我们也是最近整理遗物的时候，才发现了事情的真相。”

何老爷子朝着何君安看了一下，何君安点了点头，拿出一份文件。

“这就是当年他留下的证据，这是复印件，原件我已经交给相关负责的部门，他们会去核实的。单义堂不是汉奸，他们从来都不是。”何老爷子大声喊着，眼中老泪纵横。

单义堂亦是万人齐哭，谁知道他们背负的这些痛苦？谁能体谅他们这半个多世纪的煎熬？今日，他们总算为先人讨回了公道，给那些死去的、活着的人讨回了一个说法。

何老爷子摇了摇头，扔掉了拐杖，用力鞠躬道：“何家人给你们赔罪了。”何君安和何青怡赶紧去搀扶何老爷子。

单义堂众人纷纷抹泪。罗四两也双目通红，用力平复了心情，咬着牙说：“这就是一群傻到了极点的人，去做了一件根本没有意义的事情，还害了自己和后人半个多世纪。”全场一时鸦雀无声。

魔坛那边的人也没话说了，一个个面色复杂，沉默无言。他们一直自诩的艺术家身份，跟单义堂的英烈比起来，竟然显得这么苍白可笑。

“不，他们做的并不是没有意义的事情，他们是真正的英雄。”忽然，一道清澈的声音响起。

众人闻声看去，只见于小婷咬着牙，目光坚定地说出了这句话。

“你说什么？”众人纷纷震惊，开口询问。

罗四两也皱眉看着她，看到她脏乱的脸庞，又看见她手上尚未完全恢复的勒痕，他的眉头皱得更深了。

于小婷见这么多人都在看着她，颤抖着吐出一口气来，用手掌擦了一下双眼，又用袖子擦拭脸庞。把脸上的汗水和脏污都擦干净之后，她的呼吸才慢慢平稳下来。她用力咬了咬唇，一直咬到双唇发白，心里才平和坚定下来。她抬起了头，看着罗四两，说：“没错，我说单义堂的付出并不是徒劳。”

于小婷转身看着所有人，高声道：“单义堂真的为这个国家做出了很大贡献，他们不可怜，他们是真正的英雄，他们是真正有成果、有牺牲的大英雄。”说罢，全场哗然。于小婷却捋了捋散乱在额前的短发，露出了一个笑容。

场上的人都被这个消息冲击得心头大乱，没空看于小婷的表情。只有罗四两和方铁口注意到了这一点，两人心中同时一跳：于小婷的这个笑容竟然带着几分凄婉和惨然的味道，这是为什么？

“小婷，到底是怎么回事？”何青怡上前，抓着于小婷的手问道。

先前于小婷只是说她有办法证明单义堂所做的并不是徒劳，但是具体的原因，她并没有说清楚，何青怡也不甚了解。

于小婷轻轻挣脱开何青怡的手。经历了这么多，她的心也彻底平复了下来，更多了些坚定和从容。她声音清脆，说：“没错，我知道更多的真相，也知道当年单义堂盗出来的情报并不是无用之物，它发挥了它应有的价值，他们是真正的英雄。”

就连罗四两都心头一惊。一个没有贡献就白白死去的英雄，和一个做出了巨大贡献而牺牲的英雄，那可是两回事。所以，当初他从何青怡嘴里听到真相的时候，才会那么崩溃，因为他知道他们这么多年的努力全都白费了，单义堂的人真的都白死了。可现在，他从于小婷嘴里听说这件事情另有隐情，怎能不惊啊？单义堂的人，包括方铁口，都紧张地盯着于小婷。

于小婷重重吐出一口气，深深地看了罗四两一眼，然后转过身面对所有人，说道："当年单义堂费尽周折带出了情报，却发现只是一份无用的家书，但那封密信并没有马上销毁，而是被人带在了身上，至于他带着是做什么用的，我们并不知晓。

"那时，社会混乱，盗贼四起，天下的老荣行公推出九大贼王统领全行。津门便有一贼王，名叫于黑，专做飞轮买卖。他见携带情报那人衣着不凡，猜测是有钱之人，便对其下了手，把他身上的东西摸了个干净，包括那封密信。

"旧时江湖规矩，老荣做活儿之后，都要将财物保管三日。三日之内，若有人托江湖道上的朋友寻上门来，便要还给人家。所以，于黑带了东西回到了津门家中等候。想必诸位年长的前辈也有听过，于黑此人交际十分广阔，黑白两道、江湖各行都有朋友。于黑返回家中，有一许姓朋友寻上门来，正好看到了这些东西，包括那封用日文写的家书。许姓故友觉得这封家书有些不同寻常，便誊抄了一份带走。第二日，有江湖道上的朋友寻上门来，要求于黑归还盗来的物品。于黑归还了，却藏下了那封日文家书，还说自己从未见过，也没有盗过。"

罗四两听于小婷突然提起了于家的事情，眉头立刻就皱了起来。

唐易思急忙问道："你是说，你是说……你……"

于小婷道："没错，这封日文家书就是你们盗出来的情报，何家二爷的笔记上记载单义堂之事的地方，也写了'于黑'二字。"

罗四两也问："你是说，这封家书并不是普通的家书，而是真正的情报？"

于小婷点头道："没错，这封家书就是情报本身，只是全都用密码文字掩饰成了家书。想必何家二爷那边并没有相关的密码本，无法破译出来吧。"

何老爷子急忙问道："那位姓许的人是何人？"

于小婷答道："许纯阳，许老将军。"

“什么，是他？”何老爷子陡然一惊。

众人都吃惊得厉害，许老将军可是开国的老将军啊。

于小婷轻轻一叹，接着道：“我也不知道许老将军找了什么门路，反正他们破译了这封密信，还借此立了大功。”

罗四两忙问：“这封密信上究竟记载了什么？”

于小婷道：“是药品，前线最急需的药品，有大量的磺胺，还有前线急需的各种药物，足足有十车之多。”

磺胺在战争年代堪称神药，一支磺胺就可以卖出一条黄金的价格，而且还是有价无市。战场之上，造成最大伤亡的并不是战争，而是后续的治疗。很多战士受伤之后却没有药物医治，只能活活挨到死。那封情报竟然能让许老将军他们缴获十车的药物，还有大量救命的磺胺，这种功劳谁敢说不够大？

于小婷顿了顿，说：“所以，新中国成立之后，那些旧社会的黑恶势力都遭了难。老荣行就更不必说了，几大贼王世家都被收拾了，唯独于家能安然苟活下来，不是因为别的，就是因为于家有此贡献。”

全场都沉默了，被接二连三的消息冲击得脑子嗡嗡乱响。

于小婷从身上拿出一个木盒子，打开后，里面放着一封保存完好的信。她说：“这就是当年的情报原件，只要跟许老将军提交上去的资料相对照就能知道了。”

罗四两紧紧盯着她手上的那个木盒子。

单义堂众人的眼睛都挪不开了，所有人都心潮起伏得厉害。几百条人命啊，都是因为这小小的一封信；半个多世纪的屈辱啊，也都是因为这小小的一封信。可怜，可悲。

“可是，你是怎么知道这些的？”有人突然发问。

于小婷看着罗四两的眼睛，微笑着，眼睛慢慢红了起来，流露出不舍的依恋。“抱歉。”她嘴巴轻轻一张，没有声音，但罗四两看懂了。

于小婷的笑容慢慢变得惨然，惨然中还拥有一份满足，轻声说：“因为……”

罗四两看着她的笑容，悚然一惊。这一刻，他终于明白了，也明白了于小婷究竟想干什么了。他终于知道于小婷的抱歉是什么意思，也明白她脸上为什么带着惨然和满足的笑。

于家，贼王世家，曾经在江湖上也是威名赫赫。新中国成立后，于家也知道时代变了，所以一直很低调，低调到了世人都快忘记了他们的存在。而且于家一直在洗白，直到于小婷这一代，他们的身份背景已经做得很干净了，是真正的清白出身。这世上唯一知道他们身份来历的，就只有几个贼王世家的后人，可是于保国先前也用九龙堂会堵上了他们的嘴，于家彻底没有了后顾之忧。

所以，先前罗四两见于小婷突然提起了于家，还觉得意外。可是现在再看，他全都明白了。于小婷的抱歉，是在替于家说抱歉。

尽管当年于家并不知道单义堂盗出来的情报就是他们手上拿到的那个，可是卢光耀在他们家住了这么久，又都是用日文写的东西，难道于家真的一点猜测和联想都没有？还是说，他们是刻意没有往这方面想的？事情已经过了这么多年，当事人也早就去世了，于小婷不得而知，但她觉得她需要说一声抱歉。

罗四两读懂了她的抱歉，更读懂了她最后的笑。

于家已经退行了，她现在出来说这些事情，无异于惹祸上身。那些新跳上板的老荣可不会讲什么江湖规矩，一旦让那些人知道了他们的身份，就会招来无穷无尽的麻烦。毕竟，想踩着老贼王上位的新老荣一直都不少。

于小婷肯定不会让整个于家都蹚进这摊浑水，可她又想帮罗四两，所以只能……

“等等。”罗四两急忙喊道，心中更是焦急如焚。

于小婷却凄婉地摇摇头，深情地看着罗四两的眼睛，一字一句道：“于家一脉单传，到现在也只有一个后人，而那个人……”

罗四两脸色狂变，连呼吸都屏住了。

此时，突然一道声音从楼下传来：“那个后人就是我。”

"什么？"在场众人纷纷往楼下看去，只见一雄壮汉子龙行虎步般走了上来，脚下落地有声，正是于保国。

此刻的于保国，眼神阴鸷狠厉到了极点。就连方铁口也不禁皱起了眉头，轻声喃喃："藏在骨子里的狠性终于暴露出来了。"

于小婷也是心中一震。

于保国大步走上来，用阴鸷狠厉的眼神看着场上的人。凡是被他看到的人，心中都不由得发毛，有些胆小的甚至立刻低下了头。

于保国走到最前，盯上了罗四两的双眼。罗四两无惧与其对视，眼睛也微微眯了起来。于保国见用眼神压制不了对方，脸上露出了森冷的笑容，问："怎么，到这个时候，你还蒙着脸，堂堂单义堂的坐馆大爷竟是个见不得人的鼠辈吗？"

余光瞥见于小婷要说话，于保国立刻大声怒喝："住嘴。"于小婷的话硬是被堵住了。

场上不少人纷纷色变，尤其是罗家一脉的人。戏法罗一脉光辉显耀至极，他们可不想罗四两的身份暴露出来，何况蒙着脸的罗四两之前还得罪了不少人。

魔坛那边的人却好奇得厉害，都盯上了罗四两的脸，曾经败在罗四两手上的那几个人更是连眼睛都不敢眨。

"你又是何人……"苗毅军出声阻止。不等他把话说完，罗文昌却抬手拦住了他，还摇了摇头，示意他不要说话。

"怎么，不敢吗？"于保国又问了一声。

罗四两深深地看着于保国的眼睛，片刻之后，他蒙在面巾下的嘴角扯起一丝笑，然后伸手摘下了自己的帽子，露出了一小截辫子，还有辫子末梢绑着的那块小铁片。他把帽子扔到一旁，再摘下脸上的红巾，露出了一张俊秀的脸庞。

这一看，许多人都是一愣。他们惊叹于罗四两的年轻，尽管之前听声音就觉得这蒙面小子很年轻，但是没想到居然这么年轻，竟有些稚气未脱的样子。那些败在罗四两手上的人脸色顿时就不好看了，被这么年轻的半大小子打败，这也太丢脸了。

所有人都在看罗四两，等他说话。罗四两慢条斯理地整理手上的红色面巾，一边叠起，一边淡淡说道：“在下不才，乃京城单义堂第三代坐馆，快手卢卢光耀之徒……”

所有人都屏住呼吸，等他把话说完。

“亦是，”罗四两把手上面巾叠好，抬起了头，看着所有人，朗声道，“吴州第四代戏法罗，罗四两。”

全场死一样的寂静。死一样的寂静中，罗文昌却微微颔了颔首。

于保国冷峻的脸上露出了笑容，笑容慢慢扩大，眼中的狠厉之色却没有减弱半分。他冷声道：“既然如此，那我也自我介绍一下。在下于保国，津门……贼王于家唯一后人。”

“不……”于小婷急喊。

“住嘴！”于保国大声怒喝，眼神狠戾，“你叫人偷查我于家秘事，还偷拿我于家之物，这笔账我还没有跟你算，现在哪容你说话？”于小婷两眼瞬间通红，眼泪夺眶而出。

今天发生的事情太多了，多得让人脑子都反应不过来，也不知道该如何去思考和处理这些信息。

大家都知道今天是单义堂平反的日子。魔坛那边的人没想到单义堂的人真的能平反成功；单义堂的人虽说对罗四两充满信心，真当平反了，他们心中却有说不出来的感觉。让所有人都没想到的是，当年的事情居然如此复杂，曲折、意外、反转、再反转，让人无言。

那些该暴露的真相，都暴露出来了；那些不该暴露出来的身份，也都暴露出来了。罗四两的真实身份瞒不住了，于家费尽心血的退行也彻底白费了。好在，单义堂的真相终究是大白于天下了，他们总算对那些死去的、活着的人，有了一个交代。

场上一片沉默，只有于小婷低低的啜泣声不绝于耳。稍微知道一些内幕的张蓉蓉和何青怡，望向于小婷的目光也复杂得厉害。

罗四两仍在和于保国对视。他曾经和于保国打过几次交道，于保国在他的印象中，一直是一个温润谦虚的君子人物。方铁口却说，这个人骨子里面藏着的狠劲儿比谁都厉害，尽管他的脸上永远带着和煦的笑。今日，罗四两再见于保国，发现对方果然如此。许是于家的身份藏不住了，他也无须再掩藏着自己的阴狠了。

于保国死死盯着罗四两的眼睛，尔后扭头瞥了一眼哭个不停的于小婷，再回头对罗四两冷声道："单义堂的事，我于保国帮你们证明了，不为别的，就为那些铁骨铮铮的好汉。"

"多谢。"罗四两回道。

于保国抬了一下手："不忙道谢，虽说于家就剩下我一人，但我希望你们单义堂能记下今日之情。"

罗四两扭头看于小婷，眼神停住了片刻，才微微颔首，简单说了两个字："放心。"

于保国点了一下头，眼中的狠厉之色更盛了几分，说："装了这么多年的老鼠，外面的人早就忘了贼王于家，就连我自己都忘了自己曾经也是一头恶狼。走了，别忘了你的承诺。"说罢，摇了摇手，转身大步朝外走去，没有再看于小婷一眼。

于小婷哭着想追上去，却被罗四两紧紧拉住了。罗四两抬头，望着于保国雄壮的背影，仿佛看到了刀光剑影。

津门于家的柴房里，于小飞被捆得跟粽子似的，倒在地上拼命挣扎。绳子深深地勒进了他的肉里，他满是汗水的脸在地面上蹭着，嘴里还勒着绳子，一直含糊不清地喊着："放开我……放开我……"

徐小刀就站在一旁，一边抹着眼泪，一边劝道："小飞，你别闹了。师父牺牲他一个人，就是为了保全我们，你不要辜负师父的苦心啊。于家，不能再出事了。"

"爸……爸……"于小飞在地上含糊不清地叫着，眼泪把脸上的黑色污渍冲开了好几条白线。

徐小刀亦是蹲在地上，放声痛哭。

单义堂终于平反了。

所有的证据都核实过了，国家的力量也动了起来，当年单义堂一案也彻底浮出了水面，让世人都能清楚地观瞧。

单义堂真不负这“义”字，无论是江湖道义，还是国家大义，他们都做到了最好。单义堂铁骨铮铮的数百条汉子终究没有白死。罗四两他们，对那些活着的、死去的人，也终于有了一个交代。

卢光耀坟前，墓碑崭新，光可鉴人。

卢光耀去世后，一直没有埋葬，一方面是怕林家查到一些别的事情，另一方面也担心暴露了身份会给单义堂惹麻烦。所以，卢光耀的骨灰一直供在罗四两的江县老家，他也一直以此鞭策自己。所幸，这一日没有让他们等待太久。

单义堂平反后，卢光耀的坟葬到了八宝山，是国家特许的。单义堂之前那些英烈的坟，没有挪动。国家给这些英雄做了英烈证明，还在烈士陵园里面造了一块烈士碑，写下了他们的事迹和所有人的名字。那些英雄的后人，也得到烈士后人的证明，享受烈士后人的待遇。

这一日，全国各地许多人都在痛哭。死了的人固然是含冤而死，可真正承受痛苦和骂名的却是这些活着的人。

这一日，他们似乎要把藏在心中这么多年的委屈全都哭出来。

罗四两坐在卢光耀坟前，坟前放着一壶小酒，几样小菜。罗四两从不喝酒，卢光耀也极少喝。想要把手法练到完美境界，首先就要戒酒。

可是今日，罗四两却倒了酒。

他看着卢光耀墓碑上的照片，思绪万千。

快手卢家原本就是京城人，卢光耀现在得葬京城，也算是落叶归根了。他给卢光耀倒酒，一杯杯倾倒在地上，自己却很少喝，更多时候都是惆怅地望着远方。

他在回忆他和卢光耀相处的点点滴滴。在超忆症的作用下，往事如同一部写实电影，在他脑海里不断回放，他的心绪也跟着这些记忆不断变化。

只是现在，他不像从前那般崩溃无助了，只是静静地旁观，如同一个陌生观众审视着自己所有的回忆和情感。

良久，罗四两脸上露出了让人读不懂的笑。他举杯，对着卢光耀的照片沉吟道："单义堂不会绝。"说罢，喝下了他人生中的第一杯酒。

酒入喉头，强烈的辛辣味呛得罗四两咳嗽不止。他用头抵在了卢光耀的墓碑上，呛得面红耳赤，呛得青筋凸起，呛得涕泗横流。落日的余晖也只敢轻轻地盖在他的身上。

罗四两从八宝山回来后，却听闻张蓉蓉和张家人就要离开北京了。他神色微微一变，就赶紧往火车站追去。

火车站里，鬼马张和张蓉蓉在候车室里。张蓉蓉手上提着行李，虽是好端端站着，脑袋却时不时往后看。

鬼马张把这一切都看在眼里，过了半晌，他看了一眼时间，说："丫头，舍不得就不要走了。"张蓉蓉却只是摇头。

鬼马张也是一叹，说："你这又是何苦呢？"

张蓉蓉俏眉紧紧蹙着，轻声道："阿爹，你不懂。"

罗四两快步跑进火车站的时候，鬼马张远远就看见了，说："罗四两追来了，你要见他吗？"

张蓉蓉摇头，怅然道："走吧。"

鬼马张又问："想好了？"张蓉蓉点点头。

"唉，那走吧。"鬼马张也叹了一声。

终于跑进火车站的罗四两，却只看到了两个决绝的背影。

罗四两都不知道自己是怎么回去的。经历了这么多事，又看到了那几个为了他不惜一切的女孩，他才觉得，从前他把一切都想得太简单。

回到苗家之后，罗四两觉得怅然若失，一个人坐在房间里面发呆，就连空气都显得空荡荡的。

"笃笃笃。"门响。还未等罗四两回应，武清就急急地推门进来，喊道："四两，小婷不见了。"

罗四两问："去哪儿了？"

“不知道啊，上午还在的，然后就不见了，找来找去也找不见人，打她的手机也没人接。”

罗四两眉头一皱：“不好，快去请方先生过来。”

“啊？哦！”武清急忙跑出去。

少顷，方铁口过来。罗四两问：“方先生，我想知道单义堂究竟还有多少隐藏的力量和手段。”

方铁口稍稍沉吟后，说：“单义堂最精锐的力量早就死在了几十年前，沧海桑田过去，单义堂早不复当年盛况，也就当年各大家族还有传承在，其他依附的力量早都没了。”

罗四两闻言，眉头皱了起来。方铁口看了看罗四两，说：“但是，想要保下那一两个人，还是没什么难度的。”

罗四两神色一怔，却听方铁口道：“我们单义堂虽然不复当年，可是他们老荣行又能好到哪里去？都是落地的凤凰不如鸡，我们这只草鸡啄死那几只小鸡崽子还是不成问题的。”

罗四两问：“不会有什么隐患吧？”

方铁口理直气壮地说：“我们这是为民除害，不让政府颁奖就算好的了。”

罗四两想了想，确实如此，脸上终于多了一点笑容。

方铁口收了嬉笑脸色，对罗四两拱了拱手：“坐馆大爷，下令吧！我单义堂要保的人还从来没保不住过。”

第六章

宿敌终相见

八极王家

江西火车上有一个老农模样打扮的人，手里提着一袋农产品，畏畏缩缩蹲在火车角落，饿了就用黝黑的手抓个冷硬的馒头吃，渴了就喝一口装在可乐瓶子里的水，看起来跟万千出门务工的农民没什么两样。

火车开了一路，他也坐了一路。要到站的时候，他才站起来收拾了自己的东西，抱着编织袋，随着人流挤下了车。后面几个青壮男子也跟着他走了下去，就跟在他的后面。一个戴着鸭舌帽的年轻女子，远远吊在了所有人后面，也跟上了他们。

别看老农一副邋遢苍老的模样，他的手脚动作可是丝毫不慢，没几下就立刻消失在人群里面了。跟着他的那几个青壮男子顿时失去了目标，领头的拿出一个液晶屏瞧了几下，便带着人追了出去。

戴着鸭舌帽的那个年轻女子还是吊在最后面。

出了火车站，老农七拐八拐地拐进一条没人的小巷子，迅速在身上动起了手脚。他把脸上的妆容全都卸了下来，换上新装扮，然后手脚并用立刻换装，短短半分钟，一个邋遢的老农顿时变成了西装革履仪表堂堂的成功人士。

他整理了一下自己的头发，挎着黑色公文包，大步朝外面走去。还没走出两步，就发现巷子口被人堵住了，再一回头，另一头也被人堵住了，他神色顿时一变。

对方领头那人笑着说："于爷，别跑了，您甭管跑到天涯海角，我们也能把您找到，何必呢？我们佛爷是诚心邀您入伙的。您呀，就跟我们一起做买卖得了。"

这人正是于保国。

于保国脸色难看极了，他没想到这么躲都没躲掉这群人，现在新跳上板的老荣都这么厉害了吗？

"你们是怎么做到的？"于保国沉着脸问道。

领头那人外号叫青子，青子在江湖春点里面是刀的意思。如今老荣行的人也都叫他一声青叔，算是道上有名有号的家伙。

"如果我们连这点能力都没有，又怎么敢邀请曾经的贼王入伙啊？"青叔呵呵笑着，"于爷，这次可是您输了，您总是没话可说了吧。走吧，跟我们去见佛爷吧。"

消息总是经不住传的。于保国暴露身份没多久，消息就传遍了整个行当，所有新上跳板的老荣都把目光盯向了这个贼王世家的传人。

于保国其实早就料到了这一点，所以才不愿意让自己的子女暴露身份。他本想一个人负重上路的，但是他没有想到现在的老荣鼻子居然这么灵，他刚离开京城不久就被老荣行的人盯上了，也就是佛爷这帮人。于保国被带去了他们的老窝，也见识了现在老荣行的新风貌。这群人的手艺一般，身手却极好，而且个个心狠手辣，一点规矩都不讲。

佛爷这群人原本想好好压一压这个传说中的贼王传人，于保国也跟他们较量了一番。但较量过后，佛爷这个团伙竟没有一个人的手艺能比得上于保国的一只手。见于保国手艺非凡，佛爷又惊又喜，便想拉于保国入伙，想让于保国把手艺传给他们的人。可于保国怎么肯啊，他好不容易才跳出来，又怎么肯再上贼船？

佛爷一群人当然不同意，于保国一开始也没当回事，本想挟持佛爷然后脱身走的。他自忖自己身上的功夫也是极好的，一般四五个壮汉都近不了他的身。可惜，他低估了这帮人的身手，尤其是领头的佛爷。

一招，佛爷只用了一招就把于保国打趴在地上了。于保国这才明白自己掉入了狼窝。为了脱身，他只能跟佛爷打赌：他逃，佛爷的人追，只要能追到他，他就肯入伙教佛爷的人手艺。佛爷爽快地答应了。

可是，更让于保国没想到的是，这一路上他费尽了气力潜行藏匿，这群人却跟附骨之蛆似的。每当他以为甩开这些人的时候，不久之后，这群人又会出现在他的附近，让他无所遁形。最终，在这小小的巷子里面，他被这伙人给堵上了。

“走吧，于爷。”青叔又催促了一声。

于保国神色难看，没有动。

“怎么？于爷不是要反悔吧？”青叔面露不善。

于保国神色更加难看了。虽说眼前这个青叔的身手比不上佛爷，可是于保国知道，自己在他手上绝对走不过三招，更别说对方还有这么多帮手了。

今天肯定是跑不了了。正当于保国准备虚与委蛇先答应的时候，却看见巷子墙角蹿出一道黑影，直冲青叔而去，于保国面色顿变。

青叔却像没看见似的，眼睛一直盯着于保国，身子也是放松极了。

那道黑影拿着一把小刀直奔青叔喉咙。直到刀锋快触到喉咙的时候，青叔才慢慢往后一撤，看似不慌不忙的动作，却正好躲过了这险而又险的一刀。再后，青叔迅速出右手，抓住来犯之人的手臂，把对方整个人往自己身前一拉，尔后用肩一撞。对方整个人都被他撞飞了出去，直接飞到了于保国面前，在地上连滚数圈，嘴角溢出了一丝鲜血。

青叔瞥了倒在地上的人一眼，眉头一皱：“呵，还是个小丫头？”

于保国脸色煞白，来人竟然是他的女儿于小婷。

于小婷痛得几乎要昏厥过去，她倒在地上，不敢置信地看着青叔。一招，仅仅只是一招，她就被打成了这个样子，她还从来没有遇见过身手这么好的人。

于保国眼珠子都快瞪出来了，可他愣是站在原地，连动都不敢动。

“呵呵，我这可不算什么，在佛爷面前，我连一招都走不过。”青叔看看两人，似乎明白了什么。他笑了，笑得极为开心：“原来是一起的啊！请吧，二位。”

于家身份暴露之后，于保国就一个人离开了。于小婷放心不下，一个人离开京城，踏上了寻父之旅。她很快找到了于保国，也很快发现有另外一拨人在跟踪于保国，所以没有惊动他们，而是跟在了他们后面。

作为于家有史以来最有天赋的后人，于小婷乔装打扮，一路上竟然没有惊动任何人，就连于保国都不曾发现。一直到了这个小巷子，于小婷发现父亲被这帮人围住了，对方人多势众，应对起来可能有些麻烦，所以她打算挟持对方领头的人。

可惜，理想是美好的，现实总是残酷的。她哪里想到对方的身手居然这般厉害，她连一招都挡不住。

殊不知，现在于保国才是最气愤和懊悔的那个。他做这一切就是为了不牵扯到子女，可是他的女儿还是不听劝告。原本他打算先虚与委蛇答应对方，再趁机逃跑，现在于小婷突然跑来了，他投鼠忌器，连跑都不方便了。如今，对方已经看穿了他们之间有紧密关系，想到这里，于保国头都大了。

青叔看着两人，嘲讽似的冷笑两声，然后说：“兄弟们，都别愣着了，带两位回巢吧，佛爷还等着呢。”

于保国眉头紧锁，叹了一声，去搀扶倒在地上的于小婷。

“对不起……”于小婷轻声道歉。于保国却摇摇头，什么都没说。

青叔笑意更浓。就在此时，电话突然响了。他拿起电话一看，发现是佛爷打来的，接起来笑着说：“佛爷，人我已经拿下了，正准备带回来呢，您甭着急。”

电话那头却传来断断续续的声音，虚弱得很：“阿……阿青……放了……放了他。”

“什么？”青叔眉头一皱，“放了？为什么放？佛爷您怎么了？”

这话一出，于保国父女和那几个手下全都愣住了，都看向了青叔。

电话那头的声音颤抖着，像是在忍受什么巨大的痛苦：“老巢被硬茬子端了，放了他，我们惹不起……”

青叔悚然一惊：“什么？连您也不是人家的对手？”

佛爷老巢那边现在一片狼藉，一群人倒在地上痛苦地呻吟，另外一群过江猛龙皆站着，冷冷地看着倒在地上的人。这些人个个精壮无比，太阳穴高高凸起，没一个是好惹的角色。

佛爷此时正鼻青脸肿地抓着电话，这个叱咤老荣行的大鳄竟然被人像抓死狗一样抓在手上，提在半空中，脚都不能落地。

做到这一切的人，竟然是一个须发皆白的老者。这老者虎目怒张，一身气息鼓荡，肆意张扬，抓起佛爷这个成年壮汉就跟抓个小鸡崽子似的，完全不费力。

老者把佛爷提到自己面前，伸手夺下他手上的电话，高声喝道：“赶紧给我放人，不然你们老窝的人别想给我活着出去。”

“你到底把佛爷怎么了？”青叔有些气急败坏地喊道。

老者斜眼看着自己手上鼻青脸肿的人，不屑道：“什么狗屁佛爷，连老夫一拳都挡不住，起这么大的名号也不怕把自己克死。”

青叔的手机听筒声音挺大，这一下大家伙儿都听见了，不由得面面相觑。佛爷在他们看来就是战神啊，怎么这么轻松就被人打败了？

于小婷和于保国也听得浑身一震。于保国在佛爷面前连一招都走不过啊，于小婷连青叔的一招都挡不住，可是那人却一拳就把佛爷给打倒了。这人到底有多强啊？这么强的人怎么会想着要救他们？

“你到底是什么人，敢不敢报上名号？”青叔疾呼，神色狰狞。

老者冷笑两声，霸气凛然道：“老夫行不更名坐不改姓，沧州八极王荣耀是也。”说罢，直接把佛爷甩飞出去，擦了擦自己的双手。

听着电话中隐隐传来的声音，于小婷和于保国对视一眼，心中都有些惴惴。

青叔手下都在等他的吩咐，他们心里也有些慌乱，不知道该如何做。青叔脸上神色明暗不定，然后迅速浮现上阴狠，两眼盯着于保国父女，冷声道："把他们给我绑回去，我要拿他们救佛爷。"

于小婷和于保国同时色变。

青叔手下正要上前抓这对父女。就在此时，巷子另一头钻出来一人，直奔这群人而来。那人一言不发，见人就打，青叔的手下完全不是对手，纷纷败在他手下。

青叔见势不妙，赶紧冲上前去。两人交上了手。都是功夫精深之人，且全都是势大力沉之辈，打斗数下，见一时难分胜负，两人便迅速退了出来。那人顺势挡在了于保国父女身前。

青叔紧盯着来人，恶狠狠地问道："你又是何人？"

来人朗声说道："沧州八极门，王荣耀弟子，范征是也。"

青叔脸色陡然阴沉，又是沧州八极门。

于保国和于小婷则是脸烧得厉害。当初于小飞那个浑蛋还差点把八极王家给搬空了，现在救他们的却是王家人，真是令人尴尬。

范征扭头看于小婷，见她受伤了，眉头一皱，问："你没事吧？"

于小婷摇摇头："我没事，可是你们怎么会……"

范征道："我八极门王家奉单义堂坐馆大爷令，前来保护二位。"

青叔听得一头雾水，单义堂又是什么？

于小婷一听却两眼通红，泪水在眼眶里聚集。于保国看看自己女儿这模样，满心的腻歪，也不知道要说什么好。

青叔的神色慢慢变得狰狞了起来。他们这个团伙在如今的老荣行也是鼎鼎有名的，所以野心也一点都不少。他们想方设法拉于保国入伙，就是为了做大做强，原本以为是手到擒来的事情，没想到现在多了这么多波澜，连他们的老巢都被人端了。

青叔是很明白他们这帮人的能力的，他们精巧的手艺没多少，手上粗犷的功夫还是挺厉害的。他们在老荣行的地位是打出来的，不是靠手艺挣来的。现在这伙过江龙居然这般厉害，直接把他们都给灭了，到底是什么样的狠角色啊？

青叔细细思索，愣是没怎么听说过这帮人。同时，他心中也骂翻了街。于保国有这么硬的靠山，干吗不早说？这不是坑人吗？

“青叔，我们怎么办？”

青叔面色忽明忽暗，眼睛眯成了一条缝，透出危险的气息。他瞧了瞧范征身后，见没有旁人，眼中凶光更盛了几分，冷声道：“你以为就你一个人能拦得住我们这么多人吗？”

“嘿，这是看不见人还是怎么着，你那对眼珠子要是不用，那就捐了吧。”一道声音突然响了起来。

尘埃落定

于保国父女二人后面凭空出现两人，一老一少，老的样貌沉稳，少的轻佻浮夸。且不说这两人的样貌如何了，单说他们能凭空出现，就够把人吓得一哆嗦了。

青叔那帮人你看我，我看你，谁都不知道这爷儿俩是怎么出来的。

于小婷诧异地回头看去，发现来人是唐易思和唐家老爷子。

唐易思现在的穿着骚包得厉害，一身白色褂子，脚下还蹬着一双千层底的布鞋，手上抓着一把朴实无华的折扇，很有一副仙风道骨的样子。怎么说呢，他这打扮跟外面招摇撞骗的大师有的一拼。

唐易思走在前，唐老爷子跟在后面。这一老一少往前走了两步，青叔那边的人就下意识往后退了稍许。这些人心中惴惴，很是慎重，甚至隐隐有些畏惧地看着这两人，就连青叔都不例外。

唐易思看着眼前几人，又回头看了一眼范征，脸上露出不屑的表情，讥讽道：“不过是学了一些粗浅招式的凡夫俗子罢了，就在这里好勇斗狠，也不嫌丢人。”

青叔紧皱眉头不敢说话。范征则是脸颊狠狠地抽搐了几下。

唐易思对范征道：“你且歇着吧，也不用你这种凡俗之人出手了，我嫌丢人。剑奴，请剑。”最后一句话是对唐老爷子说的。

这句话出来之后，周边的空气都冷了几分。唐易思缩了缩脖子，也不敢再嘚瑟了，便打开折扇，摆了一个极为浮夸的动作，嘴里大叫一声：“请仙剑，咄。”话音落下，身上同时飞出六道流光，悬浮在空中。细细一看，竟然是六把飞剑。

青叔几人同时色变，其他人也表情各异，惊诧莫名。

唐易思骚包地甩了一下自己的折扇，大叫道：“摆剑阵，一剑西来。”悬浮在空中的六把折扇同时排成一行，剑头齐齐对着青叔那帮人，把青叔吓得浑身一颤。

唐易思再摇折扇，叫道：“大剑阵，万剑归宗。”六把飞剑在空中不停穿梭，之后竟发出轰隆之声，仿佛真有毁天灭地的威力。

“我的妈呀，剑仙啊。”也不知道是谁惨叫一声，青叔那伙人立刻溃逃而走，就连青叔都吓得狂奔起来。

这年头，外面那些靠嘴皮子的家伙，都能混成门徒数十万的神仙大师。像唐易思这样的，还不是真神仙啊？短短不过一瞬，对方几人跑得的一个都不见了。

唐易思还意犹未尽地咂摸着嘴：“剑仙？这个名号不错，以后我就叫剑仙了……”还不等唐易思琢磨过瘾，他就挨了一脚踹，差点没摔倒在地上。他扭头看去，发现是自己老爹，顿时成了苦瓜脸。

“叫谁剑奴？”唐老爷子又是一脚踹过去。

唐易思都快哭了：“我这不是剧情需要吗？”

“叫谁剑奴？”唐老爷子又是一脚。

唐易思这回是真哭了：“老头儿，你讲理不讲？”

“叫谁剑奴？”唐老爷子又是一脚。

“哇……”唐易思再一次鬼哭狼嚎。

看到这一幕，范征和于保国感觉传说中的剑仙形象幻灭了。

半晌之后，唐老爷子和瘸着腿的唐易思走到了于保国父女面前。唐老爷子抱了抱拳，于保国不敢怠慢，也赶紧抱拳行礼。

唐老爷子道：“我奉单义堂坐馆大爷令，前来护送二位。”

于保国和范征同时一愣，单义堂还能请得动剑仙？

“我……嗯……好……谢谢……”于保国连话都说不利索了。

唐老爷子接着道：“于家的顾虑我们也清楚，请二位不必担忧，继续上路前行即可。二位不必再隐瞒身份，更不要怕老荣寻上门来，因为我单义堂这一次就是要掂一掂老荣行的斤两。”

唐易思也在旁边大声帮腔道：“对，没必要害怕，我们这次就是要铲了整个老荣行。”

砰！唐老爷子又是一脚踹过去，把唐易思踹出去老远。

于保国也蒙了。困扰他们这么久，让他们于家像乌龟那样缩着脑袋活了几十年的问题，就这样被解决了？那他还搞什么九龙堂会？还在京城搞什么壮怀激烈？于保国又一次不知道说什么好了。

唐老爷子道：“你不必有什么顾虑，这一次行动是有警方参与的。现在全国掀起了扫黑除恶活动，我们的行动不会有半点后患。”

这都警民合作了，还能有什么后患啊？于保国不知道说什么好了，只能忙不迭地点头。

“你真的想好了？”

“想好了，我们单义堂本就都是些闲云野鹤，从前就是如此，现在更是如此，我们受不了体制内的边边框框，就不过去讨人嫌了。”方铁口拒绝了邀请。

“不再考虑了？”罗文昌再次问道。

方铁口还是摇了摇头。

罗文昌叹一声，劝道：“这是个难得的好机会啊，像这样的机会可不多见，上一次可还是在新中国成立的时候呢。”

方铁口悠悠道：“权势地位于我们如浮云，我们从来都不看重这些。单义堂从成立那天开始，就是为了给江湖艺人们撑起一片可以自由卖艺的天地。现在环境好了，艺人们都成了人民艺术家，我们也不必蹚浑水了。何况，这本就非我们所愿。”

罗文昌顿时哑口无言。

单义堂平反之后，国家也觉得对这些人亏欠甚多，就打算让他们进入体制内，担任一些职务，也推荐他们入杂技家协会。只要单义堂点头，名誉、地位、名声、权力可就都来了，方铁口却一口回绝了。这让罗文昌都有些不知道该怎么劝了。原本他就是来打探口风的，现在他都不知道该怎么回复上面了。

罗文昌顿了一顿，又问：“那你们接下来有什么打算？”

方铁口道：“还没想好，藏了这么多年了，做什么事情都要考虑各种后果，这样的日子真的很累。可是过惯了这样的日子，现在突然可以正大光明、昂首挺胸地在阳光下行走了，反而有些不习惯。单义堂本就是帮助江湖艺人而成立的，现在艺人不需要我们的帮助，单义堂怕是也没有存在的必要了。”

“什么？”罗文昌心中一惊，忙问道，“你打算解散单义堂？”

方铁口摇头笑笑：“解不解散单义堂，不是我说了算的，但是单义堂再也不会是从前的单义堂了。我们也许会变成一个艺人班子吧，大家聚在一起在园子茶馆里面卖卖艺也挺好的，无拘无束。至于我，我还会继续游历江湖，去见识更多的人、更多的事、更多的精彩。方家《玄关》还有许多不足之处，需要我去补足。方家最擅长明辨人心，可世上最难辨的正是人心。”

罗文昌叹了一声：“既然你们都做了决定了，那我也就不多劝了。不过我总觉得可惜了些。”

方铁口道：“没什么好可惜的，单义堂的义是江湖道义，更是国家大义。我们虽闲散民间，只要国家需要我们，无须招呼，我们自会再站出来，一如数十年前那样。有没有编制、职务，根本没有任何干系，我们从来也都不需要这些。”

"好……好……"罗文昌重重道了几声好。方铁口听了，也只是微微一笑。

单义堂拒绝了国家的各种奖励，正如他们说的那样，他们志不在此。魔坛那些恋权之人的担忧也就此扫平，国内魔坛终于恢复了平静。

于家也恢复了平静。

如今的老荣行已经没有当初的江湖规矩，日渐猖獗，乱象丛生，最终被整体犁了一遍。于家也就此安然无恙，日后，恐怕也没有哪个不开眼的老荣敢寻上门来吧。

于家是恢复平静了，于小婷却待在了津门家中。她办理了休学手续，不肯再去京城求学了。

再说何家。何君安的升迁之路终究受到了一些影响，恐怕要再缓上两年了。何青怡在何家承受的压力更大了，所以选择了出国留学。她终究也没有跟罗四两打上一声招呼，就这样走了。

一时间，罗四两觉得心里空落落的，四顾茫然。他回到了京大校园，安心求学。他的身份终究是没有暴露，别人也不知道在他们身边的普通同学竟然还有那么大的来历。

学校的魔术社里，莫鼎丰已经毕业了。他是真的喜欢魔术，所以考进了杂技团，跟他表哥徐彬在一起。他也经常打听那个神秘的蒙面快手卢的消息，可所有人都是三缄其口，不肯对他说。

莫鼎丰也经常会回学校看看，还经常跟魔术社的成员吹嘘他自己瞎编的关于蒙面快手卢的传说，大家也只是摇头笑笑而已。

学校里面，唐易思当了魔术社的社长，经常在刘明和罗四两面前摆社长的威风。快手刘后人刘明，因为见识到了罗四两那达到完美境界的手法，正在苦练自己的技艺，以期有一日能打败罗四两。至于罗四两，他时常会坐在校园湖畔的长凳上，望湖沉思。

平静的日子平静地过着，单义堂已经名存实亡，只有一个名号维系着大家的感情，罗四两这个名义上的坐馆大爷，也不会管他们，大家爱干什么就干什么吧。

唐家已经复出，在江南之地开了一个老式茶馆，他们自家的艺人就在茶馆里面表演唐家的丝法门戏法。

罗文昌回到了江县，还在科班教授学徒。罗家科班的第一届学徒已经毕业了，现在都在魔坛上闪耀着属于自己的光芒。

方铁口选择了浪迹江湖，以完善《玄关》的看人法门。罗四两知道，方铁口心中一直都有一个症结，如果当初方铁口的父亲能看出来红叶先生是假身份，单义堂或许就不会有此劫难。所以，他拖着年迈之躯再入江湖，只为了却心中憾事。

其实很多时候，罗四两都在想，当初方铁口的父亲是真的没看出来，还是看出来了但甘愿效命甚至赴死？当年的事，过去太久了，当事人也都不在了，许多真相揭露不出来，只能靠人心自己走出来，可最难走出来的却是人心。

至于罗四两，他彻底放下了所有负担，在学校里面平静地过着平凡的日子。这些平凡生活的点点滴滴，也在洗涤他内心的戾气，让他整个人都升华了一般，只是他还会时常想起那些难忘的人和难忘的事。

罗文昌也没有要求罗四两赶紧从事戏法事业，他知道自己孙子心里还有疙瘩，还没有完全走出来。反正自己孙子现在比他还要厉害，他也就不着急了。戏法罗后继有人了，他还怕什么？

曾经跟罗四两较量过的那些青年魔术演员也渐渐登上了主流舞台，比如徐彬、吴辉，比如戏法队的钱升、周询，比如他们的老社长莫鼎丰，还有他的师姐武清。

近段时间，莫鼎丰也没来学校找他们玩了，因为他们出去参加比赛了，世界魔术大赛。

这项比赛每三年举办一次，主办方是国际魔术师联盟，每次的举办地点会在全世界范围内选择一个城市。这个比赛也从来不对公众开放，只对魔术行业的人开放。所以，这个比赛堪称世界上规格最高的魔术比赛，是世界魔坛的一场盛宴。稍微有些实力的魔术团队都会想方设法地参加比赛，全世界有好几十个国家参加，中国自然也不会例外。

比赛会评出各类魔术的获奖名单，还有世界魔术师的排名。这里面牵扯的不仅是名声和荣耀，更牵扯到了庞大的经济利益，因为背后有许多魔术道具商和演出商的参与，也有着庞大的资本运作。

中国的魔术师之前也曾经参加过这个比赛，在世界魔术师排名里面拿到过的最好的名次是第二名，这个人就是罗四两的父亲。不过，这是许多年前的事情了。

罗四两对这个比赛并没有多上心，他现在只专心学习，洗涤自身。平静的生活继续着，一直到……中国魔术代表团铩羽而归。

风波再起

莫鼎丰再一次回到了学校，找到了他们这些伙伴，话也没说几句，只顾着狂喝闷酒，很快就醉了。

喝醉了的莫鼎丰通红着眼睛，端着酒杯，含糊不清地大声喊着："来，喝！不醉不休，喝……"其他几人都有些尴尬地举着杯子。

"惨啊……太惨了……"莫鼎丰擦着眼泪，一个大老爷们儿居然哭得停不下来，"这才几年啊，为什么他们都变得这么厉害？我们几乎全军覆没啊……不说我哥他们了，就连范老师他们都输得一败涂地。他们……他们都嘲笑我们，整个国家拿不出一个像样的魔术演员……"

桌上几人都沉默了。他们也知道这一次的比赛结果了。这一次中国代表队输得很惨，那么多项目，只有武清一个人凭借罗家落活儿拿下了一般魔术类型的三等奖，算是不至于颜面彻底扫地。

可……中国毕竟是有十几亿人口的大国啊。

武清前不久才练成了罗家落活儿的招牌绝学"卧单回托"，凭借这个才拿了一个三等奖回来。当然了，她也是才学会不久，手艺生得很，在世界魔术师的排名都在百名开外了。这个成绩对于自视甚高的中国魔术界来说，真的不够。

所以，莫鼎丰此刻才会如此悲痛。他醉得脑子都不清醒了，只是还在一边哭一边笑："我受不了，我受不了他们的嘲笑……他们凭什么嘲笑我们？可……可我们又凭什么不被嘲笑……哈哈哈……"

"刘明！"莫鼎丰大声吼了一句，红着眼睛看着刘明，粗声粗气道，"你该跟我们去的，你应该去的，只要你去，你肯定能在手法魔术里面拿奖的，你可以的，你一定可以的。"

刘明没有回应莫鼎丰，反倒是把目光投向了罗四两。罗四两视若无睹，开始沉默。

莫鼎丰又大声叫，口水都喷出来了："老唐，唐易思，你也可以的。只要你去，你肯定可以在创意魔术里面拿奖的。"

唐易思皱眉，低下了头，然后又抬起头，也把目光投向了罗四两。罗四两还是没有说话。

莫鼎丰擦着眼泪鼻涕，不服输地大声吼着："你们凭什么看不起我们？我们不是没有高手，我们有……他们只是没有去比赛。"吼着吼着，莫鼎丰的声音多了几分颤抖："可你们为什么不去啊……"

一时间，几人都沉默了，只剩下莫鼎丰如疯如狂。许久之后，几人好不容易把醉酒的莫鼎丰送回家中，再看时间，已经是深夜了。

唐易思擦了擦手掌，对罗四两道："四两……"

"早点休息。"罗四两却打断了他的话，转身走了。

看着罗四两离开的背影，唐易思微微皱眉。

刘明神情也有些错愕，问唐易思："你们是怎么打算的啊？"

唐易思烦躁地挥挥手："别问我，我不知道。"说完也走了。

刘明赶紧大声追问："这事儿你们单义堂不管了啊？"

唐易思头也不回地吼了一句："我又做不了主。"

刘明皱眉嘀咕："你们单义堂要是都不搞，单我们怎么搞得起来啊。这彩门江湖若有十分，那在岸上的只占三分而已啊。单义堂不搞，那就只能靠戏法罗……可是……靠……"

与此同时，一番争吵也发生在魔坛内部。

这一次中国魔术代表团的失利，确实丢人，他们这些人回来也受到了上级领导的批评。但更让他们难堪的是，这次比赛上有一个外国小子一直对他们冷嘲热讽，笑他们无能，笑中国魔术无能。他们这群人心中再愤怒，却也只能怒目而视，因为人家实力的确强得可怕。

这个外国小子今年拿下了三个一等奖，极其擅长手法魔术和近景魔术，在世界上排名第二。他叫安迪斯，一个红毛年轻小子，年纪肯定不会超过三十。真的很难想象，这么一个年轻人会有如此可怕的实力。

“怎么办？你们说怎么办？”杂技家协会主管魔术的副会长敲着桌子喝问。

场内坐了不少人，都是顶尖的魔术高手，既有老一辈已经退休的魔术前辈，也有新生代的优秀魔术演员，武清就在其内。原本武清是没资格来这里的，只是这次就她一个人拿了奖，保住了他们最后一点颜面。

副会长怒气未消。他很想骂人，又没办法直接骂出口，毕竟台下坐着的都是有头有脸的人物，他只是名义上的领导。缓了一缓，副会长吐出一口气来，稍微平复一下心情，语重心长道：“同志们，这次不是我要为难你们，而是上面领导非常关注。不说你们了，我都被骂了好几次。我们多少年没有受过这等耻辱了？这简直是国耻啊。我告诉你们，我杨某人忍不了，我们偌大的一个国家也忍不了。你们必须给我想出办法，不然明年杂协对你们的资助，也要重新再考虑考虑了。”

这话一出，全场哗然。副会长看着哗然的现场，点了点头，说：“这不是我瞎说啊，你们不把场子给我找回来，谁都别想好过。”

场上人脸色更难看了。

副会长拍着桌子大声怒吼道：“难道我们这么一个泱泱大国，连一个像样的魔术师都找不出来吗？”

“也不是没有人。”一道声音在安静的场下突兀地响起。

“谁？”副会长眉毛立刻立起来了，寻声找人，“是谁在说话？”

武清犹豫了片刻，站了起来。副会长看着她，点了点头：“我知道你，这一次唯一获奖的女中英杰武清。不错，你刚刚要说的人是谁？”

场上人见武清站了起来，神色均复杂了起来。

武清用力咬了一下唇，眉头越蹙越紧，眼睛的精光却是越来越盛。终于，她下定了决心，朗声道出那三个字：“戏法罗。”

“四两，你真的不打算出手啊？”

京大魔术社的活动室里，唐易思再次发问。他也不知道自己这话问了多少次，但罗四两只是在翻阅专业书籍，根本把他的话当成耳边风。

刘明在一旁沉着脸站着，要不是他们没罗四两不行，他早就冲上去抽罗四两几个耳光，然后自己带队出征了。

唐易思无奈地摇摇头，对着刘明苦笑一下。此刻，门突然被撞了开来，莫鼎丰闯了进来。他盯着罗四两，两只眼睛瞬间就红了。

“老天爷啊，你瞒得我好苦啊。”莫鼎丰冲过去抱着罗四两就鬼哭狼嚎，这阵势把旁边两人都吓了一跳。

自从武清主动提了罗四两，罗四两的身份就瞒不住了，莫鼎丰也知道了。

“太好了，我们可有救了。四两，不对，亲哥啊，你一定要帮我们找回场子！你都不知道安迪斯那个浑蛋有多过分，你可得好好教训他啊，亲哥啊，大爷啊……”

罗四两却只是冷淡地看着他，道：“这事跟我有什么关系？”

莫鼎丰的表情凝固在脸上，看着罗四两：“什么叫跟你有什么关系？这事跟我们所有魔术师都有关系，这是我们全行业的耻辱啊！”

罗四两依旧神情冷淡：“那又如何？”

莫鼎丰从地上爬起来，不敢置信地看着罗四两，问：“你怎么可以这样说？你可是戏法罗，你可是我们所有人的希望啊。国家需要你的时候，你怎么可以当作看不见？”

“呵呵，没兴趣。”罗四两嘴角抽了几下。

“你……浑蛋……”莫鼎丰怒从心头起，握起拳头就朝着罗四两脸上砸去。

罗四两抬手挡开，迅速反折他的关节，控制住对方。他凑近莫鼎丰，心中的火也冒了起来，冷声道："别跟我说需不需要，这世界少了谁都一样转。我从小就是一个没有责任感的人，等我好不容易捡回了责任感，你们却说所谓的为国效命就是被人玩弄在手掌之中，丢了几百条性命，还让后人和自己受辱半个多世纪。所以，别跟我提为国效命，我听腻了，滚蛋。"

莫鼎丰被吼得愣住了，罗四两一把推开他，转身就要出门。

唐易思急声喊道："四两，不是这样的，四两，我……"话未说完，罗四两已经摔门而出，唐易思的话也被堵在了喉咙里。

罗四两出了门之后，心情烦躁得厉害，就在校园里面来回走着。京大校园跟皇家园林似的，非常幽静和庄严，罗四两没多久就找了一个没人的地方坐了下来，用双手搓着脸，慢慢恢复自己的情绪。

"四两。"有声音在身后响起。罗四两回头看去，是罗文昌、高管夫、陶连环和苗毅军。

"爷爷？"罗四两微微一愣之后，皱眉道，"你们也是来劝我的？"

高管夫摇了摇头，指了指罗四两脑后："我是来讲讲你脑袋后面小辫子上绑的那枚小铁片的故事的。"

罗四两下意识地摸到了脑袋后面那枚小铁片，神色不由得一怔，看向了他爷爷。这块小铁片就是他爷爷给他的，说是他父母的遗物。

高管夫点了点头，说："你这枚小铁片也跟世界魔术大赛有关系。"罗四两皱起了眉。

高管夫又问："你知道你爸当年也参加过世界魔术大赛的吧？"

罗四两点点头："我知道，他在世界上的排名是第二名。"

高管夫颔首道："没错，他是拿了第二，可是等他拿了第二之后，他就带着我们这帮人砸了第一名的场子，挑了那个人的旗，摔了那个人的奖杯。你头上这枚小铁片就是那个奖杯的碎片。这上面半个F字母原本应该是FISM。"

“啊？”罗四两都听得呆了，他老爹当年这么暴躁的啊？可是罗四两迅速又把眉毛皱起来了，问：“是不是当初的比赛有问题？”

高管夫点头：“那是当然，不然排名第一的也不会被排名第二的打得这么惨了。不过我想说的并不是这个……”

罗四两眉头皱得更深了。

高管夫神色也沉重了几分，说：“你爸当年的举动可以说是打了整个世界魔术联盟的脸，不知道有多少人对他恨之入骨。他回国的第二年，又接到了邀请，参加一场世界地下魔术比赛，而这一次……他就没能再回来……”

罗四两的脸迅速紧绷起来，死死盯着高管夫的眼睛，沉声问：“你这话是什么意思？难道当年的事情不是个意外？”

高管夫微微摇头：“不知道，我们查了很多年也没什么线索，但是我不相信这是一场意外。”他回看罗四两，眼中精光迸发，高声道：“我绝不相信这是意外，我们经历过多少大风大浪，经历过多少艰难险阻。那么多大风大浪都过来了，会在这个小阴沟里翻船？巨轮就算入了小阴沟，也不会搁浅，只会把小阴沟彻底推平。青空凌云是你父亲最骄傲的作品，他不可能失误，这套戏法也绝不会出意外。”罗四两眼睛微微眯了起来。

高管夫闭起了眼睛，深呼吸几口才把心绪抚平，说：“我们寻找了这么多年，一直没有什么结果，很惭愧。可你不一样，你接受了方家《玄关》的传承，能看到许多我们看不到的东西，也许你能揭开当年的真相。”罗四两还是皱眉不答。

高管夫高声喊道：“你难道不想给你父亲查明真相吗？你难道不想给他报仇吗？四两，你躲是躲不了的，这次欺辱中国队的安迪斯，就是你父亲当年打上门去的那个倒霉的世界第一的儿子，魔术团那帮人是因为你才受此大辱的。他的目标就是你，你躲不了的。”

罗四两抬头回看高管夫。

此刻，刘明和唐易思气喘吁吁地跑了过来。唐易思喘着粗气道：

“我可算找到你了，四两，有你电话。”

罗四两皱眉接过电话，只听得电话那头传来一道愤怒的声音：“坐馆大爷吗？我乃唐丰年，听闻外国佬胆敢欺辱嘲讽我中国戏法，这是以为我中国没人了吗？他以为这还是旧社会时期的中国吗？旧社会我们都没怕过，更何况现在？所以，我单义堂彩门唐家请战！”

罗四两神色一怔，又听见电话那头传来另外一道声音：“我，单义堂彩门高家请战！”

“我，单义堂彩门马家请战！”

“我，单义堂彩门宣脉请战！”

“我，单义堂彩门鬼马张请战！”

……

一道道高亢的声音响起，罗四两怔住了。唐易思在一旁安静地看着，等电话里面声音都弱下去了，才道：“四两，前面你出去得急，我有句话没来得及跟你说。我们是受了很多罪，也受了很多委屈，我们是很生气、很愤怒，也怨恨那些对我们不公的人。但这并不代表我们在国家受辱的时候可以冷眼旁观，甚至幸灾乐祸。

“如果今天受辱的只是那帮站在岸上的魔术师，我们肯定不会出手，甚至还会鼓掌叫好，毕竟几十年前他们不愿意站出来，今天也别指望我们站出来帮他们。可他们代表的是国家，受辱挨骂的是我们中国戏法，这一点，我们忍不了。我们决不能让人瞧轻了中国戏法，更不能让人瞧不起中国。”

罗四两深深地看着唐易思，说：“我真没想到，你这么不着调的一个人居然能说出这么正经的话。”

唐易思吐了一口气出来，认真道：“浮夸只是我的表象罢了，四两，你不用替我们感到不公，我们有自己的选择。在爱国这件事情上，就跟你爷爷打你一样，从来都没有什么道理好讲的。”

罗四两回道：“我爷爷从不打我。”

唐易思被噎得够呛：“你这么聊天就没意思了。”

旁边几人都被逗笑了，僵持的气氛终于缓和了一些。

罗文昌冷着脸，也没好气地催促了一声："到底怎么样，给句话。你要是不肯去，就把罗家卧单还我。我戏法罗家族传承中国戏法上百年，我年纪虽然大了，可廉颇老矣，尚能肉十斤、饭十斗。"

罗四两苦笑了一下，神色慢慢变得凝重起来。他看了看爷爷，又看了看唐易思，最后摸向后脑勺，拿着那枚小铁片轻轻摩挲。他盯着手上的小铁片，慢吞吞道："看来，很多事都需要有一个说法……"

旁边几人都是精神振奋。

"四两，师父，杂技团打电话来了，说是安迪斯发了一个侮辱戏法罗的片子过来。"接完电话过来的苗毅军如此说道。

高管夫对罗四两道："果然是冲着你来的。"

罗四两眯起了眼睛，眼中冷光闪烁。

几人没有多停留，直接去了杂技团那边。杂技团那边全国的魔术高手都没走，大家还聚在会议室里面观看那个嚣张的小子发来的挑衅视频，杂协的副会长也在现场。

罗四两一行人赶到之后，直接冲到了现场。罗四两站在最前面，终于看到了那个传说中很强的安迪斯。这人样貌年轻帅气，有着一个很大的鹰钩鼻，一头红发也非常显眼。

视频里面的他显得非常浮夸，面部表情很丰富。他摆了摆镜头之后，脸上露出灿烂的笑，用流利的英语说道："你们好呀，中国的魔术学徒们。"这话一出，全场人都黑了脸，有些听不懂外语的，听到旁边人的翻译后也黑了脸。

安迪斯继续道："我是伟大的魔术师安迪斯，今天给你们录这段视频除了跟你们这些魔术学徒打个招呼之外，我还想寻找一个魔术家族，一个在中国唯一可以不被称作魔术学徒的家族，他们是罗家。

"十几年前，他曾经在世界上闯出了很大的名号。哦，就跟现在的我一样，可惜，等我成名之后，他已经死了。作为一个魔术师，居然会死在自己成名的魔术上，这不得不说是一种耻辱。不过无所谓了，我还不至于跟一个死人计较。听说这个魔术家族还有传人存在，我很想见识见识当年那个魔术，那个会把人摔死的魔术，哈哈哈……”安迪斯笑得上气不接下气。

罗四两眼中的冷光越来越盛。

视频里面安迪斯又搬过来一张桌子，在桌子上面立了三根长短不一的小木棍子。他拿出一块小布包住手指，在几根木棍子上跳来跳去，嘴里还发出怪声，眼睛却一直盯着摄像头，目露嘲讽和挑衅。

最后，安迪斯扯掉小布片，两根手指从最高的那个木棍子上掉下来，摔在了桌面上。“啊……好痛……啊……罗家魔术师就这样摔死了……”他夸张地笑了几下之后，慢慢收敛起了脸上的笑容，死死盯着摄像头，深邃的眼神仿佛跨越了千里，从屏幕里面蹦出来直接钻到了罗四两的眼眶里面。他一字一句道：“如果让你重来一次，罗家人，你们还有勇气站上去吗？”

所有人都在看罗四两。罗四两不答，只是并出双指，指向了副会长面前的一杯茶水。剑指如刀，朝前一挥，那杯茶水竟然凌空飞了起来，直接把电脑屏幕撞了个稀碎，安迪斯那张可憎的脸庞也彻底不见了。

全场人都被吓了一跳，现场顿时鸦雀无声。

唐易思也看得咋舌不已。丝法门的戏法，罗四两是跟着他们唐家学的，现在却已经玩得比他们唐家人还厉害了。人比人真的气死人啊。

罗四两面无表情，看着残破的屏幕，似乎是在自语，也似乎是在远隔重洋地回答：“该给我的交代，我会去一一讨回，罗家人从来不缺站上高台的勇气。”

“唐易思。”罗四两喊了一声。

“在。”唐易思大声回应。

罗四两道：“传我单义堂坐馆大爷令，召单义堂彩门各大家族入京。”

唐易思眸子都在闪着光，兴奋地问道：“所为何事？”

罗四两冷声道：“出国，对战国外魔术界。”

魔术大赛

世界上规格最高的魔术大赛有两个。一个是被行内人所熟知的，由世界魔术联盟所组织的比赛，也是国内魔术队折戟沉沙的这个。这比赛不对外公开，但是程序是非常正规的，和一般的魔术比赛没有太大区别。除此之外，还有另外一个不为大众所熟知的比赛，甚至许多行内人都不甚明了，因为这是地下的魔术大赛。

魔术这个行业是属于半文半武的，明面上的魔术大赛是偏文斗的，大家展示出自己的魔术节目，由评委进行评分，分出胜负，很文明。地下的魔术大赛就野蛮了许多，没有裁判，没有规则，实力才是唯一的通行证。所以世界魔术圈里一直有一种说法，只有从地下魔术大赛闯出来的魔术师，才是真正意义上的魔术师。

罗家班当年震惊世界的名号就是在地下魔术圈里面打出来的，这才是真正的实力，也是被魔术师认可的。罗四两父亲当年出事，也是在这地下魔术比赛中。

罗四两这次要去征战的也是地下魔术圈。地面上的比赛已经结束了，下一届还要再等三年，罗四两可没那么多耐心。

更何况，魔术界一直都有一种说法，地面上的世界魔术大赛只是给地下魔术比赛做的预热罢了。只要能征服地下魔术大赛，那不管是里子还是面子，罗四两都能彻底找回来。还有就是自己父亲当年的死，到底是意外还是阴谋，罗四两这次一定要查清楚。

高管夫曾说倘若天下彩门有十分，那么露在岸上的只有三分而已。罗四两作为单义堂的坐馆大爷，又是第四代戏法罗，无论是岸上还是水下，都占了个遍，能汇聚的力量足有九分。换句话说，这次在海外折戟沉沙的队伍不过是占了天下彩门的十分之一力量罢了，根本作不得数。

这次罗四两出征就是要让世界魔术界知道何谓中国彩门。只是稍稍让他有些遗憾的是，鬼马张家族来的人是张志峰。张蓉蓉没出湘西，也没有加入罗四两的团队。

罗四两的团队是以民间魔术团的名义出国的，一行人直接飞到了旧金山。这一次的地下魔术大赛举办地点就在这里。

地下魔术大赛跟地面上的世界魔术大赛一样，也是三年一次，每次选择一个城市举办。只是它的举办时间晚于世界魔术大赛，所以罗四两他们正好能赶上。

“四两，咱们没有入场证啊，怎么办？”唐易思皱眉问罗四两。

地下魔术大赛不是什么人都有资格参加的，一定是要受到邀请，并且拿到入场证的。虽说武清在世界魔术大赛上获了奖，可是她的排名太低，没有资格接受邀请，更不用说别人了。所以，国内这一拨人里面，没有一个有入场证的。

可是罗四两一点都没有忧虑，只是淡淡地说：“有入场证的人那么多，还怕我们进不去吗？”刘明怔了一下，唐易思却露出了兴奋之色。

当晚，各国魔术师团队纷纷发出愤怒的咆哮声。前来参加地下魔术大赛的魔术师团队，超过一半人的入场证被盗了。

这一晚，注定是不平静的一晚。

让罗四两他们惊讶的是，地下魔术大赛的主办方并没有调查这件事情，也没有采取什么措施，只是简单说一句，任何人只要有入场证就可以入场。果然是地下魔术大赛，根本没有什么规则可言。

罗四两他们自然是高兴得很。他们原本担心主办方会为难他们，才一次性偷了那么多入场证。大家都没入场证，看他们怎么办。只是罗四两他们还是低估了主办方，这帮人是真狠。

罗四两团队来的人不多，根本要不了这么多入场证。那些被盗了入场证的魔术师则是又羞又怒，更多的是尴尬，因为他们现在连入场的资格都没有了，这传出去他们还怎么混啊？结果，很戏剧性的一幕出现了。那些被盗的魔术师最开始是谴责，甚至要和罗四两他们决斗；后来见没人搭理，他们也没辙了，竟然打算花钱把入场证再买回来。

最后，唐易思干了一件更缺德的事儿。他把这些入场证高价卖了，价高者得。国外魔术圈疯了一般，好些魔术爱好者也花钱来买，顿时就乱了起来。恐怕地下魔术大赛举办这么多年，还是第一次这么乱吧。

洛杉矶郊外一所黑漆漆的房子里，只有餐厅还亮着灯。安迪斯父子对面而坐，慢条斯理地吃着面前的牛排，彼此并不交谈，餐厅里面安静得有些诡异。

过了好久，两人才用完晚餐，擦了擦嘴。

老安迪斯放下手上的餐巾，用浑浊的眼睛看着自己儿子，沉声问道："他来了吗？"

安迪斯点头，慢慢折起手上的餐巾，语气轻佻地说道："当然。"

老安迪斯盯着儿子的眼睛："你能赢吗？"

安迪斯把手上的餐巾往旁边一扔，脸上浮现出讥讽之色："请不要拿我跟你相比，你丢掉的荣耀我会帮你拿回来，谁让你是我父亲呢。"

老安迪斯脸色迅速阴沉下来，喉头发出怒声："不要小看这个家族的人，他们跟你以前遇到的对手都不一样，任何小看他们的人都将付出代价。"

"呵……"安迪斯不屑一笑。

老安迪斯眼中充斥着怒火，道："还有……我不允许你再侮辱他，虽然我败在他手上，可他是我最尊敬的魔术师。"

"呵呵……"安迪斯不屑更甚。

地下魔术大赛虽然不为外人所熟知，但是在国际魔术圈还是非常有影响力的。从这场比赛里面闯出来的人，所能收获的名誉和地位也不是其他比赛能比的。这是圈内人的圣地，也吸引了大批资本家的关注。

这里也是资本家与魔术师拉锯的战场。曾经有资本家组织了地下魔术大赛胜出者的全球巡演，赚了不少。当然，第二年主办方就宣布取消了这些人入场比赛的资格。

地下魔术大赛的规则非常简单粗暴，比赛只分成了三种：一个是近景魔术，一个是大型魔术，一个是危险魔术。

比赛方式也非常简单粗暴，想对决的直接上台就好，没有的话就抽签；赢的留下成为擂主，想挑战的就上，赢到最后的就是冠军。

评判输赢的方式也非常简单，最先是比试的双方评判；如果决定不了，旁边围观的也都是行内人，自然能看出高下来。如果双方实力非常接近，那就由主办方的魔术师来评判。他们的魔术师都是业内顶级的魔术师，而且立场中立，绝对公平公正。如果最后都无法评判出高下，就由主办方出题，双方再赛一场，分辨高下。

此外，如果有人对评判结果不服，也可以主动邀请对方再赛一场，不过要对方答应才行。曾经就有个魔术师开了五百万再赛一场的条件，没想到对方还真答应了，所以那一次那位魔术师还真赚了不少钱。

这里也是一个金钱气味弥漫的场所。这里并不禁止赌博或者其他经济形式，但是绝对禁止操纵比赛。

地下魔术大赛，是最公平的魔术比赛，也是最黑暗的比赛。黑与白，在这里完美地交织到了一起，没有什么情义和道德可讲。

来这里参加比试的不仅有魔术演员，还有魔术爱好者、魔术商人。有许多利用魔术犯罪的人也会来这里参赛，每年都有，不在少数。

罗四两他们凭借入场证进入了比赛场馆。这里是郊区，地广人稀，而且是私人领地。门口有非常严格的安保措施，哪怕是魔术罪犯来到这里都不会出事。

罗四两一行人进去之后，也觉得很新鲜，都在四处观瞧。这里面整体风格是明亮化的，并没有什么阴暗的元素，从外表上看，根本不像是什么地下魔术大赛。

比试非常简单地分成了三种，所以比试区域也分成了三大块。

罗四两发现这里面的魔术师都沉默寡言，并不与人交谈。这里是行内人的比赛，最看重的是硬实力。旁边也有些人在表演魔术，或者在准备魔术道具。

罗四两在观察别人，殊不知也有人在观察他们。从他们一进会场开始，主办方的魔术师们就注意到了他们。

会议室里，几个糟老头子看着监视器画面的罗四两，纷纷谈论。

“这就是罗的儿子？”

“没错，就是那个家族的人。”

“索罗斯，当年你和罗可是闹得很不开心啊。”一个衣着讲究、满脸笑容的老者笑眯眯地问旁边坐着的另外一人。

这位叫索罗斯的人原本是世界魔坛上的顶级魔术师，极其擅长大型魔术。只是他有一个很不好的恶习，那就是滥赌，他赚的那些钱全都输掉了，还欠了一屁股债。年纪大了之后，索罗斯没有能力再演出了，又欠了那么多债务，差点没被人逼死。后来还是地下魔术大赛的主办者帮他还清了债务，让他进来为地下魔术大赛效命，担任比赛评委，研究魔术道具和给新人培训。虽然失去了人身自由，但是对索罗斯而言，这未尝不是一个最好的选择，至少他的养老有了保障。

索罗斯跟罗四两父亲的恩怨，还是跟索罗斯的滥赌有关系。国外不禁赌，所以什么都赌，比赛就更不用说了。索罗斯一直都很讨厌中国人，而且也很不看好罗四两的父亲，所以在比赛中赌他输，没过多久就赔了个底掉，还欠了一屁股债，差点被追债的人弄死。索罗斯心气不平，找罗四两的父亲报复，却反被罗四两的父亲收拾了一顿，两人的仇怨就这样结下了。再后来，索罗斯就来到了这里。

索罗斯面容有些阴鸷，一双倒吊着的三角眼让他看起来很不好相处。他瞥了对方一眼，反问道：“路易斯，你这话是什么意思？”

西装革履的路易斯笑眯眯道：“没什么特别的意思，就是有些好奇，那么优秀的一个魔术师，怎么会在自己最拿手的魔术上犯这么低级的错误，又还是在我们这儿，恐怕事情不会这么简单吧。”

砰！索罗斯愤怒地拍了下桌子，怒道：“你这是污蔑，我索罗斯怎么会做这种事情？”

路易斯继续笑眯眯道："我也没说什么，只是合理揣测而已。"

"你……"索罗斯怒视着路易斯。

"住嘴。"站在最前的拄拐老者淡淡地说了这一句，针锋相对的两个人顿时消停下来。

这个拄拐老者才是地下魔术大赛真正的主办者。拄拐老者目光深沉，脸上带着说不出的复杂味道。他紧紧盯着罗四两的身影，慢慢吐字："那个家族的人终于又来了。"

随着时间的推移，场馆里面的人也慢慢多了起来。

罗四两眼神游弋，观察着身边的人，超忆症加上方家的《玄关》，让他能在最短时间看透身边所有的人。

罗四两此行的目的有二，一是好好收拾那个不知天高地厚的安迪斯，给中国戏法正名，让世人都不敢小觑中国戏法；二是调查他父亲当年出事的真相。

"那个安迪斯还没来吗？"唐易思嘴里嘟囔。

罗四两却把目光集中到了一处。那处随意站着几个人，身上穿着平常衣服，只是个个口戴面罩，不敢以真面目示人。

刘明也顺着罗四两的视线看了过去，疑惑道："那三个人怎么都蒙着面啊？"

唐易思瞧了罗四两一眼，好笑道："没想到这装神弄鬼的毛病，外国人也有啊。"罗四两不理他，只是眉头稍稍皱了起来。

鬼马张家的张志峰也道："应该是怕输了丢人吧，所以才蒙着脸不敢见人。"

"不，"罗四两出言道，"这几个人身上有匪气，怕不是什么好人，很有可能是罪犯，所以才潜匿行踪。"

"罪犯？"唐易思讶异。

罗四两抬了抬下巴，冲着另外一帮人说道："你看，那边那几个人应该就是要抓他们的人，看他们的样子，很有可能是国际刑警。"

几人都闻声看去，只见另外一边也聚着几个人，这几个人正在准备表演用的道具，眼睛一点都不往那伙贼人身上看。他们瞧不出个所以然来，但是也没有怀疑罗四两的话，毕竟罗四两的本事他们是清楚的。

“真的是越来越有意思了。”罗四两轻声说了一句。

唐易思皱眉道：“那个红毛怪到底来不来呀？他不是跟你邀战吗？”

罗四两微微皱了一下眉，忽听得门口一阵嘈杂，唐易思刚说的红毛怪安迪斯走了进来。

一时间，万众瞩目。哪怕是在这等规格的比赛中，在世界顶级的魔术师中，安迪斯也尤为耀眼，其他魔术师望向他的眼神也充满了崇拜。

这是安迪斯第三次来参加这个比赛了，前两次他都从腥风血雨中杀了出来，实力简直强到可怕，压得世界魔坛上的各大名家都抬不起头来。他能有今时今日这等地位，也是靠他自己的实力拼出来的。

从进门之后，安迪斯就把目光集中在了罗四两身上。此刻，他身上没有了轻佻之色，就连脸上的笑容都收了起来，一双宝蓝色的眸子不咸不淡地盯着罗四两，然后朝着罗四两走去，最后站在了罗四两面前，与罗四两对视。罗四两亦在看他，气势丝毫不落下风。

这里的情况很快就引起了其他人的注意，旁人纷纷围观。对他们来说，安迪斯就是魔术界的神话。他可是在地下魔术大赛称霸的人啊，现在却突然跟一个凡人对上了，这多吸引眼球啊。

众人议论纷纷，都在猜测罗四两的身份。就连会议室里那帮老头子都紧紧盯着监视器里面的两人。

安迪斯又往前走了一步，更靠近罗四两了。突然，他露出了一点优雅的笑容，然后手抚胸口，给罗四两微微鞠了一躬。

旁边围观的人都露出了见了鬼的神情。安迪斯是出了名的嚣张和暴躁，谁见过他这样啊，这人莫不是被调包了吧？

罗四两神色不变，身形动都没动一下，安然受了安迪斯这一鞠躬。

安迪斯起身，慢慢收起他挤出来的优雅笑容，稍微晃了一下脑袋说道："装绅士可真累，嘿，罗家人，我在决赛等你来挑战我，可别让我空等哦。"罗四两还是不答。

安迪斯疑惑地看了罗四两一眼，问："你听不懂英语吗？"

"呵……"罗四两突然笑了一下。

安迪斯也笑了，大笑两声之后，转身就走了。他所到之处，旁边人都立刻闪了开来，比洒水车还厉害。

安迪斯走了，原本低调的罗四两却成了众矢之的。所有人都在看他，包括那几个戴着口罩的魔术罪犯，和准备抓这帮人的几个警察。

"我们好像出名了。"唐易思道。

"走吧。"罗四两毫不在意。

很快，比赛开始了。

罗四两他们一行人先到了近景魔术比赛的场馆。

安迪斯没有出现，他是去年的冠军，不用参加这一轮轮的比赛，只需要在最后迎接挑战就好。当然，愿不愿意接受挑战是他的自由。

这种比赛没有现场裁判，很原始也很野蛮。旁边的计时器已经开始了，擂台上现在还没人站上去。如果半小时还没人开始比赛的话，就抽签决定第一场对战的选手，赢的人自动成为擂主，接受挑战；如果超过半小时还没人挑战他，那他便自动成为这一届近景魔术类别的冠军。

当然，这种情况还从来都没出现过。外国人向来比较直接，不像中国人这么客套。

今天自然也是，比赛刚开始不久，近景魔术的擂台就上去了一个留着络腮胡子的男人。

那人是主动上去的，上去之后，立刻把目光集中到了罗四两这边："嘿，中国小子，敢不敢接受我的挑战？"

第七章

国外显身手

印度魔术

听到络腮胡子的宣战，罗四两不禁有些哭笑不得。

唐易思笑了笑，用一口流利的英语回道："你以为我们是那种随随便便就接受挑战的人吗？"

络腮胡子笑了："原来你们是想加点赌注。没问题，赌什么？"

唐易思露出了温和的笑容："简单，我们中国是礼仪之邦，最讲礼仪。这样，若是我输了，我就直接退出这次比赛；若是你输了，你只需要用中文说一句祝福语就好了。"

络腮胡子点点头，笑得更开心了："早就听说中国人最讲礼，今天一看果然是这样。好，我答应你的要求，这句祝福语怎么说？"

唐易思微微笑着，用中文说道："爸爸，我错了。"

"好的，没有问题。"络腮胡子答应得很爽快。

"哈哈。"唐易思大笑了两声，问道，"告诉我你叫什么名字，我可不想你连个名字都没说就被我淘汰了。"

络腮胡子摇摇头，指着罗四两道："你弄错了，我要挑战的人是他，不是你。”

唐易思却道：“你要是连我都赢不了，就别去他面前找刺激了。”

络腮胡子满面腻歪地看着唐易思：“你？Come on……”

唐易思脸一黑：“我是不是被人瞧不起了？”

“这不明摆着吗？”罗四两淡淡说道。

唐易思脸黑得更加厉害了，二话不说，直接往前几步，用手一撑就跳上了擂台。旁边围观的老外纷纷开始欢呼、起哄，络腮胡子见实在躲不开唐易思的纠缠，只能无奈地摊摊手，应下了。

魔术比赛不是武术比赛，不会出现车轮战的情况。尤其是地下魔术大赛，看重的是技巧难度，所以只需要展现一个魔术就好了。只要没人能在技巧上超越你，那你就是安全的。如果有人超越了，你也可以表演技巧更高的节目。有些人会藏拙，把干货留在后面；也有些人一出场就把压箱底的本事露出来，然后就等着休息了。安迪斯就属于后者。

“说吧，比什么？”唐易思大大咧咧地说道。

络腮胡子有些无奈地看一眼唐易思，然后从随身带的包里面掏出来一堆棉花、一张粉红色的布，还有一个针线盒子。他对唐易思道：“在开始我的魔术前，我要先做一个布娃娃。”

“啥？”唐易思愣了一下，没闹明白对方想干吗。

络腮胡子却没管那么多，自顾自地制作了起来。他的动作很利索，迅速把棉花汇拢到一起，然后扯过粉红色的棉布。这人虽然长得粗犷，双手却灵巧得很，没几下子，一只憨态可掬的粉红小猪就出来了。

唐易思眼中的疑惑之色更甚了一些。

络腮胡子露出了些许笑意，说：“这是我的合作伙伴小猪布敢琪，来，跟大家打个招呼。”话音刚落，好端端待在桌子上的粉红小猪突然拱起身子，两个前蹄搭在一起，给大家拱了拱手，那模样可爱极了。

唐易思神色微微一变。不愧是世界上等级最高的魔术比赛，随便拉一个出来，都是个顶个的高手。他之所以要现场制作道具，就是为了给大家展示他的道具里面没有隐藏什么机关。

“原来他就是芭比大叔。”旁边有人道出了台上那人的身份。

罗四两闻声看去。那人见罗四两看他，便出声解释道：“这人是外面的一个很出名的魔术师，活跃在欧洲一带，最擅长用布娃娃做表演，很受小孩子的欢迎。又因为他外形粗犷，所以大家叫他芭比大叔。上次见他照片，他还是没胡子的，没想到这次更粗犷了。”

罗四两微微点点头。

“那人什么路数啊？”刘明问罗四两。

罗四两回道：“傀儡术。”

“国外的傀儡术跟咱国内一样吗？”张志峰如是问道。

中国傀儡术有很多种，有丝发、水发、机发、指发、药发等，但不管是哪一种驱动模式，内部都得有相应的机关做配合。尤其是机发傀儡，几乎全仰仗机关术了，机关就是戏法魔术的核心组成部分。

张家是以机关术闻名于江湖的，对傀儡术也多有研究，现在见国外也有人会这种本事，自然忍不住了，于是便出声询问了起来。

罗四两回答道：“只要不是依靠现代科学技术，其他的都是万变不离其宗罢了。”

张志峰点了点头，放心了不少。

罗四两又道：“不过我们也不能排斥现代科学技术，老祖宗的机关当年不也是高科技吗？只有看得够远，胸怀够大，才能走得够久。”

张志峰深以为然地点了点头。他们张家人传承的是老手艺，可更得学习现代科学技术。这是一个日新月异的年代，几十年的变化就已经超越人类几千年的变化，他们要是赶不上趟儿，肯定会被人甩到身后的。

“这人看来本事不俗，老唐有赢的把握吗？”刘明看着唐易思脸上的慎重之色，有些担忧。

罗四两看着芭比大叔身上最细微的动作，脸上露出古怪笑容：“放心吧，这玩意儿他才是祖宗。”

台上长着络腮胡子的芭比大叔看看唐易思脸上那凝重的神色，心中也生了不少轻视之意。他又用一些小手势隔空驱动这只可爱的小猪，完成一整套之后，稍稍鞠了一躬。

这种比赛考的是技术，而非节目的精彩程度。所以，芭比大叔几乎没有开口，但他刚刚的隔空驱动也足够精彩了。

鞠躬完之后，台下也甚是安静，没人鼓掌叫好。毕竟都是行内人，谁不知道谁啊？

唐易思见对方鞠了躬，还愣了一下，问道："这就没了？"

芭比大叔回头看他，笑着说："难道还不够吗？"

唐易思长出一口气，道："我的天，我还以为你能玩出多大花样呢，吓我一跳，结果就是这样的货色啊。"

芭比大叔的脸色迅速阴沉下来，道："废话少说，有本事就拿出你的节目。"

唐易思摆手："别了，用你的就足够了。"

"什么？"芭比大叔愣住了。

唐易思展露笑颜，大笑两声，看着小猪喝道："过来。"布娃娃做成的粉红小猪布敢琪立刻颠儿颠儿朝着唐易思跑过来。这场景一出，全场众人眼睛都是一亮。

魔术师最擅长使用自己的道具。每个道具的门子都是不一样的，有些门子只有自己才用得习惯，所以，大部分魔术师都会参与到自己的道具制作中，许多魔术师本身就是非常优秀的机关设计师和制作师。

像唐易思这种使用别人道具的魔术师，就有点厉害了，何况他是在对战当中，在对方已经连接好所有机关和门子的情况下，完全没有接触，还能操控对方的道具。单这一手就让全场魔术师不敢小觑他了。

芭比大叔的神色变化了几下，再操控手上的机关，却发现失效了。他的脸色更难看了几分，看向唐易思的眼神已经不敢带半点轻视了。

唐易思隔空玩着小猪，笑嘻嘻看着芭比大叔道："行了，还有什么压箱底的本事赶紧使出来吧，别拿这些哄小孩子的玩意儿糊弄我了。"

芭比大叔黑着脸上前，把粉红小猪拿到身边，拆卸开来。

围观的都是行内人，大家心里都清楚，芭比大叔已经输了一筹，他用手接触到了小猪，对方却碰都没碰。更关键的是，芭比大叔之所以要动这只小猪，就是想找到对方操控小猪的门子。毕竟魔术不是法术，不可能凭空做到。可是，芭比大叔查看小猪之后，神色更阴沉了几分。

围观众人都用慎重的眼神看着唐易思，以及站在台下还没上场的罗四两。

芭比大叔把小猪拆了，里面的东西就是简简单单的一堆棉花，和一块粉红色的棉布。芭比大叔手上动作不歇，立刻又用这些东西做出了一只粉色的小鸟。他把小鸟摆在桌子上，双手摊出大声叫道："起飞吧，小布谷。"这只用棉花做成的小鸟竟然真的飞了起来，在半空盘旋，两边的翅膀还在扇动着。

这一手是真的见功夫，场上也终于出现了惊呼声。

"我还以为是什么了不起的本事呢。"唐易思一副无所谓的模样，对小鸟喊道，"回来吧，大烤鸡。"那只小鸟迅速扇动翅膀朝他飞去。

芭比大叔急了，手上动作连连，可根本不起半点作用。那只小鸟还是盘旋着朝唐易思飞去，最后落在了唐易思手上，还用脑袋蹭着唐易思的手掌，显得非常亲昵。

芭比大叔面色如土，终是没话说了："你赢了。"

唐易思把手上的小鸟还给芭比大叔，道："承让了。"

芭比大叔却道："我没有让你，你真的很厉害。"

唐易思道："这是中国古话，不懂就别回应了。"

芭比大叔点头称赞道："中国真不愧是文明古国。"

唐易思笑着说："行了，别的我也不为难你，跟我们之前约定的那样，你就用中文说一句祝福语就好了。"

"好，"芭比大叔爽快地应着，用生硬蹩脚的中文说道，"爸爸我，错了。"

唐易思一听，脸都差点绿了，赶紧纠正："说错了，是爸爸……"

芭比大叔忽然应道："哎。"

唐易思皱眉嚷嚷："你瞎答应什么啊？跟我学，是爸爸……"

芭比大叔又应道："啊。"

唐易思咬咬牙，扭头看向罗四两："这孙子是不是会中文啊？"

罗四两淡淡道："这不是明摆着吗？"唐易思气得青筋暴露，很想打人。

这一战赢得漂亮，把旁边人都镇住了。许多人看向罗四两一行人的眼神，都带上了慎重之色。

面子从来都不是别人给的，而是靠自己挣出来的。先前的世界魔术大赛，中国队折戟沉沙丢了脸面，让国外许多同行瞧不起，可罗四两这几个人一出来就镇住了现场许多人。

唐易思环顾四周，找到了一点睥睨天下的感觉。这里是世界上最高等级的魔术比赛，若是他能在这里称雄，那真可以说是睥睨天下了。

唐易思背着手、昂着头，感受着武侠小说中描述的那种睥睨天下的场景，一脸自我陶醉的模样。就连罗四两他们都快看不下去了，纷纷露出了嫌弃的表情。

按照规矩来说，现在唐易思是擂主了，接下来半个小时里如果没有人挑战他，他就可以赢下近景魔术的冠军了。

地下魔术大赛的规则非常简单，也非常霸道。他们最多只需要四个名额，近景魔术、大型魔术和危险魔术的三个冠军，与上一届的总冠军决斗一场就可以，不会在意其他人的排名。

地下魔术的比赛自然也非常激烈，尽管唐易思已经展现出本事了，台下的人也并没有那么怕他。还没到十分钟，就有一个模样黝黑的男人慢吞吞朝着台上走去。他并没有唐易思上台时那么潇洒，而是笨拙地缓缓爬上，大肚子还顶着高高的台沿，显得有些滑稽，像极了爬过火车月台给孩子买橘子的那位父亲。

唐易思看看对方，又看了看对方的肤色和服饰，问："印度人？"

那印度人双手合十给唐易思鞠了一躬，用中文说道："印度魔术艺人加拉瓦向您问好。"

唐易思嘴里嘀咕："又是一个会中文的。"说着，脸色黑了不少，扭头寻找先前那位可恨的芭比大叔。芭比大叔见唐易思在看他，立刻就把脸扭开了，装作啥都没看见。唐易思见状，恨得咬牙切齿。

加拉瓦直起了身子，继续用中文说道："刚刚阁下并没有表演出完整的魔术，而是用自己的本事去干扰别人的魔术，此举赢得很漂亮干脆，没有什么可以辩驳的地方，实在是让鄙人佩服至极。"

唐易思点点头，露出一口洁白的牙齿："中国话说得不错。"

加拉瓦也露出了笑容，接着道："要是我刚刚没有看错，阁下应该用的是中国戏法丝法门的本事干扰了对方的魔术吧？"

唐易思深深地看了加拉瓦一眼。罗四两也看着加拉瓦，眼中多了许多意味深长的味道。这个人看来对中国戏法很了解啊，而且眼力不俗。

加拉瓦道："不要觉得惊奇，中印两国都是文明古国，魔术艺术在两国已经发展数千年了，两国艺人常有来往，互相了解也是正常。"

唐易思点点头，不说话。

加拉瓦熟练地盘坐在地上，从随身携带的背包里面拿出一个小小的竹筐，摆在了自己面前，说："阁下是擂主，我是挑战者。挑战者先演节目，献丑了。"

加拉瓦掀开小竹筐的盖子，又从背包里面拿出一个乐器，是印度的笛子。中国的笛子是横着吹的，印度的是竖着吹的，而且中间还有一个膨胀的、小南瓜似的空鼓，一般印度的耍蛇人会用到这样的乐器。

唐易思看得一怔。罗四两也有些惊讶。

加拉瓦稍稍擦拭了一下乐器，放到嘴边吹了起来。罗四两不知道他吹的曲子叫什么名字，但他知道印度耍蛇人都是吹这个曲子。

同时，罗四两想到了另外一个人，那就是苏州的莫一鸣。当初罗四两挑战整个魔术界，就跟莫一鸣对决过绳术。莫一鸣当时表演的节目是玉人吹埙，金蛇随舞，模仿的就是古戏法中传说的通天索。这个戏法据传是莫家老祖结合中国绳术和印度驯蛇术之后创作出来的。今日加拉瓦所表演的节目肯定也是如此。

果不其然，笛声响了不久，小竹筐里面就蹿起了东西，不过不是眼镜蛇，而是一段绳子。加拉瓦使的也是绳术。

中国古代戏法里面有通天索的传说，印度也有类似的戏法传说。加拉瓦今日要表演的也是这个。可是，他却把绳子放在了小竹筐里面。如果仅仅是这样的话，那他还比不上当初的莫一鸣，所以，罗四两和唐易思都在等着他接下来的戏肉。

其他人也都在静静围观。那段冒出来的绳头灵活地扭动着，真如一条舞动的眼镜蛇。

可所有人都知道，这样还不够，加拉瓦也很清楚。所以，加拉瓦一边吹着笛子，一边伸出另外一只手，打开了竹篮子的开关，然后把竹篮子扔到了一边去，场上只留下一捆盘好的绳子。

罗四两和唐易思心中齐齐一动，好戏终于要上场了。

加拉瓦双手把持着笛子吹动着，双脚一并便直接站了起来。站起之后，笛声陡变，乐音激烈起来，地下那捆盘好的绳子则迅速朝天上探去，短短十来秒钟就已经升高数米，一直探到了天花板，仿佛真的要连接天地。

唐易思终于色变。罗四两脸上也带了沉重之色。

上天一直是人类的愿望，历史上的无数神话传说、神仙术法都围绕“上天”展开，通天索就是其中的一种。

聊斋里面的《偷桃》就完整地记载了通天索这种戏法：一根绳子投掷天空，一眼都望不见，有一小孩可顺绳而爬，直到天空偷摘蟠桃。

只是，包括许多行内人在内，无数人都认为这个能连接天地的通天索戏法，只是人们臆想出来的。可今日，加拉瓦居然把这个人们臆想出来的东西搬到了众人面前。

周围人都看呆了，就连罗四两眼中都精光大作。监控室里面那些老头子，都紧紧盯着台上，眼睛一眨不眨。

但是，更多人把目光集中在了那捆貌不惊人的绳子上面。大部分魔术师都怀疑他这个魔术的门子在绳子上。

随着现代科技的发展，许多古代无法想象的事情，今日都变成了寻常。比如傀儡术，以前是一个高端戏法，可是现在不说高科技的机器人了，就连小孩子玩的塞电池的电动玩具都能碾压古代所有的傀儡术了。所以，现在的科学技术也逐渐融入戏法魔术当中，许多魔术师利用现代科技设计魔术，甚至复原传说中的戏法。

曾经也有人把记忆金属或者其他设备偷偷放进绳子里面表演，但是总不如传说中那么精彩，所以他们的魔术也没有引起什么波澜。

加拉瓦所展现的，才是传说中的戏法。

唐易思第一次彻底收起嬉皮笑脸，神色凝重地看着加拉瓦。加拉瓦却浑然不觉，依旧沉浸在自己的音乐当中。印度笛子的曲调越吹越欢快，那根绳子已经蹿到了天花板，尔后加拉瓦曲调一变，原本笔直的绳子突然扭动起来，就像是一个身材修长的印度女子光着肚子翩然起舞。

全场人神色又是一变。原本猜测绳子里面塞了什么东西的人又皱起了眉头，这玩意儿有些超过他们的想象了。

“他绝对是争夺近景魔术冠军的实力人选。”旁边有魔术师这样评价，周边人闻言纷纷表示赞同。

罗四两亦是轻轻一叹，甚是感慨。真是不出国门不知世界之大啊，这世上的奇人异士还真是多。

台上的唐易思缓缓吐出一口气，用中文说道：“久闻通天绳索术曾被人称作仙术，我唐家传承的是丝法门戏法。据传，我们这一脉也有通天索的传承，可是消失太久了，乃至我们后辈都无法得窥这等仙术。实在没想到，今日在这里居然能见到这等盛况。”

唐易思这番话说得很拗口，围观的外国人很多都没听懂。

吹笛子的加拉瓦抬眼看着唐易思。

唐易思打开手上朴实无华的折扇，看着略显陈旧的折扇说道：“听我父亲说，祖师学究天人，一身戏法本事高深莫测。我唐家得传丝法门戏法，可惜祖父那时年少，只学了扇戏皮毛，还没来得及学习更高深的本事便突生变故，实在让人惋惜。那今日，就让我这扇戏皮毛去应对你这通天绳术。”

唐易思抬眼盯着加拉瓦，眼中战意勃发。他单手握着折扇，往旁边骤然一打，尔后猛然合上，折扇发出的清脆声突兀地掺杂进加拉瓦的曲子中，弄得旁边人都不舒服，更是差点打断了加拉瓦的演奏。

这一声过后，唐易思身上陡然射出了六柄薄薄的飞剑，盘旋在他的身旁。他手执折扇，御剑而立，恍若传说中的剑仙。

"哦！"旁边众人又发出了惊呼之声，他们又搞不懂唐易思是怎么操作的了。

飞行在这个时代已经变成了很寻常的事情。可是这个中国人的飞剑是怎么飞起来的？他也没安装飞行装置啊。难道是隐线？可是哪有隐线能这么灵活，同时操纵这么多飞剑？这是不可能做到的啊。

监控室内，老头子们紧紧盯着恍若神仙的唐易思。

索罗斯嘴里嘟囔道："中国魔术……"

路易斯脸上露出微笑，称赞道："真不愧是两大文明古国……"

领头的创始人却一直看着唐易思，眼睛很少往加拉瓦那边看。他稍稍蹙眉，似是想起了什么。

场上，唐易思摇着折扇，盘旋在空中的六把飞剑迅速汇拢到一起，形成一条直线。尔后，唐易思一声呼喝，六把飞剑直冲着绳子而去。

加拉瓦迅速吹着笛子，绳子晃动的幅度更大了，堪堪避开一字排成的六把飞剑。

可是，单纯的飞剑可称不上是御剑。只见飞剑飞过之后，迅速回转，六把飞剑在六个方位用六种不同的频率和手段，对着舞动的绳子一顿狂劈狠砍，灵活极了。

通天索是传说中的仙术，唐易思展现的御剑术也是传说中的剑仙手段，这根本不是什么魔术对决，而是两大仙术的比拼。

就像一个修仙高人御剑直斩南洋之地的妩媚妖女。加拉瓦的通天索尽管复原了传说中的仙术，可是缺乏灵动性，更缺乏进攻性和防御性，没多久就被唐易思的六把飞剑砍得不成样子，舞动不起来了，最后竟然软软倒在了地上。

加拉瓦再吹笛子，可通天索早已疲软，不能再度雄起。“唉……”加拉瓦深叹一声，尽显疲惫和遗憾。

唐易思折扇往回一收，六柄飞剑迅速收回。唐易思并未用手去接，那些飞剑靠近他身体的时候就突兀不见了。这一场景让旁边人又是眼前一亮。

比试结束，周围响起了掌声。

地下魔术大赛虽说简单、粗暴，没有什么规则，但毕竟是魔术比赛，又不是武术比赛。所以一般情况下很难见到这么激烈的场面，围观的魔术师今天看得甚是过瘾。

现在比赛结束了，周边人也在议论纷纷，到底是谁输谁赢呢？这是魔术比赛，考验的是魔术技巧和难度，不是唐易思用剑把绳子砍倒了，他就能赢。现场支持两人的都有，主要是别人也不清楚他们真正的门子，只能从外在的表现形式来看，所以也得不出一致的结论。

如果现场观众争论不下的话，就要把裁决权交到主办方，由主办方来决定输赢。可要是主办方都确定不了，那就会让这两人加赛一场基本功，以断定输赢。

围观群众定不下输赢，台上的两人却自己判定好了。加拉瓦双手合十，朝着唐易思微微鞠了一躬，诚恳说道：“我输了。”

扑克大盗

唐易思神色一怔，很是意外。就他自己来说，都很难判断到底是谁的难度更高一些。通天索自然是传说中的仙术，可唐家的飞剑术又何尝不是？这两套戏法曾经是他们祖师的绝学，只可惜他们只得了其中之一。现在见对方突然认输，唐易思劝阻道：“加拉瓦先生，请千万不要这样说……”

唐易思难得客气一回，加拉瓦却伸手打断了他的话语，说：“我这次来不是为了争夺名次，而是想弥补我魔术中的缺陷。没想到我的运气这么好，刚来这里就遇上您，下台之后，我们可要好好交流交流啊。”

唐易思脸上露出了开心的笑容，笑道：“求之不得。”

加拉瓦的通天索缺少灵动性，这个问题唐易思能帮他解决；唐易思的传承中缺少了通天索这套仙术，加拉瓦也能给他帮助。这两人可算是一拍即合了。

唐易思索性道：“既然加拉瓦先生如此洒脱，轻名重义，那我也不能落后。这破比赛我也不玩了，走，咱们聊咱们的去。”

“好。”加拉瓦也笑了。

两人都下了擂台，倒是把旁边人看得愣住了。这就不玩了？监控室里面那群人也看得好一阵无语。

“这人真是够没溜儿的。”刘明难得吐槽了一句。

罗四两却说：“这可能是他干得最靠谱的一件事。”

刘明扭头看着罗四两，笑了笑，也缓缓点了点头。

台上又没人了。

比赛规则不变，现在又恢复到了一开始的场面，接下来还是魔术师自愿出场，两两对决。只是经过唐易思这一遭之后，许多人心里都打起了鼓。

先前安迪斯过来跟罗四两打招呼，确实让罗四两一行人出了很大的风头，许多人都想称一称他们的斤两。现在他们是摸索出来一些了，可也吓了一大跳。刚刚上场的那个中国人就已经足够可怕了，堪称争夺近景魔术冠军的实力人选，而台下站着的罗四两肯定胜过那人，这样一来，他们就不用玩了啊。

地下魔术比赛只看冠军，夺不了冠，其他的全是虚妄。见罗四两一行人这么厉害，好多人都失去了再比的心思，与其上去出丑，还不如在底下看看热闹。

在这比赛中，除了正儿八经来比赛的人之外，还有一部分是报仇来的。以前比赛结下旧怨的，或者在外面就已经结仇的，这地下魔术大赛正好是个极好的解决场所。

罗四两暂时没有受到挑战，也没主动去挑战别人。

那些有旧怨的人倒是上去比了好几拨，这些人赌得也大，有赌钱的，也有赌别的，甚至有赌手赌脚的，真是够狠的。罗四两他们一行人也算是大开眼界。

这帮人也没几个真心想争夺冠军的。他们是冲着报仇来的，只要分出胜负，也没人留在台上做擂主。等这帮人比完了，台上又没人了，现在也已经下午了，今天的比赛马上就要结束。

此时，前期实力不足的角色都已经被淘汰了，剩下的都是真正能对冠军位置发起冲击的人。台上并未冷却太久，便有一个戴着面具的男人慢慢走上了台。他一上去，周围嘈杂的声音都减弱了不少。

面具男环顾四周，旁边人都纷纷与他对视，只见他的面具上印着扑克牌“K”的图案。

面具男的眼神跟罗四两碰了碰，便挪开了。罗四两记得他，这人就是不敢以真面目示人的魔术罪犯之一。

罗四两扭头，目光集中在他之前发现的另外一伙人身上。他知道另外那伙人就是要抓这帮人的国际刑警。果然，这群人盯上“K”了，其中一人还在扭动脚踝，有要上台的意思。不过，那人又把目光瞥向了面具男的同伙，神色有些顾虑。

罗四两也看了一眼面具男的同伙，只见另外几人的面具也画了扑克的图案。

罗四两一直生活在国内，对这伙人不了解。其实这伙人有一个非常响亮的名字——扑克大盗，在国外犯案可不少。他们从不以真面目示人，而且行踪诡异。好几次警察布下了天罗地网，还是被这帮人仗着神奇的魔术逃脱了，这让国际刑警恨得咬牙切齿，却毫无办法。

单论魔术的话，这帮人可以说是化用魔术的典型。他们早就不是魔术表演者，在他们手上，魔术的效用甚至可以与魔法等同了。

面具男上场，台下鸦雀无声，竟没一人敢上台与他竞技。毕竟善的怕恶的，恶的怕不要命的。

针对他们的那伙人交头接耳，紧急磋商了一下。领头人最后咬了咬牙，决定上台。偏偏就在这时，台上的面具男却突然看向罗四两，揶揄道："中国小子，你敢上台玩玩吗？"

其他人都愣了，国际刑警也看了过来。罗四两稍一错愕看看这几方人，沉吟片刻，脸上露出微笑："那好啊，我就陪你玩玩。"

罗四两早就是焦点，这一上场，所有人都把目光集中在了他的身上，包括监控室里面的那些老头子，和坐在等候室的上届冠军安迪斯。

罗四两上场之后，用流利的英语问道："比什么？"

面具男露出了微笑。尽管罗四两看不见对方面具下的表情，但仍然感受到了他脸上的笑意。

面具男勾了勾手指，罗四两也把耳朵凑了过去。面具男贴近罗四两，轻语了几句。罗四两脸上顿时露出了古怪之色，尔后缓缓点了点头，表示应允。

比赛这就开始。面具男的面具底下流出缓慢而又低沉的声音，一听就知道是刻意修饰过的："近景魔术的考验就是，在别人眼皮底下完成一件件不可思议的表演，可我们站在舞台之上表演，又怎么能展现出近景魔术的奇妙呢？"

罗四两回道："哦，那你想如何？"

面具男道："既然是近景，当然是站到人群中间。现场站着的都是业内顶尖的魔术师，站在他们身边表演，还能让他们不发现任何端倪，才是真正的近景魔术。"

台下众人纷纷讶异，敢情他们也参与进去了。想抓这伙人的国际刑警更是心脏扑通扑通地跳。

罗四两伸了伸手，说："那就请你选择站在哪里吧。"

面具男转过身子去，朝后面随手一指，然后慢慢转过来，笑道："哈哈，就站在那群人中间吧。"他手指的地方正是那群国际刑警站的地方。

这群人顿时屏住了呼吸。此时他们的第一想法是：自己是不是暴露了？可是细心思考刚刚他们这群人的一举一动，并没有发现任何不妥的地方啊。

其他几人纷纷看向领头的那人，领头人微微颔首，其他人见状心中稍定。

罗四两和面具男跳下了擂台，走到国际刑警身边。其他围观的魔术师们也纷纷围了过来。

罗四两问："比什么？"

面具男反问："你擅长什么？"

罗四两回道："都还行。"

面具男道："既然是近景魔术，最经典的肯定是手法类的魔术。你的手法练得怎么样？"

罗四两客气说道："还行。"

"那就试试？"

"好。"罗四两应下。

监控室内，邋遢老头子索罗斯皱眉道："据我所知，他们家族最擅长的并不是手法类魔术，而是他们中国特有的魔术，还有衍生出来的危险魔术。"

路易斯瞥了他一眼，打趣道："又是危险魔术。索罗斯，你对这家人的危险魔术还真是念念不忘，是希望他们再出一次事故吗？"

"你……"索罗斯气得面红脖子粗。

领头的拄拐老人盯着屏幕里面的罗四两，嘴里轻轻说："手法？"

等候室里面，安迪斯眯起了双眼，轻语道："来吧，让我看看你有没有资格做我的对手。"

"你要知道，他的对手可不弱。"这时，等候室里响起了另外一道不和谐的声音，正是安迪斯的父亲老安迪斯。他今日也来到了这里。

"如果连这样的货色都收拾不了，那他根本不配做我的对手。跟这样的人比试，简直是耻辱。"安迪斯言语中对扑克大盗们甚是不屑。

老安迪斯看着自己儿子，最终只是无奈一叹。

场上，面具男从怀中拿出两枚玻璃珠，放在手上，摊开，对罗四两说道："玩点简单的吧，只要你能拿到我手上的任何一枚玻璃珠，就算你赢。"

旁边人听得一愣。这比试压根儿就不平等啊，从别人手中取物本来就难许多，就更不要说是在一个魔术师手上了。取到才算赢，拿不到就是输，这还怎么玩啊？旁人纷纷腹诽，只是畏于面具男的凶名，都不敢说话罢了。

面具男的同伙，戴着扑克牌"Q"的人轻轻说话，听她的声音竟是个女声："老大又在玩这种无聊的游戏了。"

戴着扑克牌"J"的男人说道："没办法，自从'A'出事之后，我们团队里面就缺少了一个手法精妙的人，老大这是在选人呢。"

"Q"道："那他怎么就盯上这个中国小子了？"

"J"说："'黑桃3'说他感觉到了这个人身上的神秘力量。"

"Q"无语说道："又是这个无聊神棍。""黑桃3"扭头看了她一眼，一言不发。

"Q"道："老大的恶趣味什么时候能克制一下？"

"J"耸耸肩道："你知道的，这是老大的怪癖，你别指望他这辈子能改。"

"Q"无奈地摇摇头。

……

大家原本以为罗四两会果断拒绝这个不平等的比赛，谁知罗四两脸上露出古怪之色，反问面具男："你确定？"

面具男道："当然。"

罗四两也把手掌抬起来，掌心朝上，说："看仔细了。"

"嗯？"面具男疑惑地看着罗四两的右手。

其他人也认真盯着，只见罗四两缓缓合上了自己的手掌，尔后快速打开，手上顿时多了一枚玻璃珠。

面具男这才看向自己的手掌，猛地发现手上的玻璃珠就剩一颗了。

一秒分胜负，全场哗然。监控室里面的一群老头子也震惊了，索罗斯更是惊得站了起来，路易斯也诧异至极，就连领头的拄拐老人也瞪大了眼睛。

“好，好，你果然没让我失望。”等候室内，安迪斯兴奋道。

老安迪斯缓缓点了点头，轻声道：“真不愧是他的儿子。”

场上，刘明微微摇头，无语道：“跟他比手法，真是找刺激。”

扑克大盗那边，“J”震惊地看着“黑桃3”，说道：“哥，你能算出下一期的彩票中奖号码吗？”“黑桃3”瞥瞥他，依旧一言不发。

“Q”也惊讶地看着“黑桃3”，心道：这神棍还真灵。

面具男收起惊讶的表情，看着罗四两，满是欣赏：“好，果然厉害。”

罗四两双指夹着玻璃珠，问：“所以是我赢了？”

面具男道：“没错。不过我想跟你加赛一场，当然，这场加赛是有报酬的。”

罗四两闻言，瞥了国际刑警那帮人一眼，点头道：“好啊。”

先前面具男靠近罗四两说话，说的就是这件事情。原来，扑克大盗这伙人早就认出这帮国际刑警了，枉费这帮国际刑警还在一本正经地假装普通魔术师。

面具男从罗四两手上拿过另外一枚弹珠，将两枚弹珠放在手上，然后脚步一错就朝着国际刑警那群人冲了过去。

国际刑警们浑身肌肉都绷紧了，差点直接动手。亏得他们是训练有素的人，领头的没有发命令，都还稳得住，只是稍稍往旁边挪了一下。

事实上，面具男也没有做什么，就是围着他们绕了几圈。他的眼睛一直盯着这群人，并没有做出什么过激的行为，也没有发出什么奇怪的声音。

尽管他的脸被完全挡住了，国际刑警们还是感觉到了他面具底下戏谑的笑。这是一种很奇怪的感觉，可他们都相信这种感觉是真实的。

转了一圈之后，面具男走了回来，站在罗四两面前，抬起自己空空如也的双手说道：“我已经准备好了，可以开始了。”

众人的眼睛都微微一凝，面具男手上的玻璃珠已经不见了。

“抢彩？”刘明轻声嘀咕，眼中露出疑惑之色。

躲在监控室和等候室里面的人也都紧紧盯着。

“那就开始吧。”罗四两轻松说道，没有半点紧张。

面具男微微颔首，大喝一声，冲着国际刑警所在的地方跑了过去。罗四两紧随其后，速度丝毫不慢。

国际刑警们瞬间瞪大眼睛，连呼吸都屏住了。这些人浑身肌肉绷紧，只要领头者一声令下，他们就会瞬间爆发出最强的攻击力，一举把面具男拿下。可领头者却稍稍压了压手，示意他们不要轻举妄动。

扑克大盗那边的几人皆是无奈摇头，“Q”无奈地说：“老大这无聊的恶趣味啊。”扑克“J”也是无可奈何。

一直沉默寡言的“黑桃3”却突然道：“你说错了，老大是在考验那个中国小子的实战能力，台上表演和实际行动，相差的不止是一个银河系。”另外两人微微一怔，尔后缓缓点头。

世界上优秀的魔术师有许多，比他们的表演更精彩、技法更高超的人比比皆是，可为什么单单他们成为了警察都拿他们没办法的扑克大盗？就是因为他们的魔术不是展现在舞台上的，而是能够在现实中与人搏命的。这才是最重要的。

先前面具男让罗四两取他手上的玻璃珠，考验的就是罗四两的手法功底和现实运用能力，在这一点上，罗四两并未让他们失望。但仅仅如此，还远远不够。接下来的抢彩才是最关键的。要在一群国际刑警身上动手脚，甚至是戏弄挑衅他们，这考验的不仅仅是胆色，更是对自己魔术能力的实战运用。前面是现实运用，现在却是面对面搏斗了。

就像狙击手，在训练场上练得再好也不管用，如果在战场上打不中敌人，照样是一个银样镴枪头。面具男就是要考验罗四两，看看他究竟是不是一个没用的银样镴枪头。

面具男和罗四两已经冲到了国际刑警那群人身边。面具男边跑边喊道："那两枚玻璃珠我已经放在他们身上了，谁先把它们找出来，谁就算赢。"

"好。"罗四两亦是大叫一声。

两人迅速冲进了人群之中。面具男怪叫两声，直接贴着那人双手快速动了几下，原本空空如也的双手之上瞬间多了几样物品，怪叫道："哦，天，连我自己都找不到了。"对方惊怒不已。

面具男说罢，脚步一扭，迅速冲着国际刑警另外一人施展魔术。很快，他手上多了好几个塑料束缚带，惊讶道："哦，上帝呀，你们是准备把谁给绑了？是怕手铐铐不住，所以才用这玩意儿？"

话都说到这里了，国际刑警要是还猜不出来自己身份已经暴露，就是真傻子了。

"不等了，动手了，只抓这个婊子养的。"领头者爆了一句粗口。几个国际刑警动作快如脱兔，迅速朝着面具男扑过去。

面具男浑然不惧，大笑几声，看着不远处的罗四两，突然用流利的中文说道："我先走一步，你能不能逃掉，就看你自己的本事了。"

面具男再看向朝他扑来的几个国际刑警，面具下面发出不屑的冷笑声。面对这些凶神恶煞的人，他不躲也不逃，直接往后一倒，整个人重重地往地面上砸去。"砰"的一声重响，面具男摔在了地上，可地上却没有人，只有一件黑色外套。

旁边的人纷纷愕然，国际刑警更是愣住了。

"嘿，接下来就看你的了。"扑克大盗里突然传出声音。众人纷纷回头看去，只见刚刚消失不见的面具男已经站在了扑克大盗人群里面。

"该死。"国际刑警愤怒不已。

他们还是没有抓住这伙人，原先靠着那么近都抓不住，现在隔着这么远就更不要提了。他们跟这帮扑克大盗已经交手很多次，可总是抓不住这帮人，这次连地下魔术大赛都混进来了，可还是功亏一篑。

"老大，我们该怎么办？"其他人纷纷问领头者。

领头者瞪着罗四两，怒道："先把这个中国小子抓起来。"

罗四两蒙了："关我什么事？我看起来这么好欺负吗？"

扑克大盗皆是等着看好戏。

监控室内，路易斯皱眉道："这帮小警察都把手伸进我们这里来了，老板，我们不管吗？"

领头的拄拐老人微微摇头："先等一等。"

索罗斯眯着眼睛看着罗四两，眼中缓缓流过不同寻常的色彩。

转眼间，这些国际刑警就冲着罗四两扑了过去，将他扑倒在地，捆了个严严实实。这就被抓住了？周围人的眼珠子都快瞪出来了。

抓捕现场

不止是他们，就连监控室里面的人都愣住了。

"这就被抓住了？"路易斯愕然。

索罗斯摇头叹道："他可比他父亲差远了。"

拄拐老人目露深思。

等候室内，老安迪斯急了："天哪，罗的儿子被抓住了，他根本不是罪犯啊，安迪斯你快去把他救出来。"

"住嘴。"安迪斯不耐烦地怒叫一声，眼睛死死地盯着罗四两。

扑克大盗那边，几人也甚是失望，纷纷摇头叹息："是我们对他期望过高了。"

面具男疑惑地扭头看"黑桃3"。"黑桃3"沉吟一下，低声道："我看不会那么简单，我总觉得会有很不好的事情发生。"

面具男点了一下头，问"Q"："逃脱术准备好了吗？"

"一切就绪。"

面具男闻言，再度点了一下头。

与其他人相比，罗四两的同伴则显得异常平静，刘明和张志峰都在看热闹，一点儿都不着急。

唐易思和加拉瓦正在一旁聊人生，加拉瓦还让唐易思看罗四两的惨状。唐易思则是摆了摆手，头都没转一下，继续拉着加拉瓦聊艺术。加拉瓦只能苦笑。

场上，国际刑警们则振奋不已。这一趟总算是没有白走，这个中国小子跟扑克大盗有过接触，说不定能在他身上找到什么线索。

领头的人见罗四两已经被捆得跟粽子一样，手脚都被塑料束缚带绑住了，这才放下心来。这种特制的束缚带只能往里绑，不能往回解，除非用剪刀剪开。而且这是特制的塑料，剪都要半天才能剪开。此外，束缚带很纤细，贴肉绑在身上，很难利用尖锐物把它磨断，更不能挣脱断开。因为，如果用力过猛，束缚带就会陷进肉里，把皮肤都割破了。

这种束缚带是他们专门用来对付扑克大盗的。扑克大盗这伙人都很擅长脱困术，手铐根本铐不住他们，只能靠束缚带，而且得像捆粽子那样捆得满满当当的，才有可能把他们困住。罗四两现在享受的就是这样的待遇。

领头的国际刑警见罗四两被捆好了，便扭头对扑克大盗们说道："你们的同伙已经被我们抓住了，听说扑克大盗是不会放弃自己的同伴的，你们要不要过来救一下他？"

面具男立刻摇头道："不不不，他现在可不算是我们的同伴，如果他能自己逃掉，我们才会认可他。"

"你……"领头的国际刑警大怒，可他知道对方说的是真的。扑克大盗只要天才，不要废物。

"喂，你们好歹管一下我啊。"罗四两不乐意了，出声抗议。可惜根本没人理他，两帮人还在对峙。

罗四两无奈地叹了一声："还真把我当软柿子了。"过了一会儿，罗四两向一位膘肥体壮的国际刑警抗议："喂，你给我盖件衣服在身上啊，不然这样多难看啊。"没人理他。

罗四两又道："这可是私人场所，这可是地下魔术大赛啊，你们在这里抓人，还堂而皇之地把我绑出去，总要考虑一下主人的想法吧？”

膘肥体壮的国际刑警皱眉看了罗四两一眼。罗四两展露笑颜：“来吧，帮我盖一下，大家面子上都好看。”那个国际刑警想了想，觉得罗四两说得也对，于是就脱下自己的西装打算给罗四两盖上。

扑克大盗疑惑地看着罗四两。

等候室内，老安迪斯怔怔地看着那件西装，面色顿变：“这难道是……”

“罗氏移动。”监控室内，拄拐老人直接道。

场上，国际刑警把西装轻轻盖在罗四两的肩膀上。罗四两扭过头，对着膘肥体壮的国际刑警露出灿烂的笑容：“谢谢，再见。”说完，迅速收敛笑容，脚下用力，整个人迅速向这个膘肥体壮的国际刑警撞去。

只听砰的一声，这人纹丝未动，只是很冷漠地看着罗四两。

罗四两蒙了。旁边人也是一愣，就连监控室里面的人也都愣住了。

那国际刑警的眼睛迅速瞪起来，整张脸扭曲起来，大怒之下，双手张开如遮天蔽日。他一个环抱狠狠抱来，打算给罗四两这个不识好歹的家伙一个重重的教训。

“不好。”老安迪斯惊叫一声。

罗四两亦是神色大变，快速弯曲腹部，脚下用力一蹬，整个人缩成了一团，躲进了膘肥体壮的国际刑警那宽大的西装里面。

“噗”，又是一声响，那国际刑警的两只巨手狠狠地抱在一起，紧接着传来的却是他自己的痛叫声。他抱了一个空，两只手狠狠地砸在了一起，被绑成粽子一样的罗四两却早就不见了。

“罗氏移动。”有些识货的人已经认出了罗四两父亲当年纵横世界的罗氏绝学。

监控室和等候室里面的那些老头子皆是神色复杂。扑克大盗那边几人亦是神色振奋，惊喜连连。

“嘿。”声音从背后响起。扑克大盗几人都扭头看去，正是笑吟吟的罗四两。

国际刑警的领头者愤怒地回头对着膘肥体壮的国际刑警狂吼道："你这个浑蛋，你在干什么？"膘肥体壮的国际刑警看着自己手上的宽大西装，脑子都蒙了。

国际刑警们只觉得头皮有些发麻。与魔术师不同的是，他们看到罗四两的表现之后，想到的并不是曾经那位纵横世界的中国魔术师，而是犯下累累罪行的另外一人。

领头的国际刑警问面具男："他就是你们的同伙'红桃A'？"

面具男明显愣了一下，顿了一顿，才说："如果他愿意的话，将会是新的'红桃A'。"

国际刑警一怔，反倒是听出了许多他们之前不曾掌握的信息。

面具男看向罗四两，眼神中有哀伤也有欣慰。罗四两比他想象得更加优秀，不仅有高超的手法技术，还有神鬼莫测的逃脱术，比"红桃A"更加优秀。如果有他的加盟，他们扑克大盗肯定会比之前更加强大。只是，他从来不曾想过离罗四两这么近是一件多么危险的事情。

"你通过考验了，兄弟。"面具男情真意切地说道。其他扑克大盗也都看着罗四两，只有"黑桃3"心中不安的感觉越来越盛。

罗四两沉吟了一下，问："等一下，我们的比试到底算谁赢啊？"

这一问，全场都愣了。现场这千变万化的，谁还能记得这两个人原先是在比试啊？

面具男也好一阵无语，只能说："兄弟，你不会真想在这里比赛吧？有这群浑蛋在这里，你难道不怕被他们抓了？"面具男眼中也露出了狡猾之色。被他这样一搞，罗四两是不想上船都难了，至少现在大家都认为他们是一伙的。至于露了面，那也无所谓，以后整个容就好了，何况他们都是蒙面行动的，这个不要紧。

罗四两眉头皱得更紧了："可你还没说我们到底谁赢了。"

面具男无语了，走过来拍拍罗四两的肩膀，无奈道："你赢了，行不行？你是冠军，你是MVP。"

场下，刘明和张志峰见面具男居然敢靠罗四两这么近，还拍他肩膀，不禁暗自感叹起来。

罗四两侧脸看了一下自己的肩膀，脸上露出古怪之色："你说了可不算，我要真的赢了你才行。刚刚你考验了我的逃脱能力，现在也轮到我考验你了。"

"什么？"面具男一怔。

罗四两盯着面具男的眼睛用中文问："你听说过神仙绳术吗？"

"什么？"面具男更是丈二和尚摸不着头脑。

"小心。""黑桃3"惊呼一声。

可是已经来不及了，罗四两突然用肩膀撞向了面具男，两人靠得这么近，根本躲不开。面具男被撞了个正着。其后，更可怕的一幕出现了，面具男竟然被捆住了。再看罗四两，身上已然空空无物。

短短一秒钟时间，捆得跟粽子似的罗四两已经把身上所有的绳索和束缚带都转移到面具男身上，换句话说，现在被捆成粽子一样的是面具男。面具男神色狂变。罗四两虽然看不见对方脸上的表情，却能看到对方此时惊恐的双眼。

全场都惊了，不可一世的安迪斯也第一次流露出慎重之色。

面具男挣扎了两下，发现挣扎不开，眼中第一次露出了焦急之色。

最傻眼的还是那群国际刑警。领头的国际刑警都快疯了，吼道："你们到底在干些什么？"其他人也呆愣愣看着自己的双手，开始怀疑刚刚出现了幻觉。他们刚才到底绑没绑那个中国人啊？

这一刻，好多人在怀疑这扑克大盗到底是真的还是假的，这帮警察到底是真的还是假的。该不会全是这个中国人请来的助手吧？

"放开我。"面具男沉声叫道。

罗四两笑容更甚："现在该轮到您来表演了。"

"你们还在等什么？"罗四两扭头对国际刑警们说道。

"快去抓住这个浑蛋。"国际刑警急吼着。一声令下，一群虎背熊腰的国际刑警纵身扑了过去，将面具男围在了当场。

扑克大盗们怒视着罗四两，但也不敢怠慢，纷纷动了起来。J双手按在地上，猛地往上一抬，一道黑幕顺着他的手快速往上升，说不清是黑色幕布还是光影。

“Q”则是快速旋转了起来。她每旋转一次，就会有许多烟雾出来，没转几次，他们几人就都被鸡蛋形的烟雾笼罩住了。说来也怪，这烟雾只笼罩他们，根本不往旁边散。

现场只有“黑桃3”、面具男和罗四两没有动。

在烟雾即将把这几人都盖住的时候，面具男一直在看罗四两。难得的是，他的眼中并没有愤怒之色，而是满满的欣赏。

领头的国际刑警狂喊道：“拦住他们，给我拦住他们。”

罗四两无动于衷。最后，烟雾彻底把这帮人给笼罩住了。国际刑警终于赶到，可惜已经迟了。

“啊……啊……”领头的国际刑警愤怒地捏着拳头大叫几声，尔后怒视罗四两，“你到底在干些什么？你怎么可以把他们放跑？”

罗四两却淡淡道：“我没说走，他们能跑得了？”说罢，他探手进烟雾中，猛然一拽。球形的烟雾陡然散开，就像是被打碎的鸡蛋一般。雾散之后，几个扑克大盗站在原地，呆若木鸡。

“他们竟然还在。”几个国际刑警都看傻了。

“我说了，现在该轮到您表演了。”罗四两对面具男恭敬说道。

面具男傻了。“Q”和“J”也傻了，两人呆呆地看向一处，那处坐着一个人，正是张志峰。张志峰笑着冲他们招招手，憨厚一笑。

罗四两看看他们几人，眸子微微一凝，“黑桃3”不见了。

幽灵魔术

扑克大盗没逃掉，他们竟然没逃掉。这帮人最擅长的其实不是偷盗，而是逃遁。世界顶级的逃脱术，才是他们笑傲江湖这么多年的依仗。可是今日，他们明明已经启动了逃脱魔术，为什么失效了？

是这个中国人破坏了他们的魔术吗？不对，他什么都没做。

是他！魔术师们顺着扑克大盗的眼睛看去，只见他们都在望着另外一个中国人。所有人心里都咯噔一下。这人就是站在罗四两身边毫不起眼的另外一个中国人，是他破坏了扑克大盗们的逃脱魔术。

所有人心中都沉重了不少。这伙中国人的实力好强，他们绝对是这次比赛中实力最强的团队之一。

到场的魔术师大部分都参加或者观看过之前的世界魔术大赛，自然知道中国队被安迪斯那个疯子羞辱的事情。原本他们还对罗四两一伙人轻视不已，经过这么一遭，他们再也不敢有这样愚蠢的想法。

至于那群国际刑警，他们可没空想那么多。这几个人早都扑上去了，拿出身上的装备把这几个扑克大盗捆得跟粽子似的。

等全都捆好之后，领头那人兴奋不已，看着眼前几个人，神情愉悦道："好了，现在他们是插上翅膀也逃不了了。都被捆成这样了，要是还能逃走，那一定不是魔术，而是黑魔法，我可要去教会请红衣大主教来帮我铲除邪恶了，哈哈……"这个家伙说了一个自以为很搞笑的笑话，说完之后，才发现其他人没笑，只是用奇怪的眼神看着他。

这个家伙神情一滞，突然想到了什么，扭头看向罗四两。这个会黑魔法的家伙就站在他身边，他的脸都开始泛红了。

罗四两笑了，说："这个笑话说得不错。"

"谢谢。"领头者有些尴尬地回应。

眼看同伴都被捆住，面具男此时再也保持不住翩翩风度，眼神里面再也不是赏识，而是深深的怨毒。

"你以为你抓住我们了吗？"面具男声音阴沉地喊着，眼睛死死盯着罗四两。

"哦，天，让他安静点。"领头的国际刑警下达指令，那个膘肥体壮的国际刑警立刻一拳捣向面具男。

面具男吃痛，青筋都暴起来了，可是他那狠戾的眼神却没有减弱半分。他咬着牙，声音从牙缝里面挤出来："你们都以为我是扑克大盗的领头人，没错，我的确是，可我的能力却不是最强的。‘黑桃3’才是，他是幽灵，他会把我们救出来的。”

“而你……”面具男话锋狠狠戳中了罗四两，“也会面临这个幽灵无休止的骚扰。”

罗四两眉头皱起来，没有理会已经快疯狂的面具男，而是看向了张志峰。见张志峰冲自己摇头，罗四两心头稍沉，“黑桃3”真的逃了，在他们眼皮子底下跑了。而且，他们谁也没有发现他的逃跑魔术。

这让罗四两心头不禁染上了一层阴霾。能在他和张志峰眼皮子底下逃走的人，实力绝对不容小觑。

俗话说：不怕贼偷，就怕贼惦记。被这样一个高手惦记上了，绝对不是一件什么舒服的事情。罗四两自己倒不怕，可他还有亲人跟伙伴啊，这次可要麻烦了。

领头的国际刑警这会儿终于开始好好感谢罗四两了，快把罗四两捧上天了。罗四两只说了一句：“这里可是地下魔术大赛，是私人的地方，你们确定能把这几个家伙带出去？”国际刑警顿时一愣。

“没错，是谁批准你们这些外行来这里捣乱的，又是谁给了你们这么大的胆子？”阴沉中略带着愤怒的声音在人群后面响起。

人们纷纷往后面看去，只见一群气势不凡的老人正注视着台上那些人。这些老人就是地下魔术大赛的主办方，全是曾经叱咤江湖的顶级魔术师。

那位走在最前面的、瘸了一条腿的拄拐老人，便是地下魔术大赛的创始人。没人知道他的真实身份，但所有人都知道这个瘸腿老人有着非常可怕的实力和势力，否则，他也办不起这样的盛会。

索罗斯和路易斯也在其列，两人看向罗四两的眼神都有些复杂。索罗斯与罗四两对视了一眼之后，就移开了目光。

路易斯倒是盯着罗四两打量了好一会儿，对索罗斯说道：“索罗斯，罗的儿子在上面，你不去打个招呼吗？你跟罗可是老相识了。”

索罗斯愤怒道：“闭嘴吧，你这个浑蛋。”

罗四两也很快注意到他们了，目光在路易斯身上多停留了一会儿。

场上，国际刑警似乎早有准备。领头的国际刑警微微鞠了一躬，笑着说："尊敬的先生，我听闻地下魔术大赛是专门为魔术师开的，我们虽然领了一个警察职位，可我们也是兼职的魔术师啊，不信您看。"

领头的国际刑警拿出一张扑克牌放在手上，手背对着瘸腿老人，然后手一抖变出来一张扑克，手再一抖把扑克又变走了，手法笨拙得想让人捶死他。

瘸腿老人不说话，只是冷冷注视着他。领头的国际刑警接着说："我知道我们的魔术水平是差了一些，按照常理来说，是得不到魔术大赛的邀请的。可是这一届的魔术大赛规定，只要有入场证就可以入场，不需要限定身份。所以，我们在一个慷慨的日本人手上买了几张入场证，这应该没有违反规定吧？"听到这话，主办方纷纷皱眉，没想到被他们钻了这样的空子。

人群中有几个魔术师目光也有些躲闪，他们也是在那个慷慨的日本人手上买的入场证。

罗四两就更无语了，那个慷慨的日本人就是唐易思假扮的，这个浑蛋偷了人家的入场证，还把屎盆子扣在了日本人头上，真是够坏的。现在那些被盗入场证的家伙，正找日本魔术师算账呢。

领头的国际刑警接着道："最后，我们并不是在您的私人场所执行抓捕任务，我们是在进行魔术比赛。地下魔术大赛从来不禁止赌博，如您所见，我们赌的就是人身自由，是由这位优秀的魔术师跟这些该死的扑克大盗们比的。"

领头的国际刑警指了指罗四两接着说："先前诸位也看到了，这位优秀的魔术师被我们捆住了，我们正要抓他，要是他被我们抓住了，那他就输了，要被我们带走。可这位优秀的魔术师明显技高一筹，他赢了，赢的赌注就是这群扑克大盗的人身自由。您说呢，尊敬的阁下？"

旁边的人都看呆了，还能这么解释啊？

瘸腿老人根本没有听国际刑警在说什么，只是盯着面具男，把面具男盯得不敢抬头。最后，瘸腿老人道：“你有什么话说？在我的地盘，没人可以捣乱。”

领头的国际刑警眼睛都瞪大了，合着他刚才都白说了。

面具男却低下头，羞愧道：“不劳您出手，技不如人，我很惭愧。今日的耻辱，我们一定会亲自洗刷，就凭这几个废物还困不住我们。”

国际刑警对面具男的辱骂充耳不闻，只要能把人带走，怎么都行。

瘸腿老人微微颔首，淡淡道：“还算有些骨气。”

“就是你们要小心了。”瘸腿老人看了罗四两和国际刑警一眼之后，转身走了，其他老人也跟着离去。

索罗斯和路易斯落在了最后。路易斯提醒罗四两：“嘿，罗的儿子。‘黑桃3’可不是个好惹的家伙，他从来没被抓住过，也没人能抓住他，他那幽灵一样的移动魔术比你父亲还要优秀，简直就是一个可怕的幽灵，就连我们都没有办法。这世界恐怕也没有哪个魔术师能在这一方面比得上他。你今天得罪他了，以后要小心了。”

罗四两眉头皱着，没有说话。

路易斯用手肘捅了捅索罗斯，说道：“你也说两句嘛，这可是你老对头的儿子呀。”

“滚蛋。”索罗斯爆了一句粗口，然后凶恶地看了一眼罗四两，扭头走了。

罗四两目光深邃，看着两人离去的背影，久久不言。

等候室内，老安迪斯满脸担忧：“哦，天哪，罗的儿子惹上了这个幽灵，他以后的麻烦可大了。安迪斯，你有把握对付这个家伙吗？”

不可一世的安迪斯也罕见地露出了沉重的表情，摇了摇头，沉声道：“单凭实力，我能对付他。可是他最厉害的是神出鬼没的幽灵魔术，谁也防不住他，也没有哪个人能永远提心吊胆地准备，真要这样，没几年自己就要疯了。没人能抓住这个幽灵，哪怕是我也不行，罗的儿子也不行，就算罗复生也不行。”老安迪斯目光暗淡了不少。

扑克大盗们被带走了，现场的魔术师心头却没有半点放松。他们其中仅有少数人了解扑克大盗，极少数人知道“黑桃3”的可怕能力。但是听到主办方那样一说，又看到面具男展现出来的有恃无恐，他们心中又发起了毛，感觉自己身边凉飕飕的，跟招惹了什么魔鬼似的。

大家看向罗四两的眼神都带着同情的味道，就连罗四两本人面色都有些沉重。

罗四两跟扑克大盗们的对决，以罗四两获胜告终，现在罗四两是近景魔术擂台的冠军。罗四两背着手站在擂台上，半晌无人敢上台挑战，最后毫无悬念地获得了近景魔术的冠军。可罗四两心中并没有太多喜悦之色，反而多了许多沉重。

罗四两下了擂台。唐易思知道这边发生的事情之后，也不拉着加拉瓦交流了，赶紧跑了过来，跟罗四两询问情况。

“怎么办？”刘明皱眉问。

唐易思难得正经一次，说：“这件事情不能拖，最好能在国外就给解决了。国内咱们家大业大的，可防不住他。虽说明刀明枪的，咱们不怕，但是防不住他们一直来阴招啊，毕竟敌暗我明啊。”

刘明说：“道理我们都懂，可是要怎么才能抓住那个浑蛋啊？先前那个老头子可说，这世上没人能抓住他。”

唐易思撇撇嘴巴道：“说不定是耸人听闻呢。”

刘明和张志峰纷纷皱眉。罗四两却道：“这不是耸人听闻，我听爷爷说过，南美有一支魔术传承，会的就是遁人之术，他们称之为幽灵魔术，或者是……幽灵魔法。我爷爷还有太爷跟他们打过交道，说是很厉害。民国时他们来过我们中国，横扫了国内不少擅长遁人戏法的戏法师，一时风头无两，后来不知道为什么突然离开了。”

“啊……”刘明吃了一惊，他还不知道有这样的内幕。

唐易思连忙道：“原来罗老爷子跟他们有交情啊，我估摸着那个‘黑桃3’肯定就是那支的传人，咱们递上拜帖，摆开道来，攀攀交情，说不定能把这事儿给平了。”

罗四两看他，轻叹一声："交情是有的，只不过不是什么好交情，大家当时闹得挺不开心的，结了仇了。"唐易思当时无语。

张志峰顿了一顿，才说："要不想办法把他骗来？凭我们张家机关术，说不定可以试试。要不把他诱骗到湘西去？"

"不行。"罗四两果断拒绝。

张志峰也有些头疼，皱眉看了罗四两一眼，说："要是在国外的话，凭我们俩可布不了机关囚困术，至少要再多一个机关大师。要不把张伯叫来，要不就……"说到此处，他欲言又止。

"就什么？你倒是快说呀。"唐易思倒是急了。

张志峰没好气道："要不就让蓉蓉来，她是新一代的鬼马张，机关技术在我之上，再加一个她就肯定没问题了。"

大家多少都知道罗四两和张蓉蓉之间有些状况，此时不由得尴尬地看向罗四两。

罗四两稍稍沉吟之后，说："先这样吧，让我回去想想对策。"

这一日比试结束，众人纷纷回去，罗四两一行人也回了酒店。

是夜，罗四两站在窗户边上眺望夜色。他们住的地方很偏，窗户外面就是无尽的漆黑，看不见半点灯火，而在那无尽的夜里，仿佛就蕴藏着巨大的恐怖。

外面的夜太黑了，房间里面又亮着灯，罗四两其实也看不出多远。玻璃在黑夜的衬托下变成了一面镜子，倒映的是他的脸。

看着看着，罗四两发现自己的脸有了一些细微的变化，最后，镜子中的那个他竟然露出了一个微笑。事实上，罗四两自己一直保持着面无表情。看到这么诡异的一幕，罗四两不为所动，只是淡然地注视着。

镜子中的罗四两瘆人地笑着，笑得人心中发慌。

罗四两的淡定似乎也败退了这诡异的画面，最后，镜子中的人影慢慢淡退掉。还不等人稍微松一口气，一张满脸挂血的恐怖人脸突然冲上玻璃，最后竟然突破玻璃，从黑夜中直接冲到了罗四两脸上。

罗四两就像是被点穴了一般，丝毫不为所动。满脸挂血的恐怖人脸冲到了罗四两面前突然消散了，所有的恐怖画面都不见了。罗四两嘴角浮现出一丝微笑，淡淡说道："就这点把戏吗？"

"你是什么时候发现玻璃窗换了的？"房间里面传来空洞的声音，让人无法分辨是从哪儿传来的。

罗四两回道："我一进来就发现了，这里一丝一毫的变化都无法逃过我的双眼。"

对方突然沉默了。少顷，不知从何处传来的声音再度响起："不错，你比我想象的更加强大。"

"那你可以出来了吗？"罗四两的声音陡然变得严厉起来，同时手上射出一把水果刀，直接飞向了白色墙壁。刀尖碰到墙壁，没有丝毫阻碍，竟然就全部钻了进去，就像是插进了一块白色的嫩豆腐中。

罗四两声音冰寒："我说了，这房间里一丝一毫的变化都瞒不了我。"

"你确实很厉害。"声音从罗四两背后响起，他霍然转身，只见背后不远处站着一人，正是"黑桃3"。

墙壁伪装的地方根本就没人，可是他是什么时候站到自己身后的？罗四两竟然没有一点察觉。他左手五指轻轻动着，面色沉重，嘴里称赞道："不愧是传说中的幽灵魔术，今日一见，名不虚传。"

"黑桃3"道："你也很不错，比我想象得更难对付。不过，你不是我的对手。"

"是吗？那你看看这个。"罗四两左手猛地朝上一抬，"黑桃3"顿时身形扭曲了起来。他两只手虚空猛抓了几下，"黑桃3"身形扭曲得更大了。

"是隐线？""黑桃3"语气有些诧异，"你什么时候装的？"

"就在我刚进门的时候。忘了告诉你，我的手法也比你想象得更厉害。"说罢，罗四两双手用力一扯，捆死了"黑桃3"，尔后他双手并指如刀，直冲"黑桃3"的喉咙。他打算来个狠的，以绝后患。

"黑桃3"既不躲闪也不挣扎，就是缓缓点头："你果然还能给我惊喜，可还是差了一点。我不会马上杀你复仇，我会让你无时无刻不在感受恐怖，这才是真正的幽灵魔法。”

话音刚落，罗四两就感觉手上的隐线骤然一松。再然后，“黑桃3”冒出一股黑烟，整个人消失不见了，只剩一件黑色长袍缓缓落地。

罗四两面色顿变。他是怎么逃跑的，怎么可能？难道自己刚刚没有捆住他，不可能，手感根本作不了假。难道站在那里的根本不是他本人，而是什么高科技？还是说，这根本就是一个幽灵？

罗四两面色阴沉下来。他在房间里面仔细搜索了一番，拆除了不少“黑桃3”布置的魔术道具。看到这些魔术道具，罗四两心中稍安。这些东西至少能证明“黑桃3”是个人，而非什么幽灵魔鬼。最后，罗四两制作了几个报警机关，安在门窗之上。他也是非常出色的机关大师，做这些东西自然不在话下。

夜里，罗四两关了灯，合上眸子。不知过了多久，罗四两觉得面上有风拂过，睡梦中的他没有任何思索，一伸手就甩了一把水果刀出去。

灯开了，罗四两坐了起来，只见墙壁上插着一把刀，刀上插着一件黑色长袍。长袍的帽子里面空荡荡的，里面有一张嘲讽的笑脸，笑得罗四两心中发毛。

罗四两扭头看向门和窗户，他布置的机关都没有触发，过去查看，发现这些机关都没有失效，全是完好的。可是……它们都没有触发……罗四两缓缓握起拳头。

这一夜，罗四两未眠。

第八章

戏法扬国威

唐装青年

第二日，地下魔术大赛继续举行。

罗四两一行人来到了会场。唐易思与同行几人见罗四两神色不佳，纷纷出声询问。罗四两不想他们担心，也没有过多解释，只说他昨晚跟“黑桃3”交手了。

同行几人大惊，以罗四两的恐怖实力都没能抓住这个“黑桃3”，他们心中也不由得沉重了不少，再也不敢抱有半点侥幸。张志峰也摸了摸口袋，眉头微皱。

“走吧，先去看看大型魔术，别忘了我们此行的目的。”

罗四两如是说道，其他几人都点头。

他们这次来的目的有两个，一个扬中国戏法的威风，还有一个是找出当年罗四两父亲出事的真相。到现在为止，他们也只完成了半个目标而已。国外魔术界已然不敢小觑中国戏法，可是安迪斯那个浑蛋，他们还没有出手教训。

原定的目标没有完成，现在又惹出新的麻烦，真是够头疼的。

几人心中都各有计较。张志峰借故离开了一下。罗四两正在沉思，也没管张志峰到底去哪儿了。

罗四两一行人进场之后，吸引了不少目光。昨日一战，罗四两的确打出了威风。也有不少人在窃窃私语，罗四两看得出来，他们的神情中不是敬畏和佩服，而是幸灾乐祸。罗四两被“黑桃3”盯上的事情，已经闹得尽人皆知了。

张志峰很快就跑回来了，对罗四两沉声说道：“四两，不好了，那个‘黑桃3’把你昨晚跟他交手的情况录了下来，放到了前面的大屏幕上了。”

“什么？”唐易思和刘明同时一惊。

罗四两心中更是一惊，对方是什么时候录像的？又把录像设备藏在了什么地方？他竟然丝毫没有察觉。

几人赶紧往前面走去。

场馆中间摆放着一个巨大的电子屏幕，上面正在播放昨晚罗四两跟“黑桃3”交手的情况，拍摄角度是在上面。罗四两思索了一下，上面他也检查过，没有什么与之前不同的，难道是之前就装了摄像头？还是后来才遥控出来的，躲开了他的第一遍检查？罗四两不得而知。

视频详细展现了罗四两两次跟“黑桃3”交手的场面，包括玻璃镜子中冲出来的鬼影、“黑桃3”化成烟雾逃走，以及半夜里一个黑色长袍站在了罗四两床尾，静静注视着沉睡中的罗四两，最后被罗四两射在墙上的画面。

这视频看得人心中发毛。这哪里是什么魔术对决，简直就是发生在自己身边最恐怖的灵异事件。

监控室里面，几个老头子神色凝重，就连拄拐老人都皱紧了眉头。

等候室里，老安迪斯不停地吐着寒气。安迪斯自己都皱紧了眉头，换位相处，他也不能比罗四两做得更好，“黑桃3”的强大还是远远超过了他的预计。

唐易思他们虽然知道罗四两昨晚跟“黑桃3”交上手了，但也不知道是这样一个情况。唐易思身上鸡皮疙瘩都起来了："老大，这到底是人还是鬼啊？我去，你昨晚没被吓死啊？"

罗四两神色稍微淡定一些，挤出了一点微笑，道："还好我稳得住，不然出了大丑，我可没脸再站在这里了。"罗四两虽然在开玩笑，唐易思他们却完全笑不出来。

"走吧。"罗四两率先迈步。他所到之处，魔术师们纷纷快速避让，仿佛他是一个瘟神一样。

昨日，几乎所有人都听说了"黑桃3"的威名，也知道了一些他的传说，但听说跟亲眼见到可是两回事。易身处之，他们不是被"黑桃3"干掉，就是被他逼疯，哪能有罗四两这样惊艳的表现啊。可就是罗四两，面对"黑桃3"的时候都落了下风。这"黑桃3"简直太可怕了，这是真正游荡在美洲大陆的幽灵啊。

地下魔术大赛允许魔术师自由上台比试，可也不是所有魔术师都有上台比试的胆量。要是实力不行，闹笑话不说，还会赔个倾家荡产。所以，有一些魔术师会在场馆角落处表演自己拿手的魔术，以期被某些魔术大佬看中，进入人家的团队。

往年这样的魔术师也有，但是数量很少，毕竟地下魔术大赛的赛事规格很高。今年这样的魔术师数量多了一些，应该跟罗四两他们乱卖入场证有关系。

有魔术师在旁边表演，也有魔术师在旁边围观。

罗四两不着急比赛，只是走着看着。然而，很多人见他一来，全部收拾东西跑了。最后，这一排表演魔术的，只有一个人没躲开。围观的魔术师跑了，表演者还在。这人穿着一身白色唐装，黑发黑瞳，是个亚裔人。罗四两凭借直觉，断定这人是中国人。

唐装青年也没抬头看罗四两几人，自顾自地准备自己的表演道具。

因为罗四两一行人在他这里停了下来，周边好多魔术师的目光都集中到了这里。不多时，场馆近一半的魔术师都围过来看了，只不过他们都站得远远的，与罗四两保持着非常安全的距离。

“四两，你看他干吗？”唐易思不解地问。

“嘘。”罗四两做了一个噤声的手势，眼睛却盯着这个唐装青年。

唐装青年很快就把道具准备好了，一根长长的白色羽毛，还有十来根长短不一的棕榈叶子。围观的人都是内行，一看就知道这个唐装青年要表演羽毛平衡术，这不算是魔术，但很考验基本功。

唐装青年做好准备之后，抬起了头，看了一圈围观着他的群众，最后把目光聚到罗四两脸上，嘴角扯出一抹微笑。

平衡术，一个不算魔术的魔术。魔术最基本的表现形式是变幻，所以也叫作幻术。平衡术不要求变幻，只考验人的平衡能力。

羽毛平衡术是利用一根羽毛跟十几根棕榈叶子搭建起来的平衡术，每两根棕榈叶子之间的交点只有一个，初时自然不难，但是把十几根都搭上去且保持平衡，难度就大了。最后，还要在这搭起来的十来根棕榈叶子上放一根棍子，最前端用一根羽毛压着。轻飘飘的羽毛，要维系这十来根棕榈叶子的平衡，这可不是一件容易的事情。

这个平衡术容错率很低，几乎不允许表演者犯一丁点儿错误。只要平衡搭错了一星半点，甚至表演者的呼吸不对，都会产生细微的变化，立刻打破这微妙的平衡。所以，这个平衡术对表演者的手感要求很高。

不过，这玩意儿放在外面还算不错，放在这里就很寻常了。来这里的全是魔术高手，能完成这种平衡术的人可不在少数。

考虑到在场馆角落表演的魔术师，本来就不是本领高超的人，大家也就都能理解了。放在平时，估计没几个人会去关注他，只是现在罗四两很认真地看着他，一时间，这唐装青年竟有些万众瞩目起来。

唐装青年把羽毛放在胸口，微微鞠了一躬，然后对着罗四两笑了一下。尔后，就开始了他的表演。

他蹲了下来，拿起了三根棕榈叶子，相互搭了起来。三根叶子，两个交点，保持着平衡；四根叶子，三个交点；五根叶子……

棕榈叶越来越长，到最后已经形成了展翅大鹏的模样，整个造型做下来足有一米多长。唐装青年把大鹏放在了木棍上，手压鸟头，最后把羽毛放上去。大鹏微微颔首几下，仿佛在问好，最后便稳住不动了。

平衡术完成。

唐装青年做得不错，没犯什么错误，可也没有什么惊喜。

围观的人都觉得奇怪，不明白为何罗四两对这个人这么好奇。

“这是……”唐易思眉头皱了起来。

罗四两道：“凤凰衔书。”

“这是凤凰衔书？”刘明疑惑。

凤凰衔书是最古老的中国戏法。

罗四两说道：“它给我的感觉就是凤凰衔书。”

其他几人都点了点头，但他们仍旧不解。凤凰衔书又怎么了，为什么要盯着人家看这么久啊？不说别人了，刘明他们也不懂，只有唐易思心中隐隐觉得有些不对。

表演完成之后，唐装青年又露出了笑容。似乎是因为这么多人观看他的表演，让他觉得很荣幸。唐装青年又看了罗四两一眼，最后伸手拿下了控制着整个造型平衡的小小羽毛。羽毛拿下，棕榈叶子散落一地。

羽毛平衡术有另外一个名字，叫“一根羽毛的力量”，用一根羽毛的重量平衡这么多棕榈叶子，以此来展现平衡的极致。到这里，羽毛平衡术就表演完成了。

还不错，可也平平无奇。唐装青年再次把羽毛放在胸前，躬身行礼，面含微笑，非常绅士。可惜，周边并没有掌声。

他起身之后，也没看散落在地上的那一堆棕榈叶，只是挥了一下手上的羽毛，神奇的事情发生了——散落一地的棕榈叶子竟然又飞了起来，就跟影视作品里面的画面回放一样。棕榈叶子飞起，落在木棍之上，又形成了最先的展翅大鹏模样，而且每两根棕榈叶子的交叉点都是重合的，还是那个微妙的平衡。

这一手，终于惹来众人侧目。

先前展示的是平衡术，现在可就是魔术了。这个魔术还是有点看头的。用手尚且很难完成羽毛平衡术，这么一挥羽毛，就完成搭建了？这不可能。

正因为不可能，所以这才是魔术。

一瞬间，几乎所有魔术师都断定唐装青年的棕榈叶子里装了什么东西。大家都怀疑，它们之间的平衡靠的不是技术上的平衡，而是有什么磁性物质的吸引。至于具体是什么，在没检查对方道具的情况下，别人也判断不出来。

“还行。”

“一般般。”

这是大家对唐装青年的评价。

看上去，唐装青年的表演是结束了，罗四两却没有离开，还在看着对方。这惹得围观的魔术师们更加不解了。

唐装青年见罗四两还在看他，也笑了。最后，他微微叹了一口气，轻吐气息，嘴里咕哝一句谁也没听清的话。唐装青年摇了摇头，挺直身子，身上优雅的气质陡然不见了。罗四两发现得最快，可不等他多观察一会儿，唐装青年就已经消失了。

就那样径直消失在众人眼前，没遮没挡，没拦没盖，突然不见了。

众人愣了三秒之后，才纷纷色变。

三秒过后，人群中发出惊呼声。所有人都闻声看去，包括罗四两一行人。消失的唐装青年突兀地出现在人群中，正揪着一个高大汉子的脖领。场上变化来得太快，等大家都转过去看的时候，才发现高大汉子迅速抹了一下脸庞，脸上顿时多了一个黑桃3图案的面具。

这人竟然是“黑桃3”？

大家都没看清楚他长什么样，只知道晃眼间看到他是个黑人。

监控室内，拄拐老人立刻用凌厉的眼神示意监控室的员工调取全方位的监控，可硬是找不到有“黑桃3”正脸的画面。拄拐老人脸上多了几分沉重。

场上，罗四两也被眼前的变化打了一个措手不及，等反应过来，他的脸色迅速阴沉下来。

“嗷……”被抓住脖领子的“黑桃3”发出愤怒的声音。

罗四两在这愤怒的吼声中还听出了恐惧之色。“黑桃3”竟然在害怕。再看那唐装青年，满脸桀骜，目光睥睨，抓住“黑桃3”就跟拎起来一只鸡似的。

“咔库库……”“黑桃3”喉咙里面发出别人听不懂的音节，尔后面容立刻诡异扭曲起来，眨眼之间便化作一道黑烟飘了起来，留在唐装青年手上的只有一件衣服。

全场寂静，所有人身上都起了一层鸡皮疙瘩。

先前，大家从大屏幕上看到了“黑桃3”昨晚跟罗四两对决时候展现出来的种种诡异能力，本来就对此忌惮不已，现在又亲眼看见了，就更加诡异和恐怖了。

“又是这样。”罗四两目眦欲裂。

“我的天。”唐易思头皮发麻。

“幽灵魔法……”等候室里的安迪斯亦是声音发寒，忌惮重重。

黑雾飘起，并未散去，就是盘旋在空中，形成一张可怖的骷髅鬼脸，让人看了更是心中发毛。那个唐装青年看了一眼手上的衣服，轻声嘀咕：“什么破习惯啊，干不过就脱衣服，一个糙老爷们儿也不嫌恶心。”

“中文？”众人纷纷诧异，这个神秘的唐装青年竟然是中国人。

唐装青年扔掉手上的衣服，拿起手上羽毛指向还立在木棍上不断颔首的凤凰，嘴里说一声：“咄。”棕榈叶子搭起来的凤凰突然颤抖了一下，金光闪过，一道凤凰虚影从这棕榈凤凰的身上飞了起来，振翅飞向骷髅虚影。

“我的妈呀，灵魂出窍啊。”唐易思大叫一声。

就连罗四两都瞪大了眼睛。在场魔术师们纷纷震惊，是光？是影？利用了光的折射，还是放映机？他到底是怎么做到的？

金光凤凰栩栩如生，衔嘴凤鸣，铿锵如铁，振翅数下便飞到了骷髅烟雾旁边。骷髅烟雾见状想跑，金光凤凰立刻冲上去，来去纵横，振翅摇摆，不出数下便把这个诡异的骷髅烟雾搅了个稀碎。一时间，黑色烟雾飘满上空。

唐装青年手中羽毛一挥，金光凤凰发出了一声胜利的鸣叫，转身飞回了架子上的棕榈凤凰体内，就如神话传说中的灵魂归位那样。

旁边围观群众，震撼莫名。

“哼，还不肯出来，冥顽不灵。”唐装青年怒斥一声，尔后一脚踩在凳子上，跃上空中，伸手捣向黑雾浓处。他用力往下一扯，突然间，一块巨影掉下来，正是“黑桃3”。

唐装青年身形矫健，伸手抓下“黑桃3”，趁势借力，一个翻身就上了“黑桃3”的背部，用脚踩着他的背摔落下来。

砰！“黑桃3”狠狠砸在地上。唐装青年踩在他身上，两秒过后，传来了“黑桃3”的痛呼。号称不会被任何人抓住的幽灵“黑桃3”，就这样在众目睽睽之下被打成了这样。

这一幕，怎么显得这么不真实？

罗四两心中的震撼更是巨大，只有跟“黑桃3”真正交过手的人，才知道这个人的可怕。就以罗四两这种恐怖的实力，面对“黑桃3”的时候都感到了深深的无力，而现在这个可怕的敌人就这样被人打败了？

“这……这……这……”唐易思半天说不出话来。

等候室内，安迪斯眸子陡然瞪大，死死盯着唐装青年。他一向自信的眸子，这一次罕见地失去了战意。

那唐装青年二话不说，一巴掌就狠狠扇在了“黑桃3”后脑上，骂一句：“冥顽不灵。”

“黑桃3”浑身颤抖，他在害怕。

唐装青年一边扇“黑桃3”后脑勺，一边骂：“多少年前就警告过你先祖，别来中国惹事，上次还没被收拾够啊？没记性，叫你没记性，我叫你没脑子。”

唐装青年越揍越狠，罗四两他们却听呆了。唐易思和刘明他们都诧异地看向罗四两，然后又满脸震惊地看向那个唐装青年。

罗四两亦是头皮发麻。他听爷爷说过，当年有幽灵魔术师来中国作恶闹事，曾经风光一时，没人挡得住，后来不知道为什么突然离开中国了。现在看来，难道是唐装青年这一支的戏法师把他们赶出去了？可这一支到底是什么人啊？罗四两对他们一无所知，唐易思、刘明和鬼马张也完全不知道。

“黑桃3”听了之后，用中文颤抖着解释道：“可是……可是我没进中国啊。”

唐装青年揍“黑桃3”的手停了一下，又迅速反应过来，理直气壮道：“你难道不知道中国人民心怀世界吗？”

这一下，不只是“黑桃3”，罗四两一行人都愣住了，感受到一股深深的尴尬。

幽灵之谜

唐装青年往“黑桃3”后脑勺敲了一拳之后，“黑桃3”就瘫倒在地上，彻底晕厥了过去。唐装青年这才站了起来，脸上露出微笑，手抚胸口，像一个绅士一样微微鞠了一躬。尽管他的礼仪挑不出什么毛病，旁边看着的人却是心中敬畏，下意识退让了一下，不敢接受唐装青年的鞠躬致敬。

戏法和魔术都是由来已久的东西，其魅力就在于它的不可知性。正因如此，无论中外，历史上都出现了许多利用魔术、戏法的技巧来装神弄鬼的人，也曾经祸害一时。所以，曾经的戏法、魔术也被人称作神仙之术。

随着科技的发展，这种论调自然显得非常荒唐，可是魔术的从业者，尤其是那些有着古老传承的戏法世家，几乎都听过仙术一说。此刻，唐装青年在他们眼里，就跟神仙似的。所有人都心生敬畏，就连罗四两也不例外。

罗四两从不相信这个世界上有神仙，也不相信有所谓的仙术。任何戏法都是有门子的，眼前这个唐装青年展现出来的一切也都不例外，可惜罗四两看不出来。

到底门子出在哪里？罗四两皱眉思索。

唐装青年却又把目光聚在了罗四两脸上，看见罗四两这样的神情，他笑了一下，问道："看不明白？"

罗四两微微颔首。

唐装青年笑道："看不明白就对了，我们的戏法要是能被你这么简单就看穿了，那还真是白混了。"

"我们？"罗四两敏锐地发现了唐装青年话语中隐藏的信息。

唐装青年看看罗四两，目光中有一种复杂的意味："又是这种堪称神仙天赋的疾病，你还真是和那人一模一样。"

"谁？"罗四两立刻把眉头立起来了。随后，不等唐装青年回答，罗四两便悚然一惊，身上鸡皮疙瘩都起来了。他有超忆症这事儿，知情的只有卢光耀和方铁口，就连他爷爷罗文昌都不知道，眼前这个人又是怎么知道的？

多年前，卢光耀还活着的时候，就告诫他不能泄露自己有超忆症的秘密。这么多年，罗四两一直恪守这个秘密，没想到这一个照面就被这个唐装青年看穿了。

还是说，自己早就被这群人注意很久了？想到这里，罗四两更是不寒而栗。

唐装青年不再答了，说："我知道你有许多疑问，但现在我不会为你解答，不过有一天你会知道的。拿着它，会有人来找你的。"说着，把手上的羽毛投向罗四两。

罗四两接住，发现羽毛上印着一个金色凤凰的图案。

唐装青年低头瞅了一眼地上的"黑桃3"，嘴角露出一抹笑，又看向罗四两，说："至于这个家伙，你能看出来多少，就看你本事了。"

罗四两皱眉。"看好了。"唐装青年叫了一声，然后伸手抓向"黑桃3”的长袍，用力一扯，直接把他的衣服给扒了下来。

旁边魔术师都把眼睛瞪大了。这可是闻名世界的幽灵魔术啊，他们也想看一看这其中真正的门子是什么。可惜，啥也没看见。

罗四两却眉头一抖，他看懂了，可是又没懂。

唐装青年看了罗四两的神情，大笑了两声，走过去在“黑桃3”身边的地面上踩了一脚，脚尖微微旋了两下。他动作隐秘，旁边人只注意到了他掀长袍，还真没发觉他别的动作。

罗四两回忆着刚才的场景，和之前场地的情况，他的超忆症能记住所有细节，再加上刚才唐装青年的动作，心中已经明悟了不少。可是，他还有疑惑没有解开。

唐装青年抖了抖手上的长袍，罗四两目光立刻锁定了这件衣服。可惜唐装青年不打算给罗四两透露太多了。他拿着衣服，伸手打向放置好的凤凰造型，一打一收，这造型顿时不见了。

“卧单回托？”罗四两失声惊呼。这可是罗家的绝学，这个人是怎么学会的？而且他回托的本事，竟然不比自己弱。

唐装青年笑了，仿佛看见罗四两这般失态的表情，能让他获得巨大的快感。“哈哈，走了。”他大步流星，这一次没有弄什么遁人的戏法，而是堂堂正正大步离去，竟无一人敢拦他。

等唐装青年走了，凝聚在这场馆的高压才慢慢散去，原本寂静无声的场馆里慢慢多了一些嘈杂之声。

唐易思这才敢说话，他哈着气，问罗四两：“这人谁呀？”

罗四两心中也充满了疑惑，摇摇头道：“我也不知道。”

唐易思又问：“他刚才跟你说的是什么呀？”

罗四两沉声回道：“他给我露了这个‘黑桃3’的戏法门子。”

“啊？”旁边几人都吃了一惊。唐易思赶紧追问：“到底是什么啊，我还真以为这小子是个鬼呢，原来他也是靠门子的啊？”

罗四两微微颔首，说：“这世上哪有神鬼，全是门子而已。”

唐易思又问：“那他的门子是什么？”

罗四两道："是机关彩法。"

张志峰一愣："我怎么没看出来？"

唐易思没好气道："要是都能被你看出来，那他们还怎么混？"

"我……"张志峰嘴笨，一时间真想不出反驳的话语。

罗四两没理他们。他环顾着四周，这里是魔术比赛的场所，机关彩法就是魔术戏法的核心，所以这个场馆里也布满了魔术师的道具和机关。有的是事先布置的，有的是比赛时布置的，有的是晚上没人时布置的，主办方对此知情，也并不反对魔术师这样做。

一个优秀的魔术师，他的机关绝不仅是拿出来给别人看的道具，甚至绝大多数时候，他们拿出来的道具都是故意给观众看的，真正的门子藏在了别处。

罗四两虽然有超忆症，能发现常人发现不了的细节，但是人力是有极限的。如果有人的机关变化能超过他的视觉判断极限，还是能瞒得过他的。刚才唐装青年就点醒了罗四两，"黑桃3"的幽灵魔法是利用了遁人术和傀儡术，他的人遁走了，留在上面的只是一个假的傀儡。

唐装青年先前在烟雾中抓到了"黑桃3"，抓到的只是一件长袍罢了。只是他的动作很快，外人根本反应不过来，等他落地之时，手上的人就已经换了一个。傀儡变成了真人，秘密就在地下。只是，"黑桃3"设置的机关非常巧妙，骗过了罗四两的眼睛，也骗过了其他人的眼睛。可惜，他骗不过唐装青年。

魔术很多时候都是一层窗户纸，没人捅破的话，哪怕只隔着薄薄一层，也永远触碰不到。"黑桃3"又给这层窗户纸上加了一层神秘的面纱，让人更加远离了真相。现在是唐装青年给罗四两点明了方向，不然的话让罗四两自己在地上找三圈，照样找不到门子在哪儿。不得机关门子，就算把地面挖开，也看不到里面的秘密。

罗四两猜测，"黑桃3"留在地面上化烟逃散的是傀儡术，可他不知道对方是怎么做到的。秘密或许在长袍上，所以唐装青年才会把长袍拿走，毕竟同行不露门子，这是行规。

知道了幽灵魔术的基本原理，罗四两却不知道门子的具体秘密。看了看倒在地上的“黑桃3”，罗四两摇头感叹，不知道这“黑桃3”能不能守住幽灵魔术的秘密，如果守不住，或许是一件幸事，但也可能是最大的恶事。

唐装青年走了。“黑桃3”倒了，后来国际刑警来把他带走了，主办方的拄拐老人也没阻止。可怕的唐装青年给所有人心头都压了一块巨石，让人感觉沉甸甸的。

经过这么一茬，大家比赛的情绪都受到了很大影响，完全没有原先那么热烈了。原先大家都想着争夺世界第一、魔坛魁首，可是跟那个神秘的唐装青年一比，也没什么好比的了。

唐易思问罗四两：“咱们怎么办啊，接着比吗？”

罗四两摇了摇头：“还有什么好比的，中国戏法出的风头还不够大吗？”

唐易思被噎了一下，再一想，这风头是真够大的，比罗四两父亲当年出的风头还要大。

罗四两环顾四周。他知道这里装满了摄像头，很容易被摄像头分析出他们的戏法门子在哪儿。也不知道这么多年过去，这个地下魔术大赛偷偷破解了多少人的门子。但是罗四两浑然不惧，因为一个真正优秀的戏法师，是绝对不会惧怕目光的。真正的大师，哪怕身边堆满了摄像机，也能瞒过所有人。这就是卢光耀所说的大成之境，而罗四两现在已经是在大成之上，达到完美了，就更不用怕什么了。

罗四两对着全场的魔术师，用英文说道：“前不久的魔术大赛上，我听说很多人都嘲笑我们中国的魔术师，对吗？”他用平淡的眼神扫过场内站着的人。被罗四两眼神扫过的魔术师都下意识地侧过了头，避过了罗四两那尽管平淡却给人很大压力的目光。

很多魔术师这才知道，原来罗四两他们来闯这地下魔术大赛，不是为了自己的名利，而是给中国戏法找场子来了。

罗四两扫视了一圈之后，嘴角慢慢扯起一点笑容，又问：“今日，可还有人敢小觑中国戏法？”这句话过后，场内鸦雀无声。

罗四两把目光上抬，盯着上方的摄像头，说：“人家的风头我不会去抢，人家的光我也不想去沾。安迪斯，你羞辱我罗家一门还有整个中国魔坛的账，该清一清了吧？我以近景魔术冠军的身份，按照规则，也够资格挑战你了吧？安迪斯，你敢应战吗？”

落活儿对决

场上人呼吸一滞。虽然早就料到了这件事情，但是见到真有狠人直接挑战安迪斯的时候，他们还是吓了一跳。

同一时间，监控室里面的老人都偏头往边上的屏幕看去，等候室里面也安装了监控。

等候室内，老安迪斯立刻就把拳头握了起来，神色紧张。

安迪斯看着屏幕上正视他的罗四两，整个人如一把出鞘的利剑一般，战意勃发。

“安迪斯。”老安迪斯紧张地叫了一声。

安迪斯慢慢站了起来，眼睛注视着视频里面的罗四两，没有回头看自己的父亲。他说道：“老家伙，我是你生的，我的命是你给的，但是我从来都不愿意叫你一声父亲。”

老安迪斯一怔。

安迪斯语气平淡，跟他往常嚣张暴躁的形象很不一样：“我从小到大都没有在你身上感受过一丝属于父亲的温暖，你只会叫我不停地练魔术。别的孩子在我这么大的时候都是想着去哪里聚会，去哪里郊游，去哪里钓鱼，而我只能盯着那几个冰冷的魔术球。

“我从小就很羡慕别的孩子能在父亲宽阔的肩膀上撒娇，可我面对的只有你冷漠的面孔和无情的巴掌。我一直羡慕那些可以开开心心过自己生活的孩子，因为我的生活除了魔术还是魔术，我的人生只有魔术。

他们都羡慕我现在的成就，可谁又知道一个从五岁开始就每天休息时间不到六小时的孩子，是怎么成长到今天的。”

“孩子……”老安迪斯声音竟然有些发颤。

安迪斯继续平淡地说道：“我知道，我知道你为什么会对我如此严苛。不就是因为你输给了罗家的那个男人吗？你自己打不败他，只能逼着我成长变强。”

老安迪斯急忙道：“孩子，可你是天生的魔术大师啊……”

安迪斯摇摇头：“这世上没有什么天生的魔术大师，所谓的天才都是比常人更蠢的蠢货罢了，因为他们除了坚持，别无他路。老家伙，罗已经死了，我无法替你报仇。这么多年，我一直在等，一直在等，等罗家人再有人成长起来。今天我终于等到了，今日，我就帮你讨回你曾经丢失的尊严。这次过后，我们之间就两清了，再也没有任何关系。”说罢，扭头就要出门。

老安迪斯急声喊道：“等等，安迪斯，我可是你父亲啊。”

安迪斯霍然转头，死死盯着老安迪斯，怒喝道：“从你殴打让我多休息一会儿的母亲的时候，你就已经不是了；从你因为逼我练习魔术，不管倒在地上的母亲，致使她心脏病发作没有得到救治而去世的时候，你就已经不是了；从因为我18岁偷偷谈恋爱，你就把人家姑娘打得鼻青脸肿的时候，你就已经不是了。”

安迪斯道：“无数人说我脾气暴躁、性格诡异，根本不像个人。没错，我本来就不是个人，我没有亲情，没有爱情，也没有友情，这一切都是拜你所赐，不是吗？”

老安迪斯嘴唇颤着，竟说不出一句话来。

安迪斯来到了赛场。安迪斯的嚣张暴躁是出了名的，他是凶名在外的人物，所以一路走来，旁边人都立刻给他让出一条宽阔的道路。没人想在这个疯子面前多站一秒钟。安迪斯一步步走到罗四两面前，一直盯着罗四两的双眸。

罗四两与他对视，眼神平静。

两人再一次近在咫尺。

罗四两要跟安迪斯对决了，决赛突然提前了，其他人也没了心思比赛，另外两个赛场的参赛者都挤到了这里来围观。

监控室内，站在最前的拄拐老人突然道：“走吧，我们也去看看吧。”

众人一怔。路易斯问道：“现在就出去？”

拄拐老人转身看他，笑问：“难道你不想要一个结果吗，路易斯？”路易斯皱起了眉，神色纳闷。

监控室内的大佬们也全都走了出来，就坐在了擂台旁边的位置上。观众、裁判，所有人都到位了。

“安迪斯向您问好。”安迪斯这才说道。

罗四两微微一笑，拱了拱手，回道：“戏法罗，罗四两。”

安迪斯道：“这一天我已经等了很久了。你应该不知道，我已经注意你很久了。曾经很多人都认为罗家已经要完了，这世上再也出不了戏法罗，可我不信，我不信这个神奇的家族会绝后。而你，终究没有辜负我的期望，你终于来了。”

罗四两却说：“我知道你为什么要逼我出来，可你知道我为什么应战吗？”

安迪斯大声道：“我当然知道，你是为了你的父亲而来。没错，一个伟大的魔术师怎么可能死在自己成名的魔术之下，这是一件多么荒唐的事情。我还可以告诉你，你父亲就是死在阴谋之下。”

此话一出，全场哗然，罗四两的双眸更是陡然凌厉了起来。

主办方的老头子们神色都有些古怪。路易斯最先扭头看向糟老头子索罗斯，其他人的目光也随之看去，看得索罗斯脸都快绿了。

“你知道是谁干的？”罗四两出声问道。

安迪斯摇摇头道：“没有证据。”

“我倒是有自己的猜测。”罗四两也看向主办方的那群老头子。

索罗斯见罗四两看向了他，脸颊狠狠抽搐了两下，脸色更难看了。路易斯看到这一幕，却有些憋笑。

罗四两身怀《玄关》观人之术，这是方家几代人观社会人心所得，在国内适用，放在国外也照样能看出点端倪来。《玄关》才是罗四两最大的依仗，如果没有这等本事，他这趟出国之旅注定会白费。当年都没查明白的事情，隔了十几年后，就更加不会清楚了。

不过，证据会随着时间流逝变得更加模糊，人心不会。

人心是最易变的东西，也是最守恒的东西；人心是最难懂的东西，也是最直观的东西。

罗四两用自己的《玄关》之术早就看出了一些端倪，他不知道凶手是谁，但是他知道谁知道内情。

“我们可以开始了吗？”罗四两问安迪斯。

安迪斯却摇了摇头，说：“就这么干巴巴开始，不赌点什么吗？”

“哦，你想赌什么？”罗四两反问。

安迪斯盯着罗四两的眼睛：“就赌你们罗家那块卧单。”

罗四两眼睛微微一眯。

老安迪斯却是听得眼睛一酸，眼泪都快掉下来了。他知道安迪斯都是为了他，当初罗四两的父亲打上门来，抢走了他的奖杯，还当着他的面把奖杯摔成粉碎，这一摔也彻底把他的脸面摔了个干净。现在安迪斯提出了这样的赌局，全是为了给他找回颜面。罗家世代相传、代表罗家最高荣誉的卧单，可比他的冠军奖杯值钱多了，这一下子，他丢掉的所有尊严就都能找回来了。可是老安迪斯心中也很是悲凉，因为他知道，此次过后，他将永远失去这个儿子。

场上，罗四两反问道：“那如果你输了呢？”

“那我就告诉你谁是害死你父亲的凶手。”

所有人都愕然看着安迪斯。

“你果然知道。”罗四两眸子如刀一般锐利。

安迪斯微微颔首：“你赢过我，我才会说。”

“好。”罗四两沉声应道，然后扭头看主办方的拄拐老人，“你不打算参与进来吗，先生？”

全场人又愣了一下，这么多年还是第一次有人拉着主办方参与赌博的。主办方从不参赌，这是规矩。

拄拐老人沉默了一下，问罗四两：“你打算跟我赌什么？”

罗四两看着对方，说道：“如果我赢了，我要替父报仇，还请您不要阻拦。”

拄拐老人沉默的时间更长了，最后才慢吞吞说道：“似乎是很合理的请求，我没有理由拒绝。不过这一切要等你赢了再说，失败者是没有资格提要求的。”

罗四两点了点头：“多谢。”然后转身问安迪斯：“说吧，我们比什么？”

安迪斯回道：“比你们罗家最擅长的魔术，比你父亲赢过老家伙的魔术。你用你的，我用我的，二十年前的魔术，我们再来对决一场。”

“好。”罗四两应允。

“请。”安迪斯伸出了手。他还是第一次这么客气。

老安迪斯也颤颤巍巍赶紧从等候室里面出来。他要亲眼见证这场延续了两代人、历经了二十年的比试。

罗四两大步朝着舞台走去，安迪斯紧随其后。两人站上了舞台，对面而站。

“你需要准备吗？”罗四两问安迪斯。

安迪斯摇头：“不用，你不是当年的罗，我也不是当年的老家伙。”

“好，那开始吧。”话音落下，罗四两手往身边陡然展开，手上顿时多了一面红色卧单。

卧单迎风滚浪，中间金绣的罗字若隐若现，如龙腾云。

时隔多年，这面罗家卧单再一次闪耀在世界舞台上。许多老家伙看着这面卧单，神色都复杂得厉害。

戏法罗家世代相传的戏法就是落活儿，罗家人行走天下靠的就是一张卧单，几代人都是靠着这门本事在世界打出的名气。

罗四两作为第四代戏法罗，传承了罗家卧单，自然也传承了罗家绝活。而且以罗四两的惊才绝艳，又继承了单义堂的传承，他现在的实力早就超越了他的父亲。

但巧的是，他的对手安迪斯，也全面超过了他的父亲老安迪斯。

这一场延续了两代人的比试，比二十年前的那场更加精彩。

罗四两用的是中国传统戏法，落活儿。

安迪斯用的恰好是西方的落活儿，只不过他们不叫落活儿，只是表现形式跟落活儿相似，都是从无到有，再从有到无，也就是立子行常说的出托和回托。

西方更加注重节目的可看性，所以常常表演一个比较完整的故事，类似小品，然后在故事里面展现自己的魔术。而中国的戏法全靠一张嘴，主要是用嘴来跟观众沟通。

落活儿表演者一般都是身穿传统大褂，因为门子都藏在衣服里，尤其是裤裆底下，所以需要大褂的下摆袍子挡着，所以也叫裤裆立子。其神奇之处就在于能变出带水带火的东西来，还能变出活物，甚至还有一米多长的瓷瓶或者插了旗子的戟瓶。大家知道表演者把东西藏在衣服里面，但不知道他是怎么藏这么多看起来完全没办法藏的东西。这才是落活儿表演的核心所在。

任何魔术或者戏法，一旦让观众知道门子所在，就会变得索然无味。落活儿是半露门子的，大家都知道他把东西藏在了衣服里面，但是没人知道他是怎么藏的。可随着时代的发展，大家慢慢对这种表演方式没有兴趣了。表演落活儿的艺人纷纷没了饭吃，只有罗家的卧单回托能吸引住观众的眼球。

后来，罗四两那惊才绝艳的父亲抛弃了长袍大褂，直接穿着一身干练的紧身衣服，仗着一块卧单，照样能变出传统落活儿能变出来的东西。是他补足了落活儿的先天缺陷，所以他的表演总是让人叹为观止。也正是这个技法的改进，大家才普遍开始承认，罗四两的父亲已经全面超越罗文昌了，至于更后面的青空凌云自是不必说了。

今日的罗四两，也穿着干练衣服。

对面的安迪斯也是如此。西方的落活儿，更像一种舞台上的大型魔术，离观众比较远，门子也在衣服上，但通常只能变出一些小的东西，有些活物就很不错了，特别大件和带水带火的东西变不了。

没有废物的魔术，只有废物的魔术师。中西方落活儿本身没有特别明显的优劣，全靠表演者本身的水平和实力。

罗四两和安迪斯的对决，就是中西方落活儿的巅峰对决。

“请吧。”罗四两拿着卧单对安迪斯说道。

“稍等一下。”安迪斯从自己西装口袋中拿出了一块白色方巾，展开来。只一个小小的方形手巾，然后再折上，再摊开，突然大了足足四五倍，小小的方形手巾变成了半件衣服那么大；再折再翻，半件衣服变成了一件衣服那么大；再折再翻，就变成了方形桌面那么大了。他手上的那块白布竟然不比罗四两手上的小了。罗四两手上拿的是卧单，而他手上的竟然也成了一块卧单。

罗四两有些吃惊，就连安迪斯的父亲老安迪斯也错愕不已。

老安迪斯当年的成名魔术是“一场奇妙的旅行”，讲的是一个男人去旅行的故事，从在家里穿着背心起床开始，一样样衣服往自己身上添，又一样样东西从自己身上变出来，大的小的，尖的钝的，最后变出了一辆汽车，开了没几步之后又变出了一架飞机，坐上飞机去旅行了，整个节目才结束。

这就是典型的西方大型魔术，节目完整，跟小品似的；变的东西都非常大，很有视觉冲击感。戏法人人会变，看的只是水平高低罢了，恰好，老安迪斯就是水平极高的那个人。只是当初的老安迪斯表演这个节目的时候，都是不停变化手上的东西，通过目不暇接的器物变化来达到掩人耳目的目的，然后变出一样样东西。

可安迪斯怎么就拿了一块白布，另外，他的动作怎么跟罗四两如此相像？

罗四两皱了眉，问道："你要不说，我还以为你拿的也是卧单。"

安迪斯道："没错，你可以理解这就是一块卧单。"

罗四两眉头又皱了几分。

安迪斯说道："当年你的父亲就是拿了一块卧单，没有表演任何魔术，就直接破坏了老家伙的魔术，把老家伙的成名作毁得乱七八糟。今天，我并不打算复原老家伙的魔术，我就是想学你父亲那样。我们角色互换一下，我想让你体验一下老家伙当年的感受。"老安迪斯听得眼睛都红了，他又想起了当年那一幕，身子也忍不住有些颤抖。

罗四两只是轻轻一笑，说："你可以模仿我父亲，但我却模仿不了你父亲。"

安迪斯脸上的嬉皮笑脸都收了起来，道："废话少说，直接放马过来，拿出你最好的节目。不是说你们中国落活儿能变水火吗，你倒是变给我看啊。"

"如你所愿。"罗四两冷冷地说了一声，双手一抖，布浪翻滚，再一掀，卧单飞跃。罗四两抓住另外两个角，往外一打，再往回一拉，整个卧单就在空中折叠了起来，尔后层层翻浪，在那折叠中间竟然出现了一个火盆，冒着熊熊烈火，直接冲着安迪斯的脸飞了过去。

场上的魔术师们都吓了一跳。就连刘明都惊叫道："他竟然真的不用大褂就把火盆变出来了，他藏哪儿了？"

张志峰沉声道："就在场上。没人可以凭空变出东西，所有的戏法都是障眼法。他的卧单起到了遮挡作用，方便他把预先藏好的东西取出来，只是他的动作太快又太巧妙了，藏得很好，没人发现罢了。"

唐易思扭头问他："你怎么知道得这么清楚？"

张志峰略带骄傲道："因为这门机关术的手艺，是当年少罗爷在我们鬼马张家学的。"

刘明点点头。唐易思也明白了，嘀咕道："自己守着宝山开不出花来，反倒是被外人发扬光大了，真不知道你们得意什么。还敝帚自珍，不教我。”

最后一句话，唐易思说得很轻。但张志峰还是听见了，怒目而视。唐易思正襟危坐，装作没看见。

再看场上，那熊熊火盆已经飞到了安迪斯眼前。

安迪斯面对迎面飞来的火盆，丝毫不慌，直接拿起手上的方形白布，用手一旋，白布就在安迪斯面前凌空旋转起来。安迪斯双手离开，不去触碰。他就跟西方传说中的魔法师一样，在面前画一个圈圈，便有一个能吞噬一切的魔法圈出现，那块旋转的白布仿佛真的有吞噬万物的能力。

眨眼间，火盆飞了过来，正好砸进了旋转着的白布里面。白布顿时就被砸飞了出去。大家都被吓了一跳，这白布后面站着的可是安迪斯啊，这火盆要是砸在人身上，那还得了？可安迪斯就跟傻了一样，根本不知道闪躲，就硬生生被包着火盆的白布砸在身上。围观的人中，胆子小的甚至都已经叫出声来了。

白布重重地砸在身上，巨大的撞击声都传了出来，安迪斯的痛呼声却没有传出。白布平坦地盖在了安迪斯身上，并没有任何凸起，那个火盆不见了。

安迪斯把火盆变没了。

“哇哦……”场上响起了叫好声。

现场很多魔术师都是在情不自禁大声叫好之后，才反应过来，安迪斯和罗四两的对决其实并不仅是他们两家的矛盾，也是中国戏法和西方魔术的对决。不知不觉之间，他们的立场也发生了改变。此刻在现场，希望罗四两赢的人还真的不多。

许多人的目光都带上了几分阴沉，这里面就包括了主办方的几位老头子，而这一切都落入了罗四两的眼睛里面。

台上，安迪斯扯下了身上的白布，带出了一股灰烟，似乎是在说明刚刚这里面的确是包裹着火盆的。

“很不错的魔术，接下来看我的。”安迪斯露出了微笑，用力一甩手上的白布，火星抖散空中。

众人吃了一惊，这是刚刚火盆里面的火星还是别的？就连罗四两都严阵以待。

安迪斯再一甩白布，火星更多了，落在地上发出噼啪之声，深处火星中心的安迪斯却还是浑然不觉。

“燃烧吧，火焰。”安迪斯高呼一声，手抓白布在身体四周快速转动起来。白布上突然蹿出了烈火，熊熊火焰立刻把安迪斯包裹住了。安迪斯整个人都置身火焰之中。

“意大利的火焰表演？”老安迪斯有些疑惑。

拄拐老人却道：“不，这是火焰魔术。”

火焰表演是意大利的一个传统项目。表演者手持两个火棒在身边挥舞，会打出许多火星，漫天飞舞，当然也会蹿出许多火焰来，非常具有观赏价值。但这个节目跟魔术的关系不是太大，虽然也有门子的，但道具的技术含量并不是太高，一般也不会把这门手艺纳入到魔术里面。

当然，意大利火焰表演是艺人拿着火棒完成的，这是艺术表演。而安迪斯是用白布完成的，火焰和火星都是从白布上出来的，这是魔术。

台上，火焰迅速散去，安迪斯伫立当中，如火神一般。他手拿白布，在头顶挥舞，大片火星飞溅而出，如同下了一场火星暴雨。

“起！”安迪斯大喊一声，白布分离朝上一甩，一道粗壮的、由火星组成的、如腾龙一样的火星柱子立刻升空。安迪斯再朝前甩一次，火龙直扑罗四两而去。

这就是安迪斯的反击。

罗四两临危不乱，迅速卷动手上卧单。眨眼间，平摊着的卧单立刻被他卷成了一个空心圆柱。罗四两将其重重砸在地上，大声道：“我有仙棍一根，上天捣云，落地涌泉。泉涌，出……”话音落下，卧单空心处激射出一股水柱，直撞空中火龙。

水龙、火龙两相撞击，一时间僵持半空，火星散落而下，星落成雨，罗四两眼都不眨地站在其中，恍若天神。

众人惊叹。

魔术乎？魔法乎？世间竟有如此绚烂的魔术？魔术的对决竟然还能这样？

唐易思惊愕道：“古戏法落地生泉？这戏法什么时候变得这么厉害，还能这么玩？”

“哼。”张志峰发出轻哼声。唐易思扭头看他：“这靠的也是你们张家机关术？”张志峰闻言，更添几分傲气。

台上，火龙和水龙谁也没占到便宜，少顷之后都散了。

“好。”全场鼓掌叫好。

这一次不关乎立场问题，纯粹是给一场精彩绝伦的魔术叫好。

“你很强。”安迪斯如是说道。

“你也是。”罗四两也是这般。

两人对面站着，语气和神态都很平静。

安迪斯道：“可我们终归是要分出胜负的，不是吗？”

罗四两问：“那你想怎么样？”

安迪斯道：“一招定胜负吧。”

罗四两应道：“好。”

“看我的大型魔术。”安迪斯大喊之后，再抖手上白布，桌子大小的白布迎风而涨，瞬间就变得巨大。安迪斯快速跑动，双手拿着白布往台上空处盖去。只是这一盖，白布却落不到地上，反而在空中勾勒出了一辆汽车的形状。

可这里原本是什么东西都没有的啊。场上所有人都把眼睛瞪大了。只见安迪斯迅速一扯白布，白布扯开，场上多了一辆汽车。这就是他的大型魔术，也是当年老安迪斯的成名作品，只是安迪斯变得更快，动作更简单，难度更大。

老安迪斯激动了，双手紧紧握着拳头。

“这是我的落活儿。”安迪斯用中文跟罗四两如此说。

罗四两冷哼一声："小道而已，看我罗家绝学，卧单回托。"说罢之后，迅速奔向前，跑到安迪斯身边，只是用手一招，还不等安迪斯反应过来，安迪斯手上的白布就到了罗四两手上。

这一下，安迪斯陡然色变。

罗四两伸手展开白布，扬手把白布盖在了汽车之上。

全场人屏住了呼吸。卧单回托是罗家人的绝学，也是中国落活儿的巅峰之作，可是他们也从来没有回托过这么大的物件啊。

主办方的那几位老人目光纷纷锐利起来，拄拐老人握着拐杖的手多用了几分力，路易斯的眸子也多了几分阴沉。

罗四两重重呼吸几口，用脚在地面上狠踩几下，然后快速奔动，用手抓住白布，用力一扯，嘴里大声喝道："走。"安迪斯面色微变。

白布落下，汽车不见。卧单回托，成。

手法对决

这世上没有魔法，也没有仙术。所有的戏法都是障眼法，看起来的种种不可思议，其实都是有门子的。刚才的对决，同样如此。

罗四两的父亲之所以能穿着紧身衣服变落活儿，是因为他学了张家的机关术，早就把东西藏在了自己的表演区，然后凭借着高超的手法，能掩人耳目地完成一次次精彩绝伦的出托。所以，卢光耀曾经评价罗四两的父亲：如果没有受到单义堂的传承，他真不一定能超越罗文昌。毕竟罗文昌也是惊才绝艳的一代天骄。

罗四两则是天赋更好，接受到单义堂的传承也更多，所以才能比他的爷爷和父亲都更加优秀。罗家的几代人都跟单义堂脱不了干系。这次罗四两跟安迪斯的对决，最后的变汽车，也是利用了机关术。罗四两自然不可能有凭空把汽车变走的能力，只是罗四两瞧出安迪斯设置机关的奥妙罢了。

安迪斯的神色变得那么难看也正是因为如此，自己设置的巧妙机关竟然能被对手这么快识破，还那么快利用上，这简直是一场灾难。

安迪斯沉声问道："你是怎么做到的？"

罗四两笑了笑，反问："很难吗？"

场下，主办方的拄拐老人死死盯住了罗四两的眼睛。他是最懂行的人，这一刻他仿佛明悟了什么。老安迪斯亦是脑子一闪，诧异至极地看着罗四两。

"是你的记忆！"安迪斯终于反应了过来，语气顿时变得急促起来，"我明白了，就是你的记忆，你有超过凡人的记忆能力，能过目不忘。你的大脑就跟计算机一样，能在瞬间进行无数次计算，再加上你本来就是机关大师，所以任何机关都逃不过你的眼睛。不，甚至说任何魔术都逃不过你的眼睛。"

这话一出，全场哗然。大家都不曾想到罗四两竟然有这样的能力。这能力对魔术师来说，可是天赐的本领啊，简直等同于祖师爷附体。但是对其他魔术师，尤其是他的对手来说，那就是噩梦了。

罗四两却神色平静，不置可否道："那又如何？就算我有这样的能力，你会认输吗？"

安迪斯讥笑道："简直笑话，就算你有超凡的记忆力，毕竟也是人类，怎么可能看穿所有魔术？之前'黑桃3'的魔术你不就看不穿吗？你只是有比我们更好的天赋罢了。"

这话一出，场上许多魔术师紧张的心情顿时都放松了不少。

安迪斯看了看罗四两的手，说："看来你的手法也是极为高超的，居然能在我手上轻易把东西拿走，着实厉害。实不相瞒，我最擅长的并不是大型魔术，而是手法。既然大型魔术上我们决不出胜负来，不如就比一场手法。"

罗四两看着他，露出笑颜："你还是怕了。"

安迪斯愠怒道："可笑，如果不是你刚从我手上变走东西，我连跟你比试的兴趣都没有，并不是谁都有资格跟我比试手法的。"

罗四两眉头稍稍皱了起来。

老安迪斯也轻轻叹了一口气，安迪斯不能在他当年输掉的地方帮他找回颜面，总的来说，他还是会有些遗憾的。

“好啊。”没有过多考虑，罗四两就答应下来了。虽说是第四代的戏法罗，可罗四两最擅长的其实不是落活儿，而是手法。

比落活儿，罗四两也没有把握能赢安迪斯，刚刚两人的对决也的确难分胜负。而且他俩的落活儿都依仗机关术，事先的准备都不够，就算把场上的东西都起出来也难分高下。

手法却不一样。手法是最基本的比试，不需要做什么准备。这是最考验基本功的，也是最能明显判断胜负的，更是罗四两最擅长的东西。

罗四两把手上的卧单叠成了一个小方块，双手一拍，手上的卧单顿时消失。

手榜第四，小遁术。当年卢光耀霸占手彩榜前五名半个多世纪的绝学之一。

这手一出，全场魔术师顿时眼睛一亮。内行看门道，外行看热闹。他们这些内行确实看出了不少东西。

安迪斯的目光也沉了几分，更添了战意：“很好，你的手法果然是我见过最好的。不过，我的也不差。”说罢，他撸起袖子露出白皙的手臂，可在那条白皙的手臂上却趴着几道深浅不一的疤痕。

老安迪斯看到这一幕，脸上闪过复杂之色，尔后又迅速平复下来。

安迪斯张开十指抖散几下，示意手上无物，尔后双手合十。他眼睛紧紧盯着罗四两，然后双手迅速打开，双手之间出现了一颗拳头大小的玻璃球，悬浮在他双手之间滴溜溜旋转。

全场魔术师露出惊艳之色。任何魔术和戏法都是需要交代的，交代得越多，翻来覆去的动作越多，能做鬼的空间也就越大。安迪斯这一手，厉害就厉害在没有做任何交代，仅仅只是把合起来的双手打开而已，动作非常简单，难度也大到了一定境界。

还有那个凭空悬浮旋转的玻璃球，就跟女巫的魔法球一样神奇。这也不是什么普通魔术师能够做到的事情。如此种种都在说明安迪斯手法的不凡。

场下，刘明的神色有些凝重。他们快手刘家族也是以手法见长，今日看到安迪斯露了这么一手，管中窥豹可见一斑，安迪斯的实力恐怕不会比他差。他有一种直觉，安迪斯的实力很可能比他更强。

至于跟罗四两比，刘明不觉得他能比罗四两更厉害。但不知道为什么，刘明心里总有一股不安，他对唐易思道："这种手法变幻是罗四两的绝活，我到现在还难忘当初他隔空取物，隔着两三米远，在众目睽睽之下直接变走了那人手上的手机。"

"哪次？"

刘明回道："就是你们给单义堂平反的那一次。"

唐易思想起来了："哦，你说周德亮啊，那是我们单义堂的人。"

"啊？"刘明傻了。

民国时候，快手卢和快手刘都是名噪一时的人物，两家人彼此之间都在竞争，现在的刘明和罗四两也不例外。

刘明一直把罗四两视为自己最大的对手，哪怕当他知道罗四两的手法已经达到完美境界时，他都没有丧失挑战的勇气，仍然敢向罗四两发起挑战。只是那次罗四两放了他鸽子，跟着唐易思去湘西了。

可刘明想战胜罗四两的心思却从来没变过。一直到给单义堂平反的时候，罗四两当着所有戏法师的面，隔着两三米远，轻轻一招手就把周德亮放在手心上的手机给变走了。刘明的挑战之心那一刻终于崩塌了，因为这等技术水平已经完全超出了他的想象，那一刻，他觉得罗四两就跟无边无垠的宇宙似的，根本摸不到边际，而他自己只是一粒可怜的尘埃罢了。

那一刻，刘明的心态崩了。快手刘已经完全看不到快手卢的项背了，刘明经历了好长一段时间，才慢慢从绝望中走出来。

后来，刘明选择跟随罗四两，就是因为想从罗四两身上学一些东西，以提高自己的技法。刘明的心胸很宽广，他选择了跟着对手学习。可是今天他才知道，周德亮竟然是单义堂藏在魔坛里面的卧底，他之前的种种刁难根本就是在做戏。刘明的心态再一次崩了。

唐易思瞥了他一眼，有些憋笑。

场上，所有人都在紧张地看着罗四两跟安迪斯的对决。他们的胜负能在很大程度上说明中西方魔术巅峰力量的对比。

罗四两赢了，那就是中国赢了。罗四两败了，那中国也没败，因为前面那个实力堪称变态的唐装青年，已经给中国攒足了面子。

中国已经立于不败之地了，可戏法罗没有。罗四两要是输了，就要交出罗家世代相传的卧单，这种耻辱无异于让他去死。罗四两输不起。

安迪斯同样输不起，他不仅肩负着西方魔术的荣耀，还有家族两代人的耻辱。如果这一次他也输在了罗家人手上，那他就完了，老安迪斯也完了。

所以，他们都选择了自己最擅长的东西：手法。

安迪斯盯着手上浮空旋转的玻璃球，说："我听说你们中国人比试手法都喜欢用抢彩的方式，我觉得这是最野蛮也最有效的办法。我们今天就比试抢彩，就比我手上这颗玻璃球。"

"好，一分钟定胜负。"罗四两说道。

安迪斯扭头看主办方的拄拐老人。拄拐老人伸出自己的右手，轻轻招了一下，大屏幕上立刻显示了六十秒的倒计时。

大战一触即发。

安迪斯把拳头般大小的玻璃球放在了手心之上，盯着罗四两，轻轻吐字道："开始。"

大屏幕上六十秒倒计时启动。

安迪斯用嘴巴轻轻一吹手上的玻璃球，玻璃球顿时消失。罗四两不敢多停留，迅速奔向安迪斯，伸手打向对方。安迪斯严阵以待，不敢让罗四两碰到自己。对于手法高手来说，任何一次触碰都是致命的。他迅速闪躲，可罗四两的手速超乎了他的预料，几乎是瞬息之间，罗四两的手就贴到了他身上，他根本来不及反应。

安迪斯的脸色顿时有些难看，可接下来的一幕，更是让安迪斯脸色难看到了极点。

“一转，天地而动。”罗四两快速撤手，安迪斯穿在外面的外套顿时到了罗四两的手上。眨眼之间，安迪斯便落在了下风。

场上围观魔术师都紧张到了极点。老安迪斯更是双手抱在一起微微颤抖。拄拐老人眼神幽深。

刘明也很诧异，问唐易思："四两的手速什么时候变得这么快？"

唐易思的回答也很干脆利索："跟你学的。"

"啊？"刘明的眼珠子都快瞪出来了。

快手卢一脉的手法以繁复的变化见长，讲究的是变幻莫测，神鬼难辨。而快手刘家族的手法长处在于快，极致的速度再加上相应的变化，也能变出种种不可思议的戏法。就像刘明，他在变三仙归洞的时候，手上抓块红烧肉过门子，都能不沾半点酱汁，凭借的就是一个快字。

可是，刘明跟着罗四两这段时间，没在罗四两身上学到什么本事，反倒被罗四两剽了他们刘家的本事。刘明的心态第三次崩了。

台上，安迪斯的外套已经不见了，贴身穿的只有一件非常简单的白色背心。可是在他身上看不见玻璃珠，也不知道他把东西藏在哪儿了。在他身上，还是在场上的机关里？罗四两没管那么多，双目微微一凝，就看出了些端倪。他有超忆症，任何细微的变化都瞒不过他的眼睛。

罗四两拿着安迪斯的衣服再度向前，用衣服盖向安迪斯。安迪斯这一次不躲反进，直接钻进了罗四两衣服覆盖的范围。

衣服盖在了安迪斯身上。罗四两再度出手，还是二尺以内能取万物的阴阳三转手，第二次变化，二转，鬼神也惊。罗四两的手触之即退，退出之时，他手上顿时多了一枚拳头般大小的玻璃球。

阴阳三转手，并未失手。

全场魔术师纷纷色变。罗四两的手法强大得超过了他们的想象。安迪斯却是神色不变，大喝一声："回来！"尔后，他抓着盖在自己身上的衣服，用力往回一扯。

衣服另外一头就抓在罗四两手上。罗四两没有松手，衣服立刻被绷直了。

安迪斯顺势翻转自己的衣服，阻拦了罗四两的视线，也拦住了围观人的视线。他的右手在衣服外套上迅速捋过，捋到衣服尽头的时候，右手往回一收，玻璃球竟然出现在他的右手之上。

玻璃球再度易主。

罗四两神色微变，从他出道到现在，能在他手上把东西抢走的，除了卢光耀就没有别人了。等罗四两手法攀升到了大成境界的时候，年迈的卢光耀都没办法从他手上把东西抢走。可是今日，竟然又出现了能从他手上把东西抢走的人。

罗四两敢肯定，安迪斯的手法境界绝对达到了完美境界，不然他不可能做到这一点。这是他见过的第三个手法到达完美境界的人。

场下，识货的魔术师脸色都变了，刘明的脸色也有些发白。

“章鱼手？他师从章鱼魔术师？”拄拐老人轻声嘀咕。

路易斯在一旁问：“章鱼魔术师？是那个被人称作是章鱼手的魔术师分莱尔吗？”

拄拐老人点点头：“就是他。”

索罗斯皱眉道：“这可是个了不起的人物啊，可他不是已经隐退多年了吗？什么时候有安迪斯这个徒弟了？”

老安迪斯轻叹一声，略带自豪，又略带复杂的意味说道：“那是因为他被自己徒弟打败了，被徒弟逼得不得不隐退。那一年，安迪斯只有十五岁。”旁边几人都是神情一滞。

索罗斯回忆道：“章鱼手，章鱼手，我记得当初分莱尔是把手臂上所有肌肉都锻炼起来了，才有了许多种变化，就跟章鱼似的，所以才被人称作是章鱼手。安迪斯想必也是这样吧？”

老安迪斯却摇了摇头：“不，安迪斯锻炼的是全身，罗的儿子这一次怕是要失手了。”

仿佛是要印证老安迪斯的话一般，不甘玻璃球被夺的罗四两，第三次使出了阴阳三转手，衣服盖上，手起手落。

手上无物。

传说中三转之下可取万物的阴阳三转手，第一次失手。

苏秦背剑

场上变换，风云莫测。短短不到半分钟，玻璃球已经几度易手，让围观的魔术师们大呼过瘾。

魔术最基础的基本功就是手法，这是基础的基础。手法的功力包括指功、掌功、腕功，所以手上的东西越大越不好变。

传统戏法四大基本功：剑、丹、豆、环，里面的“豆”就是用的红豆般大小的珠子，所以能藏在指缝间过门子。今天对决用的玻璃球足有拳头那么大，不可能藏在手指缝里面过门子，甚至掌心都不太好夹带，无疑增加了比试的难度。

只是两人的手法都达到了完美境界，没点难度的东西，还真的很难让他们有挑战的欲望。

阴阳三转手未竟其功，让罗四两心中一沉。

罗四两立刻掀开盖在安迪斯身上的衣服。他的动作极快，衣服掀开的时候，安迪斯还没有完全把玻璃球藏好，他竟然看见玻璃球贴着安迪斯的身子躲藏滚动，这种滚动似乎完全克服了地心引力，上下左右，非常灵活。

罗四两大吃一惊，围观的魔术师也都大吃一惊。

“这……”路易斯和索罗斯都诧异地盯着老安迪斯。这一刻，他们才明白，所谓的把肌肉练到了全身是什么意思。

安迪斯也盯着罗四两，脸上露出笑容。玻璃球顺着他的身子往上走，速度极快，然后越过他的肩膀，顿时消失不见了。这小球被安迪斯隐藏了起来。

罗四两这才把目光收了回来，称赞道："果然天下奇人多。"

安迪斯答道："这世界很精彩，变化也极快，而你们太故步自封了。曾经的种种不可思议现在看来都是寻常，就拿人体来说，你们到现在还固执地遵循着古老的锻炼模式，这样太落伍了。"

罗四两却说："那只是你以为，你根本不知道我们中国彩门几千年的积累意味着什么，古老并不意味陈旧，这是千锤百炼之后的成熟。看我，指夹术。"

罗四两并出双指夹向安迪斯。

安迪斯迅速闪躲。

都是手法高手，罗四两出手极快，安迪斯却也半点不慢。所以场上两人出手连连，顿时给人一种眼花缭乱的感觉，乍一看，像极了正在对决的武林高手。

场下的刘明看得兴奋不已，双拳紧握，恨不得冲上去战个痛快。

罗四两的攻势屡屡被安迪斯挡下，时间也在迅速流逝。很快，倒计时就剩最后十秒钟了。场内所有人都为台上争斗的两个人捏着一把汗。

罗四两也有些心急，这一次他不再试探，而是不管不顾直接并指戳向了安迪斯。安迪斯迅速打手阻拦，他的手刚刚接触到罗四两手臂的时候，就被罗四两直接抓住，尔后迅速顺着手臂往上爬。

安迪斯眉头一皱，手上的肌肉迅速运动起来。罗四两顿时感觉手上滑溜无比，就跟抓住一条正在挣扎的章鱼似的，根本就控制不住，没两下就被安迪斯给滑了出来。

但罗四两要打的就是这个时间差。他顺势转到了安迪斯侧面，然后贴身上前，直接用出了阴阳三转手。

第一转，落空。安迪斯的脸色却是一变，急速后退想跟罗四两拉开距离，罗四两却跟附骨之疽似的，死死缠上了安迪斯。

第二转，再度落空。安迪斯的脸色更难看了。罗四两气势如虹，扑身向前，使出了第三转。安迪斯这一次不再退了，而是正面冲击罗四两，两人碰到了一起。

阴阳三转手，第三转。三转之内可取两尺以内万物的阴阳三转手，功成。

玻璃球到了罗四两手上，可罗四两不敢有丝毫松懈，直接一晃手，手榜第四小遁术，把玻璃球给变没了。

时间不足五秒了。这一次玻璃球易主到了罗四两身上。安迪斯脸色大变，场下观众亦是神色大变。

罗四两立刻想逃开。安迪斯哪能容他走开，赶紧死死缠着他，双手挥动如风，带动残影连连，如同发怒的八爪章鱼，在罗四两身上不断探索，可是一无所获。

时间还在走，不足三秒了。

罗四两脸上终于露出了笑容，抬脚一步贴向了安迪斯，手探到了安迪斯身后，说："你输了。"

全场人呆呆看着他们。老安迪斯更是身子都在颤抖，眼睛瞪大到了极点。听到罗四两这般说，他脚下一个踉跄，差点摔倒在地上。刘明和唐易思等人也大松了一口气。只有拄拐老人还在目光灼灼地看着两人。

原本慌乱的安迪斯这一刻突然收起了所有不安的表情，反而露出得逞的笑，说："不，输的人是你才对。"说罢之后，双手反而不在罗四两身上摸索了，而是迅速回撤，一圈又一圈死死缠上了罗四两探到他身后的手臂。他说："虽然没有你那么变态的记忆力，但你难道不知道我把肌肉都锻炼到背部了吗？你以为我不知道你把玻璃球藏到我身上了？"

"什么？"全场一惊。

罗四两更是面色狂变。其实他刚刚变走玻璃球，用的不是小遁术。他知道以安迪斯那变态的手法，就算用小遁术把小球变走了，安迪斯也能从他身上找出来。刚刚那一幕也的确证实了罗四两的猜测。

所以，罗四两刚才用的其实是手榜第一的千手归一，这是最好的回托手法。罗四两重新把小球放回安迪斯身上的机关里面。他学过《玄关》，太通人心了，知道在这种就剩几秒的紧急时刻，安迪斯绝对不会想到自己会把小球再度放回他身上。

最危险的地方就是最安全的地方。所有的一切都在按照罗四两设想的发展。安迪斯的确没有想到小球回到了他身上，也的确使出了浑身解数在罗四两身上寻找。罗四两也的确扛过了最有可能发生意外的几秒钟。谁知，当他把手伸到了安迪斯背后，准备用阴阳三转手再度起出小球一举奠定胜负的时候，意外发生了。

安迪斯早就知道了罗四两的动作，罗四两把东西放回他身上的时候，他就已经发现了。罗四两为了胜利故意拖过那几秒可能发生意外的时间，安迪斯又何尝不想如此？他在罗四两身上拼命寻找，纯粹是做戏罢了。最后当罗四两准备起出小球的时候，安迪斯终于露出了他狰狞的一面。

罗四两的手被他控制住了，时间只剩最后两秒了。虽神色狂变，可他哪能让安迪斯得逞，直接舍弃右手不管，左手往安迪斯身上探去。

魔术师从来没有单练一只手的，罗四两左手也会阴阳三转手，也达到了完美境界。可安迪斯怎么可能让罗四两翻盘？他抓着罗四两的右手顺势往后折，身子躲到了罗四两背后，这样罗四两的右手就被安迪斯折到了背后。罗四两的左手是不可能碰到安迪斯的背部的，他要输了。

场下人这才看明白台上的变化，胜负已经定了。

“好。”全场魔术师开始欢呼鼓掌。

老安迪斯终于大松一口气，脸上露出了由衷的笑。主办方索罗斯冷哼一声，神色也是痛快至极。路易斯却是松了一大口气，扭头看了一眼老安迪斯，安心了不少。

拄拐老人却看了一眼倒计时器，还有两秒。

“他要输了？”刘明喃喃自语，神色不敢相信。

戏法罗要输了？唐易思和张志峰的神色也变得极为难看。

台上，安迪斯眼睛盯着时间，嘴巴凑近罗四两的耳朵，轻声说：“对不起，你……输了。”

此时，罗四两的右手手臂被安迪斯折在背后抓着，右手离目标地只有不到半拳的距离。这小小的距离却仿佛天堑，让人无法逾越。

时间只剩一秒了。

罗四两面露狰狞，眼露狠色："未必。"只听得"咔"的一声，他扭断了自己的关节。这是罗家世代相传的缩骨功。原本被安迪斯控制住的右臂又往前探了少许，这一下，终于逾越了那道天堑。

安迪斯神色却没有慌乱，只是说："没用的，你用不上力。"手部关节断开，手臂又被他牢牢控制住，就算罗四两靠近了他的背后，也起不出放在机关里面的玻璃球，这场比试的胜利者还会是他。

"未必。"罗四两又是这两个字。他伸到安迪斯背后的右手五指轻轻一转，手上顿时多了半枚飞鹰刀片。尔后，刺啦一声响起。

时间到了。玻璃球落下，掉在了罗四两手上。结局反转，全场陷入呆滞，包括场上的安迪斯。

罗四两却已经用完了所有力量，冷汗一直往外冒。这短短的一分钟，他几乎要脱力了。

"这是什么？"安迪斯茫然地问道。

罗四两露出疲累且兴奋的笑："老荣行的手段，苏秦背剑。"

罗四两赢了，安迪斯输了。

罗四两以一种不可思议的方式赢了，以西方人不太能理解的方式赢了。安迪斯之前还嘲笑罗四两，说中国戏法太故步自封了，跟不上时代潮流，老是用一些老掉牙的传统手段来锻炼自己的技术。

罗四两却用现实告诉他，他之所以赢，就是赢在传统手段上。

缩骨功就是彩门艺人在街头卖艺的绝活儿，自然被现在衣冠楚楚的魔术师们看不上，可罗四两赢就赢在缩骨功上，他跨越那道天堑靠的就是缩骨功。

苏秦背剑是老荣行于家的绝学，更是传统的东西，也更是被衣冠楚楚的魔术师们看不上的玩意儿，可罗四两赢就赢在这上面。

卢光耀的手法之所以能达到完美境界，是因为他整合了立子行和老荣行手法的全部精华，才创出来那几个惊才绝艳的手彩戏法。

卢光耀会苏秦背剑，罗四两自然也会。只是他们都不曾想到，今日罗四两竟然会靠着苏秦背剑获胜。

安迪斯呆滞在了台上，思维在这一刻停止了运转。

罗四两有些脱力，身体有些摇晃。唐易思迅速反应了过来，赶紧上台扶住了罗四两，还帮罗四两把手臂的关节重新安了回去。

拄拐老人挥挥手，工作人员接到示意，立刻跑去叫医生，同时也拿了不少补充体力和营养的好东西过来。医生在检查着，罗四两喝着能量液，快速地恢复着体力。

台下的人面色大多都很不好看，因为安迪斯输了，也意味着他们西方魔术输了。

“浑蛋。”有人痛骂一声。

有第一声就有第二声，很快场上就嘈杂了起来。

“这下子他把我们的脸都丢尽了，我们西方魔术还要怎么发展？”

“安迪斯是魔术的罪人。”

嘈杂声越来越大，原本只是私下嘀咕，后来竟然发展成大声议论，到最后竟然演变成痛骂斥责。

短短几分钟时间，安迪斯竟然沦为众矢之的。原本慑于安迪斯淫威的人们这会儿都跟打了鸡血一样兴奋，对着安迪斯冷嘲热讽不断。这场面让罗四两几人看了都纷纷皱眉。

站在台上的当事人安迪斯，此刻却跟丢了魂一样，傻傻地站着，一动都不动，如同一尊被学徒雕刻出来的没有多少艺术感的雕塑一般。台下的老安迪斯则是一脸死灰，脸上失去了所有神采，整个人在一瞬间萎靡了不少。

然而，最生气的不是安迪斯，也不是老安迪斯，竟然是路易斯。

“住嘴，你们这群懦夫。”路易斯气得浑身在抖，几乎是咆哮着说出这样的话。

全场顿时一静。所有人都诧异地看了过来。就连主办方的那群老头子都很错愕地看着路易斯，不明白为什么路易斯会突然发这么大的火。

“路易斯，你这家伙怎么了？”索罗斯惊愕地问道。路易斯给人的印象一直是斯斯文文的，熟悉他的人都知道这人的城府很深，永远都是笑眯眯的，极少会出现这么失态的时候。更关键的是路易斯跟老安迪斯的关系不好，今天怎么会突然为安迪斯出头？

拄拐老人只是用冰冷的眼神注视着围观的魔术师，似乎一点都不意外路易斯的激动。

“我怎么了？你问我怎么了？”路易斯激动得连眼睛都红了，咆哮道，“你看看这群胆小的老鼠，你看看这群懦弱的失败者，自己不敢上去争取，只会在下面嘲讽那些为了国家和名誉而战的勇士。你们这群无耻之徒。”

全场霎时一静。少顷，才有人弱弱说道：“可西方魔术的脸面和尊严是安迪斯丢掉的。”路易斯怒视着那人，狂吼道：“那你上去，把尊严再抢回来啊。”那人顿时语塞。

路易斯还不解气，继续骂道：“为了魔术尊严拼命的人是他，你们有什么资格骂他？就因为他输了吗？可你们能赢吗？可你们有站上去的资格和勇气吗？你们凭什么站在道德高地指责一个拼了命的人？一群无耻之徒，卑鄙，下流！”路易斯舌战群雄，一个人就在语言上用气势压住了全场所有人。

主办方的人都惊呆了，跟路易斯共事很多年了，他们也是第一次知道路易斯骂起人来居然这么厉害。索罗斯也惊讶地张大嘴巴，以前破口大骂的人一直是他，路易斯一直是阴森森地使坏啊，原来他骂起人来也这么厉害？

拄拐老人还是不语，眸子中露出了自嘲之色。

台上的安迪斯这才慢慢回过魂来，扭头看着路易斯，嘲讽地笑了。

“这老头还挺明白事理。”唐易思这般评价。

罗四两却是用深邃的眸子紧紧盯着路易斯，眸子里面幽深异常。

发了好一通脾气的路易斯这才消停下来，西装都凌乱了不少。他扯了扯自己的领结，吐出了一口气，胸中的郁气这才都散了出来。场上的魔术师们被路易斯这一顿痛骂之后，也没人敢公开指责安迪斯了。

台上，罗四两已经慢慢恢复了体力，见场上已经消停下来了，才站起来问拄拐老人："先生，请宣布这场比试的胜负吧。"

拄拐老人神色不变，说："获胜者，罗四两。"

真等宣布了，所有人心里都是一沉，安迪斯终究是输了。安迪斯也把眼睛闭了起来。

唐易思、刘明等人却振奋不已，仿佛他们终于站到了世界之巅，打败了所有人。

罗四两扭头看安迪斯，盯着安迪斯问道："那我赢的赌注呢？安迪斯，到底是谁害死了我父亲？"

第九章

一战泯恩仇

谁是凶手

全场人心中又是一震。是啊，罗四两来参加这个大赛并不是为了胜负，而是为了给他父亲报仇。那么，到底是谁害死了那个惊才绝艳的中国魔术师?

安迪斯闭眼不答。全场人几乎都屏住了呼吸看着他。

“他就在我们场上，对吗?”罗四两眼中闪着奇异的光，仿佛能在一瞬间看透安迪斯心中所想。

安迪斯还是闭眼不答。

全场人却吃了一惊。凶手就在场上?是谁?主办方那边的老头子纷纷把目光投向了索罗斯，就连路易斯也不例外。索罗斯的脸顿时绿了。

“是路易斯，对吗?”罗四两第三次说话。

安迪斯猛然睁开眼睛。主办方等人齐齐错愕地看向路易斯。“怎么会是路易斯?”所有人都感到非常惊讶，就连路易斯本人都露出了极度错愕的神情。

索罗斯张大嘴巴看着路易斯，脑子顿时蒙了一下。跟罗四两父亲有仇的是他，所以大家才会怀疑是他害死了罗四两的父亲。而路易斯跟罗四两的父亲没有半点交集，两人连认都不认识，又怎么会害死罗四两的父亲？弄错了吧？

路易斯发出一声冷哼，错愕的表情慢慢转变成愠怒："你搞错了吧？我都不认识你父亲，又怎么会害死他？"

罗四两眸子中散发出奇异的光，紧紧盯着路易斯的眸子。一瞬间，他的目光仿佛穿透了路易斯的眸子，到达了路易斯心底深处，洞察了路易斯最不想让别人知道的秘密。就在此刻，罗四两的目光骤然泛冷："你果然在骗我。"

听到罗四两这样说，全场人又是一愣。拄拐老人只是双手拄着拐杖，饶有兴趣地看着这一切，既不阻拦也不发表任何意见。

"喂，你弄错了吧？"邋里邋遢的索罗斯突然开了口，对罗四两道，"虽然我很不喜欢这家伙，但是他真的不认识你父亲，这一点我们都能做证。路易斯从少年时期开始就一直为地下魔术大赛工作，那时你父亲都没出国呢。他们根本没有交集，就连你父亲来这里比赛，路易斯都因为别的事情不在场，他根本不可能害死你父亲的。"

"那是因为你被骗了。"罗四两毫不留情地打断了索罗斯，问道，"他是不是一直说，是你害死了我父亲，因为你跟我父亲有矛盾？"

索罗斯一怔。罗四两盯着他的眸子又问："那么，是你害死了我父亲吗？"

所有人又都看向索罗斯。索罗斯眉头大皱，沉声道："我是跟你父亲有矛盾，说实话，我恨不得他去死。他死的时候我高兴了好几天，还开了一瓶好酒庆祝。可是……我没有害过他，尤其是在比赛上。魔术是魔术师最高的尊严，我绝不可能在上面捣鬼，就算要找你父亲算账，我也只会堂堂正正地较量。"

罗四两微微颔首，尔后扭头看安迪斯，大声问："安迪斯，你忘了我们的赌注吗？告诉我，害死我父亲的人是不是在现场？"

安迪斯认真地看着罗四两，最终点头："没错。"

“是路易斯吗？”罗四两又大声逼问。

安迪斯顿了一下，才哑着声音说：“没错。”

这话一出，全场哗然。

“是这个老浑蛋？”唐易思勃然大怒。

“你在胡说些什么？你有什么证据？”路易斯有些暴跳如雷。

安迪斯摇摇头：“我没什么证据，只是听到了你和某人的谈话，听到了你们这一桩可耻的往事。”

老安迪斯抬起了头，看着自己儿子，目光复杂。

路易斯一怔，更加愤怒：“你这是污蔑。你根本没有任何证据，凭什么指控我？这种指控，连法学院还没毕业的学生都不会相信的。”

罗四两却冷声道：“可我不是法官，我不需要证据。”

路易斯语塞，立刻转向拄拐老人，求助道：“老板，这可是您的地盘，您就允许这个小跳蚤这般肆无忌惮地乱蹦吗？”

拄拐老人用力抓了抓拐杖，看了路易斯一眼，然后扭头看向罗四两：“你为什么会怀疑到路易斯头上？要知道这么多年，大家有过许多种猜测，但从来没人怀疑过路易斯。”

罗四两敏锐地抓住了拄拐老人话里潜藏的意思：“你是说，你早就知道这事是路易斯干的？”

路易斯闻言，立刻反驳道：“你这是断章取义。”

罗四两嘲讽地看着他，说：“气急败坏了吗？不再注意自己的风度了吗？”路易斯也发现自己失态了，顿时眉头大皱。

“你还没有回答我的问题。”拄拐老人催促一声。

“我从来没有怀疑过任何人，所有破绽都是他自己露出来的。”罗四两看着明显有些慌乱的路易斯，继续道，“他入场的时候起，就把矛头往索罗斯身上引。可我看得出来，他知道索罗斯不是真正的凶手。后来我又打听到了索罗斯和我父亲的矛盾。他和我父亲有这么大的仇，的确最有可能是凶手，可路易斯却知道凶手不是他。从那时候起，我就知道路易斯可能知道一些真相。”

索罗斯惊愕地看向路易斯。路易斯这些年一直四处和别人说，是他害死了罗四两的父亲，以至于这种印象在所有人心中变得根深蒂固。只要一说到罗四两的父亲，所有人都会第一时间想到他，所有人都会第一时间看向他。可搞了半天，路易斯竟然从来都不相信他害过罗四两的父亲，这不扯淡吗？

在众人探寻的目光下，路易斯的脸色渐渐变得难看起来。

罗四两接着说："我赢了安迪斯，全场人都在指责他，你的情绪却突然激动了起来。情绪起伏越大，露出的破绽就越多，就跟现在一样。我问凶手在不在现场，安迪斯的表情告诉我，我猜对了，所以我很快就盯上你了。我又问安迪斯，你是不是凶手，其实我不在意安迪斯的回应，只在意你的反应。而你的反应告诉我，我又猜对了。"

"你……"路易斯一时竟然不知道说什么好，"你……你这全是猜测，根本没有半点证据，你……"

罗四两打断道："我说了，我不是法官，我不需要证据。"

"老板。"路易斯恳求地看着拄拐老人。拄拐老人没有回应。

罗四两对拄拐老人说道："先生，你别忘了我们刚才的赌注，你说过你不会阻拦我报仇的。"

路易斯急忙道："老板，可你不能在毫无证据的情况下任由这个浑蛋对我下手啊，我可是你的人啊。"

罗四两目光灼灼："你以为他不清楚吗？这里面最清楚事情经过的人，就是他。"

拄拐老人听到这里，突然笑了。他握住拐杖往地上一戳，抬起已经耷拉下来的眼皮，布满皱纹的脸上露出了笑容，饱经沧桑的眸子淡淡看着罗四两，说："年轻人，你比你父亲更优秀，给了我许多惊喜。你们家族的人都有神奇的能力吗？"

罗四两不答。

拄拐老人微微颔首，说："没错，我知道内幕。应该说，我是最清楚其中原因的人。"

所有人都看向了拄拐老人，安迪斯也不例外。他知道是路易斯害死了罗四两的父亲，却不知道路易斯为什么要这么做。

路易斯辩解道："老，老板……你为什么这么说？我怎么会害死罗？我根本不认识他，跟他没有任何交集……你们都知道的啊。"

拄拐老人叹了一口气，脸上泛出苦涩。他无奈地摇摇头，最后慢慢转过身看着路易斯，说："你的父亲是菲尔德，对吗？"此话一出，路易斯一瞬间面色大变，其他人也纷纷交头接耳起来。

索罗斯急忙叫道："菲尔德？就是当年那个著名的大型魔术师菲尔德吗？"拄拐老人缓缓点头。

看到路易斯脸上慢慢露出了死灰色，索罗斯还是不解："可……可……可这跟路易斯害死罗又有什么关系？"

拄拐老人叹了一声，目光悠远："这就涉及三代人的故事了。当年的菲尔德输在了中国戏法罗手上，他惨败的那一战，就是你爷爷功成名就的那一战。正因为这场对战，罗家才拥有了你手上那块象征罗家最高荣誉的卧单。"

罗四两有些吃惊，没想到这件事竟然还牵扯上了他爷爷。至于那一战，罗四两知道，那是他爷爷罗文昌最辉煌的一战。

当年的日内瓦会议上，西方国家普遍仇视中国，周总理又刚在会议上提出了建设性意见，打击了西方国家的嚣张气焰。对于当时的西方国家来说，明面上的争斗是行不通的，他们只能在后续的各种文艺演出上做做文章，在中国身上出一出气。于是，各国都回去找了国内最优秀的魔术师，准备杀一杀中国的锐气。

罗文昌当时临危受命，赶赴国外，一人对战各国高手。在对战中，罗文昌把落活儿发挥到了极致，罗家戏法从此光耀世界，达到了一个前无古人的高度。回国之后，国家奖励了一块卧单给罗文昌，也就是罗家世代相传的那一块。只是罗四两不曾想到，当年那一战，竟然和他父亲的死有关系。

拄拐老人悠悠叹息："你们中国有句老话，胜者为王败者为寇，说得太对了。你爷爷携胜而归，自然收获了数不清的赞誉，罗家也因此成为了中国彩门的第一家族，风光无限，荣耀无限。可是你们不知道，那些输在你爷爷手上的人，回国以后遭受了什么样的待遇。”

拄拐老人看向场内站着的魔术师：“人心，从来都是最卑劣的东西。安迪斯是因为家族矛盾跟你比试的，他输了都有这么多人指责他；当年那些魔术师代表的可是国家荣誉，他们输了的后果就更加严重了。民众可不会在意那些魔术师付出了什么，只在意结果。他们只知道那些魔术师输了，国家输了，理所当然地把那些魔术师当成国家的罪人。值得庆幸的是，你爷爷当年赢了，不然你就会理解路易斯的心态了。”听到这一番话，在场的魔术师纷纷有些羞愧。

罗四两冷冽的目光稍稍缓了缓：“我能理解，因为我的师父就是这样的人，他承受了比你们更多的磨难和痛苦。”

拄拐老人多看了罗四两两眼，尔后看向了路易斯：“路易斯。”

路易斯也早就不复当初的风度了，他冷笑着：“所以，你早就知道这一切是我干的？”看到拄拐老人微微颔首，他也不再争辩。他很清楚自己老板的能力，既然老板知道这件事情是他干的，就一定有证据，只要老板不打算保自己，自己一定躲不了。

路易斯点了点头，轻蔑地看着场上所有人，重重吐出两个字：“浑蛋。”他愤怒道：“好几十年了，世界在变，时代在变，你们这些浑蛋卑劣的内心却半点没变。”在场没人答话。

路易斯红着眼睛，看着罗四两：“你们是胜利者，你们根本不知道我们这些失败者到底经历了什么。我父亲一回国就被魔术团开除了，当年所有崇拜他的人，变成了给他冷眼最多的人。要知道，我父亲当年可是国内最出名的魔术师，可是与你爷爷对战失败后，他连去一个三流酒吧的舞台，都要靠哀求才能得到上台的机会。

“连清洁工都不来打扫我们家门前的街道，你们不会知道我们每天推开门，看到门前全是发臭的垃圾是一种什么感受，因为你们是胜利者。你不知道我们过的是什么日子，也不知道还是孩童的我在学校里面遭受了什么样的欺负。这一切都是因为我父亲输了，输给了你爷爷。”

“可你们有没有想过，”路易斯粗着脖子咆哮，“他也是一个战士！他是为了国家荣誉战斗的战士，他是在你们所有人顾惜名誉不肯出战的时候，勇敢站出来的战士。他是输了，可哪有没吃过败仗的士兵？你们凭什么这样对他？你们这群懦夫、胆小鬼！你们所有人都在指责他，都在骂他，可你们自己又为国家做了什么？”

“我父亲死了，他是抑郁自杀的。他曾经那么热爱魔术，最后却连公开表演魔术的资格都没有。他是被你们的冷暴力虐待死的，你们是凶手！”路易斯指着罗四两，指着场上所有人，“你们全是凶手，是你们害死我父亲的。”

第二个凶手

场内寂静无声。半晌后，拄拐老人才说：“可是路易斯，你不该用这么卑劣的手段。你在一个魔术师的机关上动手脚，丢了全行业的脸，也丢尽了你父亲的脸面。”

路易斯面容扭曲，咬牙道：“你根本不懂我们这些失败者的遭遇，你根本不知道我们经历了什么，你要是经历过，只会比我做得更狠。”

拄拐老人道：“我经历过。”路易斯一怔。拄拐老人看着他，叹了一声，脸上泛起苦笑：“当年失败的人不仅有你父亲，还有我……”

这话一出，全场寂静几秒之后，哗然声骤起，就连罗四两都非常意外地看着拄拐老人。

拄拐老人看向罗四两：“当年那场大战，我也参与其中了，我也是失败者之一。不知道你爷爷有没有跟你提过盖曼这个名字。”

“天哪，您是天才魔术师盖曼？”索罗斯惊呼，“当年您可是我的偶像啊，可是那场比试之后，您不是就了无踪迹了吗？您竟然……”

“呵呵，没想到这么多年过去了，还有人能记得我这个糟老头子。”拄拐老人摇头笑着，对路易斯道，“看见我这条腿了吗？当年失败之后，我被人骗到酒吧灌醉了，醒来时就发现自己的腿断了。原因很简单，那群赌鬼都押了我赢，我却让他们输了很多钱，所以他们就把我的腿打断了，而我……就再也无法成为一个优秀的魔术师了。”

“路易斯，我遭受的冷眼和一切关于失败者的待遇，比你父亲更多。只是我没有抑郁，而是创办了这个地下魔术大赛。这是一个肮脏到极点的地方，也是一个纯粹到极点的地方。路易斯，我恨当年那些人，我恨世界上所有人，也想让世界上的魔术师都感受一下我当年感受过的耻辱和冷眼，可我从来不曾用破坏魔术的卑劣手段去报复。因为，魔术在我这颗肮脏到了极点的心里，永远都是最纯净的。”

所有人都看着拄拐老人，一时说不出任何话来。

“所以……你才……”路易斯声音有些发颤。

拄拐老人点头：“没错，我一开始就知道你是菲尔德的儿子，所以才收留了你。我没想到，我们曾经经历过的事情会蔓延到你这一代。”

听到这话，路易斯骤然红了眼眶。

“唉……”拄拐老人重重一叹，“可是你后来的所作所为，真的让我太失望了。”

“罗四两，”拄拐老人看着罗四两，问道，“你刚才说你师父也曾经经历过这一切，我很好奇你师父是怎么做的。”

罗四两眼前浮现出卢光耀的形象，道：“他从来没有跟这个世界和解，但他也不恨这个世界。他热爱着我们国家，热爱着整个魔术行业。他没有用卑劣的手段害死过任何人，而是堂堂正正、用自己最强的实力，跟曾经羞辱过他们的戏法师们决斗，亲手把他们家族被夺走的尊严和荣耀再夺回来。他就是我的师父，京城第三代快手卢，卢光耀。”

拄拐老人慢慢吐出一口气，脸上苦涩意味更甚了几分：“我不如他啊。你今天想做什么就做什么吧，我不会阻拦，这是我之前就答应过你的事情。”

“先不着急。”罗四两又问向安迪斯，“安迪斯，你刚刚说听到路易斯跟某人的谈话，这个某人究竟是谁？”

安迪斯目光一滞，没有回答。

罗四两见状，转头问路易斯：“路易斯，还有别人参与了吗？”在他锐利的目光下，路易斯的眸子微微一颤。

“果然还有别人。”罗四两声音骤然变冷。

“你……你怎么什么都知道……”路易斯的声音都颤了两下。

罗四两道：“没有什么能瞒得过我的眼睛，说，还有谁？”

路易斯偏开了头，不答。

罗四两又看向了安迪斯：“安迪斯，不要忘记你的承诺。”

安迪斯突然笑了，笑得很疲累：“罗四两，我从小就被灌输一定要打败你们罗家人的信念，我所有的付出、所有的拼搏，都是为了打败罗家人。老家伙生我出来，就是为了打败你们。我一直为打败你们而活着，谁也不关心我这些年活得有多累。我本来想，只要今天打败了你，我就能重获新生，到时候，我就抛弃曾经所有的一切，去过属于我自己的日子。可我输了……我输了……还是输给了你们罗家人……

“我感觉我的人生都白费了，我感觉我活着已经没有了意义。罗四两，或许我们两代人早就该死了。你不是想知道是谁害死了你父亲吗？我告诉你，那个人就是我的父亲，那个卑劣的老家伙。”

“怎么会呢？”所有人都不敢相信，比之前知道路易斯是凶手还要不敢相信。

路易斯跟罗四两的父亲没有任何交集，所以大家不信。

老安迪斯跟罗四两父亲有仇，都被罗四两父亲跑上门去砸了场子，还被抢走了奖杯，所有尊严都被踩在了地上，但老安迪斯却是最尊敬罗四两父亲的人啊。他虽然输了，可是罗四两父亲出事之后，最先为罗四两父亲奔走呼号的就是老安迪斯。

这么多年来，老安迪斯从来不允许别人说罗四两父亲半点不好，还常常组织别人纪念曾经那个伟大的魔术师。在场的人都很不解，老安迪斯是真正打心眼里尊重罗四两父亲的，怎么会是害死罗四两父亲的人？

这个消息就连罗四两本人都吃了一惊。他立刻看向老安迪斯，却在老安迪斯脸上看不出任何端倪。《玄关》的观人之术失效了。

安迪斯苍凉地笑着："你不是问我听到的另一个人是谁吗？没错，就是他。"

罗四两皱眉，再度看向老安迪斯，可还是看不出什么。

老安迪斯看了看罗四两，又看了看安迪斯，不辩解，也不承认，只是面如死灰，目光涣散。

安迪斯感觉自己活着没有了意义和目标，老安迪斯又何尝不是如此？或者说，他更是如此。

安迪斯说："我说他卑劣，不仅是因为他用肮脏的手段害死了你父亲，更是因为这么多年他一直都在骗所有人，甚至他自己。没错，他一直在骗自己。这么多年下来，他骗得自己都相信了，就算你拿出世界上最好的测谎仪，也根本测不出什么。我知道你有神奇的能力，能看出路易斯的虚实，可你能看出他的吗？"

老安迪斯看着罗四两，眸子里面没有神采，更没有虚实。

罗四两皱了一下眉，手伸到脑后，拿出了藏在衣服里的小辫子。小辫子末梢是一根绑着小铁片的束发绳子。罗四两扯下束发绳子，把正面那个大写的"F"对着老安迪斯。就在这时，老安迪斯没有神采的眸子忽然剧烈抖动了一下，脸上的神色终于有了变化。

罗四两目光一凝，把手中的小铁片狠狠地往老安迪斯脸上砸去。

这枚铁片就是当年老安迪斯赢下的那场世界魔术大赛的奖杯碎片。后来，罗四两父亲不忿比赛黑幕，直接上门挑战老安迪斯，把这个奖杯赢了回来，还当着老安迪斯的面摔了个稀碎。这枚铁片是那个奖杯上的碎片，也是老安迪斯破碎掉的尊严。

老安迪斯装了这么多年，把自己都骗了，就连《玄关》都对他无效，可见这老家伙是有多厉害。亏得这枚小铁片把藏在老安迪斯心里最深处的东西给唤醒了，让罗四两瞧出了破绽。

而老安迪斯这时竟有些恍惚，他心底最深处涌上来的愤怒和怨毒，竟让他感觉如此陌生，甚至还有一些害怕。这些情绪，究竟是从哪里来的？老安迪斯看着罗四两砸来的小铁片，愣愣地不知道闪躲，最后被小铁片砸在了脸上。老安迪斯有些疑惑：“为什么你会这么生气？”

“呵……”唐易思轻蔑地笑了，嘲讽道，“你可真的是一个狠人啊，骗起来连自己都骗。”

老安迪斯把掉在地上的小铁片捡起来，放在手上慢慢摩挲，感受着上面的纹路，还有曾经存在过的温度。摸着，摸着……眼泪就顺着眼角滑落下来了。这一刻，他终于回忆起了所有事情。

很多科学家曾经研究过人的大脑。人的大脑是一个很奇怪的东西，尤其是记忆。当一个人排斥一件事情，或者说曾经有过不堪回首的经历，他会排斥掉自己那些负面的记忆，忘掉所有事情，就像老安迪斯现在这样。

“呵……呵呵……”老安迪斯苍凉地笑着，老迈的身躯在这一刻显得那么孤独和孱弱，“可我……可我们……终究还是输了，不是吗？”

老安迪斯看着罗四两，似哭似笑道：“我、我儿子，都输给了你们罗家人。”他长长地吐着气，脸上皱纹又深了几分，整个人都失去了生气，眼中更是半点神采都没有。

路易斯看着老安迪斯这样，眉头也皱了起来。

“当年，你们究竟干了什么？”罗四两冷声问道。

老安迪斯苍老的面孔微微颤抖着，过了好半晌，才慢吞吞地把当年的往事说了出来。

原来，当初是路易斯找到老安迪斯，怂恿老安迪斯在罗四两父亲的道具上做了手脚。

当年那场世界魔术大赛，老安迪斯并不清楚比赛内幕。换句话说，那场比赛的黑幕跟他一点关系都没有。可罗四两的父亲却把所有的怒火都倾泻在了他头上，还把他的颜面和尊严踩得粉碎。事后，罗四两的父亲知道事情真相，心中也深感愧意。所以老安迪斯才有机会接近罗四两的父亲，并提出想见识和学习一下罗四两父亲表演用的道具和机关。罗四两父亲因为心中有愧，答应了下来，老安迪斯才有机会动手脚。

路易斯则是在场内做了安排。他在高空中装了高光灯，在关键时候晃了罗四两父亲的眼睛，此时，已经动了手脚的机关发生了失误，立着的柱子发生了晃动，罗四两父亲才从高空摔了下来。

至此，一代天骄死在了自己成名的戏法之上。幼年的罗四两因此失去了父亲，他母亲也因为悲伤过度发生了车祸，失去了生命。可以说，罗四两的所有不幸都是眼前这两个人造成的。

听完了所有故事之后，全场都沉默了。

罗四两反而没有燃起滔天怒火，只有一双眸子在悲凉中带着冷冽。他在回忆，在回忆所有曾经不敢回忆的事情。越是回忆，他的眸子越是冰凉。

“这两个混账，”唐易思勃然大怒，“我弄死你们两个老家伙。”

刘明赶紧拉住了他：“你疯了吗？别冲动，千万别冲动。”

罗四两揉了揉自己的右臂，问拄拐老人：“先生，这是您的地方，这件事，您说怎么办吧？”

所有人都在看拄拐老人。拄拐老人直了直自己的背脊，看着罗四两道：“这两个人用魔术师最不齿的手段害死你父亲，这是私怨，我不插手，你怎么处理都可以。”

“好。”罗四两眼中冷光更甚。

刘明赶紧劝道：“四两，你要冷静啊，这里虽然是国外，但也不是法外之地。你要是惹出麻烦来，会很难收场的。你可千万不要冲动啊，我们可以寻求合理合法的途径。”

罗四两道：“我并没有打算做什么违法的事情，也没有打算报复任何人。”这话一出，全场一怔，就连路易斯都露出了错愕的神情。

罗四两接着说：“我只是想完成我父亲当年没有完成的戏法。中国有句古话叫子承父业，我父亲当年没有完成的事情，我来替他完成。”

“两位，”罗四两看着老安迪斯和路易斯，“有兴趣来陪我完成这个曾经闪耀世界的魔术吗？”

路易斯瞪着眼睛，愣了半晌，又看向拄拐老人，却发现拄拐老人根本不看他。

“好，我答应你。”

老安迪斯率先答应了，现在就剩下路易斯。

“你呢，路易斯？”罗四两又问。

路易斯看了看主办方的众人，发现曾经的老伙伴现在都不想理会他，周边也是吵吵嚷嚷的，所有人都在用鄙夷的眼神看他。路易斯知道，地下魔术大会他不可能再待下去了，可是就算出去，他的名声也会毁于一旦。而且他当年的事情无异于谋杀，不等到他出去，就会被警察带走，等待他的将是数十年的牢狱之灾。

想到自己一把年纪了，还要待在肮脏龌龊的监狱里面，路易斯浑身的鸡皮疙瘩都起来了。他知道自己已经无路可退，眼中闪着凶狠的光。此刻，他如同一头被逼到墙角无处可逃的恶狼一般，低吼道：“你真以为我怕了你吗？”

罗四两语气平静：“我不知道你怕不怕我，但我知道你赢不了我。你父亲赢不了我爷爷，你赢不了我父亲，更加赢不了我。我们罗家人从来没有输过，戏法罗从无败绩。”

“好，很好。”路易斯撕掉了所有伪装，恶狼本性在这一刻暴露无遗，“那就来吧，我能弄死你父亲，就能弄死你。你是不是因为我多年不上舞台，就忘了我也是一个顶级魔术师？”

唐易思赶紧对罗四两说道：“你真的要跟他比试青空凌云？可我们连道具都没有准备啊。”

拄拐老人出声道：“你父亲当年用的道具，我们这边一直准备着，毕竟那么大型的道具，靠自己恐怕很难运过来。只是上面的机关是你父亲自己布置的，我们也不清楚。”

唐易思又问罗四两：“那布置机关需要多久啊？”

罗四两看向了张志峰。现场也就只有他跟张志峰是机关大师，而且罗四两父亲的机关术也是从鬼马张家学的，算是师出同门。

张志峰皱眉道："如果靠我们两个人，恐怕需要半天的时间。"

刘明道："这么久？不会迟则生变吧？"

唐易思赶紧道："等一下，还有我们两个。如果再加上我们呢？"

张志峰道："还是半天。"

唐易思差点被噎死。

罗四两也皱眉，单靠他们两个人需要的时间就太久了，而且消耗的体力太多，容易发生意外。他刚刚才大战一场，手臂上的伤都没好呢。但他真的没时间拖了，毕竟他也知道，迟则生变。

"再加上我，三个小时。"一道女声从他们身后响起。

"张蓉蓉，你怎么来了？"唐易思惊讶。

罗四两也是神情一滞，握着那半枚刀片的手下意识地缩了缩。

张蓉蓉走到近前，目光跟罗四两对视了一下，便迅速挪开了。罗四两也发现，张蓉蓉消瘦了不少，面色很憔悴，连嘴唇都有些发白。

张志峰解释道："前两日咱们不是被那个神秘的'黑桃3'盯上了吗？我打电话回去搬救兵了，打算用张家的困人机关术把'黑桃3'抓住，没想到'黑桃3'被别人收拾了。当然，蓉蓉也已经赶到了。"他转向自家妹妹，问道："蓉蓉，家里那些机关你都带了吧？"

"带了，改一改就能用。"张蓉蓉回答。

"那就好。"张志峰看向罗四两，笑道："四两，你做指挥吧。那些机关我们只知道大概，不知道究竟是怎么处理的，你来吧。"

"我……"罗四两有些欲言又止。

"开始吧。"张蓉蓉反倒是简单多了，率先走到场上，整理起了罗四两父亲当年留下的机关。

罗四两轻叹一声，也动了起来。

现场谁都没走，大家都想见证接下来的大战。

老安迪斯和路易斯被留在了最中间，被所有人看着。

路易斯站在拄拐老人身边，闭着眼睛，说："老板……"

拄拐老人沉声道："路……是你自己选的。当年我们输得惨烈，却也光明磊落。你真不该那样做，别怪我，孩子。”

路易斯却摇摇头，道：“我只是想说，谢谢您，先生。”

拄拐老人嘴角微微颤了一下，最终也只是一叹，并没有再说什么。

安迪斯也下了台。尽管先前众人都在辱骂安迪斯，可是现在安迪斯下来了，他们都赶紧让出了一条道，不敢阻拦。

安迪斯的脑子里面也一片空白，他不知道自己在想些什么，也不知道自己要去哪儿，他的腿仿佛已经不受脑子控制了，等他发现的时候，他竟已经来到了老安迪斯身边。

老安迪斯看着自己儿子，眼神罕见地变得柔和：“安迪斯，我们父子之间已经没有话可以说了吗？”安迪斯不答。老安迪斯看着自己手上那枚小铁片，蹒跚着走到安迪斯身边，把小铁片放在了安迪斯手上。

老安迪斯苦涩地笑着，眼眶中有了晶莹，颤着声音对安迪斯道：“儿子，我这辈子做得最错的一件事，就是把我经历的不幸都强加在你身上。对不起，儿子……”

安迪斯鼻子酸得厉害。他长这么大，老安迪斯从来没有跟他说过半句软话，从来没有过。他恨他父亲，可是也不知道为什么，这一刻他的鼻子竟然酸得这么厉害，他的心里竟然难受得这么厉害。

再现传奇

罗四两和张家兄妹在热火朝天地组装青空凌云的机关，可罗四两紧皱的眉头始终没有松开。张蓉蓉根本不看罗四两，自顾自地埋头干活。

“蓉蓉……”罗四两还是说话了。

张蓉蓉只是平静道：“不用说了，干活吧。”

“蓉蓉……”罗四两又出声。

张蓉蓉盯着眼前的机关道具，也不抬头，用微微发颤的声音说：“不用说了，我都看见了，其实你心里早就已经有了选择。”

张蓉蓉摆弄着道具，继续道："其实你跟老安迪斯一样，心里早就清楚，还要自己骗自己。为什么你宁愿保留人家的半枚刀片六年，却根本不肯接受和承认自己内心的感情？"

罗四两说不出话来。半晌，他叹了一声，眼中多了很多茫然，脑海中也多了曾经的很多回忆和思绪。他压制过很多回忆，还有很多情感。他曾经有过很多痛苦的回忆，在压制那些东西的时候，他是不是也压制了别的？罗四两不敢想。就连他自己也不知道，为什么要把那半枚刀片保留这么多年。

表演用的机关很快就布置好了，长短不一的柱子也立在了场内，罗四两还对道具做了一点细微的改动。

当年罗四两的父亲是一个人表演的，为了追求极致的表演效果，他所用的柱子横截面积很小，只够一双脚站的。但是，罗四两今天要比试的戏法是三个人变的，所以他在每根柱子上安装了一块踏板，两个人站着绰绰有余。只是三个人站着就很挤了，几乎都没有了落脚的地方。

"请吧。"罗四两伸了伸手。

路易斯沉默了一会儿，对罗四两说道："我依旧不后悔我曾经做过的一切。"罗四两不语。

路易斯又对着现场的魔术师们大声喊道："我不后悔，我从来没有后悔过，从来没有。"魔术师们都沉默着。

最后，路易斯又看着拄拐老人，认真地说："从来没有。"拄拐老人叹息一声，没有说话。

"先生，路易斯去了。"路易斯笑着说了一句，然后大步往柱子那边走去。

老安迪斯的神色显得非常平静。他看着路易斯大步走着，脸上苦涩更浓，跟安迪斯说："我跟他不一样。一直以来，我心中全是悔意。"安迪斯抿嘴不语。老安迪斯也叹了一声，说："好好保留那枚小铁片，那可能是我唯一能留给你的东西了。"

安迪斯偏过了头。老安迪斯紧紧地看着安迪斯的脸庞，仿佛要在这短短片刻时间内，把这几十年没有看够的都一次性补回来。少顷，老安迪斯长长吐出一口气，神色坦然了不少。

“走了。”老安迪斯慢慢往柱子那边走去，没有再看安迪斯。安迪斯张了张嘴，似乎想说些什么，可终究什么话都没有说出来。

罗四两这边也做好了准备。

唐易思问他：“可以吗？手没事吧？”

罗四两摇了摇头：“虽然不在巅峰，但是应对这两个老家伙，还是没什么问题的。”

刘明嘱咐道：“要当心啊。”

唐易思却无所谓道：“不就是两个老家伙吗？放心，四两肯定不会有事的。”刘明闻言，皱了皱眉，也没有多说什么。

上场之前，罗四两再次看向了张蓉蓉。“小心。”张蓉蓉惜字如金，只说了这两个字。罗四两点了点头，拿着卧单就走了过去。

老安迪斯和路易斯被吊机吊到了最高的柱子顶部。最高的柱子足有六米多高，悬立当空，站在上面往下看一眼都能让人腿软。亏得老安迪斯和路易斯都是魔术高手，换上旁的普通老头子，早就吓得摔下来了。

柱子上面加了站板，但还是很窄，两个人站上去就快满了，最后的罗四两很难站上去。这也让围观的魔术师都为罗四两捏了一把汗。

罗四两站在六根柱子下面，仰望上方，眼前浮现的是他父亲当年表演这个戏法的一幕幕画面，横越当空，飞贯长虹。

这是一个大型魔术，也是顶级的危险魔术，亦是无法仿制的魔术。

稍稍感怀一下之后，罗四两站上了第一根柱子。第一根柱子只有一米高，往后每一根柱子都会更高。每两根柱子之间的距离足有两米远，这是一段只属于神的高度和宽度。

罗四两手执卧单，环顾四周，遥遥看着站在最高处的两个人，朗声说道：“中国第四代戏法罗，罗四两，今日在此承先父遗志，再演青空凌云。”

“戏法罗。”拄拐老人慢慢咀嚼这三个字，思绪万千。

罗四两抖开卧单，迎风而走，高声喊道：“戏法一道，传承千载，古有鱼龙曼衍，今有青空凌云。”说罢，拿着卧单盖住自己，往前纵身一跃。

见到这一幕，全场人都吃惊地捂住了自己的嘴。

卧单落在地上，地上却不见罗四两的人。与此同时，第二根高柱上突然弹射出来一块卧单，人影闪过，罗四两稳稳落在了柱子上，手执卧单，气度俨然。

“好……”全场魔术师都鼓起掌来。

“哈哈哈……”罗四两仰天大笑，气势如虹，又大声高喊，大抒胸臆，“戏法传承，从古至今。古有偷桃入天宫，今有我挥袍遁人间。”卧单盖向自己，再度跃起。

卧单落地，罗四两变到了第三根高柱之上。第三根柱子的高度已经有三米，罗四两依然稳稳当当站在柱子之上。中国戏法落活儿的巅峰之作，青空凌云，终于在今日再度光耀世界。

站在第六根柱子上的老安迪斯和路易斯神色凝重了起来。

路易斯沉声道：“他的气势好强，我感觉他现在每说一句话，我就会被他压制一分，我甚至感觉自己有些喘不过气来。”

老安迪斯微微颔首：“他跟他父亲一样优秀，一样张狂。”

路易斯不满道：“老安迪斯，我选择跟你站在一起可不是听你说这些的，我告诉你，我这次可不是没有准备的。等他过来的时候，我就要出手了，你到时候可要配合我。”

老安迪斯看了他一眼，皱眉道：“可你是逃不了的。”

路易斯轻蔑一笑：“逃？我根本就没想逃。我心中的委屈和我经历过的悲痛，到现在都还没有清算干净，我仍旧恨着这个世界，尤其是他们这个家族的人。我不愿缩头缩脑地死去，就算死，我也要让世人记住我，记住我这个可恶的恶魔。”

老安迪斯沉默了。路易斯眼中依旧凶光闪烁，道：“我要让世界上的人都知道，做任何事情都是需要承担代价的。”

场上罗四两却已经来到了第四根高柱。此刻，罗四两的气势已经攀升到了极点，整个人如同一尊巨大的天神压在了所有人心上。此时的罗四两是如此高大，如此高不可攀。

罗四两遥望已经离他不远的老安迪斯和路易斯，情绪已经爆发的他，竟然出乎意料地没有受到丝毫影响，内心一片平静。

“无论是戏法还是魔术，都是一种艺术表演，都应该向这个世界传达真善美，不该因为个人私欲而玷污了这门艺术，更不该以此为恶。”罗四两如是说。

老安迪斯和路易斯沉默。台下的拄拐老人也沉默了许久，尔后眼神中出现了茫然。

罗四两看着那两个人：“我今日要演这个戏法，就是为了告诉你们这个道理，告诉你们何为戏法。”

罗四两脚踩踏板，身裹卧单。此时，第五根高柱上弹射出一块卧单，人影忽闪，罗四两落在了第五根高柱之上。此时，他跟老安迪斯和路易斯的距离就只剩下两米了。

罗四两看着高柱上的两个人，盯着他们的眸子，拱手道：“戏法罗家，罗四两，讨教了。”

“来了，要小心。”路易斯严阵以待。

老安迪斯却并未有什么动作。

罗四两再度裹上卧单，罗家绝学，卧单遁人。罗四两忽然消失，与此同时，第六根柱子顶部弹射起了一块卧单。按照之前的表现，罗四两会出现在那块卧单后面。

就在此时，路易斯目露精光，猛地扯下弹起来的卧单。谁知，卧单前后都没有人。

罗四两竟然消失了！众人纷纷讶异。路易斯更是眉头大皱，还踏前一步查看。

“在你后面。”罗四两的声音突兀地在路易斯身后响起。

路易斯大惊，慌忙转身，只见罗四两就静静站在他身后。路易斯来不及多想罗四两是怎么做到这一切的，他只觉得一阵阵后怕，背脊骨都泛起了凉意。刚刚罗四两离他的距离不足一尺，而且还站在他身后，只要伸手一推，那他就……

路易斯不敢多想，感觉自己头皮都在发麻。他也不敢怠慢，只想先下手为强。他伸手往怀中一掏，拿出一个袖珍版的钢叉，再一甩，钢叉立刻变大。

这钢叉就是火车站安保人员常用的那种，后面是一根棍子，前端是一个半圆形的钢圈，用于制服敌人。

真没想到路易斯身上还藏了这么个玩意儿，也不知道路易斯是怎么想的，居然还把钢圈改成了伸缩式的，真是想了个好招儿。

“哈！”路易斯大叫一声，直接拿着钢叉捅向了罗四两。这小小的平台躲无可躲，避无可避，他是打算一下子就把罗四两给推下去。

“哼。”罗四两冷哼一声，眸子泛冷。他动起了卧单，再度使出了罗家绝学，卧单遁人。

路易斯速度很快，两人又靠得这么近，几乎不到眨眼时间，钢叉就捅到了卧单之上。

一时间，场下的人都紧张起来，纷纷屏住了呼吸。张蓉蓉的眸子也陡然瞪大，双拳紧握。

路易斯这一下用了全力，却捅了个空。卧单都被路易斯打出去老远，可是罗四两的人却不见了。

“我说了，我在你身后。”冷淡的声音再度从身后传来。

路易斯吓了一跳。

老安迪斯看到路易斯如此表现，也不禁微微摇头。路易斯毕竟从小就被拄拐老人收养，一身的本事也还不错，却从来没有经历过血与火的淬炼，所以在罗四两这样的高手面前，就显得非常稚嫩了。对路易斯来说，手上握着的武器比魔术好用得多，他还没有掌握化用魔术的能力。路易斯头上的汗都流下来了，赶紧挥舞钢叉向罗四两打去。

罗四两也不反击，只用卧单遁人不断闪躲。他身形鬼魅，在小小的方寸之间游走，每一次都出现在路易斯的身后，那冰冷的声音一次又一次让路易斯身上竖起了寒毛。所有人都看得出来，若是罗四两想反击，路易斯早就不知道死了多少次了。

几次之后，路易斯气喘了。他终究是年纪大了，又在这么高度紧张的环境中，疲累是正常的。

罗四两静静注视着路易斯，问道："害怕了吗？"

面对这样一次又一次的心灵折磨，早就视死如归的路易斯眼中浮现出了恐惧之色。

罗四两自然也看出了路易斯的恐惧，呵呵笑着摇头："神仙绳术，去。"一段绳子从罗四两衣服里面蹿出，如灵蛇一样瞬间缠上了钢叉。

绳子被罗四两猛地一拉，路易斯感到一股巨力袭来，吓得赶紧松开手，生怕被拽下去。这样一来，钢叉直接被罗四两甩飞了，路易斯手上连武器都没有。

罗四两冷冷地盯着路易斯的眸子，往前踏了一步。路易斯吓得脸都白了，下意识地往后退。可他哪里还有退路？

"你……"路易斯声音都有些发抖。原本他是想找罗四两复仇的，可是罗四两比他想象中厉害太多了，简直是把他玩弄在股掌之中。

原本路易斯是视死如归的，却被罗四两一次次地进行心灵折磨，这会儿都快崩溃了。路易斯看向一旁的老安迪斯，急切叫道："老安迪斯，你还愣着干什么？别忘了，当初的事情你也有份，你不要以为他会放过你。"

罗四两扭头看向老安迪斯，冷声问道："你也要出手吗？"

老安迪斯点了点头："有点想法。"

罗四两道："那你就来吧。"

老安迪斯站在原地不动，只是说："刚才你用的卧单遁人，让我想起了很多往事。当年你父亲打上门来，也是用卧单遁人羞辱了我好几次。"

罗四两毫不客气道："如果你觉得恋恋不舍，我不介意让你再回味一次。”

老安迪斯道：“说实话，我真的有点想回味。这么多年我一直在想破解之法，可惜迟迟没有头绪，毕竟你父亲已经不在了。可是，今天我自己站上了这高台，又亲眼见证了这神奇的魔术，还真有了想再试一次的想法。”

“我满足你。”罗四两冷声回答。

老安迪斯眯起了双眼。

罗四两再次使出了卧单遁人。手一挥，卧单飞出，罗四两跳入卧单之中。老安迪斯伸手抓住卧单，可卧单后面哪还有人？

“很可惜，你还是破解不了。”罗四两的声音忽然从老安迪斯背后响起。

老安迪斯道：“不好意思，我已经破了。”

罗四两神色一怔。

老安迪斯脚下连跺了好几下，然后猛地一踏，这铁板竟然被他砸出一块洞出来。接着，老安迪斯一脚踩进了洞中。

罗四两脸色微微一变，老安迪斯竟然瞧出了他设置的机关，而且还把他的机关破坏了。

老安迪斯抬起脚，看向了罗四两。

“你以为这样我就变不了了吗？”罗四两还是有恃无恐。

老安迪斯也很淡定：“是用你那个神奇的绳术吗？对不起，这一次你还真的变不了了。”说罢，拿出手上的卧单，冲着罗四两盖去。

罗四两竟然直直往后跳，台下的人都瞪大了眼睛看着他，这是要摔下来啊。

“你下不去的。”老安迪斯大叫一声，一抖卧单，缠住了罗四两的脚，然后往回一拉，拉住了重心不稳的罗四两。接着，老安迪斯趁机扑了过去，往上一拉卧单。卧单拂过罗四两身体，拂过之后，罗四两身上竟然被死死套上了一个铁环。

罗四两不由得有些错愕。

老安迪斯却说："别忘了，其实我也是一个优秀的魔术师。"

路易斯见状，大声叫道："老安迪斯，赶紧抱住他，千万不能让他脱困啊。"

罗四两虽然被捆着，却丝毫不慌，对于学了手榜排名第二的脱困术的他，这点东西还难不住他。

可是接下来，老安迪斯却立刻扑向了罗四两，紧紧抱住了他。就在此刻，路易斯竟然拿出了一把匕首。他竟然还藏了凶器，看来他是生怕这里摔不死罗四两，想直接把他弄死。

罗四两终于变了脸色。台下众人纷纷尖叫。这不是一场魔术比赛吗，怎么变成杀人比武了？

面对这样的危急时刻，罗四两眼中终于浮现出了强烈的杀机。

老安迪斯贴着罗四两的耳朵说："我终于困住罗家人了，我终于赢了一次。抱歉……"说罢，老安迪斯松开了罗四两，转身冲向路易斯。

路易斯的匕首一下子没收住力，扎进了老安迪斯身上，一时间惊呼声连连。台下的安迪斯脸都吓白了。罗四两也怔在当场。

老安迪斯盯着已经蒙了的路易斯，笑着，嘴里不停淌着血，含糊不清地说："路易斯，这些年我无时无刻不在悔恨中度过，所以我选择遗忘，现在……就让我们用同样的方式去向罗赎罪……"说罢，也不知道哪里来的力量，他竟然一扑向前，抱住路易斯直接摔下了高台。

"不……"路易斯的惨呼声响彻整个场馆。

携胜回国

比试结束了。

老安迪斯和路易斯都死了。

老安迪斯挨了一刀，又摔了下来，当场就死了。路易斯是被老安迪斯按在身下往下扑的，六米的高空，又是两个人的重量，再加上他年纪也大了，最后也没能救回来。

大家都没有想到，这件事居然会以这样一种方式收尾。每每想到老安迪斯，心中都有说不出来的感觉，很复杂。

安迪斯看见老安迪斯尸体的时候也蒙了。还有人说他们看见了安迪斯的泪水，可惜没人相信，在场的其他人也没有看见过。但他们知道的是，安迪斯非常郑重地把那枚小铁片收了起来，用了一根绳子穿上，挂在了自己脖子上面。

这场比试结束了，多年的悬案和宿怨也都清了。这并不仅关乎罗四两的父亲，更关乎到了所有人，没人可以置身事外。甚至可以说，这里的每一个人都是凶手，这里的每一个人都是这场惨剧的帮凶。

事情已经到这里了，地下世界魔术大赛也没有了再进行下去的必要。于是，今年的地下魔术大赛宣布就此终止，至于冠军榜单，主办方则一直没有宣布。但是大家心里都清楚，世界之冠属于中国人，属于那个神奇的家族，属于神奇的戏法罗。

比赛结束了，大家也都散了。张蓉蓉也走了，没打一声招呼就走了，甚至没有再多看罗四两一眼。

罗四两找去的时候，等着他的人是张志峰。张志峰看着罗四两，神情凝重，眉心的疙瘩怎么也解不开。

真等见到了张家人，罗四两也不知道该说什么了。他想询问张蓉蓉的情况，张开了嘴，最后又化作了一声长叹。

张志峰眼中也流露出失望，说："蓉蓉不想见你，你也别再去找她了，相互安好就是了。"

罗四两不知道说什么好。

张志峰重重呼出了一口气，沉声说道："蓉蓉永远都是我们的鬼马张，也永远都是我的妹妹，我不想让她受到伤害。"

罗四两沉沉点头。

"走了。"张志峰转身离去。

是夜，罗四两在酒店花园里面抽烟。他没有抽过烟，这是他第一次抽烟。他不习惯这种辛辣刺激的感觉，但是烟雾吸进肺里带给他的灼烧感，却让他有种变态的舒畅。他似乎有些迷恋上这样的味道了。

“介意给我来一根吗？”罗四两扭头，发现是安迪斯，便把烟盒和打火机递过去。

安迪斯拿烟点火，深吸一口，却呛了出来，用力咳了几下才慢慢缓过来，脸却涨红了。他说：“其实我从小就是一个胆小鬼。”

罗四两道：“我也是。”

安迪斯自言自语般说道：“我从小就畏惧很多事情，我害怕老家伙，我不敢反抗，我经常害怕得浑身发抖，我畏惧学校里面的恶霸，我畏惧魔术表演的失败，我畏惧学习的难度，我甚至畏惧黑夜，我畏惧所有的一切……”

罗四两也只顾着自己叙说，这两个人看起来是在交流，实际上却是各说各的。

“我其实是一个懦夫，我害怕责任，我害怕承担，我害怕那些不好的记忆。我经常会躲在墙角瑟瑟发抖，我不敢面对自己，也不敢面对别人，我一直是一个没什么用的人……”

安迪斯说：“很多人说我是一个疯子，可是谁又知道在疯子的外表下，藏着的却是一个需要抚慰的微小灵魂……”

罗四两说：“很多人说我做事不留余地，做人不讲情面，可是谁又知道我的冷酷都是无可奈何……”

安迪斯扭头看罗四两，说：“我之所以这么想赢你，就是想跟过去的自己告别，克服内心的恐惧。我觉得我一直到现在都不算是活着，我想重活一次……”

罗四两也看着安迪斯，说：“我曾经跟你一样。幸运的是，这一路上有许多人在教我成长，但我一直忽略他们，不敢面对他们……”

安迪斯沉默了一下。

罗四两眼前划过一个个身影，罗文昌，卢光耀，方铁口，赵严军，张蓉蓉，何青怡……最后停留在他面前的是……于小婷。

安迪斯沉默了好一会儿，一直到烟头燃尽了，才说：“我一直很恨我的父亲，从小到大一直都恨，甚至恨不得他立刻死去。可是你知道吗？我跟你提出赌注说要赢你们罗家的卧单，其实不是为了给他报仇，也不是为了报复你们，而是想用这块卧单去换他的命，用你们罗家的百年荣耀去换他的苟延残喘。”

这次……轮到罗四两沉默了。

安迪斯把手上的烟头丢掉，说道：“其实我们一直都在逃避，不是吗？”

罗四两不答。

安迪斯也转身走了。

罗四两抬头看月，国外的月亮很圆，这国外的月亮跟国内也是一样的吗？

第二日，罗四两一行人准备回国。

一则消息传来，魔术师圈内顶级大赛——地下魔术大赛宣布就此终止，主办方就此解散，而且永远不再重组。拄拐老人终究是选择跟这个世界和解了。

“你不跟我们回国吗？”罗四两问唐易思。

唐易思摇摇头：“我要先跟加拉瓦去印度，尝试修补我们唐家缺失掉的一块传承。潇洒了这么久，我也是时候该干点正事了。”

罗四两点点头，又问刘明：“你呢？有什么打算？”

刘明没好气道：“还能有什么打算？难不成要饭去啊？”

罗四两说道：“要不就跟着我吧，我剽了你们的本事，你到现在还没学到我的呢。”

唐易思在一旁道：“就他这智商，我看有点难。”

“滚蛋……”刘明怒骂一声。

飞机起飞，他们回到了国内。

罗四两首先回了江县老家，双手奉上了罗家世代相传的卧单。

罗家一脉的人都在，当年罗家班的人也在。罗文昌接过了卧单，听了罗四两的讲述之后，也不胜唏嘘，只能感叹一切都是命。当年罗家班的人也都知道真相了，一个个都说不出话来。

罗文昌用布满皱纹的老手抚摸卧单，思绪飞到了那个激情燃烧的岁月。岁月不饶人啊，如今他已经是一个垂垂老者了，可他又可曾饶过了岁月？罗文昌手摸卧单，看着罗四两问道："现在你明白什么是戏法罗了吗？"

罗四两微微颔首，缓缓道："戏法罗这三个字教会我的是责任和成长，懂得了这个，是不是戏法罗也就无所谓了，或者说……人人都可以是戏法罗……"

罗文昌欣慰地点头，双手递上卧单，郑重道："第四代戏法罗，罗四两。"

罗四两双手接过卧单，露出了笑容。

几日后，罗文昌带着罗四两参观江县老家的戏法学校。这是罗文昌自己办的培训班，罗文昌现在就致力于传承戏法艺术。

罗文昌带着罗四两站在楼上往下看，一群洋溢着青春气息的小子，挥舞着卧单，卧单飞扬，戏法江湖。

"这就是传承……"罗文昌说。

"这就是戏法罗……"罗四两说。

罗文昌看向了罗四两，露出笑容。

之后，罗四两去了一趟京城，把刘明带回了江县。罗四两现在也决定待在江县传承戏法了，这是他自己的选择，也是戏法罗的使命。

在京城的时候，罗四两专程去了一趟何家，把自己曾经戴过的红色面巾送了过去。当初以玩票性质加入魔术社的何青怡，恐怕也没想到后面会发生那么多事，甚至牵连到她的亲人吧。罗四两没有进去，也没有再过多打扰，停留片刻便转身离去了。

何家大堂里，何老爷子看着那块红色面巾，叹息了一声。

"爷爷……"何君安叫了一声。

何老爷子把面巾交给何君安，说道："寄去给青怡吧。很多事都需要一个了断，也需要一个结果。”何君安接过面巾，点了点头。

罗四两回到江县老家，自己接手了戏法学校的教学工作，教着一个个小崽子学习戏法。刘明、武清也都参与进来了。程不酸虽然没有加入，但也过来玩了几天，走的时候还一副依依不舍的模样。

等把家里安顿好了，罗四两才终于起程，去了天津。

现在的于家已经是天津很出名的商业集团了，生意做得很不错。

罗四两站在于家宅子门口，只是站在门前，没有上前敲门。曾经与于小婷相处的一幕幕纷纷浮现在他眼前，从最初火车上交手，到后来的湘西斗艺，再到后来的大学相遇，最后是于小婷舍命帮他……

一桩桩，一件件，不停在他眼前闪过。

罗四两低头看手上的半枚刀片，到底为什么要保留这半枚刀片六年多？他想不出个所以然来。

也许根本就没有什么原因，也许从最初相遇，他的心里就已经有了这半枚刀片的位置吧。只是他的心一直封着。就像安迪斯说的那样，他一直在逃避。是的，他逃避的东西太多了，多得让他都不知道自己是不是逃避了。

老安迪斯是骗自己久了，连自己都信了；而他是逃避得太久了，连他自己都以为什么都没有。

于家宅子大门开了，出来的是保姆。她要出门买菜。见罗四两站在门口，保姆好奇地问：“你好，请问你找谁？”

罗四两思绪慢慢回来，看着保姆说：“我找于小婷，麻烦你把这个给她。”说着，递出了手上的半枚刀片。

保姆疑惑地拿过刀片，问道：“请问您是……”

罗四两顿了一顿，脸上浮现出笑容：“你就跟她说，沧州王荣耀座下大弟子王刚找她。”

番外

江县，罗家。

今日有客人来罗家做客，一直游历江湖的方铁口也特地赶了回来。唐家的唐老爷子也过来了，就是鬼马张家没派人过来。

罗四两一直对那个在地下魔术大赛上出现的神秘唐装青年十分好奇，于是向罗文昌询问此事。谁知，罗文昌听闻之后，赶紧把单义堂的人都叫过来了。

“爷爷，这人到底是谁？”罗四两沉声问道。

罗文昌反而问方铁口：“是他们吗？”

方铁口皱眉沉吟。

唐老爷子火气最旺，大声道：“这还要问吗？师哥，肯定就是他们没错了。”

“师哥？”罗四两一愣。

罗文昌眉头紧皱，看着方铁口问：“老方，你说呢？”

方铁口慢慢松开紧皱着的眉头，说：“这般神秘，行事这般霸道，又来无影去无踪，尤其是那古老的凤凰衔书戏法，应该就是他们了。”

方铁口又看向罗四两，看了看罗四两手上那长长的白色羽毛，神色有些复杂："单义堂历经三代坐馆，终于有人能入他们的眼了。"

罗四两问道："他们到底是谁？"

方铁口往前踱步，站在门口，仰头望天，沉声吐字："隐八门，凤脉彩门……"

（完）